48

James Herbert

48

ÉDITIONS FRANCE LOISIRS

Titre original : *'48*

Traduction de Thierry Arson.

Édition du Club France Loisirs,
avec l'autorisation des Presses de la Cité.

Éditions France Loisirs,
123, boulevard de Grenelle Paris
www.franceloisirs.com

ISBN 2-7441-3508-9

Pour Kitty, qui connaissait plus d'une Tyne Street.
Avec notre amour et notre gratitude à tous...

1

Bon Dieu, qu'est-ce que c'était ?

J'ouvris les yeux et ma tête se souleva de quelques centimètres au-dessus du sol. Un tourbillon de pensées annihilait tout sens commun dans mon esprit.

Je repoussai la courtepointe que j'avais empruntée et une bouteille de bière roula sur le tapis poussiéreux quand mon pied botté (j'avais appris à dormir sans me déchausser) la percuta. Le verre de la bouteille émit un son mat en heurtant le pied de la table, au centre de la pièce. Je redressai un peu plus la tête, le corps tendu, l'ouïe maintenant aiguisée ; je regardai à droite, à gauche, et même au plafond. Le soleil de ce début de matinée déversait une lumière fade par les portes entrouvertes du balcon et s'immisçait entre les planches qui condamnaient les fenêtres. Une brise chargée d'une vague odeur de moisi entrait avec la lumière.

Je tendis l'oreille.

Cagney, qui s'était trouvé un coin sombre pour dormir – il aimait les ombres ; la survie implique la discrétion –, poussa un grognement bas qui se voulait plus d'avertissement que d'alerte. D'un signe de la main, je lui intimai l'ordre de se taire, et il obéit aussitôt. Je ne distinguais que l'éclat de ses yeux fixés sur moi.

La courtepointe glissa complètement quand je m'appuyai sur un coude, et une vive douleur me transperça le crâne pour me punir de mes excès de la nuit précédente. Maintes autres bouteilles tout aussi vides jonchaient le sol autour de moi, en un désaveu patent de mon long dédain pour la bière anglaise. La peau crissa sur le chaume des poils quand je passai le dos de ma main sur ma mâchoire et mes lèvres desséchées.

La pleine conscience m'envahit en un instant et je me levai. Sans bruit je m'approchai de la lumière, les yeux et les oreilles à l'affût du moindre indice anormal. Je contournai la petite table ronde et m'arrêtai à côté de la porte-fenêtre ouverte du balcon, en prenant soin de rester hors de vue derrière le bois pourri des planches qui obstruaient les vitres. Malgré l'heure, la chaleur sèche de l'été s'infiltrait déjà par l'ouverture, et un souffle de vent charriait des particules de poussière arrachées aux décombres de la ville au-dehors, en même temps que l'odeur aigre de la décomposition. Je risquai un coup d'œil rapide à l'extérieur, reculai aussitôt, puis réitérai la manœuvre.

Les derniers ballons captifs de la DCA flottaient au-dessus du paysage dévasté, telles des sentinelles boursouflées. Beaucoup plus près, juste en face, le trio gris et triste des statues sur le socle du monument baissait la tête, comme pris de honte. Les mots *Vérité, Charité* et *Justice* ne signifiaient plus rien, il est vrai.

A part les épaves métalliques, la large avenue bordée d'arbres était déserte.

Quoi d'étonnant à cela ? J'avais choisi cette planque parce que la pièce avec le balcon offrait une vue dégagée sur quiconque approchait de l'entrée principale. De plus, cet endroit m'offrait un grand nombre de recoins pour jouer à cache-cache. Le bâtiment était un dédale de salles, de couloirs et de passages qui me convenait parfaitement.

Mais quelqu'un avait découvert mon sanctuaire. Le clebs n'aurait pas grondé sans raison. Bien sûr il pouvait ne s'agir que de rats, lesquels n'étaient plus effrayés par les humains. Ou d'un autre chien, d'un chat peut-être. Pourtant je ne le croyais pas. L'instinct me disait que c'était autre chose, et j'avais appris à faire confiance à mon instinct et à Cagney.

Je ne perdis pas plus de temps.

La moto était là où je l'avais laissée la veille au soir. Un autre élément avait ma confiance : une Matchless G3L monocylindre. Celle-ci, avec sa peinture de camouflage pour la guerre dans le désert, n'avait jamais été envoyée là-bas. Une survivante. Comme moi et le chien.

Je ramassai mon blouson de vol et le passai. Le poids ne m'occasionna qu'un réconfort relatif. Du coin de l'œil je vis que Cagney s'était levé lui aussi. Il était prêt à l'action, mais attendait mon signal. En cinq secondes j'avais replié la béquille de la moto que j'avais enfourchée et je la mettais en marche. Du pied j'actionnai le kick avec juste la force qu'il fallait et je sentis l'engin vibrer sous moi pendant qu'il revenait à la vie. J'avais accordé beaucoup de soin et de temps à son entretien.

Les roues brûlèrent le tapis quand je démarrai. Je fonçai droit vers l'autre bout de la pièce et la double porte qui commençait à s'ouvrir.

Le garde-boue heurta violemment le battant gauche et, de l'autre côté, quelqu'un poussa un cri de douleur lorsque la porte le percuta. Des mains tentèrent de m'agripper au passage mais la Matchless filait déjà trop vite, et elles ne firent que griffer l'air derrière moi. A présent je pouvais sentir leur odeur et, croyez-moi, elle n'avait rien d'agréable. Un autre de ces dingues, resté au centre de la pièce, bondit sur ma trajectoire et agita les bras à la manière d'un agent de la circulation saisi d'un accès de démence. Je fis une embardée et levai une botte. Je ne saurais dire si je le touchai à l'entrejambe ou à la hanche, mais le coup le fit tourbillonner comme une toupie et son grognement de douleur me plut assez. Ma joie fut pourtant de courte durée, car l'angle pris par la moto la fit déraper sur le vieux tapis qui se ridait sous les roues. Je luttai pour la redresser tandis que la poussière accumulée par les ans s'élevait dans l'air.

L'engin se déroba sous moi et je lâchai le guidon, de peur de me retrouver avec une jambe coincée sous le corps de la moto. Dans la chute je roulai sur moi-même, en rentrant une épaule pour accompagner le mouvement, comme on me l'avait appris. J'étais debout, enfin accroupi, avant même que la Matchless soit arrêtée dans sa glissade par des classeurs métalliques à mi-chemin de la salle.

Un de mes agresseurs passa les portes, crasseux et agressif, tandis que deux de ses acolytes tardaient à reprendre leurs esprits, allongés à l'entrée de la pièce.

Cagney fila entre leurs jambes et s'arrêta à deux mètres derrière eux. Apparemment, il attendait de voir comment allait évoluer la situation.

Le milicien était presque à portée, maintenant. Il serrait une carabine M1 contre sa poitrine. Ou bien il n'était pas en état de me tirer dessus, ou bien il avait reçu l'ordre de ne pas le faire. La seconde hypothèse était la plus plausible, car je savais que leur chef, Hubble, préférait me capturer en vie. Mon sang serait meilleur chaud et bien liquide. Il destinait ma personne à un usage dément. *Vraiment* dément. Mais il faut dire qu'il ne restait plus que les dingues en vie. Les dingues et moi. Et qui prétendait que j'étais sain d'esprit ?

Eh bien, va te faire foutre, Hubble, toi et tes tarés ! Les feux de l'enfer seront plus frais que le cul d'un pingouin avant que tu me prennes vivant !

Le membre de la section d'assaut vit l'éclat dans mes yeux et décida brusquement de ne pas suivre les ordres. Il commença à relever le canon de son arme vers moi.

Cependant son mouvement était lent, comme s'il devait réfléchir au geste plutôt que réagir, et je compris qu'il n'était pas seulement étourdi par le coup reçu mais aussi par les effets de la Peste Ecarlate Lente elle-même. Il y avait une ombre tenace autour de ses yeux et des taches sous sa peau, des hématomes qui ne s'estomperaient jamais. Et le bout de ses doigts était noirci, comme si le sang s'était coagulé à ses extrémités. Toutefois cet état ne le rendait pas moins dangereux, seulement moins rapide.

Mon colt 45 automatique, le modèle standard US, se trouvait dans le holster que j'avais cousu à l'intérieur de mon blouson. Mais je n'étais pas un as pour dégainer. Aussi optai-je pour la seule issue qui me restait.

Je plongeai en avant et effectuai un roulé-boulé. Dès que mon dos prit contact avec le sol, je détendis mes jambes violemment. Mes pieds cueillirent l'ennemi en plein ventre, le cassant en deux. Il faillit tomber sur moi mais je me servis de mes jambes pour le repousser de côté. Il émit une sorte de geignement et s'écroula. J'étais sur lui avant qu'il ait eu le temps de récupérer, et je repoussai son arme vers lui, au lieu de la lui arracher comme il s'y attendait. La culasse claqua contre sa mâchoire et il relâcha sa prise. Je saisis l'arme et le frappai à la tempe avec la crosse, dans le même temps. Sa tête pencha sur la droite et tout son corps s'amollit.

Je jetai la carabine au loin et fonçai vers la Matchless. Cagney décida que la situation se présentait bien et trottina vers la porte pour me rejoindre. Il eut un aimable jappement d'enthousiasme quand il contourna les Chemises Noires toujours affalées. J'ignorai ses coups de langue et redressai la moto. Je rageai à l'idée que ma cachette avait été découverte. Elle était maintenant inutilisable. D'autres viendraient pour me traquer, et ils passeraient au peigne fin le moindre recoin du bâtiment, quel que soit le temps que cela leur demanderait.

J'enfourchais la moto quand des voix s'élevèrent de la pièce avec balcon où j'avais bivouaqué. Les sbires de Hubble avaient sans doute effectué un mouvement en tenaille et investi la bâtisse des deux côtés. Mais comment diable avaient-ils su que je me trouvais là ?

Je disposais de toute cette foutue ville – et il restait encore pas mal d'immeubles intacts – pour me terrer, et pourtant ils m'avaient repéré. Satanée déveine... L'un d'eux avait dû me suivre ou me voir quand je rentrais. Partagé entre la colère et la peur, j'actionnai vivement le kick, mais cette fois le moteur ne démarra pas. Les voix se faisaient plus fortes et les hommes que j'avais affrontés se relevaient lentement, à part le type assommé à coup de crosse. Je répétai la manœuvre en jurant, et fus remercié par un grondement satisfaisant. La plus douce des musiques à mes oreilles.

Des bruits de course derrière la porte. Eux aussi avaient entendu la musique. Cagney fila sans m'attendre et disparut comme si c'était lui la proie. Mais il n'avait peut-être pas tort : ils l'auraient abattu par jeu.

Je faillis effectuer une roue arrière involontaire en démarrant. Je dus me pencher sur le réservoir et peser de tout mon poids sur le guidon pour empêcher la moto de se soulever. Il y eut une détonation et la vitre d'une horloge explosa devant moi. Le tireur était peu doué, ou bien il cherchait uniquement à me stresser ; à moins qu'il n'ait simplement voulu avertir ses comparses que j'arrivais.

En un éclair je franchis les portes ouvertes et je dus braquer à mort pour éviter de m'écraser dans les fenêtres à l'angle des ailes est et nord. Je posai un pied pour faire pivot et tournai sur place. L'arrière de la Matchless envoya valser un petit guéridon et le vase – sans doute hors de prix – qui y trônait. Ce dernier explosa sur le sol, mais personne ne m'en tiendrait rigueur.

A cause des précautions imposées jadis pour le couvre-feu, toutes les salles du bâtiment étaient perpétuellement plongées dans une semi-obscurité poussiéreuse, mais assez de lumière filtrait entre les planches aveuglant les fenêtres pour que je trouve mon chemin. Je venais de pénétrer dans les appartements privés et les chambres réservées au personnel. Au bout de cette série de pièces, je le savais, se trouvait un escalier, malheureusement trop étroit pour être emprunté avec la moto. Et, la vitesse étant mon principal atout, mieux valait que je m'en tienne à l'itinéraire de fuite depuis longtemps défini. D'autre part j'aurais constitué une cible trop facile pour quiconque m'aurait attendu en embuscade près de l'escalier.

Une autre balle siffla à mes oreilles et s'écrasa contre le mur près des fenêtres. Mais j'avais repris le contrôle de la Matchless et je fonçai pleins gaz dans le long couloir qui menait à l'extrémité de l'aile nord. Par chance, l'endroit avait été débarrassé des cadavres, et je n'avais pas à craindre que des corps pourris – Dieu ait leur âme – me fassent déraper. J'augmentai un peu la vitesse et les pneus roussirent le vieux tapis en soulevant un nuage de poussière. Le rugissement du moteur faisait trembler les murs et se répercutait dans l'espace relativement confiné, au point d'en être assourdissant. Il ne me fallut pas longtemps pour atteindre l'aile ouest. C'est là que je commençai vraiment à m'amuser.

Je m'étais dirigé vers l'escalier central car j'avais la conviction de pouvoir le descendre sur la Matchless. Je ne ralentissais que pour zigzaguer quand cela était nécessaire. J'étais arrivé dans une grande galerie de peintures où je pus monter. De chaque côté défilaient les Rembrandt, les Vermeer, les Canaletto. J'avais passé de nombreuses heures à explorer ce musée, avec son plafond arqué et ses banquettes capitonnées alignées contre les murs et j'avais apprécié tous ces trésors de l'art tout en regrettant qu'ils ne soient plus rien maintenant. Soudain une silhouette surgit de l'une des arcades latérales sur ma gauche.

L'homme ne fit qu'effleurer mon épaule mais cela suffit à me déséquilibrer. La moto pencha dangereusement et toucha de flanc l'une des nombreuses tables disposées le long de la galerie, prenant ma cuisse en étau. Je hurlai quand le pantalon se déchira et que la peau de ma jambe fut arrachée, mais je réussis à redresser et remis les gaz.

Une fois de plus je dus braquer sec quand trois hommes apparurent dans le petit vestibule au bout de la galerie. Je me servis du frein à main une fraction de seconde avant la pédale de frein et je me penchai d'un coup pour effectuer un arrêt latéral parfait.

Je restai immobile un instant, mains crispées sur les poignées, embrayage serré. La sueur inondait mon front et coulait le long de mon dos. Les vibrations du moteur irradiaient dans tout mon corps. Depuis le vestibule, les trois Chemises Noires m'observaient et l'un d'eux sourit. Ces charognards étaient certains de m'avoir pris au piège. Tous étaient armés de carabines, mais aucun ne me visait. Ils avaient les cheveux coupés en brosse, la coupe militaire, et leurs chemises – noires évidemment, bien que l'effet martial fût quelque peu gâché par la poussière et les faux plis – étaient passées dans des pantalons également noirs : le répugnant uniforme de l'arrogance. Ces dégénérés n'avaient toujours pas compris la leçon.

Une silhouette bougea derrière eux, et un autre visage, féminin celui-là, émergea de l'ombre. Elle sourit elle aussi en jaugeant la situation.

Je jetai un œil sur la gauche et vis le milicien qui avait tenté de me déséquilibrer se relever avec une grimace de déception. Par la même arcade arriva une autre Chemise Noire. Ce type-là jouait en rythme avec un pic à glace et le son mat de l'objet passant d'une main à l'autre se répercutait dans la longue salle. L'éclat dans le regard qu'il fixait sur moi n'avait rien de plaisant. Comme pour confirmer que la chance n'était pas de mon côté, un bruit de course s'éleva à l'autre bout de la galerie. La vermine qui avait entamé la chasse s'encadra sur le seuil et ils firent halte pour prendre la mesure de la situation.

Je me retournai vers les quatre qui avançaient lentement à la limite du vestibule. Ils se figèrent, comme si mon regard les avait pétrifiés. Tous avaient le même sourire. Ils étaient convaincus de m'avoir coincé.

Je leur répondis d'un rictus narquois, et le leur disparut.

Je lançai la moto en une courbe qui lui fit raser le mur avant de pointer vers le malchanceux qui venait de se relever. Il écarquilla les yeux, d'abord de surprise puis de panique quand il vit que je fonçais droit sur lui. Le rugissement de la Matchless était assourdissant. Il réussit à se jeter de côté, bousculant et agrippant son camarade au pic à glace. Je les avais dépassés longtemps avant qu'ils aient pu reprendre leur équilibre et se séparer. Je virai sèchement à gauche et m'engouffrai sous l'arcade opposée à celle qu'ils avaient empruntée. Par chance, cette galerie possédait un grand nombre d'issues.

Je débouchai dans une salle dont le mur principal était occupé par une succession de fenêtres en saillie qui, sans les planches entrecroisées, auraient donné sur des pelouses à l'abandon et des jardins envahis par les mauvaises herbes. De hauts piliers noirs entre les fenêtres s'élevaient jusqu'au plafond en dôme. Au-dessus des cheminées de marbre blanc étaient accrochés de grands miroirs au sommet cintré et au cadre de plâtre. Je fis décrire une ample courbe à la moto et les pneus crissèrent sur le parquet en bois précieux. Je fonçai sans hésiter, car je connaissais par cœur la disposition des lieux. J'accélérai dans la salle adjacente et passai en trombe devant des colonnes corinthiennes, d'épaisses tentures de velours, et le déplacement d'air que je créai fit osciller les lustres de cristal nimbés de toiles d'araignée. Je filai entre des fauteuils tendus d'or et de bleu, de grands portraits d'anciens monarques accrochés aux murs bleu pâle, devant une horloge en marbre et or, à trois cadrans. Je fis un écart pour éviter une table ronde à pied unique avant de remettre les gaz pour me ruer par la double porte vitrée dans la pièce suivante. Je savais très exactement où je me dirigeais car j'avais eu tout mon temps pour visiter le bâtiment depuis mon arrivée, et, étant d'un naturel prudent, j'avais préparé plus d'un itinéraire de fuite en cas de besoin, avec certaines portes délibérément laissées ouvertes pour me permettre une retraite sans obstacle.

Ce que je souhaitais, c'était que ces tarés se lancent à ma poursuite et non qu'ils essaient de me couper le chemin, car je continuais à décrire un demi-cercle, la salle bleue étant parallèle à la galerie de peintures que je venais de quitter. Je risquai un œil sur la gauche juste avant de jaillir dans la grande salle à manger, et je m'aperçus que le vestibule desservant la galerie et la salle bleue était désert. Bien. Cela signifiait qu'ils avaient mordu à l'hameçon. Au lieu d'attendre, les Chemises Noires me donnaient la chasse.

Des vases de fleurs fanées, une soupière ovale et des aiguières d'argent terni amarrées par des toiles d'araignée à une grande table au vernis affadi par la poussière résumaient la situation : la grandeur avait fait place au délabrement. Les murs d'un rouge passé et les tapis mités me donnaient l'impression dégoûtante de voyager à travers une immense plaie purulente, et les yeux froids des rois depuis longtemps disparus et encadrés de vieil or me suivaient dans ma fuite. Ces idées bizarres étaient sans doute dues au surcroît d'adrénaline. Mais qu'importe, elles gardaient mes sens aiguisés.

Je freinai de nouveau pour préparer le virage que j'allais devoir prendre et m'arrêtai presque à l'intérieur d'une antichambre plus petite, tendue de grandes tapisseries. Ecartant un secrétaire ouvragé avec mon garde-boue, je passai dans une sorte de large couloir puis braquai à gauche en utilisant ma jambe comme pivot et m'élançai dans une autre galerie. Un grand escalier se trouvait à son extrémité, et c'était là mon but. Je serrai les dents et assurai ma prise sur le guidon tandis que de chaque côté défilait l'habituelle collection de chefs-d'œuvre. J'allais trop vite pour emprunter l'escalier sans risque, c'était évident, mais je n'avais aucune envie de ralentir. Mes poursuivants devineraient mon plan dès qu'ils entendraient la moto rebrousser chemin dans les salles voisines. J'attendis le dernier moment pour freiner brutalement. La descente s'annonçait chaotique, bien que la Matchless G3L fût l'une des premières munies d'une fourche télescopique et d'amortisseurs hydrauliques, et malgré l'épais tapis rouge qui recouvrait l'escalier. Les bras rigides, je luttai contre l'angle de descente et mes fesses ne touchaient la selle que très occasionnellement. Toutes mes articulations étaient mises à rude épreuve tandis que je gardais la roue arrière presque bloquée. Ma tête tressautait en rythme et je laissai échapper un gémissement syncopé jusqu'à la dernière marche. Enfin la moto arriva sur le plat et mon geignement se transforma en un bref soupir de victoire, ou de soulagement, je ne saurais dire.

De chaque côté du palier en forme de balcon où je me trouvais, les deux volées courbes du grand escalier menaient au rez-de-chaussée. A l'étage supérieur, les Chemises Noires arrivaient sur le seuil de la galerie de peinture. Leur chef eut tout juste le temps de braquer son arme au-dessus de la balustrade de bronze et de tirer au jugé ; déjà je me lançais sur les marches sans toucher les premières. Ce bond quelque peu imprudent me propulsa à mi-chemin de l'escalier. Les roues crissèrent sur le tapis. Je freinai et luttai pour conserver une trajectoire en rapport avec la courbe décrite par les marches. Nous hurlâmes (oui, moi et la moto) et je n'arrêtai la Matchless qu'à quelques centimètres de l'amorce de l'escalier monumental, qui faisait le pendant de l'autre dans le grand hall d'entrée.

Je plantai les talons dans l'épais tapis et tirai la moto en arrière pour me donner la place de tourner. Des cris et le bruit de pas précipités derrière moi m'annoncèrent que mes poursuivants dévalaient la courbe de l'escalier. Quelqu'un tira, et au son je sus qu'il utilisait une mitraillette Sten. Les projectiles touchèrent les grandes peintures décorant le hall.

J'allais redémarrer quand je perçus un aboiement non loin de moi. Je cherchai rapidement Cagney du regard, mais il demeurait invisible. Bah, le chien était capable de se débrouiller seul, après tout. Ne m'avait-il pas laissé attirer ces salopards tandis qu'il descendait ici par un autre chemin ? J'ouvris les gaz et la Matchless dérapa sur place avant de foncer comme je le voulais, effleurant le côté de l'arcade qui ouvrait sur une salle au sol de marbre. Ce fut à cet instant que Cagney apparut. Il courait sur le tapis, certainement pour éviter le marbre, trop froid à son goût. Il s'arrêta en agitant la queue et je lui hurlai de déguerpir. Il s'élança vers la porte d'entrée.

Mon demi-cercle m'avait rapproché de l'escalier que je venais d'emprunter et ce que j'y vis n'avait rien d'encourageant : trois miliciens se penchaient sur la rambarde pour me mettre en joue tandis que d'autres arrivaient derrière eux. L'angle était trop prononcé pour que leur tir soit précis, d'ailleurs je ne leur donnai pas le temps de viser. Les balles hachèrent le tapis et éraflèrent les colonnes de marbre mais j'étais déjà plus loin, arc-bouté sur le guidon. En un éclair je passai les grandes portes ouvrant sur le vaste porche extérieur.

Mon pied droit m'aida à contourner les colonnades de pierre du double portique et bientôt j'étais à l'air libre. Un nouveau virage à gauche, et la cour entourée des quatre bâtiments s'étalait devant moi. En face, de l'autre côté, se trouvait une arche étroite flanquée de deux passages pour piétons, plus exigus encore, qui menaient à l'avant-cour et aux grilles. En des temps meilleurs, la calèche royale avait emprunté cette voie, mais aujourd'hui elle ne servirait qu'à un homme et à son chien. Cagney avait déjà parcouru la moitié de la distance et je le rattrapai rapidement quand je découvris le Bedford garé dans un coin de la cour. La nuit précédente et celles d'avant, le camion de l'armée n'était pas là, j'en étais certain. J'en déduisis que c'était le véhicule dans lequel les Chemises Noires étaient arrivées. Un véhicule militaire convenait parfaitement à leurs petits jeux martiaux.

Un homme, sûrement le chauffeur, s'écarta du capot bombé contre lequel il s'appuyait. Son arme devait être restée dans la cabine car il se retourna pour ouvrir la portière. Il avait deviné mon intention, et j'étais trop près du but pour changer de plan. Il grimpa sur le siège conducteur.

Cagney s'était déjà fondu dans les ombres qui assombrissaient l'arche (laquelle, par coïncidence, s'ouvrait sous la salle à balcon où je m'étais terré ces derniers jours, de sorte que j'avais fait un cercle complet). J'ouvris les gaz en grand. J'avais hâte d'imiter le chien.

Le Bedford tressauta quand le chauffeur mit le contact et le fit avancer. Oui, il avait deviné ma stratégie et je comprenais très bien la sienne : il allait me couper le passage avec le camion. Juste pour corser un peu l'affaire, un bras apparut par la vitre baissée et le long canon d'une arme pointa dans ma direction.

Peut-être aurais-je pu essayer un autre chemin, par exemple par la cour voisine, derrière moi sur la droite, pour ressortir directement dans la rue au-delà (les deux passages pour piétons étaient bloqués par un amoncellement de sacs de sable), mais, comme je l'ai dit, j'estimais qu'il était trop tard pour changer de plan. De plus, il m'aurait fallu ralentir pour ensuite offrir mon dos comme cible. Même si le type me ratait avec la première balle, il aurait largement le temps d'ajuster son tir et je ne lui échapperais pas. Non, il n'y avait plus qu'une chose à tenter, et de toute façon j'avais déjà parcouru les deux tiers de la course à bonne allure.

L'éclair du tir illumina la cabine et, même malgré le rugissement de la moto, je jure avoir entendu le sifflement du projectile qui passa tout près.

Je zigzaguai un peu pour lui compliquer la tâche en me félicitant que ce héros ne sache pas conduire et tirer en même temps. Ce petit plaisir ne dura pas plus que le temps d'un battement de cœur, car il était évident que le camion allait atteindre l'arche avant moi. Une autre détonation retentit, et cette fois la balle toucha du métal. Le cache du phare avant sauta. Je me risquai à louvoyer, mais à chaque seconde notre objectif commun se rapprochait, et bientôt le chauffeur aurait une cible impossible à rater. Je grommelai un juron – ou plutôt le début d'un juron – quand le capot du Bedford cacha le premier passage pour piétons ; il se transforma en un hurlement de rage quand le véhicule commença à masquer l'arche centrale. Une fusillade derrière moi me rappela que le chauffeur n'était pas mon seul adversaire. Les projectiles ricochèrent sur le mur en face de moi. Les Chemises Noires étaient trop loin ou trop excitées pour viser correctement, mais à coup sûr cela n'améliorait pas ma situation. Heureusement les miliciens concentraient leurs feux sur la droite, pour éviter de toucher le Bedford, et de là où ils étaient le camion et la moto devaient sembler très proches. De petits nuages de plâtre jaillirent du mur près du deuxième passage pour piétons. A tout moment je m'attendais à sentir les balles me labourer le dos.

Le camion allait boucher l'arche et déjà le chauffeur freinait pour l'immobiliser. Pourtant il continua d'avancer encore un peu. Une autre détonation, très nette cette fois – bon Dieu, j'étais assez près de lui pour voir la joie mauvaise dans les yeux du chauffeur –, et je sentis que le cuir du blouson se déchirait à l'épaule. Pas d'engourdissement, pas de douleur, donc rien de sérieux.

J'appuyai sur le guidon pour infléchir la course de la Matchless. Mâchoires contractées, yeux étrécis, je crispai les mains sur les poignées tandis que les balles venaient s'écraser sur ma droite. Le Bedford avançait toujours, le chauffeur braquait son arme sur moi, l'espace libre s'amenuisait de plus en plus...

Et soudain je me retrouvai sous l'arche. Mon épaule gauche frôla le pare-chocs du camion tandis que la droite effleurait le plâtre de la voûte. J'étais dans l'ombre fraîche de l'arche et je poussai un rugissement de victoire. L'instant suivant je ressortis dans la glorieuse lumière du soleil et je fonçai dans la vaste avant-cour, vers les grilles grandes ouvertes. Le fer forgé naguère doré était mangé par la rouille, et les hautes piques qui surmontaient l'ensemble n'offraient aucune protection contre la mort, qui avait frappé presque tout le monde sans se soucier du sang bleu mais du type sanguin.

Je franchis les grilles en trombe et contournai le mémorial de la vieille reine et les statues de femmes et d'enfants que j'avais vues depuis la salle au balcon moins de dix minutes auparavant. Puis je décrivis une longue courbe en direction de la statue de Victoria assise face au grand Mall, bordé d'ormes et de tilleuls. Je jure que je sentis le poids de son regard attristé alors que je fuyais le palais de Buckingham pour trouver un autre refuge dans la ville morte. Un demi-siècle plus tôt elle avait été l'orgueilleuse mère d'un empire fabuleux et d'un grand pays. A présent il ne restait rien de l'empire et bien peu du pays. Mieux valait que ces yeux fussent de pierre.

Des détonations interrompirent ces pensées qui de toute façon se dissipaient déjà. Le terrain était libre devant moi et j'en profitai : si la Matchless approchait les cent dix kilomètres-heure, je la savais capable d'accélérer encore.

Si je voulais semer les salopards derrière moi, elle allait devoir donner tout ce qu'elle avait dans le ventre.

2

Le palais de Saint-James et Clarence House sur ma gauche, le parc broussailleux et le lac à droite. Au printemps, avec Sally, nous avions l'habitude de venir nourrir les cygnes et de nous allonger sur l'herbe mouillée de rosée. Mais c'était dans une autre existence, à une époque différente. C'est fou cette façon qu'ont parfois les souvenirs d'effacer la réalité, même en de telles situations. Ils choisissaient leur moment pour s'imposer, me semblait-il, avec une force implacable comme une torture délibérée. Mais ils demeuraient ce qui me reliait au passé, et le passé était tout ce qui me restait.

J'évitai les quelques voitures sur la route, certaines en travers, portières ouvertes depuis que leurs conducteurs s'étaient arrêtés en urgence et avaient essayé de fuir avant que la Faucheuse ne finisse sa moisson humaine. Il y avait probablement des cadavres – des corps putréfiés ou des tas d'os emprisonnés dans des vêtements – à l'intérieur de certains véhicules, mais je ne cherchai pas à le savoir. J'avais d'autres préoccupations.

Son pelage ocre luisant au soleil, le chien regarda derrière lui en m'entendant arriver. Il ne ralentit pas sa course pour autant mais parut content de me voir.

– Ecarte-toi, idiot ! lui criai-je en arrivant à son niveau. Tire-toi de là !

Je fis un écart vers lui pour l'effrayer et il s'éloigna vers une volée de marches. Je l'observai qui les grimpait puis reportai mon attention sur la route juste à temps pour esquiver l'épave d'une Wolseley en oblique au milieu du Mall. La vitre du côté avant gauche explosa soudain et des impacts de balles vinrent ponctuer la carrosserie. Les tirs étaient imprécis mais cela ne voulait pas dire que l'un d'entre eux n'atteindrait pas sa cible. Je redressai en conservant la voiture en écran, entre moi et mes poursuivants. Les miliciens de Hubble se comportaient comme de bons gars du Sud partis à la chasse au Nègre, des péquenots en bordée raciste, avec le shérif du coin dans leurs rangs. Au pays, dans le temps, nous prétendions que ce genre d'exactions n'existait pas, qu'elles se produisaient dans un autre Etat, et pour nous un autre Etat c'était un peu un pays étranger ; quand les organes d'informations nous révélaient le contraire, nous parvenions sans trop de mal à nous convaincre qu'un Noir désaxé avait violé une Blanche de plus et qu'il récoltait simplement ce qu'il méritait. On peut dire que mon opinion sur ce sujet avait considérablement évolué, en particulier maintenant que l'on m'avait attribué de force le rôle du Noir.

L'arche de l'Amirauté apparut devant moi, ses ouvertures condamnées par des sacs de sable empilés. L'autre côté de la place était encombré par des bus rouges à deux étages et d'autres véhicules. Je conservai la même trajectoire en accélérant un peu pour distancer le camion. Les passages sous les arcades avaient été rétrécis par les barbelés et les guérites des sentinelles, mais cela ne posait aucun problème pour un motocycliste. Je me retrouvai sur la grande place en un clin d'œil.

Avec cette population d'épaves immobiles, Trafalgar Square ressemblait à l'une de ces images fixes que l'on voyait parfois dans certains films au cinéma, comme si à tout moment l'action allait reprendre, les moteurs vrombir, les klaxons couiner, les gens se déplacer. La dernière fois que Sally m'avait emmené ici – elle était comme une gamine excitée quand elle me faisait visiter Londres –, l'endroit et le ciel étaient pleins de pigeons gris ; à présent même les volatiles avaient disparu. Les fontaines asséchées, avec leurs sirènes silencieuses sous la colonne de Nelson, étaient entourées de barricades de bois, et, là où des planches étaient tombées ou avaient été brisées, j'aperçus des abris en brique. Je considérai la possibilité de trouver refuge dans l'un d'eux, ou même de me dissimuler derrière une barricade, mais, alors que je louvoyais entre les voitures, les taxis et les bus, un mouvement attira mon regard.

J'ignorais combien de survivants Hubble avait réussi à recruter dans son armée fasciste, d'autant que, jusqu'à aujourd'hui, les Chemises Noires n'avaient patrouillé qu'en groupes restreints, mais j'avais évalué leur nombre à une centaine environ ; aujourd'hui ils paraissaient mener une opération d'envergure. A cet instant, je repérai un autre véhicule qui avançait vers moi. D'après son camouflage, un engin militaire. Je freinai le temps de reconnaître un Humber, un break quatre portes pouvant transporter sept passagers. A l'instar de la Matchless il avait probablement été préparé pour participer à la campagne d'Afrique du Nord et n'avait jamais été expédié. Il entrait sur la place par le Strand. Il repoussa un taxi noir sur le côté et contourna un bus à impériale.

Je partis dans la direction opposée en me faufilant dans la circulation figée. J'aperçus le Bedford qui se frayait de force un chemin dans les barricades et les barbelés de l'arche de l'Amirauté. Le Humber et lui devaient être en contact radio, ou bien communiquer par talkies-walkies, mais j'avais confiance dans les capacités de la moto pour les semer, car c'était le véhicule idéal pour filer dans ces rues parsemées de carcasses et éviter les tas de décombres. Sans le rationnement d'essence en vigueur durant les années de guerre, les artères auraient été beaucoup plus encombrées, ce qui m'aurait avantagé un peu plus encore. N'importe, je conservais l'avantage.

Le poster sur le flanc d'un bus me demandait si j'avais lavé mes dents avec le dentifrice MacLean ce matin, tandis qu'un placard d'information à la base de la colonne Nelson m'avertissait que l'Angleterre s'attendait à mon engagement dans la journée. Je poursuivis ma route, dépassai un petit taxi anglais qui ressemblait à un piano posé sur des roues, ses phares masqués par des croix de papier adhésif noir, puis contournai une camionnette Dodge au toit surmonté d'un haut-parleur avant d'éviter un camion au plateau surchargé d'énormes caisses. Tous ces véhicules avaient été abandonnés par leurs conducteurs trois ans plus tôt. Les victimes de la Peste Sanguine, aussi appelée Peste Ecarlate, ou Pandémie par les plus littéraires, n'avaient pas eu le temps de comprendre ce qui arrivait à leur corps. Leurs artères s'étaient soudain gonflées avant de se rigidifier sous la peau ; leurs mains avaient noirci, les extrémités des doigts s'étaient gorgées de sang tandis que les veinules éclataient. Le liquide vital s'était mis à couler de tous les orifices corporels, des oreilles, des yeux, des narines, de la bouche, du sexe, de l'anus, puis des pores de la peau. Ils ne s'étaient pas rendu compte que les artères principales coagulaient, tandis que les organes principaux, engorgés, cessaient de fonctionner et qu'une hémorragie instantanée les envahissait. Leur poitrine avait été broyée dans l'étau d'une effroyable souffrance, jusqu'à ce que leur peau se fendille et que tout organe vital cesse de fonctionner. Leur effarement, leur terreur, leur panique n'avaient pourtant duré que quelques minutes, car la Peste Ecarlate n'avait ni patience ni pitié. Ils étaient morts là où ils étaient tombés.

Oui, et eux avaient eu de la chance, car leur calvaire avait été de courte durée : quelques-uns, très peu nombreux, avaient mis plus longtemps à mourir, parfois des années entières. Certains agonisaient très lentement, comme les Chemises Noires. Et puis il y avait les autres, nous, qui restions pour porter le deuil d'une population anéantie.

Je continuai de me faufiler entre les obstacles en repoussant ces pensées pour me concentrer sur ma fuite. Mon plan était de disparaître dans la ville à l'abandon, puis de me dissimuler dans un coin et d'attendre. La réalité se révéla tout autre.

Une Ford noire venait vers moi de la direction que je comptais prendre, et je me demandai si Hubble avait placé ses hommes à chaque issue de la place. Le véhicule ne semblait pas pressé, mais il progressait à bonne allure et, à la façon dont il slalomait dans la circulation immobile, on pouvait supposer que son conducteur appréciait ce petit exercice. Il disparut derrière un bus, puis son toit dépassa ceux d'autres voitures. Tout le temps il se rapprochait. Derrière moi un klaxon retentit longuement, peut-être un signal aux autres pour leur signifier que ma retraite était coupée. J'imaginai le rictus sur leurs visages de malades.

Mais le jeu était loin de sa conclusion. J'avais deux possibilités : je pouvais échapper à la Ford en me servant des autres épaves pour me protéger des tirs qu'ils risquaient de me décocher ; ou bien je traversais la place.

Aucune ouverture dans la palissade la plus proche de moi, mais les planches semblaient fragiles. Plusieurs hivers de vent, de pluie et de neige les avaient minées, sans personne pour les remplacer. Il ne me fallut pas longtemps pour prendre ma décision.

Je fis monter la moto sur le trottoir puis m'assis de mon mieux, épaules ramassées, tête baissée, tandis que la Matchless et moi dépassions en trombe les lions de bronze gardant la colonne géante sur laquelle veillait le vieux marin borgne. Le garde-boue percuta le barrage de bois, qui n'offrit qu'une résistance minimale et éclata en échardes et en poussière. La vitesse trop grande faillit me faire heurter la fontaine asséchée, juste derrière. Je l'évitai de justesse, ainsi qu'un des abris de brique, et fonçai vers le large escalier qui menait au niveau supérieur de la place, devant le grand musée. Je priais pour que la Matchless soit capable de gravir les degrés. S'ils n'étaient pas hauts, ils demeuraient durs à négocier, sans tapis moelleux pour amoindrir les chocs.

Je me dressai à demi sur les cale-pieds en tirant sur le guidon. Je crois que j'essayai de forcer la moto à s'envoler. Elle aborda les marches trop vite...

La Matchless gravit les premiers degrés en tressautant, et les vibrations secouèrent le guidon. La roue avant s'éleva dangereusement, comme si la machine voulait se retourner pour m'écraser sous son poids. Je fis de mon mieux pour l'en dissuader, mais c'était un combat perdu d'avance. Je glissai du siège et chutai à la renverse, loin des marches et de la moto qui capotait, les bras sur la tête pour me protéger.

La Matchless effectua un magnifique soleil et retomba en arrière dans un fracas métallique. Je roulai sur moi-même pour m'écarter de sa trajectoire. La moto dégringola les marches et s'immobilisa à l'endroit exact que j'occupais une seconde plus tôt. Je ne cherchai même pas à la redresser, et à la remettre en marche. Elle était morte, et je me retrouvais dans un sacré pétrin.

Je m'obligeai à m'accroupir et grognai en sentant une douleur aiguë dans ma jambe gauche et dans mon dos, mais je n'avais pas le temps de m'apitoyer sur mon sort. Je grimpai l'escalier à croupetons, puis me redressai.

Le crissement de freins malmenés m'apprit ce que je ne souhaitais pas vraiment savoir. Le break avait débouché du Strand et contournait la place à contresens pour me couper la retraite. Alors que j'atteignais le haut de l'escalier, ses portes s'ouvrirent et des silhouettes sombres sautèrent au sol. L'une d'elles leva son arme dans ma direction et je me réfugiai derrière le parapet qui bordait le haut de l'escalier. Ma main plongea à l'intérieur de mon blouson de pilote.

Je me relevai juste assez pour tirer une fois vers eux. Ils se dispersèrent aussitôt. Deux s'abritèrent derrière une ambulance Saint-John, trois derrière leur propre véhicule. Je me lançai dans une course latérale en restant courbé, mon colt pointé vers eux pour leur donner à réfléchir. Ils n'étaient pas fous et ne tentèrent rien. De temps à autre, une tête apparaissait fugitivement pour voir où je me dirigeais. Je lâchai encore une balle dans leur direction, histoire de m'assurer qu'ils se comportaient sagement.

Je n'avais pas de plan défini, sinon continuer de bouger en utilisant tous les abris disponibles. Un projectile ricocha sur une carrosserie près de ma tête et je tombai presque à quatre pattes. Une autre balle étoila le pare-brise d'un taxi à deux mètres. De ce côté de la place la circulation avait été plus fluide et je compris que très bientôt je n'aurais plus d'épave pour me protéger. Certains miliciens s'enhardissaient et commençaient à s'aventurer entre les véhicules.

Un grand espace vide se présentait devant moi, au-delà des marches de la National Gallery, musée qui avait jadis contenu certaines des œuvres d'art les plus raffinées et les plus prisées. Pendant la guerre, la plupart des peintures et des sculptures avaient été emportées dans des endroits moins vulnérables que ce bâtiment situé en plein cœur de Londres, même si quelques-unes avaient été rapatriées quand la bataille (ou ce qu'on croyait n'être qu'une simple bataille) arrivait à son terme. Je m'étais risqué à l'intérieur nombre de fois, et je connaissais bien le labyrinthe des salles, des couloirs et des issues, tout comme celui du palais de Buckingham. J'avais d'ailleurs supposé qu'un jour le musée pourrait m'être utile pour semer d'éventuels poursuivants. Il semblait que ce jour fût arrivé.

Le plan était donc simple : il me fallait entrer dans la bâtisse, égarer ces clowns néonazis et ressortir par une issue au nord. Aucun problème en théorie, si je parvenais à franchir la porte sans que mes jambes soient broyées par une rafale.

J'attendis que les Chemises Noires aient tiré une nouvelle volée de balles avant de m'élancer. Tout en courant, j'ouvris le feu sur eux, sans précision mais avec un effet dissuasif. Ils restèrent cachés, conscients que la moindre blessure pouvait leur être fatale, sans soins médicaux. Or les soins médicaux étaient justement ce qui manquait le plus dans ce foutu monde.

Je me ruai vers l'escalier menant à l'entrée du musée, derrière une façade ornée de hautes colonnes (les Anglais adorent les colonnes). Des impacts de balles mordirent le mur devant moi et je me jetai en arrière. Je perdis l'équilibre et tombai sur les fesses. Aussitôt je tournai le colt vers la place et pressai la détente à deux reprises. Si je ne pouvais tuer ces bâtards, j'arriverais peut-être à modérer leurs ardeurs. Une fois de plus, le stratagème fonctionna à merveille. Ils s'abritèrent derrière les véhicules. Ils avaient peur de montrer un centimètre carré de peau. Autour d'eux les vitres explosaient et les balles sifflaient. Tout alla bien... jusqu'à ce que mon arme soit vide.

Je ne pouvais recharger en restant assis là, en plein milieu d'un espace nu. Il fallait que j'atteigne l'abri de la galerie avant qu'ils comprennent que c'était à leur tour de jouer.

A moitié sourd en raison des détonations, je me remis sur pied et parcourus au plus vite les derniers mètres qui me séparaient encore des marches.

Je m'arrêtai net en voyant la silhouette immobile au sommet de l'escalier.

Hubble n'avait jamais été une figure de mode, mais je suppose qu'il possédait cette arrogance physique qui impressionne tant les esprits faibles. Avec sa moustache si fine qu'on l'aurait crue tracée au crayon, un nez aquilin, il aurait pu être une version moins réussie de son héros personnel, sir Oswald Mosley, le chef du parti fasciste anglais, un mégalomane qui avait passé la majeure partie des années de guerre au fin fond de la prison de Holloway. Non, Max Hubble – *sir* Max Hubble, s'il vous plaît – n'avait jamais été séduisant, mais par ce matin d'été il me semblait mille fois moins attirant encore, comme s'il n'était plus loin de la mort. Son port, naguère roide, dos droit, épaules ouvertes, menton en avant, était maintenant voûté, épaules basses, et la ligne de sa mâchoire se perdait dans les replis graisseux de son cou. La badine qu'il utilisait jadis pour se donner des airs de feld-maréchal avait été remplacée par une canne dont il se servait comme d'une troisième jambe, et l'uniforme – chemise noire et jodhpurs enfoncés dans des bottes montant jusqu'aux genoux – paraissait de deux tailles trop grand pour lui. Les cernes sous les yeux, la pâleur cadavérique du visage soulignée par les taches sombres là où les veinules avaient éclaté sous la peau, les extrémités gonflées et noircies des doigts confirmèrent ce que j'avais déjà deviné. La maladie s'accélérait en lui.

Nos regards se croisèrent, et je compris pourquoi il avait opéré un tel déploiement de forces pour me capturer aujourd'hui.

C'était la dernière chance de Hubble. Son dernier coup de dés. En clair, mon sang représentait son dernier espoir.

Un de ses hommes se détacha, derrière une grande pancarte annonçant un concert de piano donné par

Myra Hess. Il portait un poste de radio. Sans doute Hubble avait-il utilisé la galerie comme PC, ce matin. Il avait dirigé les opérations d'ici et tout fait pour m'attirer là où je me retrouvais. On ne pouvait pas dire qu'il avait échoué.

D'autres émergèrent de derrière les colonnes et de l'entrée principale. Ils formaient une armée de damnés en loques. Des tortionnaires de Juifs, des casseurs de Noirs au corps à présent aussi corrompu que leur âme. Aujourd'hui ils avaient quelqu'un d'autre à détester : moi. J'étais leur Juif et leur Nègre en une seule personne.

D'accord, j'étais éberlué de voir Hubble en haut de l'escalier, mais je n'en perdis pas pour autant mes moyens. Je braquai le colt vers eux et tous se baissèrent, y compris leur leader, qui faillit tomber à genoux. Je n'avais pas oublié que mon arme était vide, mais il semblait qu'ils avaient négligé ce détail ou qu'ils l'ignoraient encore. Je fonçai et je réussis à faire trois, peut-être quatre foulées.

Une rafale tirée par une Sten hachura le sol juste devant moi. Je pirouettai à mi-enjambée pour éviter les projectiles. Dans le mouvement j'aperçus une Chemise Noire qui se jetait d'entre deux colonnes sur moi, bras écartés, comme si ce maboul se prenait pour une chauve-souris. Il espérait sans doute que j'amortirais sa chute. Je m'écartai d'un pas afin de ne pas lui donner ce plaisir, mais il réussit à m'agripper par les épaules et nous chutâmes ensemble. Il parvint à me faire une clé au cou. Il serrait de toutes ses forces pour m'étouffer.

D'abord je lui envoyai un coup de coude dans l'estomac puis, avec le même bras, je lui frappai le visage avec le canon du colt. De la salive jaillit sur ma joue et mon cou quand il cracha sous le choc, et sa prise mollit suffisamment pour que je me dégage. Je pivotai et lui assenai un autre coup avec le revolver. Il s'écroula sur le flanc. Je me relevai en hâte.

Ses comparses arrivaient en courant entre les véhicules tandis que d'autres dévalaient l'escalier. Tous hurlaient comme des chiens à la curée. Ils étaient impatients de me donner une bonne leçon. Quelle importance si Hubble leur avait interdit de me tuer sur-le-champ ? Je serais mort tôt ou tard, et à tout prendre le plus tôt serait le mieux dans ces conditions. J'allais devoir forcer le cours des événements.

Je plongeai la main dans mon blouson pour prendre l'autre chargeur tout en éjectant le vide de l'automatique. Je remarquai que certaines Chemises Noires s'étaient arrêtées pour me viser. Le moment était donc venu, me dis-je. Un moment qui avait mis longtemps à arriver, mais j'étais plus que prêt. Où était l'intérêt de vivre encore, de toute manière ?

Un ennemi me rejoignit à l'instant où j'extrayais le chargeur de ma poche. Il s'interposait entre moi et les autres, et je regrette de dire qu'il s'agissait d'une femme. Ses cheveux étaient coupés court, son visage et ses dents salis, ses yeux rougis par les vaisseaux éclatés. Je regrette qu'elle ait été femme, parce que je la frappai sans retenue, de mon poing serré sur le chargeur, et je n'aime pas frapper les femmes, je n'ai jamais aimé cela. Dieu du ciel, je ne l'avais encore jamais fait !

Elle s'affaissa en arrière sans un murmure, les dents brisées. Elle fut aussitôt remplacée par un autre milicien, et je sus qu'avec celui-là il faudrait plus qu'un simple coup de poing au visage pour m'en débarrasser. J'avais déjà dansé quelques airs assez vilains avec cette brute, et une fois il s'était même présenté. Il s'appelait McGruder et était le premier lieutenant ou le capitaine de la garde prétorienne de Hubble, enfin il portait l'un de ces grades que ces fondus aimaient à se conférer. Il était grand, deux mètres au moins, aussi massif qu'un taureau et, d'après ce que je pouvais voir, encore très éloigné du stade terminal offert par la Peste Ecarlate. Des mains pareilles à des battoirs se tendirent vers moi.

Je reculai contre le muret de la terrasse, sans oser le quitter des yeux. Le colt n'avait toujours pas reçu le chargeur plein, à cause de l'attaque de la femme. En soutenant son regard, j'avais l'impression que je retardais l'attaque finale. Peut-être, si j'avais tourné la tête, l'étrange charme qui ralentissait la scène se serait-il brisé. Les autres se rapprochaient.

La Ford noire que j'avais aperçue à la sortie du Strand surgit de nulle part dans un crissement de freins suraigu. Une de ses portières s'ouvrit à la volée et cueillit McGruder en plein corps. Il fut propulsé à trois mètres de là. J'aperçus deux visages qui me regardaient par la portière béante et une voix féminine s'écria :

– Qu'est-ce que vous attendez ? Grimpez, imbécile !

Le passager, un homme, avait déjà refermé la portière mais il fit un geste par la vitre pour désigner la banquette arrière. Les Chemises Noires éparpillés reformaient déjà leur assaut et certains se mirent à frapper le capot avec leurs poings et leurs armes.

– Montez, merde ! lança la femme.

Je crois que ce fut le juron qui me fit agir.

J'ouvris la portière arrière et la Ford démarra aussitôt, ce qui ne me laissa qu'une fraction de seconde pour sauter sur le marchepied. Je ressortis mon bras droit par la portière avant, ma main droite tenant toujours le colt, l'autre glissant vivement le chargeur dans une poche de mon pantalon avant d'agripper le haut de la portière arrière ouverte, et je me balançai là en équilibre plus qu'instable tandis que la Ford dispersait les miliciens. Une main jaillit de l'intérieur du véhicule et me saisit à la ceinture pour tenter de me tirer sur la banquette, mais la manœuvre se compliqua car l'accélération de la Ford eut pour effet de refermer la portière sur moi, me coinçant sur le marchepied.

Un des partisans de Hubble avait décidé de ne pas céder et je grognai en le voyant relever le canon de sa Sten alors que nous foncions sur lui. C'était stupide de sa part de vouloir viser alors qu'il aurait dû tirer en tenant son arme à la hanche, car le véhicule arriva sur lui avant que la mitraillette soit à hauteur de sa poitrine. L'instinct de survie me donna la force de repousser violemment la portière, qui heurta la Chemise Noire et releva l'arme vers le ciel. La rafale brisa les vitres d'un bus proche. Le retour de la portière m'écrasa la poitrine et la douleur soudaine me fit lâcher le colt, qui tomba quelque part dans la voiture.

– Vous allez monter, oui ? hurla la même voix féminine, plus inquiète que rageuse.

En fait je faillis lâcher prise et chuter sur le sol quand elle négocia une courbe brutale pour éviter un camion qui bloquait le passage. J'oubliai mes bonnes manières et crachai un juron à son adresse qui l'aurait fait rougir dans toute autre circonstance. Puis je me hissai à l'intérieur et m'écroulai sur la banquette arrière. La portière se referma toute seule. Ahanant sous l'effet de la douleur dans ma poitrine, je m'étalai sur les genoux de l'autre personne qui occupait l'arrière du véhicule : celle qui m'avait tiré à l'intérieur.

La première chose que je remarquai, ce fut une odeur suave, puis sa gentillesse quand elle me redressa. Le souffle court et encore tremblant, je regardai son visage dans l'ombre. Son sourire était aussi doux que son parfum, et du genre réservé. Enfin, c'est l'impression que j'en eus. Un rai de soleil passant dans la vitre de sa portière éveillait des étincelles d'or dans sa chevelure auburn.

Le véhicule subit un nouveau cahot en redescendant du trottoir et je fus projeté contre sa poitrine menue. Tout aussi brusquement je fus rejeté dans l'autre coin par l'embardée. La fille s'agrippait au siège devant elle et regardait par-dessus l'épaule du chauffeur avec une anxiété perceptible.

Tout en me redressant, j'observai mes nouveaux compagnons de voyage. Curieusement, l'homme devant moi portait un chapeau mou et une veste en tweed malgré la chaleur de la journée. Son attention était braquée sur la route devant nous, je n'avais donc aucune chance de voir ses traits. Cependant je notai que ses cheveux un peu longs (plus de coiffeurs, nous avions donc tous des coupes approximatives, même si pour ma part je conservais une coiffure relativement courte en usant de ciseaux et d'intuition) ne parvenaient pas à couvrir complètement les cicatrices de brûlures qui montaient de son dos jusque sur sa nuque, au-dessus du col de sa chemise.

Mon angle de vue était meilleur en ce qui concernait le chauffeur, une jeune femme, et elle me jeta un rapide coup d'œil alors que je l'étudiais.

– Qui êtes-vous ? demanda-t-elle d'une voix forte, mais sans plus crier.

Son accent était indéniablement londonien, mais pas des meilleurs quartiers.

Avant que je puisse répondre, quelque chose – un débris quelconque, je suppose – heurta le pare-brise, qui s'étoila. La fille donna un coup de volant brutal en maugréant quelque chose d'assez salé entre ses dents, et dans un crissement de pneus la Ford exécuta un virage serré pour s'engager dans l'artère jonchée de décombres et d'épaves automobiles : le Strand. Nous passâmes devant des boutiques aux vitrines barrées de bandes adhésives entrecroisées, en évitant les petits cratères et les monticules informes que formaient les cadavres. Des projectiles se fichèrent avec un bruit mat dans le métal derrière nous, et je sentis la fille à côté de moi tressaillir. Je risquai un œil derrière nous et m'aperçus que le Bedford était revenu dans le jeu. Les Chemises Noires à l'arrière avaient dégrafé l'avant de la bâche, de manière à pouvoir s'appuyer sur le toit de la cabine et nous tirer dessus. Heureusement, le logement métallique de la roue de secours, sur le coffre de la Ford, encaissait la plupart des balles.

– Et qui sont ces gens ?

La conductrice ne regardait pas dans ma direction, trop occupée qu'elle était à éviter un camion de déménagement et un véhicule à plateau qui étaient entrés en collision des années auparavant, mais il ne faisait aucun doute qu'elle attendait des réponses. Avant que j'ouvre la bouche, une balle brisa la lunette arrière, siffla entre la tête de la fille et la mienne, et termina sa course dans le pare-brise. Je saisis la fille par les épaules et la plaquai sur la banquette avant de me coucher sur elle. La conductrice laissa échapper un nouveau chapelet de jurons. Un air frais envahit la voiture.

– Nous aurions pris une décapotable si nous avions voulu du vent dans nos cheveux ! l'entendis-je crier.

– Continuez ! l'incitai-je, d'un ton un peu plus fort que le sien.

Elle répondit quelque chose que je ne saisis pas, et je me penchai en avant pour lui demander de répéter.

– J'ai dit : une idée de la direction à prendre ?

– Continuez vers l'est. Nous les sèmerons si vous pouvez aller plus vite.

– Eh, vous êtes yankee ? fit-elle en risquant un coup d'œil par-dessus son épaule, ce qui me permit de mieux la voir.

Elle avait des yeux noisette dans un visage plutôt joli, malgré une cicatrice très fine qui barrait l'arête de son nez. Les lèvres étaient bien dessinées, sans rouge, et la ligne ferme de la mâchoire trahissait une propension à l'entêtement. Ses cheveux noirs tombaient en lourdes boucles sur son front et étaient enserrés dans une résille sur la nuque. Pourquoi notai-je ces détails concernant ces deux femmes à ce moment, je l'ignore ; peut-être avais-je passé trop de temps seul et leur présence balayait-elle des considérations plus urgentes. Non, je ne sais pas, mais c'est ainsi que je réagis.

– Surveillez la route, lui dis-je.

Elle retourna son attention devant elle et évita au dernier moment une Austin bicolore. J'attendis qu'elle ait redressé la trajectoire de la voiture pour lui demander :

– Est-ce que vous avez des armes ?

A ce moment, je n'avais aucune idée de ce qu'il était advenu de mon colt.

L'homme au chapeau mou, dont le bord ombrait ses yeux, se retourna vers moi et me considéra froidement une seconde avant de secouer la tête.

– Quel besoin aurions-nous d'armes ? lança la conductrice. La guerre est finie depuis trois ans.

Je ne relevai pas. Nous passions devant l'entrée de l'étroite rue qui servait d'avant-cour au Savoy, et je fus tenté de lui dire de s'y engager. Nous aurions pu abandonner la voiture, traverser en courant le rez-de-chaussée de l'hôtel et ressortir par l'issue donnant sur la Tamise. Ensuite, nous n'aurions eu aucun mal à prendre un autre véhicule garé là et à filer, car j'entretenais en excellent état plusieurs voitures, avec les clés sur le contact. Toutefois l'option comportait des risques sérieux : nos poursuivants étaient trop proches, et ils auraient pu nous rattraper à pied. De plus, le Savoy était une de mes planques et j'étais assez peu disposé à attirer l'ennemi aussi près d'un de mes sanctuaires. Mieux valait distancer les chiens de guerre de Hubble avant de lâcher la voiture.

Nous passâmes devant des immeubles détruits, certains par les bombardements de la Luftwaffe, d'autres plus tard, lorsque les canalisations de gaz avaient explosé, à cause d'une cigarette, d'un court-circuit ou d'une bougie, bref toutes sortes d'accidents domestiques provoqués par les victimes de la Peste Ecarlate Lente quand ils succombaient subitement. Les dommages infligés à la ville n'étaient pas terminés, d'ailleurs. Des canalisations de gaz continuaient d'exploser, des conduites d'eau de se briser, et des bâtiments frappés par les bombes de s'écrouler bien après la fin du Blitz. Londres était un endroit dangereux, même sans cette armée de barjots qui sillonnait les rues.

Etrangement, aucune épidémie ne s'était propagée après le jour sinistre de la Vergeltungswaffen – le jour de la Vengeance –, en dépit de tous ces corps qui finissaient de pourrir partout, mais peut-être cela avait-il à voir avec la nature de la Peste Ecarlate elle-même et ses effets sur le système corporel humain et animal. Une tentative pour nettoyer les lieux avait été entamée par ceux qui étaient atteints de la Peste Ecarlate Lente (et qui n'en savaient rien), jusqu'à ce qu'eux aussi disparaissent. Ce qui n'avait plus laissé debout que les dingues.

Oh, il existait un autre danger, mais il ne s'était pas manifesté depuis quelque temps déjà, et on pouvait espérer que c'en était fini de lui.

Nous pénétrâmes dans Aldwych, et le sommet de l'église Saint-Clement Danes apparut au-delà des embouteillages figés devant nous.

– Prenez à gauche ! ordonnai-je en me retournant vers nos poursuivants.

Le station-wagon Humber avait rattrapé le camion Bedford, mais tous deux rencontraient plus de difficultés à se faufiler entre les carcasses automobiles que la Ford, plus petite. La conductrice obéit et vira dans Kingsway. Les pneus tressautèrent sur les rails de tramway. Elle dut ralentir pour contourner un cratère de belle taille en plein milieu de la chaussée.

Quand la fille à côté de moi parla, je me tournai vers elle avec un sursaut, étonné. Sa voix était calme mais clairement audible maintenant que nous roulions moins vite.

– Etes-vous comme nous ? me dit-elle.

Je sus immédiatement à quoi elle faisait allusion. L'homme devant moi se retourna de nouveau, et ses yeux brillèrent d'intérêt sous le bord du chapeau. Même la conductrice cessa de jurer entre ses dents pour écouter ma réponse.

– AB négatif ? Ouais, je suis comme vous.

– Alors, bienvenue au club, fit la conductrice en me lançant un sourire narquois et fugace. Et ces types en noir qui nous pourchassent ?

Je secouai la tête.

– Ils agonisent. Ils sont foutus, mais ils ne veulent pas l'accepter.

– Et c'est pour ça qu'ils vous en veulent à ce point ? Vous voyez ce que je veux dire : pourquoi lui et pas nous ?

Une fois encore je fus un peu surpris par son langage. Les filles du Wisconsin ne sont pas – enfin, n'étaient pas – aussi libres dans leur expression, même si cela ne semblait pas déranger ses compagnons. Ils y étaient habitués, probablement.

– Ils m'ont l'air de croire que je pourrais arranger leur problème. Du moins, leur chef le pense. Au feu, tournez à droite. Et continuez vers l'est.

– Il veut vous capturer pour que vous lui serviez de cobaye ? s'enquit la fille à côté de moi.

– Non, il veut que je lui serve de recharge.

– Une transfusion sanguine ? fit l'homme au chapeau.

Je crus détecter un accent chez lui. Polonais ? Pas français, en tout cas. Tchèque, peut-être.

– Ouais. Il a l'esprit détraqué.

– Mais on a déjà fait des essais, qui se sont révélés infructueux. Tout le monde sait qu'on ne peut pas mélanger les groupes sanguins.

– Il refuse de le croire.

L'étranger secoua la tête dans un mouvement qui pouvait exprimer la pitié, l'incrédulité, je ne saurais dire. La voiture fit une embardée et je me calai en collant un bras contre le dossier de son siège et l'autre contre celui du mien.

– Là d'où vous venez, dis-je à la fille qui partageait la banquette avec moi, il y en a beaucoup comme vous ?

– Pas tellement. Les AB négatifs sont rares.

Ouais, ça, je sais, pensai-je. *Foutrement trop rares.*

Tout en menant le véhicule entre les obstacles avec dextérité, la conductrice intervint :

– Après que le fléau eut frappé, ils nous ont emmenés dans un lieu secret, et ils ont découvert que notre groupe sanguin n'était pas affecté. C'était dans le Dorset, un sanatorium. Ils nous ont soumis à tout un tas de tests dans l'espoir de trouver un antidote pour tout le monde, mais ils ont échoué. Je suppose qu'ils ont fait la même chose partout dans le pays, et dans le monde.

J'observai son profil. Je crois que je m'attendais à voir des larmes, mais il n'y en eut pas.

– La plupart des AB négatifs sont partis, poursuivit-elle, quand ce qui restait de l'équipe médicale a commencé à mourir.

Pendant quelques instants elle se concentra sur sa conduite, pour faire passer la voiture entre deux tramways arrêtés à la même hauteur dans la grande artère, puis elle reprit :

– Eh, c'est quoi, votre nom ? Puisqu'il semble que nous soyons en train de vous sauver la vie, il serait juste de faire les présentations.

– Hoke, lui dis-je.

– Salut, Hoke. Il y a quelque chose pour accompagner ce nom ?

– Eugene Nathaniel.

– Seigneur, vous autres Yankees... Bon, moi c'est Cissie, et la beauté assise à côté de vous s'appelle Muriel. Muriel Drake.

Malgré son inquiétude, celle-ci réussit à me sourire à nouveau.

– Et le gars devant vous s'appelle Willy, dit-elle. Nous l'avons ramassé alors qu'il marchait le long d'un chemin, quand nous avons quitté le sanatorium. Sauf que ce n'est pas vraiment Willy, pas vrai, Willy ?

Lui aussi sourit, mais sans aucune chaleur. Son visage était énergique, avec un nez proéminent qui avait dû être cassé à plusieurs reprises, et des yeux qui semblaient regarder au-delà des vôtres, ce genre de regard qui vous donne l'impression que votre vis-à-vis sonde votre esprit.

– Non, répondit-il. Mon nom est Wilhelm Stern.

Le *w* sonnait dur, comme un *v*, et il avait prononcé Stern « Chtern ».

– Allemand ? m'enquis-je d'un ton tranquille.

Il acquiesça, et ses prunelles perdirent leur intensité pour briller d'un soudain éclair de peur.

Je me jetai en avant et lui saisis le cou de mes deux mains. Mes pouces s'enfoncèrent dans sa chair tandis que mes autres doigts cherchaient à se rejoindre sur sa nuque. Il eut un mouvement de recul que j'accompagnai en me penchant sur le dossier de son siège. Je lui coinçai la tête contre le tableau de bord. Ses mains essayaient d'attraper mes poignets, mais il était contorsionné dans une pose peu naturelle. Je sentis la fille appelée Muriel qui m'agrippait les épaules et tentait de me faire basculer en arrière.

La conductrice, Cissie, m'envoya un revers de main en plein visage.

– Lâchez-le, abruti ! s'écria-t-elle. C'est fini, maintenant, ça ne sert plus à rien !

C'était inutile. Ma haine me rendait insensible aux coups comme aux supplices.

Stern se débattait, mais j'avais l'avantage. Il voulut me repousser, sans succès car il manquait d'un point d'appui. Cependant Cissie continuait de me frapper au visage et aux bras, à présent de son poing fermé.

Dans sa colère elle me prêtait plus d'attention qu'à la rue devant nous et la Ford percuta quelque chose de solide, peut-être un autre tramway. La voiture se mit à tournoyer sur elle-même, dans un long crissement de pneus. Elle heurta un autre obstacle et les filles poussèrent un cri tandis que j'étais propulsé en avant. Je perdis ma prise sur l'Allemand et traversai le pare-brise la tête la première. Je m'étalai sur le dos, sur le long capot triangulaire de la Ford, et le reste du monde me parut danser la ronde autour de moi. Il était trop tôt pour que je me rende compte si j'étais blessé, et j'étais encore trop étourdi pour m'en soucier. Je glissai lentement de la voiture et tombai sur la chaussée, où je restai immobile. J'eus vaguement conscience de portières qu'on ouvrait, puis de jambes qui m'entouraient. Quelqu'un me décocha un coup de pied, mais pas assez appuyé pour être dangereux ; plus probablement, c'était dans le but de me réveiller. Ma vue s'éclaircit et je vis Cissie qui me toisait de toute sa hauteur, ses yeux scintillant de colère.

– Espèce d'imbécile ! lâcha-t-elle, avec plus de pitié que de colère. Je vous l'ai dit, la guerre est finie. Nous ne pouvons pas continuer à nous entretuer. Vous comprenez ça ?

Des larmes vinrent noyer le feu de son regard. L'autre fille, Muriel, s'agenouilla auprès de moi.

– Ça va ? dit-elle en posant une main sur mon épaule.

Stern, ce salopard de Boche, pointait mon colt sur moi.

Je m'efforçai de me relever, et ma rage chassa l'étourdissement. J'essayai faiblement de l'atteindre, mais Muriel me repoussa contre la voiture accidentée. Néanmoins ce fut d'une voix calme qu'elle déclara :

– Tout ça ne rime à rien, vous ne comprenez pas ? C'est votre haine qui nous a mis dans cette situation.

Ma main tremblait quand je braquai un index accusateur vers l'Allemand.

– Non, c'est sa folie.

J'eus l'impression que les mots m'étaient arrachés de la poitrine.

– Mon ami, dit Stern en agitant l'arme en l'air dans un grand geste qui désignait l'espace derrière nous, si nous ne filons pas d'ici tout de suite, c'est *leur* folie qui nous tuera.

– Oh, mon Dieu, ils sont presque là, fit Cissie en se penchant pour me saisir par le bras. Nous devrions vous laisser ici, imbécile.

Muriel me prit l'autre bras et elles me relevèrent. Par-dessus leurs épaules, je vis nos poursuivants qui arrivaient. Le Humber avait quelques difficultés à se faufiler entre les deux tramways, et, bien que plus proche, le Bedford était gêné par un réverbère fiché dans le trottoir sur lequel il était monté. Le camion passa en force et accéléra de nouveau. Les tireurs accoudés sur la cabine nous désignèrent avec des gestes fébriles quand ils virent que nous offrions une proie facile.

Je commençais à avoir mal un peu partout, mais il est vrai que mon corps avait accumulé une jolie collection de coupures et de bleus. Cependant je n'avais pas de fracture, rien de sérieux, et même la balle n'avait fait qu'effleurer mon épaule. Je savais que je pouvais bouger. J'étais encore un peu anesthésié par le choc, mais ce n'était pas un problème. Je scrutai les environs immédiats pour trouver un autre véhicule, mais il n'y avait que des épaves rouillées. L'endroit avait été le théâtre d'un sacré carambolage, sans doute causé par la panique quand la population avait cherché à quitter Londres pour échapper à la Peste Ecarlate. Nous aurions pu le contourner et dénicher une voiture avec les clés sur le contact, mais le Bedford arrivait sur nous, et ses occupants poussaient déjà des exclamations de triomphe. Nous étions dans la panade, pas de doute.

Soudain je sus ce que nous devions faire, et je sentis le sang refluer de mon visage. Ma main tremblait encore plus qu'avant quand je la levai pour pointer l'index dans une direction bien précise.

3

Muriel m'observait pendant que les autres se tournaient dans la direction que j'indiquais. Nos regards se croisèrent et une fine ride barra son front lisse. Il y avait une question dans sa façon de me dévisager. Ce fut pourtant Cissie qui la formula :

– Le métro ? Vous voulez que nous descendions là-dedans ?

Stern paraissait tout aussi déconcerté.

– Ils ne nous y suivront jamais, affirmai-je en marchant vers l'entrée.

– Bien sûr que si ! rétorqua Cissie. Et alors nous serons pris au piège.

Je m'arrêtai et les englobai tous trois d'un regard dur.

– Croyez-moi, ils ne vont pas nous filer le train là-dedans.

Il y eut un crissement de métal pendant que le Bedford repoussait une Austin noire de son chemin.

– Si vous voulez rester en vie, bougez-vous ! criai-je.

Je crois que le ton de ma voix les convainquit. Un coup de feu tiré depuis le camion qui se rapprochait était le seul encouragement supplémentaire qu'il leur fallait. Ils s'élancèrent à ma suite.

Bien que claudiquant légèrement, je ne souffrais pas trop et je pénétrai bientôt dans le hall de la station Holborn, où régnait une agréable fraîcheur. Je laissai les autres me dépasser et jetai un œil en direction de la rue. Le camion de l'armée n'était plus qu'à une vingtaine de mètres et il freinait déjà.

Je disparus dans l'ombre et me hâtai vers le guichet, enjambant des formes sombres qui gisaient ici et là dans la pénombre, sans y prêter attention et en espérant que mes nouvelles connaissances feraient de même. Le bureau de vente des billets était un peu à l'écart, devant l'arrivée des escaliers mécaniques.

– Prenez un masque chacun, vous en aurez besoin, lançai-je tout en ouvrant la porte de la cabine.

Interdites, les deux filles me regardèrent sans paraître comprendre, mais Stern réagit sans hésitation et il ramassait déjà le petit carton sur le sol et l'ouvrait. Il en sortit un masque à gaz qu'il tendit à Muriel. Tandis que j'entrais dans la cabine, je vis qu'il regardait autour de lui pour trouver d'autres masques.

Un tas d'os dans des vêtements affaissés occupait le haut tabouret dans la cabine. Le crâne à la peau parcheminée et aux orbites vides reposait de côté sur l'étroit comptoir, et les mains décharnées et momifiées se tendaient vers le guichet comme pour encaisser de l'argent. De longues mèches de cheveux grisonnants pendaient du crâne, et le dentier avait glissé vers l'avant de la bouche, où les quelques dents réelles l'avaient bloqué, telles des pierres tombales devant une crypte sombre. Je fus heureux que la lumière soit si pauvre et qu'on n'y vît pas grand-chose.

Je m'étais attendu à une puanteur bien pire, mais j'imagine que la dégradation des chairs était achevée depuis déjà longtemps ; les odeurs de décomposition s'étaient estompées, s'échappant par le guichet et les bouches d'aération, pour ne laisser qu'une senteur déplaisante, vaguement écœurante mais supportable. Je dirais que cet employé avait fait partie des veinards : la Peste Ecarlate l'avait frappé d'un coup, et l'avait tué assis, alors que d'autres couraient autour de cette cabine devenue son mausolée personnel, son sépulcre solitaire et inviolé. Son pourrissement n'avait concerné que lui.

Il ne me fallut pas longtemps pour trouver ce que je cherchais. Je savais que l'employé avait gardé une torche électrique à portée de main, dans le cas d'une panne et, bien sûr, à cause du couvre-feu. C'était un modèle lourd, chromé, et je le découvris dans un petit meuble à côté de la porte. Je l'allumai et rien ne se produisit, ce qui ne me surprit pas. D'accord, il me faudrait dégoter des piles neuves. Je commençai à fouiller chaque tiroir du meuble et finis par tomber sur une pleine boîte d'Ever Ready, encore dans leur emballage. Il ne me fallut que quelques secondes pour éjecter les vieilles et les remplacer par les neuves, et je retins mon souffle quand j'allumai de nouveau la lampe-torche. Un pâle cercle de lumière apparut en face de moi, de l'autre côté de la cabine, et je soupirai de soulagement. Les piles étaient en partie déchargées, mais elles feraient l'affaire. L'instant suivant j'étais ressorti de la cabine et je fourrai la torche électrique dans les mains de l'Allemand.

Au-dehors, dans la rue, j'aperçus le Bedford et les Chemises Noires qui en sautaient, à l'arrière.

– Donnez-moi le revolver ! criai-je à Stern.

Une seconde il eut un mouvement de recul qui mit le colt hors de ma portée. Dans son autre main, il tenait la torche électrique.

– Il n'est pas chargé, merde ! dis-je en le lui arrachant de la main.

Quand les miliciens atteignirent le trottoir, à quelques mètres de l'entrée, j'avais déjà inséré un nouveau chargeur dans l'arme, et je tirai un coup d'avertissement. Le premier et ceux qui le suivaient se mirent automatiquement à couvert et s'éparpillèrent pour s'abriter derrière les murs qui flanquaient l'entrée. Comme la station de métro se trouvait à un croisement, elle possédait deux accès, et j'espérai qu'ils n'auraient pas l'idée de passer par l'autre, plus discrète, sur notre droite. Je ne pensais pas pouvoir repousser une attaque de deux côtés.

– Faites descendre les filles ! hurlai-je à Stern en indiquant les escaliers mécaniques derrière les barrières. Descendez dans le métro et attendez-moi là !

Je tirai une nouvelle fois en direction des Chemises Noires pour les occuper.

– Venez avec nous, implora Cissie alors que l'Allemand la poussait, ainsi que Muriel, vers les escaliers mécaniques.

– Dès que possible !

Je m'accroupis derrière l'angle de la cabine et tirai deux autres fois. Les miliciens se mirent à riposter, mais sans prendre le temps de viser, de peur de s'exposer plus d'une fraction de seconde. Quand on vit en sursis, comme ces vautours dehors, la vie devient encore plus précieuse. Je savais qu'ils ne tenteraient pas une attaque et que je pourrais les retenir quelque temps ; mais tôt ou tard ils trouveraient un moyen de me forcer à découvert.

Je tirais à intervalles réguliers, sans trop gaspiller de munitions, juste pour qu'ils gardent la tête baissée. Ainsi je laissais le temps à l'Allemand et aux filles de descendre dans la station. Auraient-ils les nerfs assez solides pour continuer à s'enfoncer sous le sol quand ils verraient ce qu'il y avait autour d'eux ? La suite le dirait. Pour ma part, je ne tarderais pas à être confronté à un autre problème : il faudrait que je fonce, sans personne pour me couvrir.

Tout se produisit vite, et sans signe avant-coureur. Les Chemises Noires restaient cachées et arrosaient à tour de rôle l'entrée de la station, par courtes rafales qui éveillaient des échos de tonnerre. Soudain l'Humber fonça sur moi, tandis que les armes crachaient par ses vitres latérales, comme dans un film de gangsters.

Je reculai précipitamment, en tirant avec le colt à la hanche, et je fis demi-tour quand le camion percuta la cabine. Claudiquant vers les barrières, je franchis la plus proche en prenant appui sur ma main gauche, sans presque ralentir. Le Humber avait penché de côté en heurtant l'obstacle puis décrit un quart de tour qui avait déséquilibré ses occupants. Sa masse me cachait des autres miliciens qui s'élançaient à pied dans l'entrée derrière le véhicule, ce qui me donna le temps d'atteindre le sommet des escaliers mécaniques immobiles.

Pas besoin de regarder pour savoir ce qui jonchait les marches métalliques : trois ans plus tôt j'avais utilisé une autre station pour m'échapper, et je n'avais jamais voulu réitérer l'expérience. Je savais également que les Chemises Noires ne me suivraient pas en bas, ils n'en avaient pas le cran. Mais les débris humains qui parsemaient l'escalator – tous ces cadavres décomposés d'hommes, de femmes et d'enfants qui avaient essayé d'échapper à la Peste Ecarlate, en croyant que le mal, les toxines, les produits chimiques, ou la foutue punition divine, bref ce que Hitler avait balancé sur Londres, ne les atteindraient jamais dans ces tunnels souterrains –, je le savais, ces restes macabres encombreraient les escaliers mécaniques, parce qu'ils avaient péri en pleine fuite. Leurs membres squelettiques m'accrocheraient au passage, et je devrais enjamber leurs corps effondrés, ce qui donnerait le temps aux tireurs en haut de me localiser dans les ténèbres et d'ajuster une bonne balle ou une rafale qui mettrait un terme à ma fuite. Aussi j'abandonnai l'idée de descendre par les escaliers.

Je sautai sur la rampe métallique séparant les deux escalators et me laissai glisser sur les fesses, en repoussant des pieds tout cadavre affaissé sur ma trajectoire. Je filais comme un gamin sur une luge, et je contrôlais la vitesse en freinant des deux mains sur les bords de la rampe, pour éviter de dégringoler.

Plus bas j'aperçus le halo pâle de la torche électrique et les autres qui m'attendaient. L'Allemand avait assez de bon sens pour ne pas diriger le faisceau lumineux sur moi. Le verre d'une des lampes mortes disposées à intervalles réguliers sur les murs explosa sur mon passage, m'aspergeant de fragments, et en bas la torche s'éteignit. J'espérais que Stern n'avait pas été touché (j'avais d'autres projets pour lui) mais qu'il avait emmené les deux filles dans l'entrée d'un des quais de la station. Je descendais trop vite à présent, et mon torse semblait vouloir dépasser mes jambes sans que j'y puisse rien. Je commençai à pivoter sur moi-même. D'autres projectiles miaulèrent autour de moi, mais je devais être invisible dans ces ténèbres. J'avais remis l'automatique dans le holster de mon blouson juste avant de m'élancer vers les escalators, et je plaquai une main dessus tandis que je tombai de la rampe. Je dévalai les marches métalliques en un roulé-boulé incontrôlé, mais ma chute fut amortie par des choses douces et friables.

Probablement criai-je – je ne m'en souviens pas – en passant ainsi sur des obstacles qui semblaient s'effriter sous mon poids, jusqu'à ce que j'arrive en bas de l'escalator, au milieu d'une avalanche de débris de cadavres.

Je restai là, sur le dos, hors d'haleine, un peu étourdi... et horrifié. Quelque chose de rêche caressait ma joue, et je préférais ne pas savoir quoi. La pensée s'imposa toutefois à mon esprit et je paniquai. Je me mis à gigoter dans l'obscurité, en décochant des coups de pied et de poing dans toutes les directions. Alors la puanteur me submergea, et je m'étranglai. Je fus pris d'un haut-le-cœur et je luttai contre une nausée subite. Jusqu'à ce que je me rende compte que tout était dans mon esprit.

Bien sûr, l'odeur ici était nauséabonde, mais elle avait plus à voir avec le confinement qu'avec les cadavres décomposés. La corruption naturelle avait fait son œuvre, et les corps s'étaient détériorés autant qu'il était possible dans ces conditions de sécheresse. La première fois que je m'étais aventuré dans le métro, c'était quelques mois seulement après l'holocauste et les morts étaient toujours en pleine phase de putréfaction. La puanteur était alors insupportable. J'aurais dû deviner qu'à présent, une fois les organes et les tissus internes désintégrés par le temps, les cadavres n'étaient rien de plus que des enveloppes momifiées. Non, l'odeur était une création de mon imagination, ce à quoi je m'étais attendu. Et l'horreur n'habitait pas l'atmosphère, elle se dégageait de la présence de tant de morts réunis dans ce vide ténébreux.

– Hoke. Vous m'entendez ? Nous sommes par ici.

La voix ressemblait à celle de l'Allemand, mais étouffée, distordue par le masque à gaz. La lumière, insuffisante pour être réconfortante, venait d'un couloir proche.

– Vous êtes blessé ?

Je m'accroupis et risquai un œil par-dessus la rambarde incurvée, vers les lueurs qui dansaient là-haut, à l'entrée de la station. Des explosions assourdissantes m'incitèrent à ramper vers la lumière. De vagues formes sur le sol faisaient de leur mieux pour gêner ma progression, et je rencontrai d'autres corps assis ou agenouillés, s'étreignant dans le dernier instant de leur agonie fulgurante. Les balles ricochaient contre les murs ou touchaient des cibles inertes autour de moi. Je me dressai et bondis dans le couloir où l'Allemand et les deux filles se cachaient. Je roulai sur moi-même puis m'immobilisai là, sur le sol, pantelant, à aspirer goulûment l'air stagnant. Je serais resté ainsi beaucoup plus longtemps si Cissie ne s'était agenouillée auprès de moi et n'avait agrippé mon épaule. Elle me dit quelque chose que j'eus du mal à saisir, à cause de son masque. Elle répéta sa question et je secouai la tête.

– Non, ils ne m'ont pas touché.

Je me relevai avec effort, et le mouvement me parut plus difficile encore qu'auparavant.

Aussi faible qu'elle fût, la lumière me faisait mal aux yeux et j'écartai la torche électrique de la main. Dans son faisceau je distinguai d'autres corps qui emplissaient le couloir, et je me demandai si les filles auraient assez de nerfs pour se déplacer dans cet environnement. Si la puanteur n'était nulle part aussi forte que je l'avais redouté, je décidai de ne pas leur apprendre qu'elles n'avaient pas réellement besoin de masques à gaz. Les verres en hublot restreindraient leur vision, surtout dans un éclairage aussi léger, et le fait de porter ces masques pourrait même leur donner l'impression qu'elles étaient isolées de tout ce qui gisait autour d'elles. Je n'avais aucun moyen de savoir si mon opinion était juste, mais, après tout, ça n'avait pas d'importance.

– Tirons-nous d'ici, aussi vite que possible, dis-je à Stern en lui prenant la torche.

Comme plus tôt avec le colt, il résista un peu, mais moins.

– Est-ce qu'ils nous suivent ? s'enquit-il.

Le masque, avec son filtre semblable à un groin et ses deux grands verres circulaires, lui donnait des airs de créature venue d'un autre monde.

– Non, ils ne descendront pas ici, répondis-je en regardant les deux filles.

– Comment pouvez-vous en être aussi sûr ?

Malgré le masque, son inquiétude était perceptible.

– Peut-être ont-ils peur des fantômes ? rétorquai-je.

C'était stupide, car les deux filles se serrèrent l'une contre l'autre.

– Allez, fis-je d'un ton pressant. Il faut s'éloigner au plus vite.

En fait, les Chemises Noires avaient déjà cessé les tirs, même si l'on percevait leurs cris, caverneux et railleurs, qui rebondissaient dans le tunnel des escalators et arrivaient jusqu'à nous, mêlés et incompréhensibles. Je me mis en mouvement et les autres m'emboîtèrent le pas. Je cherchais le meilleur passage entre ces tas sinistres, sans me soucier du vacarme derrière nous. Bientôt nous parvînmes à un escalier qui s'enfonçait dans le sol, ses degrés encombrés d'autres corps.

– Où allons-nous ?

La question venait peut-être de Muriel, mais c'était difficile à dire, à cause des masques. Je les précédais et restais concentré sur chaque pas suivant. Pendant un moment, je ne voulus pas lui répondre.

Quand j'atteignis le bas de l'escalier, je dirigeai le faisceau de la torche vers le trio et le braquai sur leurs pieds, de façon qu'ils puissent descendre avec le moins de risques possible. Une tête fripée, desséchée et brunie, parut suivre d'un regard vide leur passage. Un bras auquel n'adhéraient que des lambeaux fins à la main et au poignet troubla leur avancée. Je m'efforçai de leur éviter ces visions, mais ils avaient besoin de voir où ils posaient les pieds.

Cissie arrivait la première, et de ses chaussures à semelle de crêpe et talon plat elle repoussait les débris humains. Elle gardait les poings crispés et les bras à demi levés pour conserver son équilibre. Pour la première fois je remarquai qu'elle portait un pantalon sombre – bleu, je crois – et qu'elle avait un corps attirant, même s'il était moins délié que celui de l'autre fille. Bon Dieu, j'étais resté seul un peu trop longtemps, or ce n'était pas vraiment le moment rêvé pour se lancer dans ce genre de considérations. Je pense qu'alors je dus perdre un peu de ma concentration, car la lumière s'écarta et Cissie trébucha. Avec un petit cri apeuré, elle tomba en avant.

Je la rattrapai sans mal et la tins dans mes bras jusqu'à ce que sa panique disparaisse. Elle s'accrochait à moi et semblait peu disposée à me lâcher.

Elle effleura mon visage.

– Pourquoi ne portez-vous pas de masque ? interrogea-t-elle, la voix étouffée et les yeux flous derrière les verres embués.

Je pris ma décision. Ce serait plus dur pour eux, mais nous progresserions tous plus vite s'ils pouvaient voir plus clairement.

– Vous pouvez retirer vos masques, dis-je en la déposant sur le sol à côté de moi pour braquer le faisceau lumineux sur l'escalier.

– Qu'avez-vous dit ? fit Muriel, immobile.

– J'ai dit que vous pouviez ôter les masques, répétai-je plus fort.

– Mais la... commença Cissie avant de secouer la tête.

– Ce n'est pas si terrible. Ces corps ont fini de se décomposer depuis longtemps déjà.

Elle arracha son masque d'un mouvement décidé, et se raidit en inspirant l'air confiné du sous-sol. La résille derrière son crâne avait glissé dans le geste, et elle la retira complètement, puis agita la tête, ses cheveux encadrèrent son visage en une cascade de boucles libres. Quand Muriel nous rejoignit, Cissie s'était déjà un peu habituée à l'atmosphère ; du moins, elle semblait moins tendue. Par chance, au-delà du halo restreint de la torche électrique, il faisait trop sombre pour qu'elle voie ce qu'il y avait. Muriel se débarrassa elle aussi de son masque et je la vis grimacer quand elle emplit d'air ses poumons.

– Un peu de lumière nous aiderait bien, dit l'Allemand.

Il avait déjà ôté son masque, qui pendait à sa ceinture, et il nous observait depuis le milieu de l'escalier. Il descendit rapidement dès que je lui éclairai le chemin.

– Quel est votre plan ? fit-il en s'approchant de moi. Allons-nous attendre ici qu'ils soient partis ?

Son anglais était presque parfait, avec seulement de petites accentuations gutturales sur certaines consonnes, qui avaient pour effet de me serrer la poitrine et de faire monter en moi une vague de colère difficile à contenir.

Mais ce n'était pas seulement la haine que j'éprouvais pour cet Allemand, ce rescapé de la Race des Seigneurs, qui me poussa à garder le silence. Je ne voulais pas prendre de décision pour ces gens. J'avais trop pris l'habitude d'être seul et de faire des choix qui ne concernaient que moi (Cagney était du genre indépendant). Je refusais que quiconque dépende de moi.

– Allez, Hoke, dites-nous ce que nous devrions faire, insista Cissie en tirant sur le pan de mon blouson.

Mentalement, je les maudis d'être entrés dans ma vie, même s'ils l'avaient sauvée.

– Nous pourrions attendre qu'ils se lassent, expliquai-je enfin. Ou bien nous engager dans les tunnels...

– Non ! s'exclama Muriel avec une pointe d'hystérie dans la voix. Nous ne pouvons pas aller plus loin. Je ne veux pas. Les quais des stations...

Nous comprenions tous ce qu'elle sous-entendait.

– Je suis d'accord avec elle, appuya Cissie. Seigneur, c'est déjà assez horrible, mais que peut-il y avoir d'autre là-dedans ?

D'un geste vague, elle indiqua l'entrée du quai.

Seulement des dizaines et des dizaines d'autres cadavres putréfiés, allais-je répondre, quand il se produisit quelque chose qui nous retira toute possibilité de choix. Au loin, en haut de l'escalier et par-delà le couloir, il y eut un bruit de verre brisé suivi d'une sorte de *wooofff*. Puis un autre, le même son, et, dès qu'une lueur orange vif illumina le haut de l'escalier, je compris.

– Ils se servent de bombes à essence, dis-je, presque pour moi-même.

Les Chemises Noires avaient déjà essayé de me débusquer auparavant en utilisant ces bombes artisanales, constituées d'une bouteille d'essence avec pour mèche un morceau de tissu enfoncé dans le goulot. Mais j'avais toujours eu la chance de leur échapper. Soit ils les avaient bricolées maintenant, en ramassant des bouteilles dans la rue ou dans les magasins, et en siphonnant les réservoirs des véhicules, soit ils les avaient apportées avec eux. Je crus percevoir leurs cris de victoire, car leurs voix portaient loin dans l'espace restreint. Le feu s'étendait rapidement, passant d'un corps desséché à un autre, et très vite son grondement couvrit tout autre bruit en se rapprochant de nous. Des craquements secs le ponctuaient, celui des os se brisant et des gaz qui s'enflammaient. Les flammes se régalaient d'une abondance de carburant sur une piste qui menait directement vers nous.

– Très bien, voilà votre réponse, leur dis-je. On ne peut pas rester ici.

– Mais où aller ?

Cissie ne trompait personne, pas même elle. Tous, nous le savions.

– Comme je l'ai dit, dans les tunnels.

Et je tournai les talons, car cette discussion avait assez duré. A eux de choisir, maintenant.

Un énorme nuage de fumée noire descendit la cage d'escalier vers nous et en le scrutant je vis que les flammes n'étaient pas loin. Leurs reflets dansaient sur les murs carrelés et des vagues de chaleur se déversaient sur nous. Je consultai le plan du métro, sur la paroi derrière nous, sans vraiment avoir besoin de la torche électrique, et il m'apprit ce que je voulais savoir. Les filles commençaient à tousser, car la fumée se faisait de plus en plus dense. Elle se répandait sous le plafond et ouatait les murs.

– Remettez vos masques, ordonnai-je.

Le trio me suivit alors que je battais en retraite sur le quai. Mais l'Allemand avait laissé tomber son masque dans l'escalier et, au lieu d'en chercher un autre – les cadavres en portant un ne manquaient pas alentour –, il retourna en arrière pour le prendre. Autour de lui, les corps desséchés semblaient tressauter et onduler dans la lumière instable, comme si l'incendie qui approchait les éveillait du dernier sommeil. Une illusion, macabre à souhait, mais rien de plus qu'un effet visuel. Leurs vêtements commencèrent à fumer.

Je lançai un cri d'avertissement à Stern, mais il était déjà trop tard. Alors qu'il se redressait en ajustant le masque, il y eut une soudaine explosion derrière lui, due aux gaz brusquement libérés et aux matériaux inflammables qui s'unissaient pour redoubler la férocité du brasier. Je ne suis pas sûr que l'Allemand ait sauté d'instinct ou si c'est la déflagration qui le projeta, mais soudain il se trouva propulsé en l'air, les bras tendus, le dos arqué.

Il eut de la chance : jamais les flammes ne l'enveloppèrent complètement. Il roula sur le sol. Des flammèches attaquaient son blouson et je fonçai sur lui pour le retourner et le clouer dos au sol afin de les étouffer. Stern n'opposa aucune résistance. Il semblait comprendre ce que je faisais. A cet instant, s'il n'avait été un Boche, j'aurais pu éprouver de l'admiration pour lui.

La chaleur provenant de l'escalier était devenue insupportable. Je le traînai par-dessus les cadavres et sur le quai. Au-dessus de nous les flammes léchaient le plafond de la station et redescendaient en langues brûlantes aux jaunes et aux orange si vifs qu'ils nous aveuglaient. Il y avait dans ce spectacle une sorte de beauté terrifiante, surtout quand le torrent de feu toucha le bas de l'escalier et se tortilla sur le sol, dévorant les premiers corps avant de s'élever de nouveau dans un rugissement d'enfer.

– Reculez ! hurlai-je.

Nous fonçâmes sur le quai et je sentis mes cheveux grésiller au moment où je m'étalais de tout mon long parmi les cadavres. La fumée constituait un danger à elle seule, qui aveuglait et étouffait, jaillissait de l'entrée de la station alors que les flammes disparaissaient un moment. A présent c'était au tour de Stern de m'aider, de me relever et de me tirer hors du nuage de mort, car son masque le protégeait un peu plus. Je crachai et toussai, les yeux larmoyants, au bord de l'asphyxie, et je sentis d'autres mains qui m'agrippaient.

Un masque à gaz fut assujetti sur mon visage et, bien que toujours toussant, je détectai la faible odeur de désinfectant sous la puanteur du caoutchouc desséché. Je clignai des yeux et finis par distinguer l'image encore brouillée de Cissie, debout face à moi. Elle désignait l'autre bout du quai d'un bras tendu et me tenait l'épaule de l'autre main. J'acquiesçai mollement, et nous repartîmes tant bien que mal, moi toujours en boitillant, mais nous allions aussi vite que nous le pouvions, tels les survivants d'une bataille souterraine dont les combats auraient cessé depuis longtemps, pour ne laisser que des morts et de la fumée. Nous passâmes devant des alignements de matelas rangés le long du mur de la station, et des draps et des couvertures posés à même le sol cimenté. Au milieu de cette literie en pagaille, un peu partout on pouvait voir des effets domestiques : bouilloires, chaises pliantes, valises, livres, et même un vieux gramophone au pavillon cabossé. Un petit séchoir en bois était déplié, et des hardes y pendaient encore. Sans doute avait-il servi de paravent pour une famille modeste, mais aussi de signe que cette parcelle du quai leur appartenait. Il en était souvent ainsi chez ceux qui descendaient au même abri. Une poupée contemplait le vide devant elle, les yeux écarquillés comme si elle était toujours terrorisée par le carnage qui l'entourait. Un chapeau melon écrasé, une botte isolée, une paire de lunettes aux verres encore intacts. Il y avait même quelques petits réchauds à gaz ou à pétrole, du modèle utilisé pour se préparer un thé ou réchauffer le biberon d'un bébé, emportés par des familles qui aimaient leur confort. Un accordéon était posé sur un lit de camp, un masque à gaz pour enfant, trop grand et affreux, pareil au casque d'un scaphandrier, se trouvait sur une couverture juste à côté. Des feuilles de journaux recouvraient des corps recroquevillés, leurs gros titres à l'encre passée aussi hors de propos que les encarts publicitaires pour telle marque de gomina ou de gin avec lesquels ils partageaient la page.

Et des cadavres, partout. Il fallait les contourner, les enjamber ou les repousser quand ils bloquaient le passage. Dans la lumière incertaine, on eût dit qu'ils étaient des milliers. Coquilles vides qui naguère avaient été des êtres vivants, la plupart de ces gens étaient venus se réfugier ici quand les fusées avaient commencé à pleuvoir du ciel et qu'ils avaient vu d'autres personnes qui agonisaient devant leurs yeux, dans les rues, les cafés, les bureaux, les bus, les trams, les voitures... Une bonne partie n'avait sans doute ni vu ni entendu tomber les armes de la vengeance, mais le Blitz les avait conditionnés à chercher un refuge dès le premier hululement des sirènes. Cette fois pourtant, quand ils avaient réagi, qu'ils s'étaient précipités dans les abris des rues, des jardins publics, et même au fond du métro, la Peste Ecarlate les avait suivis, les avait traqués, débusqués et touchés. Alors le flot vital en eux avait ralenti, s'était solidifié comme du béton dans leurs veines.

Seuls quelques-uns en avaient réchappé. D'autres avaient survécu pour un temps limité ; ils succomberaient, mais simplement un peu plus tard.

Nous nous hâtions dans cette vision d'apocalypse, chacun d'entre nous bloquant ses émotions et suivant les minces lignes de sécurité blanches, peintes le long du quai, à un et deux mètres du bord. Nous étions tous très attentifs, mais concentrés, glacés d'horreur plus encore que par la panique qui annihilait notre compassion. Les crânes décharnés, aux yeux depuis longtemps liquéfiés, la peau brunie et tendue sur l'ossature, tel du parchemin, déchirée par endroits : nous enregistrions ces détails d'un seul coup d'œil, mais très vite nous regardions ailleurs.

J'ouvrais la route, sans jamais laisser le faisceau trop faible de la lampe-torche s'attarder sur un endroit particulier, et j'évitais les visions les plus terribles, en cherchant un passage dans ce massacre, sans jamais oublier l'incendie qui nous poursuivait. L'épaisse fumée qui le précédait menaçait de nous engloutir malgré nos masques à gaz, et j'accélérai encore l'allure. Le tunnel ne devait plus être très loin. La fumée qui nous pourchassait continuerait dans le tunnel, mais il y aurait moins de corps pour ralentir notre progression, et moins à brûler. Le faisceau lumineux révéla d'autres cadavres étendus sur les rails en contrebas, et je dus renoncer à croire que ce chemin serait plus aisé.

A cet instant, un cri m'alerta.

Je me retournai en balayant l'espace de la torche électrique et je découvris Muriel sur le sol, le corps allongé mais la tête et les épaules relevées, sur les coudes. Elle arracha son masque et hurla deux fois plus fort.

C'était idiot, mais ma réaction fut des plus naturelles : je braquai la lumière sur la cause de sa frayeur.

Le petit corps gisait près d'une valise, qui me l'avait sans doute caché quand j'étais passé à côté. Muriel avançait les bras tendus, et elle avait dû le faire tomber et chuter ensuite. Seuls des haillons informes adhéraient encore à la petite silhouette. Il était aisé de voir que les yeux de la fillette avaient été arrachés plutôt qu'ils n'avaient disparu avec le temps, car des sortes de vrilles minuscules pendaient sur ses joues creusées ; et là où aurait dû se trouver le ventre il n'y avait plus qu'un trou béant, tous les organes disparus. Même si je ne m'attardai pas à l'examiner, je ne pus que remarquer d'autres parties corporelles qui manquaient, là où l'os nu apparaissait. Je fermai les yeux une seconde, mais cette vision fut remplacée par un souvenir – un souvenir terrible, ignoble – et je les rouvris.

Muriel eut alors un geste étrange. Elle tendit la main pour toucher la longue chevelure terne qui pendait en mèches autour du visage ravagé, comme pour la caresser dans un mouvement de pitié et de regret. Mais les cheveux se détachèrent et restèrent entre les doigts de la jeune femme. Alors elle hurla de plus belle et son corps fut saisi de spasmes incoercibles.

Je l'agrippai par un bras et l'écartai du petit cadavre, avec douceur mais fermeté. Je dus la soulever, puis la reposer un peu plus loin, et Cissie la serra contre elle et se mit en devoir de la réconforter. Alors que l'écho de ses sanglots se démultipliait dans la station, je me débarrassai de mon masque et promenai la lumière sur les monceaux de cadavres tout proches. Et je découvris ce que j'avais redouté.

Voir des corps partiellement dévorés n'était malheureusement pas une nouveauté pour moi, pourtant la répulsion – oui, la haine, une haine violente pour les charognards qui avaient fait ça – monta en moi et me fit trembler de la tête aux pieds. Toutefois je parvins à me maîtriser, en dépit de ce qui gisait autour de nous, de ces victimes déchirées et mutilées, de ces blessures, des peaux lacérées et des organes absents. Dans cet éclairage défaillant, il était si facile d'ignorer toutes ces ombres mouvantes...

Des ombres mouvantes... Tout d'abord je crus qu'il ne s'agissait que de cela. De petits mouvements au sein des restes humains et des débris divers. Mais ils étaient trop furtifs, parfois trop rapides. Et ici et là, de petits points brillaient une seconde dans l'obscurité.

– Vite, on ne peut pas rester ici ! lançai-je aux autres, en déviant le faisceau de la torche et en le dirigeant vers l'extrémité du quai. Vous m'entendez ? L'incendie se rapproche ! Il faut continuer !

Je saisis Muriel par le poignet et d'une traction l'enlevai à l'étreinte de Cissie, puis je la tirai en avant, sans aucune douceur, mais disons avec détermination, car j'avais canalisé l'horreur qui m'habitait en une rage brûlante. Je maintenais la torche haute, au-dessus du sol, et nous trébuchions sur les obstacles cadavériques mais toujours j'apercevais ces petits mouvements prestes du coin de l'œil. Muriel se laissait aller, et je dus presque la traîner jusqu'à ce que Cissie nous rattrape et m'aide à la soutenir, ce qui améliora un peu notre progression. Bientôt la fumée troubla ma vision et son odeur âcre rongea ma gorge. Derrière moi, Muriel toussait, le corps cassé en deux, mais je n'allais pas ralentir ni chercher des masques à gaz sur le sol.

Je jetai un regard rapide par-dessus mon épaule. La fumée était trop dense et mes yeux trop embués pour distinguer autre chose qu'une fournaise démente qui commençait à emplir la station de métro. Nous avions presque atteint le bout du quai et il y avait moins d'obstacles. Des volutes épaisses et noires ondulaient sur le mur en face, mais je parvenais encore à repérer le trou noir du tunnel juste à côté, avec la rampe du petit escalier qui y descendait. Je lâchai Muriel, essuyai mes yeux de mon mieux et me concentrai pour percer l'obscurité du regard. Des cadavres bloquaient l'escalier, d'autres jonchaient les voies en dessous.

– Aidez-moi à la porter, ordonnai-je à Cissie.

Je braquai le faible rayon lumineux sur son visage une seconde, et au-delà des verres épais du masque je vis ses yeux s'agrandir. Je craignis que l'hystérie ne la submerge elle aussi, mais elle hocha simplement la tête et tira Muriel plus près de moi. Posant une main sur le quai, je sautai en contrebas, priant pour ne pas atterrir sur quelque chose qui s'effriterait sous mon poids. En fait je grimaçai seulement quand une douleur vive traversa ma jambe blessée. A ce niveau il y avait moins de fumée et, avant de tendre la main à Muriel, je dirigeai le faisceau de la torche vers le tunnel. Il n'éclaira pas très loin, mais suffisamment pour révéler d'autres victimes éparpillées, des excroissances informes qui tenaient plus du tas de vêtements que de restes humains.

Cissie guida Muriel jusque dans mes bras ouverts et je la fis descendre sur les voies. Elle appuya contre moi son corps mince, secoué par des quintes de toux. Je me tournai vers Cissie, qui nous rejoignit sans la moindre hésitation, d'abord en s'asseyant sur le bord du quai, puis en sautant sur les rails à côté de nous. L'Allemand posa un genou à terre. Avec son masque il avait encore plus l'air d'une créature exotique, et il me tendit quelque chose qu'il avait trouvé parmi le capharnaüm qui encombrait le quai.

Je pris la lampe à pétrole, un modèle rouge avec quatre pans vitrés amovibles, couronné d'un crochet de belle taille. Elle avait sans doute appartenu à un chef de station ou à quelqu'un qui venait régulièrement s'abriter ici, et la question était : fonctionnerait-elle encore, ou était-elle vide et inutilisable ? Bien que noircie à l'extérieur, sa mèche à l'intérieur paraissait en bon état. Je secouai la lampe et eus la satisfaction d'entendre un clapotis à l'intérieur.

Très bien. Pas le temps de l'essayer maintenant, mais elle servirait plus tard. Je confiai la lampe à

Stern. A ce moment la station sembla illuminée par un flash géant, et une vague de chaleur furieuse déferla sur nous. Nous nous recroquevillâmes tous, sans nous consulter, mais le phénomène fut très bref. Peut-être un réchaud qui venait d'exploser, ajoutant à la conflagration générale. Pendant quelques secondes la fumée fut agitée de mouvements fous, et elle décrivit des volutes insensées dans tous les sens. Muriel et moi nous retrouvâmes engloutis dans ce tourbillon soudain, perdus et haletants.

Quelque chose me saisit le bras et se mit à me pousser en avant. Il me fallut un moment pour comprendre que c'était Cissie ou l'Allemand, puisque tous deux évitaient le pire de l'asphyxie grâce au masque qu'ils avaient gardé. Tout en crachant mes poumons, je me laissai entraîner. La main qui tenait mon coude était ferme, et elle ne tarda pas à me soutenir et à me redresser tandis que je titubais. A la force de la prise je devinai qu'il s'agissait de Stern, et je me serais dégagé d'une saccade si je n'avais été aussi occupé à tousser.

Peu à peu la fumée perdit de sa densité et je pus voir de nouveau. Je me frottai les yeux et me rendis compte qu'il faisait beaucoup plus sombre et frais. Nous étions bien engagés dans le tunnel, et devant nous l'obscurité était si totale que nous aurions pu cheminer vers les enfers. Au contraire de la station, il régnait également ici une humidité très forte, à croire que l'eau imbibait les vieilles parois de brique, et une odeur de moisi assez puissante pour concurrencer celle de la fumée.

Je me mis à genoux et toussai tout mon saoul pour évacuer de mes poumons la poussière que j'avais respirée. Je clignai des yeux pour éclaircir ma vision, en regrettant de ne pas avoir une double pinte de bière fraîche pour soigner mon gosier irrité.

– Vous pourrez marcher ?

L'Allemand avait une fois de plus ôté son masque, et il observait avec inquiétude l'entrée du tunnel et les flammes qui s'en rapprochaient.

– Sûr, je vais bien, répondis-je.

Je m'essuyai la bouche d'un revers de manche. Pas de remerciement indispensable.

Cissie arrêta de s'occuper de son amie un instant, avec l'intention évidente de dire quelque chose. Elle aussi retira son masque quand elle comprit que nous n'avions pas entendu un seul mot, et recommença :

– J'ai dit : où mène ce tunnel ?

– Quelle importance pour l'instant ? m'emportai-je. Vous pensez que nous devrions attendre l'incendie, peut-être ?

La lampe était braquée en plein sur elle et je vis ses lèvres se serrer et ses yeux lancer des éclairs.

– Mais pour qui... commença-t-elle.

– Cissie, il a raison. Il faut continuer.

Muriel était toujours un peu faible et devait s'appuyer d'une main sur l'épaule de son amie. Elle porta un minuscule mouchoir à sa bouche et tremblait encore. La toux la secouait par crises.

Cissie crispa les mâchoires, mais la mauvaise humeur luisait toujours dans ses prunelles. Quand elle reprit la parole, ce fut presque sans desserrer les dents :

– D'accord, monsieur, mais je sens qu'on ne va pas s'entendre, tous les deux.

Je ne pus m'en empêcher, et ce n'était pourtant pas le moment, mais je lui décochai mon sourire le plus charmeur. Furieuse, elle me semblait bien jolie, avec son visage barbouillé de crasse, ses grands yeux noisette qui lançaient des éclairs, mais je me rendais compte qu'elle était jeune, vingt, peut-être vingt et un ans, et à cet instant précis elle arborait l'expression d'une mère en colère dont le gamin allait prendre une raclée mémorable dès qu'ils seraient rentrés à la maison. Je suppose que mon expression la mit hors d'elle car elle s'enfonça dans l'obscurité du tunnel sans nous attendre.

Muriel me lança un regard désapprobateur et la suivit. L'Allemand fit de même sans commentaire, la lampe à pétrole dans une main, le masque à gaz dans l'autre.

Bah, il ne me restait rien d'autre à faire que les imiter, et je me mis à claudiquer derrière eux, braquant la torche en avant pour les aider à trouver leur chemin. Bientôt je me retrouvai en tête de nouveau, et j'avertissais les autres des « obstacles » qui gisaient entre ou sur les rails quand j'en rencontrais. Ici l'atmosphère n'était sans doute pas très saine, mais plus respirable, et je conclus qu'une partie de la fumée devait s'évacuer par les conduits d'aération qui perçaient la voûte. Peu à peu le sol devint humide, puis détrempé, et en quelques minutes nous pataugions dans de l'eau stagnante, sale, noire et huileuse, à la lumière de la torche électrique. Nombre de ces tunnels avaient été inondés lors de l'atroce hiver de l'année précédente, et je nous estimai heureux que la plus grosse partie de l'eau se soit écoulée de celui-là. Au loin derrière nous grondait toujours l'incendie, mais, quand je me retournai, je ne discernai qu'un halo rouge pâle au cœur des ténèbres, habité de pulsations fades. Sans nous en rendre compte nous avions dû négocier un virage.

Soudain la luminosité de la torche électrique baissa, remonta puis se stabilisa à un niveau plus faible qu'auparavant. Les piles se déchargeaient rapidement. J'imposai une halte à ma petite troupe.

– Examinons cette lampe à pétrole, dis-je à l'Allemand.

– Je vous en prie, fit Stern qui avança et me passa l'objet. Et peut-être que maintenant vous accepterez de nous dire où mène ce tunnel, et combien de temps encore nous allons devoir marcher dans ces conditions ?

Son anglais trop précis, avec toujours ces accentuations raides sur certaines syllabes, m'échauffa la bile en un quart de seconde. Il parlait comme Conrad Veidt dans un film de propagande nazie. Mais je me retins. Mon heure viendrait.

Je soulevai l'un des pans vitrés et observai la mèche à l'intérieur. Elle semblait en bon état, et la longueur suffisante pour s'enflammer. Je confiai la torche électrique à Stern et cherchai mon Zippo de ma main libre, tout en leur expliquant où ce tunnel aboutissait.

– Comment pouvez-vous être certain que ces gens qui nous poursuivent ne seront pas embusqués à cette sortie ?

Cet accent... Je sentis mes mâchoires se crisper.

Cissie me surprit en répondant à ma place :

– Ils ignorent quel tunnel nous avons emprunté. Or il y en a beaucoup qui se croisent à Holborn. Nous pourrions émerger n'importe où dans Londres.

– Elle a raison, dis-je en sortant le briquet de ma poche et en l'allumant. Et puis ils pensent probablement nous avoir grillés avec leur petit feu de joie.

Je levai le Zippo pour voir leurs visages.

– Mais quelle longueur a ce tunnel ? dit Muriel. Je ne sais pas si...

– Vous y arriverez. C'est la route la plus courte que nous puissions prendre.

– Pour un Yankee, vous paraissez bien connaître le coin...

Il demeurait une trace de rancune dans la voix de Cissie, et aussi un peu d'essoufflement.

– J'ai profité des leçons d'un très bon guide, à une époque. Une femme qui était fière de sa ville.

Silence de la part des filles ; elles avaient dû détecter quelque chose dans ma voix. Mais l'Allemand se laissait gagner par l'agitation.

– Alors, comme vous l'avez dit, il faut continuer. Cet endroit ne me plaît pas du tout.

Je l'ignorai, penchai la lampe à pétrole et mis la flamme du Zippo en contact avec la mèche. Avant qu'elle prenne, des sons diffus nous parvinrent, trop éloignés pour que nous les distinguions avec netteté, mais ils gagnaient en volume à chaque seconde.

Nous regardâmes tous en direction de l'incendie.

J'avais déjà entendu ce genre de bruit dans le passé, mais je ne parvenais pas à me rappeler quand ni où. Le son s'accroissait, comme si sa source s'approchait. Une main se posa sur mon bras et je vis Muriel près de moi, le corps raidi, le blanc de ses yeux brillant dans la pénombre. Alors cela me revint : l'endroit où j'avais déjà entendu ce genre de vacarme.

Bien qu'il y eût moins d'animaux sauvages au zoo de Londres pendant les années du Blitz, les espèces les plus dangereuses ayant été abattues au cas où elles s'échapperaient à la faveur d'un bombardement, quand j'étais en permission Sally m'avait emmené plus d'une fois apprécier le spectacle de ces créatures exotiques. Je crois que cela lui plaisait beaucoup plus qu'à moi, pour être franc. Un jour, alors que nous nous promenions dans une volière, quelque chose avait apeuré les oiseaux – un avion volant en rase-mottes, je crois me souvenir. Le tintamarre déclenché par ces espèces diverses avait été incroyable, un vacarme impossible exprimant la panique, la colère, la peur, ou peut-être simplement le réconfort à l'adresse de leurs congénères, qui peut le dire ? Nous avions plaqué nos mains sur nos oreilles, mais le tohu-bohu nous parvenait toujours. Alors nous étions sortis en courant et en riant – nous riions de beaucoup de choses à cette époque – et nous avions laissé ces damnés volatiles à leur émeute. Même à bonne distance nous les entendions encore.

C'était ce genre de son que je percevais maintenant. Pas exactement le même, parce que les oiseaux ne vivent pas dans des tunnels, n'y ont jamais vécu et n'y vivront jamais. Non, ce son était familier et différent en même temps. Une main invisible fit glisser un glaçon le long de mon épine dorsale.

Muriel se pressa contre moi, et je la sentis qui respirait par à-coups. Cissie se rapprocha de nous.

Des couinements, voilà de quoi il s'agissait. Pas le pépiement d'oiseaux, non : des couinements. Comme de petits cris suraigus, par centaines, peut-être par milliers.

Le halo de lumière derrière nous s'intensifia. Et alors les premières apparurent.

De petites boules de feu fonçaient vers nous, illuminant les ténèbres par leur nombre.

4

– Qu'est-ce que c'est ?

Les doigts de Muriel crispés sur mon bras me faisaient mal, mais j'ignorai la souffrance.

– Reculez ! hurlai-je en mettant aussitôt mon conseil en pratique et en la tirant avec moi.

Il était difficile de détourner nos yeux de cette horde de lumière. Il y avait quelque chose d'hypnotique dans le spectacle dément de ces petites formes incandescentes, dont certaines tentaient de grimper aux murs pour retomber très vite, tandis que d'autres bondissaient dans l'air en se tordant et s'écrasaient sur les rails où elles se consumaient comme de petits feux. Mais la plupart se ruaient sur nous, comme propulsées par une machine de guerre médiévale, et bientôt nous nous remîmes à reculer et à trébucher sur les restes humains cachés par l'obscurité. C'est alors que, sans nous consulter, nous fîmes volte-face et fonçâmes droit devant nous, de toute la vitesse dont nous étions capables, Cissie et l'Allemand en premier. Un coup d'œil anxieux en arrière m'apprit que nous ne gagnerions jamais cette course, car les boules de feu se rapprochaient. J'avais cru que nous pourrions les distancer, qu'elles seraient dévorées par les flammes qui rongeaient leur dos avant qu'elles nous rejoignent, mais je m'étais trompé : elles continuaient de gagner sur nous.

Notre fuite soulevait des gerbes d'eau croupie tandis que les couinements redoublaient d'intensité derrière nous. Dans la lumière vacillante et presque inutile de la lampe-torche que tenait l'Allemand, j'aperçus ici et là des poches d'ombre contre les parois du tunnel, et il ne me fallut pas longtemps pour comprendre que c'étaient les renfoncements de sécurité utilisés par les travailleurs quand une rame passait. Stern les avait déjà remarqués. Il s'arrêta brusquement et se jeta dans le plus proche.

Sans le halo de sa torche électrique, nous aurions été virtuellement aveugles, mais il y avait l'éclat de ces créatures incendiées qui nous pourchassaient. Je tendis le bras, saisis Cissie et la poussai ainsi que Muriel dans la niche suivante. Je les plaquai au fond, contre la paroi, et les pressai rudement contre la pierre. Je sentis leurs tremblements se transmettre à mon propre corps et, à dire vrai, je n'en avais pas besoin pour frissonner.

Les petites choses en feu passèrent devant notre abri en couinant dans leur agonie. L'eau dans laquelle elles filaient était trop peu profonde pour éteindre les flammes sur leur dos. Certaines roulèrent sur elles-mêmes, et de la vapeur mêlée à de la fumée s'éleva de leur pelage. Elles gigotèrent devant nous en sifflant, jusqu'à ce que leurs corps rôtis abandonnent la lutte et s'immobilisent. Muriel se détourna et Cissie enfouit son visage dans le creux de mon épaule quand elles comprirent toutes deux la nature de ces créatures.

Personnellement, j'éprouvais un plaisir sauvage à regarder les rats brûler. Peut-être même ai-je souri en voyant leurs corps enflammés se tortiller pendant que leurs cris d'agonie se répercutaient dans les ténèbres et que leurs museaux pointus et répugnants se retroussaient sur des dents effilées comme des rasoirs, que leurs pattes griffues s'agitaient inutilement jusqu'à ce qu'elles ne soient plus que des brindilles calcinées. Oui, je suis sûr d'avoir souri, et de m'être souvenu aussi de ce que les rongeurs avaient fait, et de la façon dont ils s'étaient nourris pendant toutes ces années...

Certains moururent juste devant nous, d'autres un peu plus loin, éclairant le tunnel en avant, comme s'ils voulaient nous montrer le chemin. D'un coup de pied j'en repoussai un qui s'était trop approché. Il décrivit un court arc de cercle en arrière et retomba dans l'eau stagnante. Les flammes se transformèrent en une fumée grisâtre, mais trop tard pour le sauver. Le rat tressaillit, se tordit, et j'eus la soudaine envie de lui loger une balle dans le corps – je l'aurais voulu pour chacun d'eux –, non pour abréger ses souffrances mais par simple répulsion, par dégoût, haine de cette créature, de la même façon que je haïssais l'Allemand, parce que tous deux appartenaient à des espèces de la même sorte, une vermine qui avait perdu le droit de fouler le sol de cette terre.

Mais je restai immobile et ravalai mes émotions. Ce ne fut pas facile, cela ne l'a jamais été pour moi, mais j'y parvins.

Assez vite les couinements d'agonie des rats diminuèrent d'intensité, puis s'estompèrent jusqu'à disparaître. Leurs corps fumants jonchaient les rails, parcourus çà et là de flammèches gourmandes. Nous percevions encore le bruit émis par leurs congénères qui avaient fui plus avant dans le tunnel, mais bientôt il ne subsista plus du passage de la horde que la puanteur. Bon Dieu, ici-bas l'air était déjà assez déplaisant à respirer, avec les systèmes de ventilation hors service depuis longtemps et aucun train pour entraîner un appel d'air ; à présent, avec ces fumerolles qui portaient l'odeur écœurante de la chair grillée, l'atmosphère devenait presque irrespirable.

Je me rendis compte que Muriel sanglotait en silence derrière moi, et que Cissie avait ôté sa tête de mon épaule et s'appuyait contre le mur de l'alcôve.

– Tout va bien, Muriel, dit-elle en frottant le dos de son amie d'une main réconfortante. Nous n'avons plus rien à craindre maintenant, c'est fini.

Inutile de la persuader du contraire.

L'Allemand réapparut dans le tunnel. La lampe-torche qu'il tenait n'émettait plus qu'une vague clarté orangée qui avait du mal à pénétrer les ténèbres. Je l'entendis tousser et vis le halo tressauter dans l'air.

Je le rejoignis sur la voie, repris le Zippo et m'accroupis pour poser la lampe à pétrole sur un rail. J'ouvris un pan vitré et allumai le briquet.

– Nous ne pouvons pas traîner ici, dit l'Allemand entre deux quintes de toux. Nous succomberons si nous ne trouvons pas un moyen de sortir rapidement.

– Il n'y a qu'une issue, et elle est droit devant nous, répondis-je en allumant la mèche.

Elle ne prit pas tout de suite, et je maintins le briquet en position, en me concentrant, comme si le fait de fixer du regard cette corde de coton allait la décider à obéir. Enfin elle s'enflamma, et la lumière s'accrut. Je grognai de satisfaction, heureux que quelque chose aille comme je le souhaitais ; jusqu'alors, la journée n'avait pas été très gratifiante pour moi.

Le son des sanglots de Muriel attira mon attention ; je levai la lampe et la tendis vers le renfoncement où les deux filles se trouvaient toujours. Cissie serrait son amie en pleurs dans ses bras et lui tapotait le dos en lui murmurant des paroles rassurantes.

– S'il vous plaît, dites-leur que ce n'est pas le moment.

Visiblement, l'Allemand pensait qu'elles écouteraient plus un allié qu'un ennemi. Il avait probablement raison, du moins j'étais tout prêt à partager cette opinion.

– Ecoutez, dis-je avec tout le calme dont j'étais capable, le feu ne nous atteindra peut-être pas ici, mais la fumée va envahir le tunnel comme une cheminée, malgré les quelques puits de ventilation sur le parcours. La prochaine station n'est plus très loin, vingt minutes de marche tout au plus, peut-être moins, alors repartons et gardons les braillements pour plus tard.

Je n'avais pas voulu donner à cette dernière remarque une tonalité rude, vraiment, mais je crois que c'est ainsi que je l'exprimai. Cissie me fixa d'un regard glacé.

– Vous ne voyez pas qu'elle n'en peut plus ? me lança-t-elle.

J'acquiesçai bien volontiers.

– Tout ce foutu monde n'en peut plus, et pourtant ce qu'il en reste continue de vivre. Maintenant, à vous de décider : vous restez ici et vous finirez asphyxiées par la fumée qui va arriver, ou bien vous mc suivez. Choisissez.

Je tournai les talons, passai devant l'Allemand qui restait là, le visage imperturbable, aussi immobile qu'une statue, et je m'éloignai en pataugeant. Une seconde plus tard, je l'entendis qui me suivait.

– Espèce de salopards...

C'était dit froidement, sans colère, avec à peine une trace de rancune dans la voix de Cissie. Simplement une constatation, et pas si erronée que cela.

Je poursuivis ma progression en brandissant haut la lampe à pétrole, les yeux fixés droit devant moi. Il y avait encore de petites lumières vacillantes au niveau du sol, plus loin, certaines de ces vermines refusant de mourir, et je me demandai combien avaient survécu à la Peste Ecarlate en se régalant du festin offert par l'hécatombe. Les médecins et les scientifiques savaient que les groupes sanguins des animaux et des humains ne correspondaient pas, et pourtant le taux de mortalité avait été comparable dans les deux catégories ; certaines recherches sur nos différences auraient sans doute aidé, mais on n'en avait pas eu le temps. Personne n'avait cu de temps pour rien.

Je revins au présent en entendant les deux femmes qui marchaient derrière nous. A mon grand soulagement les sanglots avaient cessé et Cissie gardait pour elle ses opinions sur moi et le Boche. La lampe-torche s'éteignit définitivement, et Stern la jeta de côté en marmonnant quelque chose qui devait être un juron en allemand. Le claquement de la torche électrique contre le mur nous fit sursauter, et bien que l'envie de le descendre ici et maintenant fût très tentante, je gardai le colt dans son holster et ne ralentis pas.

Assez vite le niveau de l'eau baissa, pour ne laisser bientôt que des flaques ici et là, mais l'atmosphère était devenue encore plus nauséabonde. Si la fumée nous avait accompagnés tout du long, jusqu'alors elle était restée en hauteur, près du plafond. Désormais elle redescendait sur nous en volutes paresseuses, comme si quelque chose bloquait le tunnel, plus loin. Il devint plus difficile de respirer et je dis à Stern de passer son masque à gaz à Muriel, en faisant signe à Cissie de mettre le sien.

– Je l'ai perdu là-bas, rétorqua-t-elle sèchement, comme si cela ne me regardait pas. De toute façon, je ne crois pas qu'ils servent à grand-chose, ajouta-t-elle, juste pour me faire comprendre qu'elle ne se culpabilisait pas le moins du monde.

Pourtant ils avaient été bien utiles dans la station, pensai-je, mais le moment n'était pas aux discussions. D'ailleurs je n'avais pas l'énergie pour cela.

Stern attendit que Muriel le rejoigne et lui tendit son masque.

– Si la fumée vient à s'épaissir... dit-il tandis qu'elle acceptait avec un hochement de tête reconnaissant.

Je scrutai l'espace et je n'avais fait que quelques pas quand je vis ce qui bloquait le tunnel. Une partie de la fumée passait au-dessus de la rame de métro ou sur les côtés, mais la majeure partie revenait directement sur nous.

J'agitai une main dans un vain effort pour éclaircir un peu l'air, puis j'expliquai aux autres de quoi il retournait. En quelques secondes j'eus atteint l'extrémité de la rame et je me hissai sur la pointe des pieds pour regarder dans la cabine de pilotage, avec l'idée que nous pourrions monter et traverser les wagons pour avancer. Les autres s'étaient massés derrière moi. Je passai sur le côté et levai la lampe assez haut pour éclairer l'intérieur du compartiment.

Rien n'aurait dû pouvoir me choquer – trois années d'existence au milieu de visions qui auraient alimenté les pires cauchemars auraient dû me blinder –, mais le crâne qui se dévoila à mon regard, avec ses cavités sombres à la place des yeux, et ce rictus sans lèvres, me fit faire un bond en arrière. Assez stupidement, je le reconnais, j'avais espéré que la rame serait vide. Mais, bien sûr, des usagers voyageaient dans le métro sous la ville quand le mal avait frappé, et la Peste Ecarlate s'était infiltrée dans les tunnels, elle avait piégé ses proies jusque dans les trains. Combien avaient survécu ? me demandai-je. Combien d'AB négatifs – s'il y en avait dans cette rame – avaient réussi à s'extirper de ce monceau de cadavres, avaient erré dans les tunnels et trouvé une sortie vers la surface, seulement pour regretter de ne pas avoir péri comme les autres voyageurs ?

Le crâne appuyé contre la vitre latérale portait toujours une casquette de conducteur, de guingois, et on aurait pu croire que même dans la mort le squelette avait gardé son sens de l'humour. Je n'arrivais pourtant pas à l'apprécier, et je n'étais pas loin de craquer quand je revins auprès des autres. J'allais leur conseiller de garder le regard baissé quand ils longeraient les compartiments, mais je n'en eus pas le temps.

L'éclair qui envahit le tunnel était pareil à une explosion de lumière, et tout devint blanc avant que nous nous retrouvions momentanément aveuglés. Le tonnerre qui suivit moins d'une seconde plus tard fit vibrer les murs et nous assourdit. Un air brûlant nous gifla violemment, mais par chance nous étions en partie protégés par le wagon et seules nos jambes sentirent la brûlure de cette bourrasque. Nous tombâmes à genoux. Pour nous le monde était devenu silencieux, mais il continuait de trembler.

Je ne saurais dire si je perçus l'oscillation du train mais l'instinct me propulsa vers les deux filles, et je les plaquai au sol jusqu'à ce que les roues s'arrêtent. Tout en clignant des yeux pour recouvrer un peu de ma vue, je me rendis compte que l'atmosphère avait été nettoyée d'un coup. La déflagration avait chassé la fumée et la puanteur. Alors que je me frottais les yeux et que mon ouïe reprenait du service, de la poussière, des gravats et des briques commencèrent à chuter du plafond de la galerie et des murs. Toujours étourdi, je devinai ce qui avait causé l'explosion. Mais le moment n'était pas aux hypothèses car bien qu'ayant été protégés de l'impact par la rame, nous nous trouvions maintenant dans une position encore plus périlleuse. Et malheureusement nos chances de survie diminuaient de seconde en seconde.

Je me relevai en titubant et ramassai dans le mouvement la lampe toujours allumée, que je brandis autour de moi. La silhouette sombre de l'Allemand était appuyée contre le flanc d'un wagon, et il secouait la tête vigoureusement pour reprendre ses esprits. Derrière lui le train brûlait. Les flammes étaient encore assez loin dans les compartiments suivants, mais elles se rapprochaient vite. Stern disparut à ma vue quand de subites bouffées de fumée nous séparèrent.

L'air était totalement desséché, et soudain il devint difficile de respirer.

– En arrière !

Je m'étais efforcé de hurler, mais je n'avais guère poussé qu'un coassement ridicule, et je doute que les autres m'aient entendu.

Je poussai les fille loin de cette nouvelle menace, Stern ne fut pas long à nous rejoindre et nous vacillâmes dans la fumée et la poussière. L'Allemand soutenait Muriel par un bras tandis que j'aidais Cissie, et notre petit groupe battit en retraite sur la voie, avec pour seules motivations la peur et la chaleur qui nous repoussaient. Une fumée épaisse, étouffante, déroulait ses volutes endiablées autour de nous, ce qui accroissait notre panique, jusqu'à ce que l'épuisement nous fasse ralentir, cent mètres plus loin. Muriel tomba à genoux la première, aussitôt imitée par Cissie.

Stern voulut relever Muriel, mais celle-ci était pliée en deux et crachait avec effort la fumée de ses poumons. Son corps n'était plus qu'un poids mort.

Je m'accroupis auprès de Cissie.

– Venez, nous allons mourir asphyxiés si nous restons ici.

Même à mes propres oreilles ma voix paraissait assourdie après l'explosion, comme enfermée dans ma tête, mais je crois qu'elle m'entendit. Elle s'écarta un peu de moi.

Sa voix était distante également, pourtant je saisis sa réponse en forme de question :

– Où pouvons-nous aller ? Nous sommes pris entre deux feux, espèce d'idiot, et c'est votre faute ! C'est vous qui nous avez fait descendre ici !

Elle marquait un point, d'accord. Mais quel autre choix y avait-il à ce moment-là ?

Je regardai dans une direction, puis dans l'autre. *L'incendie ou le brasier,* me dis-je, *faites votre choix. Il y a des jours, comme ça...*

Le dos contre le mur, l'Allemand toussait si violemment que je craignis presque que sa gorge n'explose. Le corps brisé de Muriel était secoué de spasmes et elle luttait pour aspirer un peu de cet air empoisonné. Là-bas le tunnel était illuminé, mais la fumée adoucissait l'éclat des flammes, et dans l'autre direction, vers la station, un torrent de fumée plus épais encore roulait vers nous, si dense qu'il en paraissait solide.

Je me remis debout avec effort, mais mes jambes me supportaient à peine. Mon énergie était sapée et j'étais étourdi par le manque d'oxygène. Un voile insidieux se déployait sur mes pensées et il n'était pas désagréable ; non, il ressemblait à une échappatoire, une manière de fuir l'horreur autour de nous, dans cet enfer souterrain. Je combattis la sensation, parce que combattre tout ce qui n'est pas juste, normal et bien a toujours été dans ma nature. C'est pourquoi je m'étais engagé dans cette guerre pourrie bien avant la plupart de mes compatriotes. Oh oui, j'étais un combattant – la vie et certaines morts m'avaient rendu ainsi – mais j'avais bien l'impression d'en être arrivé à ma dernière bataille.

Je me révoltai à cette pensée, et je levai même un poing par défi, mais je savais que j'avais perdu la partie. Il n'y avait pas de solution. Comme l'avait dit cette fille, je les avais entraînés dans un traquenard, et le prix de cette erreur était la mort. Nous allions périr parmi toute cette vermine calcinée.

Et alors que la fumée noire se refermait sur nous et que ce voile s'épaississait sur mon esprit, quelque chose se produisit qui fit surgir en moi mes ultimes réserves d'adrénaline.

5

Malgré les brumes vaporeuses, cette nouvelle lumière était assez forte pour éblouir. Elle semblait venir directement du tunnel lui-même, à seulement quelques mètres, et elle déferlait sur nous pour nous submerger en une vague surpuissante. La personne qui parla alors était invisible dans ce foyer aveuglant, mais sa voix restait très claire, bien que basse, rocailleuse et teintée d'accentuations qui trahissaient un certain déplaisir :

– Faites pas un très beau tableau, vous tous. Feriez mieux d'entrer vite fait, à moins que vous ne désiriez mourir d'étouffement. Allez, venez. Et les dames d'abord, hein.

L'Allemand s'était relevé, mais les deux femmes restaient allongées sur les rails, la tête tournée vers la source lumineuse. J'estimai que l'offre était des plus raisonnables et je soulevai Cissie par les aisselles tout en grognant à Stern d'aider Muriel de la même manière. Tous les muscles de mon corps étaient endoloris, et mon épaule m'élançait là où la balle l'avait éraflée, mais je parvins à remettre Cissie debout et nous progressâmes vers la lumière. Couverts de crasse, avec nos vêtements déchirés et crottés, nous devions en effet offrir un spectacle peu reluisant tandis que nous avancions en titubant et en toussant. Des vagues de chaleur passaient sur nous et nous pouvions entendre le son du verre qui éclatait pendant que les vitres de la rame se brisaient. Il y avait d'autres bruits, la voûte qui cédait au-dessus du train, les vieilles briques qui se descellaient sous l'effet de l'incendie, et un grondement sourd évoquant un tremblement de terre qui se propageait sous nos pieds. Entre deux quintes de toux, les femmes pleuraient. Les cendres virevoltaient autour de nous, dans la fumée ; je dus déglutir à plusieurs reprises avant d'être capable de hurler à l'homme de cesser de nous aveugler.

Nous ne paraissions pas nous rapprocher de lui et je compris qu'il reculait à mesure de notre avance. Le halo de lumière se resserra et révéla le contour d'une porte dans la paroi du tunnel. Elle avait dû rester dans l'ombre quand nous l'avions dépassée, trop occupés à fuir pour prêter attention à ce genre de détail. De toute façon, elle était sans doute verrouillée de l'intérieur à ce moment-là, et donc ne nous aurait pas été d'un grand secours. A présent la situation était différente : la porte béait et notre ange gardien nous invitait à la franchir.

La lumière battait en retraite le long d'un couloir de brique nue et nous la suivîmes en vacillant. Nous nous écroulâmes dès la porte passée, en un enchevêtrement de membres, mais nous étions trop épuisés par notre fuite pour aller plus loin. Tandis que nous restions affalés là, à reprendre tant bien que mal notre souffle, je sentis quelque chose, quelqu'un qui nous contournait et revenait vers l'entrée. J'entr'aperçus un bleu de travail sombre et déformé par l'usage avant que la porte de fer claque derrière nous.

Il subsistait un faible grondement apparemment éloigné, et une vibration légère courait toujours dans le sol, que je sentais dans la paume de mes mains et mes genoux ; cependant tout semblait s'être calmé d'un coup, comme si nous avions mis des kilomètres entre nous et la catastrophe. J'avais du mal à bouger, penser requérait un effort trop grand. Je ne désirais qu'une chose : me reposer. Les autres toussaient toujours, et je n'étais pas en meilleur état. Ma gorge me donnait l'impression d'être à vif et je n'arrivais pas à aligner deux pensées cohérentes. Il me fallut faire appel à toute ma volonté pour rouler sur moi-même et m'asseoir le dos au mur. Dans cette position je pouvais au moins regarder autour de moi.

Le couloir était long, étroit, et se terminait par des marches de pierre menant à un niveau supérieur. Une lumière plus douce que celle de notre ange gardien était diffusée par une lampe à pétrole posée sur le deuxième degré de l'escalier. Quand la torche électrique s'éteignit, je tournai mon attention vers la porte de fer.

Il devait frôler la soixantaine, et c'était un individu de taille moyenne, râblé, vêtu d'une salopette bleu sombre et d'un casque plat, en fer-blanc, orné d'un grand *W*. L'uniforme des membres de la défense passive, et je me demandai pourquoi personne n'avait pris la peine de lui annoncer que la guerre était terminée depuis trois ans. Son visage était flasque et dur à la fois, celui d'un travailleur accoutumé au grand air et aux tâches pénibles. La couperose marquait ses bajoues d'un réseau rouge. Des sourcils broussailleux, un nez épais et un regard perçant complétaient le portrait. Il nous observait en silence et ne semblait pas ravi de ce qu'il voyait. Après un temps, il eut un hochement de tête maussade.

– D'accord, vous autres, debout. Je ne sais foutre rien de ce que vous avez fabriqué, mais même cet endroit n'est plus sûr, maintenant.

Comme pour souligner la véracité de ses dires, une déflagration assourdie retentit non loin.

– Oh, bon Dieu... grogna-t-il, plus pour lui-même que pour nous.

Il se dirigea vers l'escalier, mais à ma hauteur il s'arrêta. Il se pencha, scruta mon visage d'un air sévère et acquiesça comme si cet examen confirmait quelque chose qu'il savait déjà.

– Je m'étais toujours dit qu'un jour vous foutriez le bordel, marmonna-t-il avant de repartir vers les marches. (Il ramassa la lampe et se retourna vers nous.) Ecoutez, je vois bien que vous êtes à bout de forces, mais vous pouvez pas rester ici. Vous êtes toujours en danger, vous pigez ? Vous avez déclenché quelque chose dans ce maudit tunnel, ça a brisé les conduites de gaz qui alimentent ce bunker. Ça va créer des incendies un peu partout dans le coin. Pour l'instant nous sommes en sécurité ici, mais ça ne durera pas bien longtemps. A moins de bouger maintenant, on sera pris au piège. Vous pigez ça ? Piégés, on sera.

Il s'adressait à nous comme à des débiles mentaux, mais à ce moment-là nous affichions sans doute des expressions assez idiotes, car le soulagement et l'épuisement prélevaient leur dû. De mon côté, je me demandais toujours la raison de l'attention particulière qu'il m'avait portée. L'autre s'impatientait.

– Quand quelque chose pète dans le sous-sol de cette foutue ville, ça risque de déclencher une explosion ailleurs ou un incendie. Réaction en chaîne, vous pigez ? Avec tout ce foutoir de conduites de gaz, de réservoirs et de tunnels d'égouts, c'est presque incroyable que toute la ville soit pas déjà en ruine.

– C'était une poche de gaz, dans le tunnel, dis-je malgré la douleur dans ma gorge.

– De quoi ? grommela-t-il en posant sur moi un regard brillant.

– Des rats dont la fourrure avait pris feu sont passés devant nous, dans le tunnel. Je pense qu'ils ont atteint un endroit, plus loin, où du gaz s'était accumulé.

Il renifla et sortit de son pantalon un mouchoir rouge plutôt sale avec lequel il essuya son visage et son cou grassouillet.

– Ouais, c'est probablement ça. Pas que ça ait de l'importance, maintenant.

Il hocha la tête plusieurs fois en me dévisageant.

– Alors, comme ça, vous êtes américain ? C'est ce que je me suis dit en vous voyant toujours avec ce blouson yankee.

– Vous me connaissez ?

Ma cervelle recommençait à fonctionner.

– Je vous ai déjà vu ici et là, fiston. Et ce matin je vous ai vu poursuivi par les Chemises Noires, vous et les autres ici. Mais vous, vous ne m'avez pas vu, ni les autres, je me suis débrouillé pour. Je vous ai vus filer dans la bouche de métro et j'ai deviné où vous iriez si on vous en laissait le temps.

Je me redressai en m'appuyant au mur, tous mes muscles raidis, et le considérai d'un air ébahi. L'Allemand et les deux filles reprenaient aussi leurs esprits, mais je n'étais pas certain qu'ils aient suivi ce début de conversation.

– Comment avez-vous su quel tunnel nous emprunterions ? demandai-je à l'homme, car la curiosité supplantait la fatigue en moi.

– Comme j'ai dit, j'ai deviné où vous alliez aller. C'était un coup de chance, mais ça a marché, fiston. Bon, maintenant vous avez la force de donner un coup de main à vos compagnons ?

J'avais à peine celle de rester debout, mais j'acquiesçai.

– Alors en route.

Et il se mit à gravir l'escalier. Ses bottes claquèrent sur le ciment des marches.

– Qui est-ce ? s'enquit Cissie à mi-voix, en s'agrippant à mon bras offert pour se relever.

– Aucune idée, répondis-je en l'aidant. Mais je suis prêt à déposer un baiser de gratitude sur son petit front.

L'Allemand aidait Muriel à se remettre sur pied, et elle nota mon regard anxieux.

– Ça va aller, assura-t-elle d'une voix tendue. Dès que nous serons dans une atmosphère plus respirable, tout ira bien.

– Alors, vous venez ?

Nous n'apercevions que la pâle lueur de la lampe à pétrole qui venait mourir au pied de l'escalier, et le couloir où nous nous trouvions était plongé dans l'obscurité. Sans un mot nous suivîmes notre sauveur, moi devant, puis les filles et enfin Stern qui fermait la marche. L'homme nous attendait sur le palier terminant l'escalier, devant une autre porte de fer.

– Qu'est-ce que c'est que cet endroit ? voulus-je savoir.

– Un abri de la défense passive. Il y a tout un tas de salles bétonnées de l'autre côté de cette porte, toutes souterraines, creusées trop profond pour qu'une bombe puisse les atteindre. Ils n'ont jamais pensé au poison, remarquez. Non, ils n'ont jamais imaginé qu'on pourrait les toucher ici. Tout ça était très secret, et complètement inutile, pas vrai ?

– Si c'était tellement secret, comment se fait-il que vous connaissiez cet endroit ?

– Il faisait partie de mon secteur de surveillance, fiston. En tant que membre de la défense passive, je devais vérifier qu'aucune des issues donnant sur la rue n'était obstruée.

Il jeta un coup d'œil par-dessus mon épaule pour s'assurer que nous étions tous là, puis ouvrit la porte. A en juger par l'effort qu'il fournit, elle devait être très lourde.

Je lui effleurai le bras en me rapprochant.

– Vous avez dit que vous saviez où je me dirigeais. J'aimerais que vous me disiez comment.

Je gardai la main posée sur son bras et il la contempla une seconde avant de me regarder.

– Je sais où se trouve votre quartier général, alors c'était logique de penser qu'en cas de problème vous emprunteriez la ligne de métro conduisant à Aldwich, qui est tout proche de l'hôtel que vous avez utilisé. Je vous ai vu y entrer et en sortir plein de fois, fiston. Des fois vous disparaissez pour un bout de temps, mais vous finissez toujours par revenir. Vous aimez bien le luxe, pas vrai ?

Il ponctua sa réflexion d'un petit rire.

– Vous m'avez surveillé ?

Toute trace d'humour déserta aussitôt son visage rude.

– Ouais, je vous ai surveillé, fiston. Et je sais ce que vous faites.

Il se détourna, mais pas avant que j'aie aperçu la gêne dans ses prunelles.

– Hoke ? fit Cissie, qui se pressa contre moi. (Sa respiration était toujours heurtée.) Qu'est-ce que vous...

– Laissez tomber. Concentrons-nous plutôt sur la meilleure façon de sortir d'ici.

Je la pris par la main et, à mon grand étonnement – car je la croyais toujours folle de rage contre moi –, elle se laissa guider.

Une fois la porte franchie, nous nous retrouvâmes dans un autre couloir, plus large celui-là, avec des arches ouvertes dans chacun de ses murs. L'eau recouvrait le sol et à l'extrémité opposée brillait une lampe à carbure à l'éclat cru mais aussi plus intense que celui de la lampe à pétrole. Sur le mur près d'une des portes ouvertes était accroché un poster jauni. En passant je vis qu'il représentait Adolf Hitler, de face et de profil, avec la mention RECHERCHÉ en grosses lettres au-dessus de son portrait, et en plus petit : POUR

KIDNAPPING, MEURTRE, VOL ET INCENDIE CRIMINEL. J'aurais aimé ajouter : ET POUR GÉNOCIDE MONDIAL. Le sol frémit sous nos pieds et Cissie s'agrippa un peu plus fort à mon bras.

Je jetai un œil par une des portes ouvertes et vis une grande salle quasiment vide. Des tuyaux couraient en haut des murs, près du plafond. Un des plus petits fuyait en deux endroits et de minuscules jets d'eau retombaient en arc de cercle sur le sol. Le mobilier se réduisait à une table de fer sur laquelle trônait un téléphone noir, et quatre chaises à dos droit. Par bonheur, aucun reste humain n'était visible ici.

D'autres pièces suivirent, mais sans beaucoup plus de meubles : deux ou trois tables, des classeurs métalliques verts et des placards. Les tuyaux couraient au plafond de toutes les pièces, et un peu partout ils fuyaient, certains sérieusement. Au bout du couloir se trouvait un autre escalier, plus large que le précédent et qui tournait sur lui-même. Nous utilisâmes sa rambarde en fer pour le gravir. L'agent de la défense passive nous houspillait et s'énervait de voir les femmes nous retarder. Nous arrivions juste au niveau supérieur quand une explosion derrière une série de portes sur notre gauche fit trembler les murs.

Notre guide s'accrocha à la rambarde de l'escalier jusqu'à ce que les vibrations cessent.

– Les cylindres à gaz ! s'écria-t-il en me lançant un regard presque accusateur. Ils sont entreposés ici en cas d'urgence et maintenant votre foutu incendie les a détruits !

Mon foutu incendie ? Oui, bien sûr. Mais on pouvait se demander quelle sorte de foutu génie avait imaginé un bunker souterrain vulnérable aux explosions qui se produiraient sous les rues de la ville. Une volute de fumée s'échappait des lourdes portes, ce qui mit fin à notre petite altercation.

– Par où aller ? criai-je alors que Cissie s'effondrait près de moi.

Muriel s'était adossée au mur, soutenue par l'Allemand, dont l'impatience se lisait dans ses regards de bête traquée.

– On monte ! me répondit l'homme sur le même ton. Il y a des dortoirs et des salles à l'étage au-dessus, on pourra se faufiler par là.

– Cet escalier ne mène pas à la rue ?

– Oh que si, mais le bâtiment près de la sortie s'est écroulé et l'a bloquée depuis longtemps. Dieu merci, il y a d'autres issues.

– Inutile de traîner ici, alors.

Je m'efforçais de conserver un ton calme. De toute façon, crier n'aurait fait que rendre ma gorge plus douloureuse.

– Pas faux, fiston. Inutile de traîner.

Lui aussi s'était repris, mais il avait toujours l'air apeuré. Il lâcha la rambarde et s'attaqua en hâte à la volée de marches suivantes.

– Eh, vous vous appelez comment ? lui lançai-je.

– Potter. Albert Potter. Agent de la défense passive pour la zone entre Kingsway et le Strand.

Il semblait fier de son titre et je m'attendais presque qu'il s'arrête pour saluer, mais il continuait de monter, et j'entendis à peine ce qu'il dit ensuite :

– Et je peux pas affirmer que je suis très heureux de vous rencontrer enfin.

Je boitais de plus en plus, mais je savais que je m'en tirerais avec un bel hématome à la hanche, rien de plus. Toute blessure plus grave m'aurait interdit de marcher. La fatigue ralentissait notre allure, nous puisions dans nos dernières réserves d'adrénaline. J'avais appris beaucoup sur ce sujet pendant la guerre, car être poursuivi dans un Hurricane à plus de quatre cent cinquante kilomètres à l'heure par une paire de Messerschmitt 109 bien supérieurs à votre zinc vous apprend à rassembler votre énergie, à oublier la fatigue accumulée par trop de missions et à garder l'esprit clair comme le cristal jusqu'à l'arrivée d'un Spitfire qui vous débarrassera de l'ennemi. Même lorsque vous étiez touché en vol, l'adrénaline vous faisait surmonter le choc et vous aidait à fonctionner pour sauter en parachute. Oui, mais si j'avais beaucoup appris sur les vertus de l'adrénaline en temps de crise, je savais aussi qu'elle n'était pas inépuisable et qu'elle finissait par vous lâcher. Alors...

L'Allemand me fit presque sursauter en arrivant à mon niveau et en me saisissant le coude.

– Vous avez besoin d'aide ? dit-il.

Son visage était noirci de crasse, mais nous étions tous dans le même cas, à l'exception de Potter, dont la face s'empourprait de plus en plus.

Je m'arrêtai le temps de dégager mon bras d'une saccade.

– Occupez-vous de la fille, répondis-je sèchement, d'une voix basse.

Je repris l'ascension en le laissant planté là. L'instant suivant il était sur mes talons, cette fois en soutenant Muriel, le bras passé autour de sa taille, tandis qu'elle s'appuyait sur lui. Je les laissai me dépasser et bientôt ce fut Cissie qui me rejoignit.

– Vous faiblissez, Yankee.

– J'ai eu une matinée chargée.

Ses dents étincelèrent dans le masque de crasse, et j'appréciai fort son sourire.

– Si vous avez besoin d'une épaule sur laquelle vous reposer...

– Alors vous ne m'en voulez plus ?

– Tout le monde peut se tromper. Et puis, si ces Chemises Noires sont aussi dangereux que vous le dites...

– Vous les avez vus à l'œuvre.

– Oui, essayer de nous faire rôtir vifs n'était pas très civilisé. Quant à vouloir notre sang, nous n'avons que votre parole sur ce sujet. Je veux dire : vous pourriez tout aussi bien être un dangereux criminel évadé, et eux tout ce qui reste pour faire respecter la loi et l'ordre...

– Vous marquez un point. La prochaine fois que vous croiserez leur route, allez droit vers eux et présentez-vous. Parlez-leur de votre groupe sanguin. Ils seront très heureux de faire votre connaissance, vous verrez.

Elle me considéra longuement, puis sourit de nouveau.

– Je vais courir le risque avec vous. Pour l'instant. D'ailleurs, je n'ai pas le choix.

Le cataclysme autour de nous continuait. L'explosion suivante, qui fit tout frémir autour de nous, était la plus puissante jusqu'alors.

La déflagration s'était produite quelque part au plus profond du complexe souterrain ; néanmoins les murs alentour tremblèrent violemment et des débris se mirent à cascader dans l'escalier au-dessus de nous. Des briques rebondirent le long de la rambarde, se brisèrent et envoyèrent dans toutes les directions des fragments aussi dangereux que du schrapnel. Touchée au front, Cissie poussa un cri et retomba contre le mur. Elle descendit d'une marche en chancelant et je la saisis pour la retenir tandis qu'un nuage de poussière déferlait sur nous.

– C'est le plafond, en haut ! hurla Potter. Tout va s'effondrer d'ici cinq minutes !

Nous atteignîmes le palier suivant. Chacun crachait et clignait des yeux à cause de la poussière.

– Par là. Vite !

Potter maintenait ouvert un battant d'une double porte et nous nous engouffrâmes dans le passage. Derrière nous, le déluge s'accroissait encore, se muant en une pluie de briques, de débris de maçonnerie, de poutres et de plâtre. Malgré une autre lampe à carbure posée sur le sol de la salle, sans doute une précaution de Potter répétée un peu partout dans ce dédale, nous y voyions à peine. C'était un peu comme courir dans ce fameux fog londonien que les guides touristiques appelaient « purée de pois », naguère. Mais ici le brouillard était de la fumée qui tourbillonnait partout, plus épaisse à certains endroits qu'à d'autres.

Potter nous dépassa. Nous suivîmes son casque plat, posé de guingois sur sa tête, comme des âmes perdues qui craignent de voir s'enfuir la lumière du salut. Par chance, la fumée se dissipa vite et nous pûmes voir plus clairement. Nous nous trouvions dans une grande salle emplie de bureaux et de longues tables où étaient déployées les cartes des divers secteurs de la ville et de la banlieue. D'autres étaient accrochées aux murs, et des punaises de couleur indiquaient ce qui ne pouvait être que les autres centres de la défense passive et les points de contact ; des lampes suspendues, agitées par les déflagrations, oscillaient en un étrange ballet au-dessus des tables. J'aperçus une rangée de téléphones sagement alignés sur plusieurs bureaux et tout un ensemble de transmetteurs radio contre un mur. Il ne manquait qu'un élément au tableau, mais le moment était mal choisi pour en parler à Potter.

Une autre double porte à l'extrémité de la pièce ouvrait sur un large couloir. Alors que nous y pénétrions, une énième explosion secoua le sol et nous fit chuter en avant. A genoux, j'observai les fissures géantes qui naissaient soudain dans le ciment devant nous.

J'ignorais ce qui venait d'exploser aux niveaux inférieurs – d'autres tuyaux de gaz, des barils d'essence ou de produits chimiques stockés en cas d'urgence, qui pouvait savoir ce qu'on tenait en réserve dans ce genre d'endroit ? – mais je compris que l'ensemble était en phase d'autodestruction. Potter avait raison de parler de réactions en chaîne. Les bombes allemandes avaient infligé les dommages initiaux ; toutefois le processus de démolition avait continué longtemps après la fin de la guerre. Une anomalie quelconque avait causé un départ de feu, l'incendie s'était propagé, avait déclenché une explosion, et ainsi de suite. Et ce processus se poursuivait par à-coups depuis tout ce temps, sans personne pour contenir les dommages ou réparer les points dangereux. Comme l'avait dit Potter, il était étonnant que toute la ville ne soit pas encore devenue un immense champ de ruines.

J'avais un très mauvais pressentiment à propos du sol et c'est ce qui me fit hésiter alors que les autres se relevaient et fonçaient. Je vis toute une section vaciller et je sus ce qui allait arriver. Aussi je me ruai en avant, à toute vitesse. Mais pas assez vite.

Alors même que je rattrapais les autres, qui atteignaient déjà la double porte, je sentis le sol se dérober sous mes pieds. Pendant une seconde ou deux, ce fut comme de dévaler une colline, car l'inclinaison de la plaque de ciment s'accentuait, et, malgré ma claudication, je luttais pour avancer. La sensation était très étrange. Le monde basculait au ralenti, je hurlai pour conjurer ma terreur quand je me mis à glisser. Soudain la section de sol sous mes pas disparut.

L'instinct plus que la logique me fit me jeter de côté, vers le mur le plus proche et le radiateur en fonte qui y était solidement rivé. Ma main se referma sur le tuyau à sa base. Celui-ci se décrocha du mur d'au moins cinq centimètres ; une seconde, je crus que l'ensemble allait se détacher. Mais le radiateur ne bougea pas et je restai pendu là, tandis que le sol alentour chutait à l'étage inférieur, dans un énorme nuage de poussière et de débris. Le fracas était assourdissant.

Des flammes et des étincelles géantes suivirent, qui léchèrent mes bottes pendant que je me hissais tant bien que mal en m'agrippant au radiateur. Quelqu'un criait, très loin, me sembla-t-il. Mes doigts se crispèrent sur le sommet du radiateur, mais je sentais mes forces m'abandonner ; bientôt le simple effort de me maintenir dans cette position deviendrait insupportable, je le savais. Je grognai comme une bête blessée, trop affaibli pour atteindre l'étroite portion de plancher où les autres attendaient, les mains tendues vers moi et m'exhortant à tenir bon.

Je regardai sous moi et le regrettai aussitôt. Si la chute ne me tuait pas immédiatement, le brasier s'en chargerait en quelques secondes. La chaleur s'insinuait déjà dans la semelle épaisse de mes bottes. Sans doute fut-ce la simple mais terrifiante pensée d'une mort atroce qui m'insuffla un regain d'énergie. Je glissai mon avant-bras gauche par-dessus le radiateur, en confiant momentanément ma suspension à ma seule main droite. Mais je ne pus assurer ma prise, et ma main gauche, rendue glissante par la transpiration, lâcha. Je me retrouvai suspendu par une seule main au-dessus des feux de l'enfer.

Soudain je vis le visage de Stern à moins d'un mètre de moi. Il était entouré par les volutes de fumée, et pendant un instant j'eus l'impression que sa tête flottait dans l'air. Puis je me rendis compte qu'il s'était penché au maximum, au bord de la portion de plancher restante, une main agrippée au radiateur, l'autre tendue vers moi. C'était une tentative très risquée pour lui, mais je ne lus aucune peur dans ses yeux délavés. Une fraction de seconde, pourtant, je crus y déceler une sorte de moquerie distante qui disparut aussitôt. Sa main restait juste hors de ma portée. Elle se rapprocha de quelques centimètres, comme s'il prenait plaisir à me tourmenter. Peut-être me trompais-je, peut-être avais-je mal interprété son expression ; ce regard pouvait n'avoir trahi que sa propre peur, car à présent il jouait sa vie en se penchant encore plus. Je n'avais aucune certitude.

– Prenez-la, l'entendis-je dire par-dessus le grondement de l'incendie.

Il n'y avait plus rien dans ses prunelles, seulement une froideur énigmatique.

J'hésitai. Me lâcherait-il, pour prétendre ensuite que ma main avait glissé ? Il n'y avait qu'une façon de le savoir, et de toute façon je n'avais plus le temps de tergiverser. Je saisis sa main.

Il me tira vers le haut avec une puissance tranquille, comme si ce n'était nullement un effort pour lui. Je parvins à poser un talon sur le rebord du plancher, et d'autres mains m'agrippèrent, qui me hissèrent vers la sécurité. Je roulai sur ce qui restait du sol du couloir et mes sauveteurs reculèrent pour me laisser de la place. Je demeurai là, étendu sur le dos, à emplir mes poumons de l'air surchauffé et poussiéreux. Mais mes compagnons ne me laissèrent pas le temps de récupérer. On me remit sur pied alors même que je toussais à cause de la fumée, et les deux filles se placèrent à mes côtés pour me soutenir jusqu'à ce que j'arrête de dodeliner de la tête et qu'un peu de vigueur revienne dans mes membres.

– Yankee, vous avez assez de vies pour rendre jaloux un chat.

Cissie me tapotait le dos entre les omoplates pour m'aider à recracher un peu plus de fumée.

– Ça va aller? s'enquit Muriel, qui du bout des doigts retirait la crasse au coin de mes yeux.

Potter ne put contenir son impatience.

– Vous le câlinerez plus tard, ladies. Si on part pas tout de suite, on finira grillés comme des dindes de Noël, et je plaisante pas.

Il nous poussa vers la double porte et quand je jetai un dernier coup d'œil en arrière, vers le gouffre dont ils m'avaient tiré, je vis que de celui-ci jaillissait une fournaise qui léchait déjà le plafond. Potter maintint la porte ouverte et nous passâmes en hâte. Le battant de fer émit un claquement réconfortant quand il le referma, et son épaisseur étouffa les bruits. Il régnait ici une fraîcheur trés agréable. Les filles se laissèrent aller sur les marches cimentées d'un escalier étroit qui disparaissait dans les ténèbres au-dessus de nos têtes, et l'Allemand mit un genou au sol. Ses épaules se soulevaient en rythme tandis qu'il emplissait ses poumons de l'air humide et froid. J'éprouvai une certaine satisfaction à le voir aussi épuisé que nous, même s'il avait parfaitement déguisé son état quelques secondes auparavant. J'observai ces yeux glacés, des yeux qui semblaient regarder à l'intérieur plus qu'à l'extérieur, et je me demandai pourquoi je ne ressentais aucune gratitude envers lui.

M'appuyant contre le mur de brique, je me baissai lentement puis m'accroupis. Poignets posés sur les genoux, paupières closes, je me forçai à respirer calmement pour contrôler le tremblement continu qui me parcourait des pieds à la tête.

Ce fut encore Potter qui mit un terme à ce moment de répit :

– Désolé de vous déranger dans votre méditation, mais on est pas encore sortis du pétrin.

Il avait l'air en colère, comme s'il nous tenait pour responsables de la destruction de l'abri de la défense passive, et quand je rouvris les yeux je vis que sa bouche formait une ligne mince et durcie par l'amertume. Alors je compris.

– Vous viviez là-dedans, n'est-ce pas ? dis-je.

– Hein ?

– J'ai dit que vous viviez dans cet abri.

– Evidemment que je vivais dans ce foutu abri ! Avant vous et ces satanées Chemises Noires qui courent les rues en vous mitraillant, c'était l'endroit le plus sûr de tout Londres. Je continuais simplement mon boulot et je me tenais à l'écart de vous autres fêlés.

Son boulot ? Je laissai la question en suspens pour le moment.

– Alors pourquoi nous avoir secourus aujourd'hui ? fis-je en conservant un ton neutre.

Il eut un hoquet de surprise, comme si je venais de poser la question la plus bête du monde.

– Y avait ces deux dames avec vous, non ? Je voulais pas qu'il leur arrive malheur. Non mais, pour quel genre de type vous me prenez, fiston ?

C'était un trait de la personnalité britannique qui m'avait toujours plu. J'avais beaucoup appris sur la chevalerie à l'ancienne et les manières auprès des pilotes anglais avec qui j'avais volé, et je ne peux pas dire que leur attitude m'avait réellement étonné, car toute ma vie j'avais entendu ce genre d'histoires à propos du Royaume-Uni. Bien sûr, on forçait souvent le trait, jusqu'à verser dans le romantisme, mais la personne qui m'avait inculqué ces notions était quelqu'un de confiance, une femme à qui son pays natal manquait mais qui ne laissait pas la nostalgie déformer outre mesure ses souvenirs. Elle était une des raisons de ma venue en Grande-Bretagne au début de la guerre, quand les Anglais réclamaient des pilotes chevronnés aux Alliés parce que les Boches frappaient à la porte. Et si elle avait encore été en vie, nul doute qu'elle aurait été très fière.

Je ne m'en rendais pas compte, mais j'étais en train de sourire à Potter.

– Rien de comique là-dedans, fiston. Vous auriez pu faire tuer ces jeunes dames en les emmenant dans les tunnels du métro. Elles sont ce qui nous reste de plus précieux, et vous risquez leur vie...

Il était en colère, toutefois son regard s'était adouci. Des larmes contenues l'embuaient. Je ne comprenais pas de quoi il parlait et mon expression devait le montrer.

L'Allemand m'expliqua :

– Les femmes sont maintenant le bien le plus précieux dans ce monde, mon ami.

L'emphase qu'il mit à prononcer les mots « femmes » et « monde » m'irrita et je remarquai le regard étrange que lui coula Potter, mais ce fut le « mon ami » qui me mit sur les nerfs. Si j'en avais eu la force, je lui aurais sauté à la gorge.

Cissie réagit avec le plus de véhémence :

– Oh oui, bien sûr que nous sommes précieuses ! Qui d'autre donnera naissance à plus de crétins, comme vous deux, pour qu'ils puissent grandir, faire une nouvelle guerre et anéantir ce qui reste de l'humanité ?

Elle s'était assise sur les marches, le dos très droit, et maintenant elle se relevait.

– Je ne veux pas rester ici une seconde de plus. Je veux revoir la lumière du jour.

Potter tourna vers elle un visage anxieux.

– Ne vous en faites pas, miss, nous allons sortir d'ici. Une fois que nous aurons monté cet escalier, nous serons en sécurité.

Il se baissa pour aider Muriel à se mettre debout, mais il la retint quand elle voulut gravir les marches. Dans le même temps son autre main avait saisi le poignet de Cissie.

– Ecoutez un peu, ladies, fit-il sur un ton proche de l'excuse. Vous n'allez pas aimer ce qu'on trouvera là-haut, alors essayez de pas y penser. Il a bien fallu que je les mette quelque part, vous comprenez, et je pouvais pas les enterrer tous. Et puis y en avait déjà d'autres là-haut, des gens qui avaient essayé d'échapper au poison. Y a plus d'odeur maintenant, ça vous gênera pas, et vous pouvez fermer les yeux si vous préférez...

– De quoi parlez-vous ? s'étonna Muriel.

Elle était trop lasse pour comprendre.

Je me redressai et les rejoignis.

– Il a ramassé tous les cadavres et les a entassés à l'extérieur. Tout à l'heure, je me suis demandé ce qui manquait dans cet abri.

– Il le fallait, vous comprenez ? dit Potter en cherchant mon soutien. Pour pouvoir vivre là-dedans, je devais faire ça.

– Vous avez eu raison, répondis-je d'un ton rassurant. Et rien ne peut être pire que ce que nous avons vu à l'intérieur de la station de métro.

– Au moins y a pas eu de mouches, déclara-t-il comme si ce détail faisait une différence. Les corps ont simplement pourri, enfin ça a ressemblé à ça, pas de vers et presque plus d'odeur après les premières semaines.

Magnifique : pas de mouches ni de vers. En fait, quasiment pas d'insectes. Je supposai qu'on pouvait remercier la providence pour cette marque de miséricorde. Dieu seul savait quelles sortes de maladies auraient pu faucher les survivants de l'hécatombe initiale.

Un grondement distant, venu de derrière la porte de fer, et un peu de poussière tombant dans l'escalier nous rappelèrent notre situation. Potter prit la tête, suivi de près par Muriel et Cissie. Toutes deux étaient impatientes de revoir le soleil. L'Allemand, qui était resté un genou au sol, se redressa avec souplesse, à croire qu'il avait déjà récupéré. Je le laissai passer devant moi – ne jamais avoir un ennemi dans le dos, et tout ça – et lui emboîtai le pas. Quelque chose de très lourd cogna contre la porte de fer, mais aucun d'entre nous ne prit la peine de regarder en arrière.

Bon Dieu, l'escalade des marches m'était une épreuve salement douloureuse. Tous mes muscles me semblaient roides, et je soulageais autant que possible ma jambe blessée en prenant appui contre le mur. Mon épaule ne me faisait pas trop souffrir mais le reste de mon bras était aussi inerte qu'une prothèse en plomb. Rien de cassé cependant, j'en avais la certitude, aussi pouvais-je m'estimer heureux de m'en tirer à si bon compte après les péripéties de la matinée. Si ces inconnus ne m'avaient pas ramassé sur la place je serais maintenant non seulement mort, mais surtout vidé de mon sang. Et si ce vieux type, Al Potter, ne nous avait pas sauvés du tunnel en flammes, nous aurions tous été réduits à l'état de viande rôtie. Oui, rôtie, fumée et bien grillée.

En haut de l'escalier, Potter fouilla dans les poches de son bleu de travail tandis que les autres se massaient derrière lui. Je préférai attendre un peu en retrait et j'en profitai pour me frictionner le bras dans l'espoir de le raviver un peu. J'entendis un cliquetis quand il exhiba un anneau de fer auquel pendaient au moins une douzaine de clés. Celle qu'il choisit déverrouilla la porte, qu'il tira vers lui. Une bouffée d'air frais se précipita à l'intérieur. Potter disparut au-dehors. Pourquoi faisait-il toujours sombre là-haut ? J'eus très vite la réponse.

L'endroit, envahi par une obscurité presque totale, était beaucoup, beaucoup plus vaste que les tunnels du métro loin en dessous de nous, et d'énormes formes monolithiques nous dominaient dans les ténèbres. Quand la lampe à pétrole de Potter éclaira la plus proche, je me rendis compte qu'il s'agissait de ces tramways qui couraient sur des rails enterrés dans la chaussée, reliés en haut à des câbles électriques pour la motricité. Ce lieu, semblable à un hangar souterrain, était un des tunnels des lignes de tramways, et je me dis que les rames devaient être pleines de cadavres décomposés.

Un soupçon de lumière solaire perçait à travers ce qui devait être des puits d'aération s'ouvrant dans la voûte, à intervalles réguliers. Loin devant, on pouvait voir une sorte de semi-obscurité qui sans doute marquait l'issue remontante du tunnel. Peu à peu notre vision s'accoutuma et nous pûmes discerner d'autres formes qui gisaient sur et entre les rails, des centaines de petits monticules sinistres. Nous comprîmes qu'il ne pouvait s'agir que des restes macabres de ceux qui avaient péri ici ou aux niveaux inférieurs. Beaucoup étaient sans doute des membres de la défense passive remontés là par Potter.

Stern et les deux filles s'attardèrent dans l'oasis de lumière. Ils semblaient avoir peur d'avancer. Une des filles – Muriel, je crois – se mit à sangloter. Le spectacle que nous découvrions n'était certainement pas plus horrible que ce que nous avions vu dans le métro – moins horrible, en réalité – mais la sérénité du lieu devait avoir éveillé quelque chose au fond d'eux, de la tristesse, de l'écœurement, un mélange oppressant d'émotions qui les tenait cloués là, glacés par un tel étalage de souffrances. Sûrement, le fait qu'ils aient enfin le temps de réfléchir à ce dont ils étaient témoins les paralysait, mais la scène n'avait rien de nouveau pour moi, ni pour Potter.

Sa voix maussade brisa le sortilège.

– C'est une sépulture qui en vaut bien une autre, dit-il et il n'y avait ni pitié ni remords dans son ton, seulement un écho sépulcral. J'ai récité une prière pour eux tous, et c'est plus que ce que la plupart des morts de ce monde ont eu, m'est avis.

– Sortons d'ici, dit Muriel.

Elle avait parlé avec un calme qui me surprit. Dans la semi-obscurité je distinguai le scintillement des larmes sur ses joues.

Cissie réagit différemment. Elle canalisa sa tristesse en une hargne soudaine :

– Tout à fait d'accord ! Je ne peux pas respirer ici !

Elle se tourna vers le halo de lumière à l'entrée du tunnel et fit un pas dans cette direction. Je lui pris le bras pour l'arrêter.

– Non. Par là nous déboucherions trop près de Holborn Station.

J'avais enfin retrouvé mes repères. La pente ne pouvait être que l'entrée nord du tunnel et je me souvenais combien elle était proche de la station de métro.

– Les Chemises Noires pourraient avoir laissé des hommes pour surveiller cette issue, au cas où nous réapparaîtrions par là, expliquai-je rapidement car Cissie essayait de se dégager.

– Il a raison, approuva Stern. Ils vont nous attendre.

Cissie cessa de se débattre et regarda dans la direction opposée, là où une obscurité totale semblait s'étendre à l'infini.

– Une minute, fit-elle d'une voix lasse. Vous ne suggérez quand même pas...

– Nous n'avons pas le choix, répondis-je, et ce n'était pas la première fois.

Quand moi aussi je tournai mon attention vers la nuit souterraine, je sus que le cauchemar de cette journée n'était pas terminé. Il s'en fallait de beaucoup.

6

Nous nous enfonçâmes donc dans cette obscurité cauchemardesque, serrés les uns contre les autres, avec le halo de la lampe à pétrole qui définissait les limites de notre univers, sans qu'aucun d'entre nous ait envie de voir au-delà. Potter nous faisait cheminer sur un étroit trottoir et de temps à autre il nous fallait enjamber des formes ramassées dans des vêtements qui étaient devenus des guenilles. D'autres portes ouvraient dans le mur que nous longions, mais nous n'étions pas curieux de découvrir ce qu'il y avait derrière ; nous en étions arrivés au stade où toute curiosité est engourdie et nous ne souhaitions qu'arriver au plus vite au bout de ce maudit tunnel pour tramways. Bien sûr Potter savait ce qui se dissimulait derrière ces portes, mais il n'en dit rien. Il s'était retranché dans un mutisme morose depuis que nous avions commencé notre progression dans le tunnel : sa façon à lui de nous faire comprendre qu'il n'était pas heureux de notre association dans cet espace confiné. En toute hypothèse il aurait préféré nous abandonner une fois la dernière porte du bunker franchie, car il devait penser qu'il en avait assez fait pour nous. Sans doute serait-il allé dans la direction opposée, vers la sortie éclairée, Chemises Noires ou pas. Il les aurait évités sans problème, avait-il assuré, mais je n'avais aucune envie de courir le risque. Pour les miliciens de Hubble, nous étions morts ou toujours pris au piège dans le métro, et je ne voulais pas que quelqu'un puisse leur démontrer qu'il n'en était pas obligatoirement ainsi. Rien ne me prouvait que Potter ne serait pas très bavard s'il était capturé, et de toute façon il était beaucoup plus utile avec nous, à nous guider hors de ce trou à rats. Le canon de mon colt pressé contre son ventre rebondi l'avait décidé, et il avait maugréé que cela ne le dérangerait pas de rester encore un peu avec nous.

Nous dépassâmes d'autres rames de tramways emplies de cadavres et très vite nous apprîmes à ne plus regarder par les vitres. Toutefois c'était une situation des plus macabres, car, même si nous ne tournions pas nos regards vers eux, chacun d'entre nous avait la sensation que les morts nous observaient. Nous étions pareils à des intrus dans quelque purgatoire privé, une sorte d'état intermédiaire où les passagers décédés attendaient que le courant soit rétabli pour poursuivre leur trajet vers l'oubli. Il se peut que parfois nos yeux aient glissé vers un crâne au regard de nuit, mais la plupart du temps nous les gardions fixés sur la lampe de Potter et nous suivions son éclat comme des pèlerins suivent une croix.

Nous parcourûmes une bonne distance avant de remarquer les formes qui se déplaçaient le long du mur opposé, ombres parmi les ombres, et ce fut l'Allemand qui nous fit stopper en levant une main. Devant, Potter se rendit compte que nous avions fait halte et, quand il vit Stern qui indiquait quelque chose, il éleva la lampe à pétrole à bout de bras. De petites lueurs jaunes apparurent dans l'obscurité.

– Qu'est-ce que c'est ? murmura Muriel tout près de moi.

Les lueurs s'étaient immobilisées, et sans doute craignait-cllc quc sa voix ne les remette en mouvement.

J'avais déjà compris à quoi nous avions affaire, mais ce fut Stern qui donna la réponse :

– Des chiens, dit-il d'un ton posé. J'ai vu de ces meutes qui erraient dans Berlin en ruine, à la recherche de quelque chose à se mettre sous la dent. Souvent ils se retournent contre le plus faible d'entre eux et le dévorent. J'en ai vu attaquer un enfant isolé.

S'ils sont affamés, nous devons nous montrer très prudents.

Je le dévisageai une seconde avant de tourner mon attention vers ces étranges billes jaunes qui luisaient comme de minuscules lunes jumelles dans un ciel de velours noir. Ils demeuraient aussi immobiles que nous.

Sans prévenir, Potter sortit d'une poche la lampe-torche qu'il avait déjà utilisée auparavant et en braqua le rayon de l'autre côté du tunnel. Le faisceau lumineux captura la meute. Les animaux ne bougèrent pas. Ils formaient un groupe efflanqué qui n'aurait pas dépareillé près de la plus pauvre soupe populaire du Bowery. La gueule basse, juste assez entrouverte pour dévoiler des crocs ocre, le poil sali et terne, ils nous affrontaient du regard, et leurs yeux avaient un éclat mauvais.

Il y en avait peut-être d'autres, hors de vue dans l'obscurité ou derrière les rames de tramways proches, mais dans la lumière j'en dénombrai déjà sept. Le plus proche se mit à balancer sa tête à ras de terre, et un gémissement bas monta de sa gorge. Le chien n'était pas content de nous voir et, si l'on pensait à ce que l'humanité avait infligé à la planète, je ne pouvais pas réellement lui en vouloir. Un de ses congénères reprit sa plainte, mais sans bouger la gueule. Il retroussa les babines, découvrant ses crocs jaunis. Son gémissement se transforma en grondement et un filet de bave coula de sa gueule sur le ciment. Toutefois ce fut surtout le liquide moussu entre ses dents qui m'inquiéta.

Ces animaux étaient malades, et pas à cause de la faim. Elle les tenaillait, bien sûr. Ils étaient d'une maigreur effrayante, les os dessinaient des angles saillants sous le pelage, mais ils s'étaient nourris de ce qu'il ne fallait pas, et je préférai ne pas y penser trop longtemps. Je voyais la folie dans les prunelles de toutes ces bêtes, une malédiction qui découlait d'une vie redevenue sauvage.

– Remettons-nous en marche, suggérai-je aux autres en conservant un ton calme et sans cesser de braquer mon colt sur la meute. Partons tranquillement, sans courir ni faire de bruit. Pas la peine de les exciter.

Nous reprîmes notre progression en file indienne, un par un, Potter le premier tandis que je fermais la procession en marchant à reculons pour surveiller la meute. A mesure que la lampe à pétrole s'éloignait, le voile de l'obscurité retombait sur les chiens, mais toujours il y en avait un qui avançait pour rester à la lisière du halo, et ses prunelles démentes ne quittaient pas les miennes. Salivait-il parce qu'il avait faim, ou n'était-ce qu'une manifestation de sa folie ? Il émit un grognement douloureux et un de ses congénères se joignit à lui. Un autre apparut à la limite du cercle de lumière et dépassa les deux autres jusqu'au milieu du tunnel. Il s'assit sur son arrière-train quelques secondes, en m'observant, puis trotta vers moi. Il se rapprochait beaucoup trop pour ma sécurité. Il paraissait aussi mal en point que ses compagnons mais était à l'évidence beaucoup plus téméraire. Je ne lui faisais pas peur. A quelques mètres, il calqua son allure sur la mienne pour me suivre toujours à la même distance.

Je distinguai des mouvements dans les ombres derrière lui. Les autres s'enhardissaient à leur tour. Peut-être voulaient-ils mieux me voir. Peut-être étaient-ils en train de s'exciter jusqu'au point où ils auraient le courage d'attaquer. D'autres bruits de pas feutrés, plus rapides, et quand je regardai sur ma gauche j'aperçus la silhouette d'un chien qui descendait l'escalier métallique d'un tramway à moins de deux mètres de moi.

Je continuai de marcher à reculons, arme pointée. Potter et les autres avaient pris de l'avance et j'étais de plus en plus proche de la limite du halo lumineux de sa lampe, avec les chiens de plus en plus près. Chaque fois que je reculais d'un mètre, le chien de tête avançait d'autant.

J'avais déjà croisé des meutes semblables lors de mes pérégrinations dans la ville, des créatures affamées, rendues folles par les circonstances, et plus d'une fois Cagney les avait fait fuir en s'interposant et en se montrant prêt à affronter le chef sinon l'ensemble de la meute. En comparaison il était en très bonne forme physique et beaucoup plus puissant que ses cousins sous-alimentés qui hantaient la ville, et quelques aboiements résolus suivis d'une courte charge suffisaient à égailler les agresseurs potentiels, quel que soit leur nombre. Je ne dirais pas que Cagney était plus courageux que certains de ces animaux, car il y en avait que le désespoir rendait très audacieux. Mais il possédait une sorte d'arrogance, comme s'il leur était supérieur. Non pas parce qu'il était avec moi alors qu'eux n'avaient plus de maîtres. Non, je crois que Cagney avait toujours eu ce trait de caractère.

La première fois que nous nous vîmes, c'était plus d'un an après que les premiers V2 furent tombés sur Londres. J'avais passé la matinée à travailler dans mon jardin, un de ces petits bouts de terrain cultivable qui ont toujours été très prisés en Angleterre et dont l'utilité avait décuplé dès le début de la guerre, et je faisais bouillir quelques saucisses sur un feu pour mon déjeuner. La nourriture en conserve constituait alors l'essentiel de mon régime alimentaire, parce qu'elle était facile à trouver, et encore plus à cuisiner, mais je savais que j'aurais besoin de légumes frais si je voulais rester en bonne santé. Quand je levai les yeux, j'aperçus le chien qui m'observait de l'autre côté de la rue, devant un immeuble en ruine.

Ce jour-là, il est possible que je me sois senti plus seul qu'à l'accoutumée. J'avais évité les gens après la Peste Ecarlate. J'esquivais les dingues que je pouvais croiser quand je m'aventurais en ville, conscient que les survivants normaux avaient abandonné Londres par peur des épidémies ou simplement pour s'éloigner de cet amas de cadavres. En tout cas quelque chose chez ce chien avait dû me séduire. Oh, Londres ne manquait pas d'animaux, et pas seulement des chiens errants. Des chats, des poulets – malheureusement pour ces derniers, ils n'erraient pas longtemps dès que je les avais repérés –, des cochons – même chose que pour les poulets, quand je pouvais les attraper –, des chevaux, et j'avais même croisé deux ou trois vaches qui traînaient dans les rues. A part détacher les chevaux de leur attelage, mettre fin aux souffrances d'un animal blessé et abattre ceux dont j'ai parlé pour me nourrir, j'ignorais tout animal et en règle générale ils me rendaient la politesse. Il y en avait un dont je m'étais caché : de loin j'avais vu un léopard qui remontait Regent Street, une seule fois, car jamais par la suite je ne l'avais repéré, et j'étais resté hors de vue en me disant qu'il était peut-être à la recherche de chair fraîche. Comme je l'ai déjà dit, le zoo de Londres avait évacué la plupart de ses animaux dangereux et abattu certains d'entre eux dès le début du Blitz, aussi n'avais-je aucune idée de la provenance de ce fauve. Je n'en ai d'ailleurs toujours aucune.

En tout cas la solitude devait me peser ce jour-là, car j'appelai le chien. Il se montra méfiant. Il redressa à demi les oreilles, pencha la tête de côté et resta à distance. Je crois qu'alors il en fit un jeu, un défi, moi et la viande qui cuisait, lui et sa faim de chien. Il allait de-ci de-là de l'autre côté de la rue, s'allongeait sur le ventre pour m'observer un moment, puis reprenait son va-et-vient. Mais son intérêt se portait sur la nourriture et non sur moi. A l'époque j'avais déjà remarqué que les animaux qui avaient survécu à l'holocauste s'étaient en quelque sorte déshabitués de l'être humain, qu'ils étaient devenus soupçonneux à notre égard – ou du moins envers moi –, comme si, d'une façon inexplicable, ils savaient l'homme responsable du désastre dont ils pâtissaient eux aussi. Et qui aurait pu leur en tenir rigueur ? Mais ce chien roux errant était prêt à tout pardonner, car, même s'il gardait ses distances, il n'arrêtait pas de humer l'air. Il avait levé une patte, comme s'il était prêt à faire le premier pas vers moi en signe d'allégeance, lorsque se produisit quelque chose qui sortait de l'ordinaire.

C'était un jour agréable, de mai si je me souviens bien. L'hiver de 46 avait été plus rude que la moyenne, mais bien moins que ne le serait celui de 47, et les gelées avaient tué la plupart des pousses et de la végétation sauvage. Il était évident que le chien avait vécu des jours difficiles. Ses côtes saillaient sous le pelage mité et il semblait affaibli. Quand je plongeai la fourchette dans la boîte et que j'en sortis une saucisse fumante, il s'immobilisa, fasciné. Et lorsque je fis passer la saucisse d'une main dans l'autre pour la refroidir, puis la cassai en deux, sa patte levée toucha lentement le sol. Je m'autorisai un sourire amusé qui se figea quand une horrible créature noire fondit du ciel pour s'abattre sur le dos du chien.

Le ciel était dégagé, sans un nuage en vue, et seule une brise animait l'atmosphère, mais je n'avais ni vu ni entendu l'oiseau qui nous survolait, pas plus que le chien. C'était un volatile énorme, noir comme la nuit, qui devait dépasser un mètre d'envergure. Un maudit corbeau aux serres pareilles à des crochets de boucher, avec un bec long, aussi pointu qu'une dague. Les serres s'enfoncèrent dans les chairs du pauvre chien tandis que le bec l'attaquait à la tête. Le chien hurla de douleur mais se défendit comme un beau diable en se tortillant et en essayant de saisir son agresseur dans ses mâchoires. Le sang commençait à couler des blessures de son dos.

Le colt 45 n'était pas toujours la seule arme que j'emportais avec moi. J'avais posé mon Lee Enfield de sniper à trois pas. J'avais trouvé cette arme dans un baraquement militaire à l'autre bout de Londres. Elle était très utile quand j'apercevais un cochon ou un poulet. Dans les jardins publics, j'avais même tiré quelques écureuils. Je me tournai pour la prendre. Avant même que je l'aie saisie, trois autres corbeaux s'attaquèrent au chien.

J'étais partagé entre la surprise et le choc : d'où diable venaient ces satanés volatiles, et pourquoi s'en prenaient-ils à ce pauvre animal ? Je bloquai ma respiration et visai l'un des trois corbeaux à travers la lunette télescopique ; le premier était trop accroché à sa proie pour faire une cible nette. Il avait attrapé une des pattes du chien dans son bec et essayait de le faire tomber tandis que ses congénères voletaient autour et plongeaient sur leur victime dès que l'occasion de porter un coup se présentait. Je pressai doucement la détente, sans aucune nervosité, et je sentis le recul du coup contre mon épaule.

L'oiseau que j'avais choisi roula sur le sol sans un cri, et l'un de ses compagnons s'éloigna vivement dans les airs en poussant un sifflement d'alerte. Mais les deux autres étaient trop absorbés par la curée pour lui prêter attention.

A présent leur victime se roulait dans la poussière, dans un effort désespéré pour déloger le corbeau de son dos. Il claquait des mâchoires en grondant comme un damné, et avait cessé ses jappements de douleur. Ce corniaud efflanqué avait du courage à revendre, mais il avait aussi besoin d'aide.

Mon deuxième tir toucha l'aile d'un des oiseaux et envoya un geyser de plumes noires en l'air. Le volatile était étourdi par le choc, mais pas gravement blessé. Il sautilla alentour quelques secondes et ce fut seulement alors que j'eus une idée claire de sa taille. Il était énorme. J'avais toujours pensé que cette variété de corbeaux ne vivait que dans les montagnes et les landes, ou au bord des falaises sur les côtes, mais je n'aurais pas dû être aussi surpris : rien n'était plus pareil depuis la Peste Ecarlate. Peut-être que tous les petits mammifères, les grenouilles et les lézards, et aussi les moutons dont ces charognards se repaissaient à l'occasion avaient été décimés sur leurs territoires habituels. Je me souvenais vaguement d'avoir déjà vu cette sorte de corbeaux à Londres, bien avant que s'y écrasent les obus contenant la Peste Ecarlate, mais j'étais trop occupé pour me remémorer dans quelles circonstances.

Je visai de nouveau et explosai la tête de l'oiseau blessé, d'un tir bien ajusté.

Il n'en restait plus qu'un, qui serait le plus difficile à abattre. Je me rapprochai jusqu'au bord de la rue.

Le chien combattait avec bravoure, mais il était trop affaibli pour gagner. Je mis un genou à terre, passai la bretelle sur mon bras gauche pour supporter le poids de l'arme, inspirai à fond et visai posément. Je savais que ce serait un coup difficile, mais, que diable, si je ratais cette saloperie ailée et que je touchais le chien je ferais encore une faveur à ce dernier. Sans la moindre hésitation j'appuyai sur la détente, du bout de l'index.

Ce fut un tir très propre, en plein dans la cible, et l'oiseau toujours accroché au flanc de son adversaire battit des ailes pendant quelques secondes encore; enfin il tomba sur le sol, mort avant de toucher terre. Pourtant le chien n'était pas encore satisfait. Il brisa le cou de l'oiseau d'un coup de crocs, puis le saisit dans sa gueule et le traîna dans la poussière en l'agitant follement. Il continua ce manège vengeur un bon moment, jusqu'à ce que l'épuisement ait raison de sa fureur. Alors il s'éloigna de quelques mètres et s'affala lourdement à terre. Le museau posé sur ses pattes avant, il contemplait d'un regard las ce qui restait du corbeau.

Je posai mon arme et marchai lentement vers l'animal, qui haletait, afin de voir si je pouvais faire quelque chose pour soigner ses blessures, mais, dès que je m'approchai, il se leva et trottina plus loin, sans cesser de me surveiller par-dessus son garrot. Dès que je reculai il s'allongea de nouveau, et cette fois il continua de m'observer plutôt que de s'intéresser à la carcasse du corbeau. Je retournai à mon déjeuner et je pense que ce fut l'arôme des saucisses qui emporta la décision du chien, car, quand je relevai la tête, il se trouvait au milieu de la rue, droit sur ses pattes, ensanglanté mais toujours vaillant, le museau dressé. Je lui jetai une saucisse entière et repris mon repas. Lorsque je regardai à nouveau, la viande avait disparu mais pas l'animal.

Ce petit jeu dura un certain temps. Un morceau de saucisse après l'autre, jeté de moins en moins loin, jusqu'à ce que l'animal se retrouve assis de l'autre côté de mon feu et que nous finissions de manger ensemble. Plus tard je l'emmenai dans l'une des maisons voisines et lavai ses blessures – il restait quantité d'eau dans cette rangée d'habitations alors qu'alentour les canalisations avaient explosé en raison des bombes ou du gel terrible de l'hiver précédent. Je vis maintes vieilles cicatrices sur son corps, autant de preuves que la survie ne lui avait pas été aisée.

C'est donc ainsi que nous avons fait connaissance. Après quelque temps je le baptisai Cagney, comme l'acteur du même nom, pour son poil roux et pour son attitude de défi. C'était un bâtard, un croisement de retriever et de Dieu seul savait quoi, qui aimait son indépendance. Il ne me suivait que lorsqu'il l'avait décidé et était capable de disparaître pendant des jours, parfois des semaines entières, mais toujours il parvenait à me retrouver dans l'une des caches que j'utilisais à travers toute la ville. Je suppose que nous nous tenions mutuellement compagnie, et, s'il s'offensait quand il m'arrivait de l'engueuler, lui en particulier ou le monde en général, jamais il ne boudait très longtemps. Que je me laisse aller à m'apitoyer sur mon sort et à verser quelques larmes, il s'éclipsait discrètement pour nous éviter un embarras mutuel. Je ne connaissais pas son passé et il ignorait le mien. Nous maintenions une distance respectueuse entre nous la plupart du temps, de peur que le lendemain l'autre n'ait disparu pour de bon. A présent j'aurais accueilli sa présence avec joie, dans ce tunnel pour tramways, alors que la meute affamée se rapprochait de moi dans les ténèbres.

– Hoke ? Ça va ?

Cissie au moins n'avait pas oublié mon existence. Sa voix résonna sous la voûte et les chiens marquèrent un temps d'hésitation.

– Continuez d'avancer, lui conseillai-je.

Une seconde plus tard je suivais mon propre conseil et je rejoignis les autres qui se plaquaient les mains sur les oreilles avec des grimaces de douleur.

Et les chiens ? Ah oui, les chiens... Je venais justement d'abattre le chef de meute de deux balles en plein crâne, et les déflagrations amplifiées par l'espace clos avaient roulé tels des coups de tonnerre dans le tunnel. Suivant les précepte de mon vieil instructeur de tir, j'avais accompagné le premier projectile d'un second, immédiatement, par précaution. Ce n'était pas nécessaire avec un fusil, mais, une arme de poing étant nettement moins fiable, il fallait toujours doubler la mise, au cas où la première balle n'aurait pas infligé de dommages assez sérieux à l'ennemi.

Le chien avait effectué une sorte de cabriole et était retombé raide mort, sans un tressaillement ou un gémissement, tandis que le reste de la meute disparaissait dans l'obscurité pour échapper au bruit monstrueux. Je savais que bientôt ils reviendraient, car à présent ils avaient un dîner chaud qui les attendait sous la forme d'un des leurs.

Mes propres oreilles carillonnaient et, bien que je visse les mouvements des lèvres de Cissie, je ne perçus pas un traître mot de ce qu'elle me disait. Soudain je fus pris dans le faisceau de la torche électrique de Potter et, en plus d'être sourd, je devins momentanément aveugle.

Je mis une main devant mes yeux pour les protéger et lui ordonnai d'arrêter cette mauvaise plaisanterie.

S'il était assourdi par les déflagrations, il dut comprendre mon propos d'après la colère de mon expression. Il éteignit la lampe-torche et nous nous retrouvâmes dans la lumière beaucoup plus douce de la lampe à pétrole. Les effets des détonations s'estompaient rapidement et bientôt je pus réentendre leurs voix.

– Ces chiens ne nous auraient sûrement pas attaqués, disait Muriel sur un ton où perçait un reproche presque mondain.

– Les choses ont changé, répondis-je en m'adressant à tous et non pas à elle uniquement. On ne peut plus faire confiance aux animaux. La plupart sont redevenus à moitié sauvages, les autres complètement sauvages. Et ils sont affamés.

Cissie se tiraillait le lobe des oreilles.

– Vous auriez pu prévenir que vous alliez tirer.

– Oui, désolé. La prochaine fois je ferai une annonce solennelle.

Je la dépassai, pris la torche de la main de Potter, l'allumai et balayai l'espace devant nous. Peu m'importait s'ils suivaient ou non, je désirais seulement sortir d'ici et respirer l'air du dehors.

Le tunnel décrivait une courbe lente et bientôt nous arrivâmes devant d'autres véhicules, des voitures individuelles et des camions, des taxis, des bicyclettes et même un fauteuil roulant dont nous évitâmes d'examiner l'occupant. Les conducteurs avaient commis l'erreur de croire qu'ils seraient à l'abri sous la surface, tout comme les gens qui s'étaient réfugiés en masses dans le métro. Eh bien, ils s'étaient trompés. Tous les abrutis qui étaient persuadés que Dieu gagne toujours sur le Mal et qui étaient allés au front pour le prouver s'étaient trompés. Comme bien des fois auparavant, je ne pus m'empêcher de m'interroger sur l'adéquation qui existait entre la situation actuelle et la notion d'un Dieu tout-puissant supposé juste et miséricordieux...

J'avançais en claudiquant fortement, car l'épuisement aussi bien mental que physique amplifiait les effets de mes blessures. Je ne savais toujours pas si les autres m'avaient emboîté le pas, et je me concentrais sur un objectif unique : atteindre l'extérieur avant que mes jambes me trahissent. Peu à peu je fermai mon esprit à toute considération n'ayant pas de rapport direct avec ma sortie de ce maudit tunnel.

Exception faite d'une pensée, qui me hantait : je ne cessais de me demander comment et quand je tuerais l'Allemand.

7

Quand nous remontâmes la pente menant à la sortie de Waterloo Bridge, exténués, nous dûmes protéger nos yeux de nos mains contre l'éclat aveuglant du soleil. Nous étions crasseux de la tête aux pieds et, bien que l'inclinaison du tunnel fût douce, nos jambes lourdes en souffrirent. En arrivant enfin à la surface, nous ahanions et le vieux Potter soufflait comme un phoque.

Les filles s'écroulèrent sur le sol et tournèrent leur visage vers le ciel, telles des adoratrices du Soleil après un long et rude hiver. Potter ôta son casque et s'essuya le front avec son grand mouchoir rouge. Il marmonna quelque chose à propos d'un « lumbago » et se frictionna le bas du dos pour que nous comprenions bien. Stern s'était écarté de quelques pas pour respirer à pleins poumons et chasser de son organisme l'air confiné et poussiéreux du tunnel. Je les laissai là et allai jusqu'au coin de la rampe pour observer les rails qui filaient vers le grand carrefour où le Strand rencontre Aldwych. Le tunnel pour tramways avait été creusé pour éviter les embouteillages à cet endroit, et il entamait sa descente au milieu de la vaste route du pont, s'incurvait sous le sol avant de continuer en ligne droite pour émerger à Kingsway. Tout paraissait calme, avec seulement le chaos silencieux des véhicules arrêtés. Je mis un genou à terre et, comme les filles, j'offris mon visage aux rayons du soleil.

Je fermai les yeux quelques secondes, et quand je les rouvris j'aperçus une mouette qui planait dans le bleu du ciel, en direction de la côte. Son cri déchira le silence, aussi solitaire que l'oiseau. Avec un grognement de fatigue je me redressai, puis je traversai la route et m'arrêtai au parapet. Malgré quelques barques et des débris qui flottaient à la surface, les eaux de la Tamise brillaient d'un éclat qu'elles n'avaient jamais connu pendant la guerre. Le vieux fleuve s'était nettoyé seul de l'agression humaine, et d'où j'étais je distinguai des bancs de poissons argentés qui nageaient paisiblement. Apparemment ils n'avaient pas été touchés par la Peste Ecarlate. Ici la brise était fraîche, et apaisante, d'une certaine manière ; elle estompa un peu la tension qui m'avait habité ces dernières heures ; seuls les ballons de barrage oscillant paresseusement au-dessus de la ville rappelaient que tout n'allait pas si bien de par le monde. Je retournai auprès des autres.

– Ecoutez, leur déclarai-je, il faut que nous disparaissions des rues pendant quelque temps, au moins jusqu'à ce que les Chemises Noires aient renoncé à nous retrouver. L'endroit où je me cachais n'est pas très éloigné d'ici. Vous y êtes les bienvenus si vous voulez y rester quelques jours. Une fois le danger passé, vous pourrez faire comme bon vous semblera.

Je disais cela pour les filles et Potter, car, en ce qui concernait Wilhelm Stern, je ne voulais pas le quitter des yeux.

Le visage de Muriel s'éclaira d'un sourire las mais franc.

– Vous parlez du Savoy, n'est-ce pas ? C'est l'hôtel que vous avez utilisé ?

Elle joignit les mains comme si elle était ravie de cette révélation, et même dans l'état où elle se trouvait elle ressemblait à une princesse.

Néanmoins je me rembrunis. En admettant que j'aie décidé de laisser partir l'Allemand – ce qui était très improbable –, le nom de l'hôtel venait de sceller son destin. Lui, Hubble et ses miliciens étaient de la même engeance, des frères d'armes, et si je lui permettais de s'éclipser il y avait gros à parier qu'il rejoindrait ses alliés britanniques pour les guider ensuite vers moi. Je pianotai du bout des doigts sur la fermeture Eclair de mon blouson, tout près du holster cousu dans la doublure.

Comme s'il avait lu dans mes pensées, Stern dit soudain :

– Je serai heureux de venir avec vous dans cet endroit. Je crois que nous avons tous besoin de nous reposer, et peut-être d'établir des plans.

Il affichait l'expression sérieuse et décidée du volontaire. Si son regard avait glissé sur ma main, proche de mon arme, ce fut si rapide que je ne m'en étais pas aperçu. Mais il avait remarqué mon geste, j'en étais sûr.

– Ce serait bien de retourner au Savoy, dit Muriel qui était totalement inconsciente de la tension entre l'Allemand et moi. Même pendant la guerre c'était un endroit merveilleusement excitant où dîner. Vous souvenez-vous de la tarte de lord Woolton ? (Elle s'était retournée vers Cissie et une lueur brillait dans ses yeux, réveillée par l'évocation de temps plus agréables.) Tu te souviens ? Patates, carottes, champignons et poireaux. Le chef du Savoy l'avait créée spécialement pour le ministre de l'Approvisionnement, lorsque le rationnement est devenu si sévère...

– Oh, mais bien sûr ! rétorqua son amie d'un ton acide. J'étais tout le temps fourrée au Savoy. Tu sais bien, quand Clark Gable passait à Londres, ou bien Douglas Fairbanks Junior. Et même ce bon vieux Tyrone Power, qui mentait à sa femme pour venir me faire danser toute la soirée sur la musique de Carroll Gibbons et son orchestre. Attends voir, comment s'appelaient-ils, déjà ? Ils passaient tout le temps à la radio...

– The Orpheans, répondit Muriel, qui n'avait pas senti le sarcasme. Carroll Gibbons and the Savoy Orpheans...

– Pour l'amour du Ciel, Muriel ! explosa Cissie, n'y tenant plus. Tu sais bien d'où je viens, et que jamais je n'aurais osé franchir le seuil d'un établissement aussi huppé que le Savoy, même si j'en avais eu les moyens !

– Je voulais seulement dire... La recette a été reprise par des mères de famille dans tout le pays...

– Ah, quel magnifique exemple vous, les aristos, donnez à nous autres, de la plèbe ! Non mais, si tes semblables pouvaient subsister avec des œufs et du lait en poudre arrosés d'un vin de table minable, alors la roture était tout à fait capable de s'en sortir dans la joie en ingurgitant la tarte du bon lord Woolton ! Dieu vous bénisse, duchesse, si j'avais une casquette je l'ôterais pour vous saluer !

L'étincelle dans les prunelles de Muriel s'était éteinte. Elle baissa les yeux vers ses genoux, et la lassitude parut s'appesantir de nouveau sur elle. D'une voix très douce, elle dit :

– Mon père m'emmenait souvent dans la River Room pour déjeuner, quand il trouvait le temps. Nous portions un toast à la mémoire de Mère, avec une coupe de champagne, avant même de consulter la carte...

Elle se tut mais demeura dans cette position, tête basse, l'esprit ailleurs, comme si les souvenirs continuaient de se déverser en elle. Un moment plus tard Cissie s'agenouilla à côté d'elle et lui dit qu'elle était désolée, qu'elle n'avait pas voulu la vexer, et elle passa un bras autour des épaules de son amie en s'excusant.

Le besoin de bouger me reprit.

– Il y a toujours de l'eau, leur précisai-je. (Cissie releva la tête et me considéra sans comprendre.) L'hôtel : il y a beaucoup d'eau. Et les baignoires sont assez grandes pour accueillir des hippopotames.

La perspective d'un bain, froid ou non, métamorphosa l'état d'esprit de Cissie. Elle examina ses mains et ses bras crasseux quelques secondes, puis me décocha un sourire éclatant.

– Là, vous parlez d'or ! dit-elle en se relevant et en aidant son amie à faire de même. Allez, Muriel, ressaisis-toi. Je te laisserai me gratter le dos si tu promets de ne pas rejouer les snobs.

Elle la serra contre elle, puis tourna vers moi un regard plein d'espoir.

– Dites-moi qu'il y a aussi des tonnes de nourriture, et pas seulement des tartes Woolton. Je crève de faim.

– Si vous n'avez rien contre les conserves.

– Alors, qu'attendons-nous ? Mon estomac s'indigne déjà que nous ne soyons pas en route.

Potter inspirait toujours brièvement et paraissait avoir très chaud dans son bleu de travail.

– Vous venez avec nous ? lui demandai-je.

Il me fixa avec sur le visage une crispation des traits qui trahissait son aigreur.

– Ça veut dire que je suis pas obligé ? Que je peux partir tout seul, là, maintenant, si je veux ?

– Sûr. C'est chacun pour soi.

– Ah ouais ? Content de l'apprendre, fiston. Je te le rappellerai la prochaine fois que tu m'enfonceras le canon de ton arme dans le ventre.

Il essuya le pourtour intérieur de son casque avec son mouchoir rouge et, non sans une certaine dignité, se recoiffa en coinçant la jugulaire sous ses doubles mentons.

– Eh ben, puisque mon petit refuge est parti en fumée, je crois que je me laisserai aller un peu au luxe, moi aussi. L'hôtel faisait partie de mon périmètre de surveillance, pendant le Blitz, et je connais bien l'endroit. J'étais assez copain avec une partie du personnel là-bas, surtout des auxiliaires de la police et des infirmières de la Croix-Rouge. Ah, j'en ai vidé, des chopes de thé fumant sur les toits, avec les guetteurs d'incendie ! Une sacrée équipe, qu'ils faisaient, ça, je peux vous le dire. Des héros, tous autant qu'ils étaient. Quand il était de quart, ce vieux William Lawes, du ministère du Travail, avait l'habitude de se balader là-haut dans un manteau en fourrure de raton laveur. Laissé là par un client américain qu'avait pas pu payer la note, dans les années vingt, à ce qu'on m'a dit. Bien sûr, on peut aller planquer nos fesses dans le sous-sol, dans la Lincoln Room, avant que le Bombardier Fou revienne nous tanner le cuir...

Cissie demanda :

– De quoi parlez-vous ? Quel Bombardier Fou ?

– Hein ? Allons, vous savez bien de qui je veux parler, fit Potter.

– Ils ont été absents de Londres un certain temps, expliquai-je en hâte.

Je désirais qu'on reprenne la route au plus vite. S'abandonner à la nostalgie et aux bains de soleil était une occupation qui ne me gênait pas, mais pas maintenant ; nous étions toujours en danger. Cependant Potter était ébranlé.

– Vous croyez que je suis en uniforme pour rigoler ?

Cissie et moi le dévisageâmes. Derrière Potter, je vis que Stern l'observait également.

– Je continuerai à assumer ma tâche jusqu'à ce qu'elle ne soit plus nécessaire, affirma Potter. Personne m'a encore déconsigné, et en attendant ça je ferai le boulot qu'on m'a confié. Nous autres les anciens, on a notre fierté, voyez-vous. On peut servir le Roi et la Patrie aussi bien que n'importe qui.

Peut-être n'aurais-je pas dû être aussi surpris ; ce vieux type avait passé les trois dernières années enterré dans un bunker, où il s'était occupé en se débarrassant des cadavres pour se faire un peu de place, alors qu'il aurait pu choisir de vivre n'importe où ailleurs dans la ville, ou bien imiter d'autres survivants qui avaient fui vers les collines autour de Londres, sinon plus loin encore. Ce type était timbré, pas de doute, mais cela ne semblait pas trop grave. Et puis je n'oubliais pas qu'il nous avait sauvé la vie.

– D'accord, allons-y, dis-je pour éviter toute perte de temps supplémentaire.

Cissie était prête et Muriel semblait s'être reprise.

– Vous restez avec nous ? demanda-t-elle à Stern, qui se tenait à l'écart.

Ses yeux pâles passèrent sur chacun d'entre nous.

– Bien sûr. Enfin, si personne n'y voit d'objection.

Potter se retourna et considéra l'Allemand avec gravité.

– Ce gars-là est pas de chez nous, hein ? grommela-t-il, soupçonneux.

– Laissez tomber, dis-je en m'efforçant de paraître décontracté. D'accord, Willy, vous restez avec nous pour le moment. Il y a un escalier de l'autre côté, qui nous amènera sur l'Embankment. L'hôtel est à un pâté de maisons d'ici.

Nos pas sonnaient creux dans l'escalier couvert, et je crois qu'aucun d'entre nous n'apprécia beaucoup la pénombre qui y régnait. Mais cela ne dura pas et en bas des marches je signalai une pause.

– Qu'y a-t-il ? murmura Cissie, sur la pointe des pieds pour regarder la route par-dessus mon épaule.

Je barrai mes lèvres d'un index dressé, et elle se calma. Je passai la tête à l'extérieur et scrutai les environs.

L'air chaud miroitait en vaguelettes tremblotantes au-dessus des véhicules figés là, sur les voies qui longeaient la Tamise, mais c'était le seul signe de mouvement. Tout était... anormalement normal, pour ainsi dire. Je me risquai hors de l'escalier, et fis signe aux autres de me suivre de près.

Nous apercevions la modeste entrée du Savoy côté fleuve, distante d'une centaine de mètres environ, avec la rue étroite qui montait en pente douce, en face d'un petit jardin à la végétation redevenue folle. Un mur en zigzag bâti pendant le Blitz pour protéger l'accès arrière de l'hôtel et les fenêtres du restaurant ouvrant sur le fleuve courait le long de la façade. Plusieurs véhicules de la rue avaient été garés là par mes soins, réservoir plein, clés de contact sur le tableau de bord, batteries chargées. La MG deux places était pour la vitesse, le taxi noir Austin pour la manœuvrabilité, la Bentley pour le confort (je ne l'avais encore jamais utilisée), et le camion à plateau, un Foden diesel qui débordait sur une bonne partie de la route, eh bien, je l'avais choisi pour d'autres projets.

D'après ce que je pouvais constater, rien n'avait changé depuis ma dernière visite, trois jours plus tôt. Pas de nouveau véhicule en vue, et la planche dont j'avais masqué l'ouverture vers la tranchée entre la barricade et le mur de l'hôtel était toujours en place. Mais cela ne signifiait pas que l'ennemi n'était pas embusqué à l'intérieur du bâtiment, à attendre mon retour. Avant ce matin-là les Chemises Noires n'avaient découvert aucune de mes planques, j'avais donc toutes les raisons de redoubler de prudence. Hubble intensifiait ses recherches, aucun doute à ce sujet, et pas besoin de s'appeler Einstein pour en deviner la raison : je l'ai déjà dit, le temps filait, pour lui et sa meute de charognards. Aujourd'hui, bien sûr, il avait trois raisons supplémentaires de pousser la traque : les trois autres banques du sang sur jambes.

Après un aussi long temps dans le métro, la chaleur du soleil nous parut plus forte qu'à l'accoutumée, et très vite le dos de ma chemise fut trempé. Je me sentais trop exposé en plein air, ce qui ajoutait peut-être à ma transpiration, mais il ne nous fallut pas longtemps pour atteindre le couvert de la barricade.

Soulevant la planche et la glissant de côté, je fis passer les autres par l'ouverture et, après un dernier regard en arrière, je les suivis. La porte à tambour du hall d'entrée était un peu grippée par le manque d'usage, et pendant que Cissie luttait pour la faire pivoter je m'introduisis dans l'établissement par la porte vitrée latérale.

Les autres arrivèrent derrière moi en jetant des regards nerveux dans le hall au plafond bas. Muriel marcha d'un pas décidé jusqu'à la volée de marches menant au niveau supérieur et y jeta un coup d'œil. Cissie réussit enfin à passer la porte à tambour, et son expression m'indiqua qu'elle m'en voulait de ne pas l'avoir prévenue. D'après le soulagement que je lisais sur le visage des autres, je compris qu'ils étaient contents de ne pas voir des cadavres recroquevillés un peu partout, et je ne tenais pas à les contredire, du moins pas maintenant. Oh, cet hôtel contenait toujours un grand nombre de résidents permanents, pour ne pas dire perpétuels, tous morts, mais je les avais entassés hors de vue, avec les membres du personnel, afin de libérer les pièces, les escaliers et les couloirs que j'avais l'habitude d'emprunter. Comme Potter, je préférais ne pas avoir ce spectacle sous les yeux, cela m'aidait à ne pas y penser. Il fallait toutefois que je prévienne mes nouveaux compagnons, car je n'avais pas touché à certaines parties du Savoy.

– Restez près de moi et n'allez pas fourrer votre nez dans les pièces fermées, ordonnai-je. Ce qui s'y trouve ne vous plairait pas. Ah, au fait... nous allons devoir traverser certains endroits qui vont franchement vous déplaire. Désolé, mais il n'y a pas d'autre itinéraire...

Muriel frissonna et se détourna de l'escalier. Cissie se frotta les avant-bras comme pour en chasser une soudaine chair de poule.

– Je pensais que l'hôtel serait vide, murmura Muriel. Je n'avais pas compris...

Sa voix se fit plus tranchante et il y avait assez de lumière dans le hall d'entrée pour lire la curiosité mêlée d'étonnement dans ses yeux.

– Pourquoi avez-vous choisi de vivre dans... dans une morgue comme celle-ci ? Il doit bien exister un tas d'autres endroits moins...

Je la frôlai en allant vers l'escalier.

– C'est simplement un des rares endroits sûrs, lady, et un que je connaissais déjà.

– Je ne saisis toujours pas...

Je m'arrêtai à la troisième marche et me retournai vers elle.

– Avez-vous jamais entendu parler de mon escadrille, la First American Eagle Squadron ?

Elle hocha la tête au ralenti, mais ce fut Potter qui répondit :

– Des Yankees et des Canadiens qui n'ont pas eu la patience d'attendre que leur pays entre dans la danse.

– Exact. Nous avons rejoint les combats très tôt, et combattu avec la RAF quand vous aviez besoin de tous les pilotes disponibles, dis-je, trop las pour expliquer en détail, mais prêt à satisfaire sa curiosité si cela pouvait la décider à continuer. Nous avions établi un QG officieux ici, dans la suite 618-619. Nous y buvions, nous y mangions, nous jouions au poker, tout ce qui pouvait nous faire oublier pendant quelques heures la mort que nous donnions et qui nous menaçait. Le bar américain était devenu notre bar, bien que je ne me souvienne pas d'avoir vu un seul d'entre nous régler un verre. Nous fréquentions aussi le Tich's Bar, avec les correspondants de guerre.

Je ne leur parlai pas de Sally, ni de la manière dont je l'avais courtisée en ce lieu, en m'efforçant de l'impressionner, et je ne leur dis pas combien je l'avais aimée. Je l'avais épousée ici, dans la chapelle du Savoy, un an avant l'attaque du dernier V2. Nous avions passé notre lune de miel dans la suite 318-319, mais l'hôtel ne nous avait facturé que le prix d'une chambre simple et nous avait offert du champagne et des gerbes de fleurs en cadeau de mariage. De toute façon ces gens n'étaient rien pour moi, je ne leur devais donc rien. A part peut-être pour l'Allemand. Oui, lui avait droit à une attention spéciale de ma part, et c'était pourquoi je voulais qu'ils restent tous avec moi. Il serait bon qu'il souffre un peu, avant de rendre son dernier souffle, mais aujourd'hui j'étais trop crevé pour mettre en scène ce petit épisode. Quand je m'occuperais du Boche, je voulais apprécier le moment. Le fêter...

– Alors, qu'est-ce que nous fabriquons ici ? demanda Cissie en regardant les autres, puis en se tournant vers moi. Vous avez dit qu'il y avait encore de l'eau courante dans cet hôtel, non ? Et je parie que le bar est ouvert sans interruption ! Je me trompe ? Qu'attendons-nous ?

Elle me rejoignit dans l'escalier et, comme je ne réagissais pas, pris par d'autres pensées, elle insista :

– Pour moi, ce sera un gin-tonic grand format ; peu de tonic, beaucoup de gin. Hé, monsieur le pilote de chasse, vous m'avez entendue ? Une fille pourrait mourir de soif par ici...

Sa tentative d'imitation de Mae West était plutôt ratée – peut-être l'effet de son hystérie sous-jacente – mais elle me changea les idées. Pour un temps, en tout cas.

Je les précédai au niveau supérieur, à travers un hall Arts déco, avec un lustre poussiéreux et un grand miroir sur lequel était dessinée une fontaine. Puis nous gravîmes un autre escalier, passâmes dans des couloirs où régnait la pénombre, devant des portes aux noms originaux : Iolanthe, Mikado, Sorcerer, Gondoliers. Les tapis épais que nous foulions dégageaient une insidieuse odeur de moisi. Plus nous nous enfoncions dans le bâtiment, plus il y faisait sombre ; à un tournant, à angle droit d'un couloir, nous arrivâmes en face d'une clarté verdâtre. Bientôt nous y pénétrâmes.

– Oh, doux Jésus... marmonna Muriel, une main devant la bouche.

– Comment... ?

Lentement, Cissie tourna son regard vers moi, pour ne plus voir le spectacle qui s'étalait devant nous, ce grand salon où les hommes d'affaires et les personnalités de l'époque avaient pris le thé, le matin ou l'après-midi, ou bien avaient siroté un cocktail en début de soirée, confortablement installés dans des fauteuils capitonnés et des canapés moelleux, entre les colonnes de marbre et les palmiers en pot, au milieu des hauts miroirs, des pendules ouvragées et des peintures murales. Les tables basses recevaient les porcelaines les plus fines, pour le thé et les petits gâteaux qu'apportaient avec une diligence discrète des serveurs en queue-de-pie, tandis que les employés de réception en tenue s'affairaient entre les clients avec cette calme efficacité toute britannique. La guerre qui faisait rage à l'extérieur était un inconvénient mais jamais une gêne pour le Savoy, et la qualité du service demeurait inchangée, même si la bâtisse avait quelque peu souffert et que les menus avaient dû être réduits, mais jamais simplifiés. A présent des silhouettes putréfiées occupaient ces mêmes sièges. D'autres gisaient en travers des tables basses, au milieu de la vaisselle brisée, sur les tapis couverts de poussière, et ce salon n'était plus qu'une vaste scène macabre figée dans le temps. Les plantes vertes étaient réduites à leurs tiges jaunies, la poussière ouatait l'éclat des lustres. Au-delà, par les grandes doubles portes largement ouvertes, on apercevait la salle de restaurant, avec vue sur le parc et le fleuve, où la scène se répétait ; la lumière vive du soleil se déversant par les hautes fenêtres la rendait encore plus sinistre. Cissie avait détourné son attention pour me fixer avec dans les yeux... quoi, au juste ? Pas la curiosité abasourdie de Muriel lorsque nous avions franchi le seuil de l'hôtel, non. De l'horreur, alors ? Oui, mais avec autre chose. « Consternation » me parut le mot le plus approprié pour qualifier ce que je détectai dans ses prunelles. Elle aurait pu finir sa question ainsi : « Comment avez-vous pu vivre dans un tel charnier sans perdre l'esprit ? »

Bah, je n'affirme pas avoir encore toute ma tête.

Je ne prononçai pas ces paroles, bien sûr. Rien ne pouvait plus me toucher. J'ignorai ces yeux écarquillés par l'incompréhension, et sa question en prime.

– L'escalier est par là, dis-je simplement.

Et je me dirigeai sur la droite, vers l'entrée majestueuse du Savoy. Je sentais sur ma nuque leurs regards dégoûtés. Mais je continuai de marcher du même pas, car je savais qu'ils me suivraient de toute façon, tels des moutons effrayés réclamant un chef pour les guider.

Nous gravîmes un large escalier, longeâmes le balcon qui surplombait l'entrée, puis empruntâmes un couloir jusqu'à l'escalier jouxtant l'ascenseur hors d'usage. En chemin, mais sans ralentir, je jetai un coup d'œil furtif par une porte entrouverte et vérifiai que la moto Velocette Mk II que j'avais cachée là s'y trouvait toujours. Pareille à un grand insecte noir fabuleux, elle attendait dans un coin sombre de la pièce, son réservoir plein, sa mécanique graissée, sans une pointe de rouille, prête à démarrer en trombe, et sa seule vue éveilla un sentiment diffus en moi. L'envie de filer, je suppose, d'enfourcher cet engin et de foncer hors de l'hôtel, loin de ces gens et des responsabilités qu'ils m'imposaient. Je n'en voulais pas, je n'en avais nul besoin, parce que ce genre de charge n'apportait que des peines supplémentaires, un jour ou l'autre.

L'épuisement physique éteignit mon désir presque sur-le-champ. Par ailleur j'avais oublié Stern et la raison pour laquelle je le voulais ici. J'atteignis l'escalier près de l'ascenseur.

Nous mîmes du temps à monter et, quand enfin nous parvînmes au troisième étage, notre petit groupe s'était étiré. Sans attendre les autres, je m'engageai dans le long couloir et ne m'arrêtai qu'au premier tournant à gauche. Là je patientai pendant que les autres arrivaient un à un.

L'Allemand fut le dernier à me rejoindre, et je m'interrogeai une seconde sur la raison d'un tel retard. Il était nettement plus vigoureux que Potter ou les deux filles ; alors avait-il pris le temps d'explorer des itinéraires de fuite en feignant de traîner en arrière ? Avait-il exploré les pièces proches de l'escalier sur chaque palier, à la recherche des sorties d'incendie ? Au fond, quelle importance ? Il en avait le droit. Rien de tout cela ne le sauverait quand le moment serait venu de régler les comptes.

Je leur tournai le dos et déverrouillai la porte de la suite 318-319.

8

Pour eux, cela devait ressembler à la caverne d'Ali Baba : une caverne d'Ali Baba emplie de bric-à-brac, de conserves, de cartons et d'armes, toutes choses utiles quand on vivait dans une ville où l'approvisionnement était libre mais où la production de biens de consommation n'existait plus ; et où des bandes de dégénérés, avides de sang, sillonnaient les rues désertes, rendant les courses plutôt risquées.

Ma suite au Savoy avait perdu un peu de son élégance à cause de ce fouillis, j'en conviens, et il restait bien moins de place libre que lors de mon arrivée. Nous nous entassâmes dans le petit vestibule entre la chambre et le salon, deux pièces très encombrées. A notre droite se trouvait la salle de bains en marbre avec la pompe à main reliée à la baignoire à demi pleine près de la porte, en cas d'incendie ; son efficacité si un feu se déclarait demeurait plus que discutable, mais cela pouvait me donner le temps de fuir jusqu'au couloir. Les murs pastel des deux pièces disparaissaient derrière les amoncellements de conserves et de bocaux, et seul le lit à deux places émergeait dans ce capharnaüm qu'était mon refuge. Le désordre régnait en maître partout, les fauteuils et la coiffeuse croulaient sous les réserves. Une sélection d'armes de poing et des boîtes de cartouches de divers calibres étaient disposées sur le lit de camp, un fusil de chasse était appuyé contre le petit bureau. Des cartons pleins, dont le contenu m'échappait pour l'instant, emplissaient l'armoire, qui ne pouvait plus fermer. Une radio qui n'émettrait plus jamais était posée sur un guéridon, près d'un fauteuil où s'entassaient revues et livres, et sur un petit secrétaire Louis XVI trônait mon gramophone à manivelle, avec une pile de disques poussiéreux. Celui de Bing Crosby était toujours sur la platine.

Les deux filles s'étaient déjà glissées dans le salon et s'esbaudissaient comme deux gamines privées de douceur dans une confiserie. J'ignorais la manière dont elles avaient subsisté durant ces trois dernières années, mais à voir l'émerveillement dans leurs yeux je devinai que leur régime n'avait pas dû être très appétissant. Muriel se retourna vers moi et me sourit, puis elle alla ouvrir un meuble regorgeant de conserves. Elle en prit une avec un geste presque révérencieux.

– Creamola Custard Pudding, lut-elle d'une voix pleine de respect.

Cissie pouffa de joie et désigna de l'index une autre étiquette.

– Fancy Quality Fish Roll, lut-elle, son intérêt passant immédiatement un peu plus loin. Mrs Peek's Puddings. Bachelors Peas. Et, oh, des pêches...

– Ostermilk for Babies ? s'étonna Muriel en découvrant un autre produit.

– Regarde ! reprit Cissie. Il a du café. Trois grandes bouteilles de Camp Coffee...

– Handy Eggs, récita Muriel. Pouah ! des œufs entiers déshydratés...

– Tout ce que j'ai pu trouver, intervins-je en commençant à apprécier leur enthousiasme.

– Oh, mon Dieu, plein de Spam, fit Muriel, qui semblait déçue, mais je voyais bien qu'elle plaisantait.

– Et du Weetabix, ajouta Cissie, un large sourire sur son visage tandis qu'elle faisait le tour de la pièce. Bovril, Ovaltine, Peek Frean Biscuits, de la marmelade, des confitures. Ah ça, vous êtes déterminé à ne pas avoir faim, Yankee ! Dites, ce sont bien des légumes frais que je vois là ?

– Cueillis il y a une semaine, à peu près, lui répondis-je. Je les fais pousser dans un de mes petits lopins de terre personnels. Ça n'a pas été très facile, après l'hiver dernier.

Elle ramassait déjà des pommes de terre et les examinait une à une.

– Quand tout le monde est parti ou mort au sanatorium, nous aussi nous avons essayé d'en faire pousser, mais je ne sais pas pourquoi, ça n'a jamais marché. Je crois que toutes les deux nous n'aurions pas fait de très bonnes filles de ferme. C'est le problème quand l'une a grandi dans un pub londonien et que l'autre est la fille d'un lord...

Du pouce elle désigna son amie, et il était aisé de deviner qui était l'aristocrate.

– Vous n'alliez pas vous approvisionner à la ville la plus proche ? demandai-je, surpris.

– Nous avions trop peur pour nous risquer très loin, dit Muriel, toujours hypnotisée par la mine d'or qui l'entourait. La plupart du temps, nous nous nourrissions sur les réserves du centre. Nous avions peur d'attraper des maladies, avec les cadavres, ou même d'être infectées par la Peste Ecarlate. Personne ne savait rien, vous comprenez, pas même les scientifiques qui travaillaient au labo. Ce sont bien des choux, là ?

Elle se pencha sur une autre caissette posée sur le sol.

– Oh, des choux de Bruxelles et des oignons. Vous avez dû travailler dur pour obtenir une telle récolte, monsieur Hoke.

– Hoke, simplement, repris-je avant de secouer la tête. Non, je me suis contenté de planter quelques trucs. Ce n'est pas grand-chose, finalement.

– Je peux ?

C'était Stern. Il nous avait suivis dans le salon et brandissait un paquet pris dans une cartouche de Camel.

Je hochai la tête et il ouvrit rapidement le paquet, coinça une cigarette entre ses lèvres et se mit en quête d'allumettes.

– Par là, dis-je en désignant la cheminée qui abritait dans son âtre un chauffage électrique.

Il prit une boîte de Swan Vestas sur une pile, s'étudia dans le trumeau poussiéreux et se rembrunit. Il était crasseux, mais la découverte de son reflet le choquait. Peut-être avait-il toujours pensé que les Allemands ne se salissaient pas comme les autres humains ?

– Il faut que je me lave, remarqua-t-il. (J'eus le sentiment qu'il s'adressait à son image plutôt qu'à moi.) Vous avez bien dit que l'eau abondait dans cet hôtel ? ajouta-t-il en me regardant, mais toujours dans le miroir.

– Le Savoy dispose de ses propres puits artésiens, mais les pompes sont hors service. Toutefois les réservoirs sont encore presque pleins.

– Moi d'abord ! lança Cissie. Je ne peux pas continuer à puer de la sorte une minute de plus !

Je ne pense pas que le verbe « puer » appartenait au vocabulaire usuel de Muriel, en particulier s'il s'appliquait à sa personne, mais elle acquiesça avec vigueur.

– Oui, moi aussi j'aimerais faire un brin de toilette. Ensuite, peut-être pourrions-nous goûter à ces merveilleuses provisions ? Je commence à me sentir faible, et ce n'est pas seulement l'effet de la fatigue.

Je m'adressai à tous :

– Vous êtes dans un bâtiment qui regorge de salles de bains, aussi n'aurez-vous pas à attendre votre tour. Mais restez à cet étage, ne vous éloignez pas.

L'Allemand tirait sur sa cigarette. Il avait déambulé vers le bureau et la carabine M1 qui y était appuyée. Je glissai la main sous le pan de mon blouson, dans l'éventualité où il se saisirait de l'arme. Il passa à côté sans y toucher et alla se camper devant une grande fenêtre donnant sur la Tamise. Les tentures étaient ouvertes, mais un rideau de dentelle masquait la vitre.

Quand il leva une main pour l'écarter, j'intervins :

– Laissez-le en place. Je tire les tentures le soir, si j'utilise de la lumière. (J'indiquai les bougies et les lampes disposées un peu partout dans la pièce.) Dans la journée, les rideaux restent toujours en place.

– Au cas où quelqu'un lèverait les yeux et se poserait des questions ? répondit-il. (Sans voir son visage je sus qu'il réprimait un sourire.) Assez improbable, vous ne croyez pas ?

– Improbable ou pas, je ne prends pas de risques.

– Je ne dirais pas non à un petit coup de raide, moi, soliloqua Potter.

Il s'était assis sur le bord du canapé et contemplait d'un regard concupiscent l'éventail de bouteilles qui occupait la table basse devant lui : Famous Grouse, Haig, Johnnie Walker, et même ce bon vieux Jack Daniels, ainsi que du bourbon et du rye. Tous ces alcools avaient été sévèrement rationnés durant la guerre, mais ce n'était plus le cas. J'avais également déniché un échantillon de l'alcool spécial du Savoy, un des meilleurs scotches que j'aie goûtés, et j'en avais goûté quantité de marques pendant mes nuits solitaires dans cette ville. Et puis il y avait les vins : du Rhin, de Moselle (ouais, l'Allemand, une vieille réserve, je suppose), des bordeaux et des bourgognes, qui se partageaient la place sous la table avec les cartouches de cigarettes – Lucky Strike, Camel, Wills Capstan, Churchman n° 1 et quelques autres dont je ne me souvenais même plus. Le génocide m'avait transformé en gros fumeur. Et en gros buveur.

– Servez-vous, dis-je à Potter. Je vais vous trouver un verre propre.

– Pas la peine, fiston, pas la peine.

Il saisit la bouteille de Famous Grouse par le col et ce seul contact lui arracha un grognement de satisfaction.

– Vous aviez l'intention de vous suicider en buvant et en fumant ?

Il n'espérait pas vraiment de réponse, et je n'avais pas envie de lui en donner une. Très concentré, il dévissa le bouchon.

– Vous savez, j'ai toujours eu les foies de mettre les pieds au Savoy, après que les derniers V2 furent tombés, dit-il en levant la bouteille devant son nez et en examinant son contenu ambré. Même si je vous ai vu entrer et sortir plusieurs fois, j'avais quand même la pétoche de ce que je pourrais découvrir à l'intérieur. J'aurais pu m'offrir un petit raid sur le bar américain sans problème, mais non, j'avais trop la trouille, allez savoir pourquoi.

Il but sa première gorgée avec un plaisir évident, qu'il exprima d'un claquement de langue sonore.

– Vous n'aviez pourtant pas peur d'entrer dans l'abri de la défense civile, lui rappelai-je.

– C'était différent. Je connaissais la plupart de ces personnes. Ça me faisait pas pareil. Mais les gens ici, ces aristos et ces richards, avec même quelques-uns de nos dirigeants, des membres du ministère de la Guerre et tout ça, eh bien, j'avais l'impression que ce n'était pas un endroit pour moi, même maintenant. (Il s'accorda une solide rasade, s'essuya la bouche d'un revers de la main et me considéra à nouveau.) Si vous voyez ce que je veux dire.

Pas vraiment, mais je n'étais pas d'humeur à y réfléchir. Je me tournai vers les autres.

– Chacun d'entre nous peut se choisir une des chambres desservies par ce couloir, mais n'allez pas plus loin. Toutes les suites de ce côté du troisième communiquent entre elles, même si les portes sont fermées pour l'instant.

– Vous êtes quelqu'un de très prudent, Hoke.

Stern était resté près de la fenêtre, et la lumière chiche qui filtrait à travers les rideaux révélait l'état pitoyable de son costume de tweed, si propre quand nous nous étions rencontrés. Une manche et une poche étaient déchirées, le col de sa chemise était froissé ; toutefois, alors qu'il tirait sur sa cigarette, le bras en travers de la poitrine, sa main tenant son autre coude levé, il conservait cet air de supériorité, cette arrogance glacée que nous avions fini par associer aux représentants de la race supérieure. Les films et la propagande nous avaient expliqué que c'était ainsi qu'ils étaient, que cette attitude découlait de leur nature aryenne, et je n'en avais jamais douté.

– Un homme très prudent... répéta-t-il tandis que je me demandais si c'était de la raillerie que je lisais dans ses yeux décolorés. Pourtant, aujourd'hui, vous avez bien failli vous faire prendre par ces Chemises Noires, comme vous les appelez.

– Ça arrive, éludai-je.

J'allai jusqu'à la table basse et pris la bouteille de Johnnie Walker au quart pleine, dont il manquait le bouchon.

– Mais cela ne se reproduira pas, affirmai-je avant de m'octroyer une longue, très longue gorgée.

Ce soir-là, à l'aide de deux de mes trois réchauds à gaz portables, je préparai un repas pour tous. Du pâté de jambon en conserve, des petits pois et des pommes de terre bouillies, avec pour finir des pêches au sirop et des crèmes anglaises. Ils s'extasièrent sur un festin aussi somptueux.

Un peu plus tôt je leur avais montré d'autres pièces qu'ils pourraient utiliser pour dormir. Les deux filles s'étaient installées dans la suite voisine de la mienne, Potter et Stern avaient choisi des chambres individuelles, le vieux gardien était le plus loin. Je gardai les portes de communication verrouillées. Ils furent surpris de découvrir que ces pièces servaient également d'entrepôt, bien qu'aucune ne fût aussi encombrée que ma propre suite, mais personne ne se plaignit. Je les laissai s'installer et réintégrai mes quartiers, où je me débarrassai de mes vêtements en piteux état avant de prendre une douche : la pression réduite de l'eau autorisait une chute du Niagara en réduction. L'eau très froide me revigora. Ensuite je me rasai rapidement, avant d'examiner mes blessures. Celle due à la balle qui avait transpercé mon blouson à l'épaule était superficielle, et un badigeonnage de teinture d'iode puis un pansement autoadhésif suffirent. Ma cheville était gonflée, mais je savais que je n'avais aucun os brisé. En la bandant serré un jour ou deux, tout reviendrait à la normale. L'ecchymose sur la même jambe commençait à prendre une sale couleur ; elle s'étendait du mollet jusqu'à mi-hauteur de la cuisse, et sous la peau les muscles étaient raides et douloureux. Pendant quelque temps j'éprouverais juste une certaine difficulté à marcher. Rien de grave, donc. Je désinfectai les écorchures et les coupures, mais négligeai les bleus, qui disparaîtraient d'eux-mêmes. Mes cheveux étaient roussis par endroits – sur le front, ils ressemblaient à du maïs brûlé – et la peau de mon visage et du dos de mes mains était rougie ; mais là encore, rien de sérieux. Ah oui, les articulations des doigts de ma main droite étaient à vif. Tout bien considéré, j'avais eu de la chance aujourd'hui, sûrement plus que je n'en méritais, et j'avais aussi reçu une bonne leçon. Ces derniers temps j'étais devenu un peu trop confiant, je m'étais cru trop malin pour me faire épingler par ces tarés. Eh bien j'avais eu tort. Je m'étais montré stupide. Et l'alcool me montait à la tête. Comme je l'avais dit à l'Allemand, cela ne se reproduirait pas.

Avant de passer un pantalon de treillis et un T-shirt de l'armée (sans raison particulière j'avais conservé l'habitude des sous-vêtements militaires, et j'avais déjà dû laver ce T-shirt une bonne centaine de fois), je vérifiai toutes les armes dans la pièce, pour m'assurer qu'elles étaient convenablement graissées et chargées. Encore un peu stressé d'avoir failli y passer le matin même, je suppose.

Je sortis le 45 du holster et le passai à ma ceinture, puis je quittai ma suite. Pieds nus et claudiquant, je parcourus les couloirs du troisième pour vérifier les escaliers et les fenêtres tout autour du bâtiment. Le Savoy étant divisé en deux parties, je ne pouvais voir la rue principale au-dehors, le Strand, sans devoir descendre et remonter ensuite, mais cela ne me gênait pas. J'étais certain que l'hôtel était sûr, sinon il y aurait eu un comité de réception très dynamique à notre arrivée. Toutefois je sillonnai ma forteresse avec méthode, et je ne retournai dans ma suite qu'une fois assuré qu'il n'y avait eu aucune incursion hostile. Ma cheville m'élançait rudement, et ce n'était pas la seule partie de mon corps à être douloureuse. Je me servis un autre whisky, dans un verre cette fois, sans rien ajouter à l'alcool. Je le préférais comme ça.

Toujours fatigué, mais me sentant un peu mieux, je lavai la vaisselle que j'avais accumulée dans le lavabo de la salle de bains, puis je préparai le repas pour mes invités. Si j'avais fermé les yeux à cet instant, je crois que j'aurais pu dormir vingt-quatre heures d'affilée, et c'est bien pourquoi je ne le fis pas. Je m'activais parce que c'était la seule attitude à tenir. Et à la vérité, j'avais une faim de loup.

L'Allemand se présenta le premier. Il frappa poliment à la porte et attendit que je lui ouvre. Il avait trouvé des vêtements propres quelque part : chemise blanche, pantalon noir. Mais toujours les mêmes chaussures de marche, et si elles me paraissaient un peu décontractées pour sa personne, il les portait avec une classe certaine. Il s'était rasé, et ses cheveux plaqués en arrière avec de l'eau luisaient. Certes il ne ressemblait pas du tout à l'acteur allemand Conrad Veidt, et pourtant cette image ne cessait de me venir à l'esprit ; peut-être à cause de cette raideur, cette arrogance et, oui, ce charme qui rappelait celui du serpent. Je n'étais pas prêt à l'admettre alors, mais toute cette propagande avait modelé mes réactions, et je me refusais à changer d'avis. La haine génère sa propre boue, et je m'y roulais avec l'entrain d'un cochon.

Je lui fis signe d'entrer et lui offris de se servir un verre. Il déboucha une bouteille de bordeaux.

Nous n'échangeâmes que quelques mots, mais je le gardai à l'œil tout en cuisinant, pendant qu'il sirotait son vin. Albert Potter fut le suivant à arriver. Toujours en bleu de travail, son casque coincé sous un bras, il entra en traînant des pieds et sans s'annoncer. Il se dirigea droit vers la table basse et choisit la bouteille de Famous Grouse. Malgré sa présence la conversation n'était pas exactement animée, en bonne partie à cause de la tension presque palpable entre l'Allemand et moi.

Les filles nous rejoignirent dix minutes plus tard. Toutes deux étaient nettement plus jolies que lorsqu'elles avaient émergé du métro. La femme qui avait naguère occupé la suite voisine ne manquait pas de goût, et n'avait pas lésiné sur la dépense. Les tenues des deux filles étaient simples, mais élégantes.

Muriel avait opté pour une jupe vert clair s'arrêtant aux genoux et un chemisier à épaulettes crème. Cissie avait choisi une jupe plissée qui tombait juste en dessous des genoux, et elle avait enfilé la veste coordonnée, en dépit de la chaleur (à mon avis, elle voulait tirer le maximum de ce qu'elle avait trouvé dans la penderie), avec un chemisier blanc en dessous. Ni l'une ni l'autre ne portait de bas, quoique la suite voisine n'en manquât certainement pas – en raison de la chaleur, je suppose – et toutes deux étaient juchées sur des escarpins à hauts talons qui accentuaient le galbe de leurs jambes. En mon for intérieur, je dus bien reconnaître qu'il était diantrement agréable de voir des silhouettes féminines aussi plaisantes, même si cela n'allait pas plus loin pour moi. A ce moment-là, en tout cas.

Leurs cheveux brillaient. Les boucles brun clair de Muriel encadraient ses joues, et celles, noir profond, de Cissie cascadaient jusque sur ses épaules. La fine cicatrice sur son nez était à peine visible quand elle sourit au trio d'hommes que nous formions.

L'Allemand, qui avait débarrassé un fauteuil pour s'y asseoir quand il était entré, se leva aussitôt.

– C'est merveilleux de savoir qu'une telle beauté existe toujours, leur dit-il avec une sincérité que je jugeai un peu trop onctueuse.

Cissie l'ignora et marcha droit vers la table basse, le mini-bar sur lequel Potter veillait jalousement. Le vieux gardien leva son verre en guise de salut.

– Donnez-moi quelque chose de fort, de long à boire, qui prolonge la vie, implora-t-elle. Quelque chose que je regretterai d'avoir avalé demain.

– Eh bien, il y a du gin, mais je ne vois pas de tonic, fit Potter en soulevant les bouteilles une à une, avec méthode.

Cissie me jeta un regard accusateur et lâcha, sans grande conviction :

– Ce n'est pas très demandé. D'accord, ouvrez une boîte de pêches au sirop et versez-moi le jus. Je suis une fille habituée à vivre à la dure.

Pour la première fois de la journée, je sentis que mes lèvres s'étiraient sur un sourire. Je trouvai rapidement la conserve en question, pratiquai deux trous dans le couvercle et la tendis à Potter, qui avait déjà versé le gin dans un verre.

– Quelques glaçons, et ç'aurait été parfait, soupira malicieusement Cissie, mais je trouve que le Savoy n'est plus ce qu'il était. Muriel, champagne pour toi, évidemment ?

Une ombre parut passer sur le visage de son amie.

– Un verre de vin suffira, répondit-elle d'une voix posée tandis que je me remémorais qu'en compagnie de son père elle avait porté des toasts à la mémoire de sa mère dans cet hôtel.

– Du vin pour la dame ! clama Potter en prenant la bouteille entamée par Stern. Un choix très sensé, si je puis me permettre. Vous avez bien raison de laisser les alcools forts aux dépravés comme moi.

– Et moi, glissa Cissie.

Tous burent et m'observèrent tandis que je préparais la tambouille sur les petits réchauds posés sur le sol. Pendant un temps, personne ne parla. Je pense que cette froideur entre nous tenait à quelque chose de plus que notre manque de familiarité. A mon avis, il n'existait aucune confiance entre nous, malgré les épreuves que nous avions partagées ce matin-là. Nous étions des survivants dans un monde dévasté par le fléau, mais nous éprouvions une méfiance innée pour autrui, et nous ne nous sentions pas à l'aise ensemble. C'était différent pour les deux filles – elles étaient déjà amies –, mais les autres étaient des étrangers entre eux. D'ailleurs l'un d'entre nous était un véritable étranger, et un Boche pour tout arranger. Avoir le même groupe sanguin ne suffisait pas, il s'en fallait de beaucoup. Une partie du problème, pour les filles veux-je dire, était que dans cette société dévastée notre sexe prenait une signification entièrement nouvelle, et qu'elles n'étaient pas encore prêtes à le comprendre et l'accepter. Aucun de nous ne l'était, à y bien réfléchir. Et pour ajouter à leur inconfort, rien ne prouvait qu'aucun des trois hommes présents fût vraiment sain d'esprit.

La glace ne commença à fondre que quand je servis le repas.

9

La soirée se déroula à son propre rythme et, après un temps, les gens commencèrent à bavarder. Leur estomac était un peu plus plein, leur esprit légèrement détendu par l'alcool ; quelqu'un pouvait être larmoyant une minute, très froid la suivante, émotif en diable juste après, et un mélange du tout ensuite. Les regrets tenaient la vedette, la nostalgie de toutes les choses à jamais enfuies ; mais la souffrance individuelle avait eu trois longues années pour s'émousser, et elle était maintenant bien mieux contrôlée. Voilà de quoi les discussions de cette soirée se composèrent, si l'on veut résumer.

Tout d'abord Cissie, de son vrai nom Cicely Rebecca Briley. Comme moi, elle était d'origine mêlée. Père anglais bon teint, mère juive. Sa famille tenait un pub à Islington et elle avait aidé derrière le bar (illégalement, bien sûr) jusqu'à l'âge de se trouver un emploi, l'un de ceux qui participaient à l'effort de guerre. C'était en 1941, elle avait alors seize ans. La plupart des hommes valides étant engagés dans les forces armées actives, le pays recherchait désespérément des femmes pour les remplacer dans toute une série de postes ; Cissie débuta son parcours professionnel à un tour, dans un atelier de construction mécanique.

Le jour de son embauche, l'usine fut bombardée et un morceau de métal effleura son visage. A peu près au même moment l'établissement de ses parents fut pulvérisé par un autre avion sans pilote, un des premiers V1 lancés sur l'Angleterre et la Belgique en juin 44. Henry Briley était mort quand la patrouille de sauvetage le sortit des débris, mais Rachel, son épouse, la mère de Cissie, survécut trois jours encore, malgré ses jambes et son bassin broyés, sans parler d'un bras arraché. Le séjour de Cissie à l'hôpital ne dura qu'une nuit – les lits étaient prioritairement affectés aux blessés sérieux – et ensuite elle n'eut plus nulle part où aller. Il lui fallut deux jours pour localiser l'hôpital où ils avaient emmené sa mère, et celle-ci était déjà morte. Son foyer anéanti, ses parents disparus, son emploi perdu, il ne lui restait pas grand-chose. Elle s'installa chez des amis et s'engagea dans le service des ambulances, ce qui lui permit de canaliser toute sa colère dans un travail forcené. Très vite elle prit conscience que sa tragédie n'avait rien d'exceptionnel dans cette guerre aveugle. L'année qui suivit, Hitler sentit souffler le vent de la défaite, les V2 remplacèrent les V1, et tout changea.

Naturellement, elle ne comprit pas pourquoi tout le monde autour d'elle s'effondrait, foudroyé, alors même que les fusées tombaient dans d'autres parties de la ville. Personne ne comprenait, pas plus les autorités militaires que le gouvernement. L'enfer s'était déchaîné, mais la panique n'avait pas duré longtemps, pas plus que la survie des masses. Ce fut horrible, un cauchemar monstrueux, avec des morts massives, trop soudaines et trop atroces pour qu'on les regarde; d'autant que les spectateurs ignoraient s'ils ne seraient pas fauchés dans la minute suivante. Très vite, Cissie se rendit compte qu'elle continuait d'aller bien alors qu'autour d'elle tout le monde mourait ou était emmené d'urgence à l'hôpital pour y subir des tests sanguins. Elle se retrouva sur la plate-forme arrière d'un camion militaire, en compagnie d'une dizaine d'autres AB négatifs, en route pour un sanatorium dans le Dorset, et c'est dans ce transport qu'elle lia connaissance avec Muriel Drake, passagère comme elle et heureuse détentrice d'un sang épargné par la Peste Ecarlate.

Au sanatorium, on les soumit à toutes sortes de tests, mais ni les scientifiques ni les médecins militaires ne parvinrent à définir la cause de leur immunité au poison invisible dispersé par les V2. Pour tout compliquer, les experts mouraient un à un, et lorsqu'il ne resta plus que deux médecins, du même groupe sanguin, toutes les recherches furent abandonnées. Un autre problème résidait dans le fait que les premières études sérieuses sur les groupes sanguins avaient débuté moins de dix ans auparavant, et on en savait très peu dans ce domaine. A présent on apprenait vite, mais trop tard.

Il semblait que le mal – gaz, poison, virus, car les autorités militaires ignoraient toujours le contenu des ogives des V2 – attaquait le système sanguin et déclenchait une réaction chimique provoquant la coagulation, si bien qu'en quelques minutes le sang se solidifiait dans les artères principales du corps, ce qui entraînait une thrombo-embolie. Dans le cœur, les poumons, le cerveau, ainsi que dans d'autres zones vitales, les vaisseaux se retrouvaient complètement bloqués ; et les veines mineures s'engorgeaient rapidement. A cause de ces caillots, le sang liquide n'avait nulle part où aller et nulle part où retourner. « Occlusions veineuses », comme Muriel avait baptisé ce phénomène. Il en résultait des gonflements et des pertes dans tout le corps. Les victimes souffraient de douleurs fulgurantes, et beaucoup sombraient dans l'inconscience avant que la mort les emporte.

Un traitement à base d'anticoagulants aurait été inopérant, car il aurait eu pour seul résultat de décupler le phénomène hémorragique. Quant aux drogues coagulantes, elles ne feraient qu'intensifier les thromboses. Et personne n'avait encore découvert pourquoi le fait d'appartenir au groupe AB négatif immunisait contre la Peste Ecarlate, pourquoi ces sujets étaient épargnés. Il faut se souvenir que les nations avancées de ce monde travaillaient fiévreusement à l'élaboration d'une solution, d'un antidote, de n'importe quelle sorte de traitement, et que les Alliés travaillaient main dans la main, mais qu'on n'avait pas trouvé le commencement du début d'une réponse. Le temps était passé très vite, et très vite les médecins survivants du sanatorium avaient fui. Un jour ils avaient disparu, sans laisser le moindre mot d'explication ou d'excuse. Ils avaient compris que c'était sans espoir.

Pour les cobayes abandonnés, ce fut presque un soulagement. Plus de tests, plus de prises de sang, plus de prélèvements de tissus, plus de piqûres. Et surtout, plus aucun d'entre eux ne disparaîtrait dans l'aile spéciale du sanatorium où, bien qu'on n'en ait jamais eu la confirmation parce qu'aucun patient n'en était jamais revenu, on soupçonnait que des expérimentations étaient menées sur les AB négatifs. Quand les derniers médecins se sauvèrent, ce qui restait de discipline disparut avec eux. Tout d'abord les soldats qui « veillaient » sur les « internés » – aucun AB négatif n'était demeuré là de son plein gré après la première semaine de séjour – avaient décampé, très bientôt imités par ce qui restait du personnel et des chercheurs. Ces gens-là avaient alors compris que la mort les menaçait, et ils désiraient se trouver ailleurs quand la fin viendrait.

Peu après, les cobayes, au nombre d'une centaine, s'éparpillèrent dans la nature. Cissie et Muriel décidèrent de rester ensemble.

Muriel Drake venait d'un milieu nettement plus aisé que celui de Cissie, bien qu'en tant que fille de lord elle n'eût pas été traitée différemment au sanatorium ; la panique ignore la hiérarchie sociale. Les deux jeunes filles s'entendaient bien et firent beaucoup pour conserver un semblant de moral durant cette terrible période. Comme tout le monde, elles avaient perdu famille et amis, et au sanatorium elles ne savaient jamais quand une infirmière ou un garde sympathique allait trépasser devant elles. Elles décidèrent de planifier leur avenir ensemble.

Lady Daphne Drake, la mère de Muriel, était décédée lors de la première année de guerre, renversée par un bus de la ligne 14 tandis qu'elle traversait Piccadilly Circus pendant le black-out, à la sortie du cinéma où elle avait vu Jack Hulbert chanter des mélodies cubaines et semer des espions nazis dans *Under Your Hat*. Lady Daphne était morte sur le coup, laissant Muriel seule avec son père, lord Montague Drake ; les deux frères aînés de Muriel s'étaient engagés dès la déclaration des hostilités, sans l'assentiment de leur père. L'un servait sur un bâtiment de la Navy, l'autre était pilote dans une escadrille de la RAF basée à Malte. Depuis que la Peste Ecarlate avait frappé, Muriel n'avait eu de nouvelles ni de l'un ni de l'autre, et comme elle ignorait s'ils étaient eux aussi AB négatifs, elle craignait qu'ils n'eussent péri. La maison familiale se trouvait dans le Hampshire, mais elle avait surtout vécu dans leur appartement de Kensington ; à dix-sept ans elle avait rejoint le Service des auxiliaires territoriaux, et assez rapidement elle avait décroché l'équivalent du grade de lieutenant. Rien d'héroïque dans son engagement, nous assura-t-elle. C'était une réaction naturelle de patriotisme. D'ailleurs, la princesse Elizabeth en personne n'avait-elle pas rejoint le SAT juste avant son dix-neuvième anniversaire ?

Quand les premiers V2 porteurs de la Peste Ecarlate avaient touché le sol anglais, Muriel déjeunait avec son père au Simpson's-in-the-Strand. Elle s'étonnait encore de n'avoir rien oublié du menu de ce jour maudit. Le serveur leur apportait une soupe au curry, que devaient suivre des oisons rôtis et une salade, quand il s'était effondré sur leur table. Son teint avait viré au bleuâtre, les veines sur le dos de ses mains et à ses tempes s'étaient gonflées, comme si elles allaient éclater, et ses yeux s'étaient mis à saigner.

Assez logiquement, Muriel avait hurlé de toutes ses forces, pendant que son père, qui essayait d'aider le pauvre serveur en lui ouvrant le col pour qu'il puisse mieux respirer, avait brusquement crispé les mains sur son cœur. Tétanisée par l'agonie de lord Drake, Muriel n'avait pas remarqué que quasiment toutes les autres personnes présentes dans le restaurant succombaient à la même horreur. En voyant bleuir la peau de son père et saillir ses veines, elle s'était évanouie. Quand elle était revenue à elle, tous les gens qui n'avaient pas fui la salle, dont son père, étaient morts. Elle s'était précipitée dans la rue, dans une ville en proie à l'hécatombe, et ce n'est que plus tard qu'elle s'était rappelé ne pas avoir entendu les bombes tomber.

Comme Cissie, elle avait été ramassée les jours suivants, et soumise à des tests sanguins, puis emmenée dans un sanatorium du Dorset.

Bien que cet établissement secret se trouvât peu à peu abandonné, elle, Cissie et quelques autres avaient beaucoup hésité à quitter la sécurité qu'il représentait, par peur de ce que recelait le monde inconnu qui les entourait. Mais rester claquemuré dans le même endroit pendant trois ans, c'était long, et les rations commençaient à sérieusement diminuer. Ce ne fut ni le désespoir ni la bravoure qui les ramena à la capitale, mais bien plutôt le mal du pays.

Et, alors qu'elles roulaient dans un des rares véhicules demeurés au sanatorium, elles avaient croisé le chemin de William Stern.

Le soleil rasait la Tamise à l'extérieur, projetant une lumière rougeoyante sur les murs de la suite et noircissant les coins d'ombre, pendant que nous écoutions l'Allemand raconter son histoire. Il me paraissait un peu trop porté sur les détails. Oh, il parlait d'un ton convaincant, mais il y avait chez lui quelque chose qui me poussait à ne pas lui faire confiance. Que pour moi ce soit toujours un ennemi avait beaucoup à voir dans mon attitude, d'accord. Mais dans le tunnel il avait dit quelque chose qui avait confirmé mes soupçons.

Pour l'heure, Stern affirmait avoir été navigateur dans l'équipage d'un bombardier de la Luftwaffe, un Heinkel He 111. En avril 1940, sa mission était de lâcher des mines le long de la côte est de l'Angleterre quand l'avion avait été touché par la DCA. Ses vêtements en feu, il avait sauté du bombardier, et la vitesse de l'air avait éteint les flammes, non sans qu'il ait été auparavant sévèrement brûlé au dos et au cou. Le He 111 s'était écrasé à quelques kilomètres, tuant (il l'avait appris plus tard) deux civils et en blessant près de cent cinquante autres. Lui et le reste de l'équipage avaient été capturés et envoyés au camp de prisonniers d'Island Farm, dans le pays de Galles. Telle était toute sa participation personnelle à la guerre contre la Grande-Bretagne, nous dit-il avec un petit sourire d'excuse, même si, en mars 45, soit une semaine environ avant les premiers V2 chargés de la Peste Ecarlate, lui et soixante-cinq autres prisonniers allemands avaient réussi à s'évader du camp. Je me souvenais vaguement d'avoir lu quelque chose à ce propos dans les journaux de l'époque. Séparé de ses *kameraden*, Stern avait tenté de rejoindre la côte du pays de Galles, où il espérait voler une embarcation et se rendre en Irlande, restée neutre. C'est alors que son monde avait basculé.

Les morts s'amoncelaient partout et il ne comprenait pas pourquoi. Il décida d'éviter les villes, pour deux raisons : d'après ce qu'il savait, son pays était toujours en guerre avec la Grande-Bretagne et les Etats-Unis, et il était toujours un prisonnier évadé ; de plus, il pensait que le fléau qui avait tué tout le monde, y compris nombre d'animaux, devait être contagieux. Il se contenta donc de se ravitailler dans les fermes et les cottages désertés. Il survécut environ un an de cette façon, jusqu'à ce que l'hiver de 46 le pousse à s'aventurer dans une agglomération.

Il nous dit avoir subi un choc profond en découvrant l'horreur de la mort dans la ville, car il ne gardait aucun souvenir de ces premières semaines. Quand enfin la raison lui était revenue, il avait quitté la ville et avait pris la direction de l'est. Il voyageait en voiture et abandonnait chaque véhicule quand le réservoir était vide, pour en prendre un autre et poursuivre sa route. Il était déterminé à arriver sur la côte opposée, à y trouver un bateau et à traverser la Manche pour retourner sur le continent. De là il reviendrait dans son pays, car à cette époque il ne connaissait pas l'étendue du fléau et ignorait que l'Europe tout entière avait également été dévastée. En chemin il était passé près d'une base de l'armée et s'était forcé à y entrer. Sans plus de protection qu'une écharpe devant son nez et sa bouche, Stern avait déniché un poste radio à piles et essayé de contacter sa base en Allemagne. Il n'avait pas obtenu de réponse. Chaque nuit il avait envoyé le même message de détresse, et prié pour une réponse, de n'importe qui, mais jamais rien n'était venu.

Il avait fini par abandonner tout espoir et s'était laissé envahir par une détresse profonde, car il était incapable de comprendre ce qui avait causé ce mal, ni pourquoi il y avait échappé. Une journée entière il avait envisagé de se suicider. Non seulement il ne voyait plus aucune raison de continuer à vivre, mais la culpabilité qu'il éprouvait d'avoir survécu lui était insupportable. Cette idée fixe s'évanouit pourtant le lendemain matin, quand il comprit que sa destinée était de continuer à vivre, qu'il le devait à son peuple et à son Führer. Il ne fit pas allusion à la race des seigneurs, mais je gardai l'expression à l'esprit pendant tout son discours. D'après moi, Stern pensait que seuls les meilleurs n'avaient pas succombé à la pandémie, ce qui confirmait les théories de Hitler sur l'ordre naturel et la supériorité aryenne. Stern était devenu une preuve vivante des principes de son leader et mourir maintenant, surtout de sa propre main, aurait été tout réfuter en bloc.

Alors il s'était mis à errer ici et là, au hasard. Il pillait les épiceries pour se nourrir et dormait dans les maisons vides. Puis il avait rencontré par hasard d'autres survivants regroupés en une sorte de communauté qui occupait un petit village. Ils l'avaient accueilli avec méfiance, et quand ils avaient entendu son accent et appris qu'il était allemand, ils l'avaient rejeté et presque tué. Apparemment ils l'accusaient de ce qu'ils appelaient la Mort Ecarlate, et il eut de la chance de s'en tirer. Par la suite, et pendant une longue période, il vécut dans une ferme isolée près de New Forest. Il l'avait d'abord débarrassée de ses cadavres, puis avait entrepris de cultiver de son mieux quelques légumes. L'hiver 47, encore plus rigoureux que celui de l'année précédente, avait imposé un terme à cette expérience.

Sa nourriture ne provenait plus que des boutiques et des magasins des villages, aussi vivait-il dans les parages des agglomérations, seul et, selon sa propre expression, « assez instable mentalement ». Avec l'été 48, son désir de revoir la mère patrie l'avait incité à reprendre la direction de l'est.

Le véhicule qu'il avait choisi pour voyager était assez vite tombé en panne – manque d'entretien et non panne sèche – et alors qu'il longeait un chemin de campagne, à la recherche d'un autre moyen de transport, les deux filles étaient arrivées dans leur Ford.

Leur accueil avait été très différent de celui qu'il avait reçu deux ans plus tôt, et il leur en avait été reconnaissant. De leur côté, Cissie et Muriel étaient ravies de rencontrer un autre être humain vivant, et en bonne santé. Sa nationalité leur importait peu, après tout ce temps, et lui-même n'éprouvait aucune animosité envers des citoyennes britanniques. Il avait accepté de les accompagner jusqu'à la capitale, en leur spécifiant que de là il pousserait vers l'est, sans doute en descendant la Tamise pour atteindre l'estuaire et la Manche. Ils s'arrêtèrent une fois pour faire le plein à une pompe à main dans un garage, et parvinrent sans encombre à Londres. C'est alors que les ennuis commencèrent. Par l'intermédiaire de mon humble personne.

Je posai la question aux deux filles, et non à l'Allemand :

– Comme Cissie l'a déjà dit, d'après ce que vous saviez j'aurais pu être un type dangereux, et les miliciens de Hubble les seuls représentants restants de la loi et de l'ordre. Alors pourquoi m'avoir aidé ?

– C'était la décision de Cissie, répondit Muriel en indiquant son amie.

Celle-ci haussa les épaules.

– Leur uniforme m'a déplu. Je garde quelques souvenirs des Chemises Noires de Mosley avant la guerre, et la meute de ce matin leur ressemblait comme deux gouttes d'eau polluée. (Elle but un peu de son gin au sirop de pêche.) Je vous ai dit que ma mère était juive. Et puis vous aviez l'air désespéré, et j'aime bien le genre désespéré.

Elle appuya la boutade d'un sourire mutin à mon intention.

Cela ne me satisfaisait pas entièrement, mais je n'insistai pas. Avant qu'Oswald Mosley, fondateur de l'Union fasciste britannique et antisémite notoire, ait été interné, au début de la guerre, et son parti de fanatiques dissous, il avait mené des marches au cœur du ghetto juif de l'East End londonien, dans le seul but de provoquer des émeutes. C'était un salopard patenté et, plus tard, quand les Alliés entamèrent la reconquête de l'Europe et que l'horreur de l'extermination planifiée des Juifs fut révélée au reste du monde, le public anglais avait fini par comprendre l'atroce insanité des idéaux embrassés par Mosley et par son allié beaucoup plus discret, sir Max Hubble. Ces uniformes noirs n'avaient signifié qu'une chose pour Cissie et, puisque à ce moment c'était elle qui conduisait leur véhicule, ses compagnons n'avaient pu que suivre le mouvement. Cette fille en avait, pas de doute.

Ils étaient nettement plus décontractés à présent, et tous voulurent me poser des questions, mais je les évitai. Nous n'avions toujours pas entendu l'histoire du gardien.

Son nez un peu plus rouge qu'à l'ordinaire, Albert Potter ne se fit pas prier pour parler, car les effets conjugués de trois années en solitaire et de quelques bonnes doses de Famous Grouse le rendaient loquace. Trop âgé pour rejoindre l'armée britannique, il s'était porté volontaire dans la défense civile le jour même où Neville Chamberlain déclarait à regret la guerre à l'Allemagne, et il avait servi loyalement durant les deux Blitz sur Londres. Par deux fois il s'était retrouvé enterré sous les gravats. Il habitait dans un immeuble d'appartements près de Covent Garden et, lorsque celui-ci avait été détruit par la Luftwaffe, il avait déménagé avec sa famille dans le sous-sol d'une école, utilisé comme quartier général de la défense civile. C'est là qu'il avait appris l'existence du bunker secret sous Kingsway, dont il devait plus tard devenir le gardien.

En trois occasions il avait été officiellement félicité pour comportement héroïque pendant les années de guerre, nous déclara-t-il non sans fierté : pour avoir fait évacuer tout seul un immeuble entier de bureaux quand on découvrit une bombe à retardement sur le toit, pour avoir ranimé une femme inconsciente qui s'était étouffée en mangeant un morceau périmé (c'est ce qu'elle avait affirmé par la suite) d'un gâteau Battenburg à la Lyon's Corner House, sur le Strand, et la troisième fois pour avoir empêché un bus convoyant de nombreux passagers de verser dans un cratère de bombe durant le black-out, cela en se précipitant devant le véhicule et en agitant sa torche électrique, au risque d'être écrasé. Il avait servi le pays et le roi de son mieux, malgré les railleries du public, qui considérait tous les membres de la défense civile comme de petits Hitler prétentieux et imbus de leurs maigres prérogatives. Bah, cela ne l'avait jamais vraiment dérangé. Comme Stern, Potter avait toujours su où se trouvait son devoir. Et puisque la Peste Ecarlate avait emporté sa femme, et que sa fille Katie, trente ans, célibataire et standardiste dans une usine d'armement près de Cheltenham, ne lui avait jamais donné de nouvelles et était donc certainement morte elle aussi, il ne lui restait plus qu'une tâche à remplir, continuer le travail qu'on lui avait confié. Lorsque la guerre serait finie, il raccrocherait son casque, rangerait ses médailles et se retirerait à la campagne.

Nous échangeâmes des regards embarrassés ; pourtant, aucun de nous n'eut le courage de lui dire la vérité. Au moins, en croyant que la guerre se poursuivait, Potter avait trouvé une raison pour survivre, aussi fausse soit-elle. Par ailleurs le conflit n'avait jamais été officiellement déclaré clos. Oh, bien sûr, il avait atteint son terme quand les derniers V2 s'étaient écrasés sur la Grande-Bretagne, mais aucune autorité n'avait dit : « D'accord, ça suffit, on arrête les frais. » Ou si quelqu'un avait fait une telle déclaration, c'était loin de tout, à l'écart des villes ou bien dans quelque bunker secret. Cela nous entraîna sur d'autres sujets : ce qu'il était advenu des autres gouvernements de ce monde, pourquoi les médecins et les chercheurs n'avaient pas réussi à contenir ce fléau, ce qui avait bien pu se passer dans le cerveau malade d'Adolf Hitler quand il avait déclenché une telle opération de destruction. Mais la réponse était incluse dans la question, d'une certaine façon. Le *Vergeltungswaffen* n'avait-il été qu'une erreur cataclysmique ? Beaucoup de questions auxquelles nous ne pouvions apporter aucune réponse.

L'interrogation la plus importante peut-être, parce que toutes les autres ne signifiaient rien pour l'avenir, demeurait celle-ci : combien de survivants y avait-il ? Combien d'AB négatifs vivaient à la surface du globe ? Muriel dit que quelqu'un du sanatorium lui avait affirmé que ce groupe sanguin ne représentait que trois pour cent environ de l'humanité, et que c'était peut-être leur facteur rhésus qui combattait et neutralisait le virus ou le gaz lâché par les fusées. Le problème, avait poursuivi ce scientifique, c'est qu'on en savait encore trop peu sur les différents types sanguins, et que le temps manquait pour lancer de nouveaux programmes de recherche, aussi intensifs soient-ils. A la vérité, médecins et scientifiques appartenaient comme les autres à la masse des victimes qui avaient succombé très vite, et quelle que fût la puissance de leur esprit, la mort qui approchait n'avait pas aidé à les équilibrer.

Après ces considérations il y eut un silence assez pesant, durant lequel chacun rumina ses propres pensées. Cissie ramassa la vaisselle sale et la plaça dans le lavabo de la salle de bains ; quand elle revint, elle s'arrêta sur le seuil de la pièce, une autre question dans ses prunelles.

– Quelqu'un sait-il ce qui est arrivé à la famille royale ? demanda-t-elle.

Potter émit un son curieux, entre le grognement et le soupir accablé, et il versa le reste de Famous Grouse dans son verre. Ses yeux chassieux contemplèrent le liquide ambré, mais je ne crois pas qu'il le voyait ; il pensait à autre chose. Nous attendions qu'il parle, nous étions conscients qu'il allait nous apprendre quelque chose qui ne nous plairait pas. Pour moi, une tragédie en valait une autre, et toutes participaient de la même catastrophe globale ; toutes sauf la mienne, évidemment.

L'Allemand semblait partager ma position, car je ne lus dans son regard froid qu'un intérêt poli, alors qu'une appréhension visible s'étalait sur le visage des deux filles.

Ce fut Muriel qui poussa le gardien à répondre :

– Sont-ils morts du fléau, monsieur Potter ?

– Je le suppose, répondit-il, mais pas comme vous croyez... (Il but une gorgée de whisky et essuya ses lèvres luisantes d'un revers de main.) Vous savez, la reine Elizabeth, Dieu bénisse sa pauvre âme, elle n'a jamais été aussi contente que lorsque les bombes ont atteint le palais de Buckingham, durant le Blitz. Elle observait les pauvres qui vivaient près des quais, et elle pouvait se dire : « Nous souffrons aussi, nous savons ce que c'est. »

Il termina son verre et laissa la bouteille vide glisser sur le sol. Puis il secoua la tête, sans qu'on puisse déterminer si c'était un mouvement traduisant son admiration ou ses regrets, et il reprit :

– Le soir, les petites, je veux dire les jeunes princesses, elles tricotaient des chaussettes pour la Croix-Rouge. Et la princesse Elizabeth – la famille la surnommait Lilibeth –, elle a rejoint le SAT. Elle travaillait comme mécanicienne, elle avait les mains pleines de graisse. Et le roi George, il passait ses soirées à trimer dans une usine d'assemblage d'avions, pour la RAF, comme n'importe quel citoyen. Le roi et la reine ne nous ont jamais abandonnés, pas même au pire du Blitz, et ils ont jamais pensé à envoyer leur fille cadette, Margaret Rose, hors du pays, en sécurité. Ils sont tous restés ensemble et ils ont tenu bon. Ils ont été un exemple pour nous tous.

J'étudiai les visages autour de moi, car j'étais curieux de leur réaction. Muriel affichait une expression extatique, similaire à celle du gardien, et un mélange d'émotions – fierté, chagrin – brillait dans ses yeux gris-bleu tandis qu'elle attendait la fin de la tragédie. Cissie paraissait un peu ailleurs, rêveuse, et au bord des larmes.

– Les gens de la rue ont eu aucune certitude, continua Potter, mais les rumeurs se sont répandues aussi vite que cette saloperie de fléau. Certains disaient que la famille royale avait succombé pendant la première heure suivant les frappes des V2. D'autres ont raconté que le médecin de la famille royale leur avait distribué des pilules à tous, y compris à la vieille reine Mary, quand les premiers rapports ont raconté l'horreur de la Peste Ecarlate et sa propagation fulgurante. Mais j'étais dans l'abri de Kingsway quand j'ai découvert ce qui s'était passé là-bas, et j'ai entendu la véritable version de mes propres oreilles. Même si les gars de la défense civile tombaient comme des mouches autour de nous, les rapports arrivaient toujours par le télégraphe.

– Vous savez ce qui leur est vraiment arrivé ? dit Muriel en se penchant en avant, les mains crispées sur ses genoux.

– Oui, m'dame, je crois que oui. Ce jour terrible, la famille royale a été emmenée d'urgence à Windsor, et dès que les autorités ont compris ce qui se passait, un monomoteur a été envoyé pour les emporter loin de tout danger. Il y a une route large et toute droite qui traverse le parc du château de Windsor ; on n'en a jamais rien su, mais en fait elle devait servir de piste d'envol d'urgence, au cas où le pays serait envahi. Ils ont tous embarqué dans l'avion et, à ce que nous avons entendu, ils ont même emporté les joyaux de la Couronne emballés dans du papier journal. Mais l'appareil avait à peine décollé qu'il s'est brutalement écrasé sur des maisons à l'extérieur de la ville.

Muriel laissa échapper un petit hoquet étranglé, et je remarquai que Cissie avait fermé les yeux.

– Le contact radio a été interrompu au moment où le pilote indiquait un décollage sans problème, et les autorités pensent qu'il a été frappé par le fléau à cet instant précis. Y a pas d'autre explication logique, vous voyez. Bien sûr ils sont tous morts, leurs corps carbonisés dans le crash, mais y a eu aucune déclaration publique. Merde ! Il se passait assez de trucs moches sans qu'il faille démoraliser encore un peu plus les gens !

J'aurais pu sourire, j'aurais pu pleurer devant l'absurdité de cette dernière remarque. Mais ce fut Stern qui brisa le silence qui suivit :

– Savez-vous ce qui est arrivé à votre Winston Churchill ? demanda-t-il.

Son « Vinston » irrita Potter autant que moi car le gardien posa sur l'Allemand un regard aigu.

– Ce vieux Winnie, marmonna-t-il en levant son verre à la mémoire de Churchill avant de secouer la tête. On raconte qu'il s'est tiré une balle dans le crâne. C'était trop pour lui, à la fin, vous comprenez. Il avait tout fait pour qu'on gagne la guerre, et il avait presque réussi. Et puis Hitler avait envoyé son arme secrète et c'est lui qui avait remporté la partie. Aucun homme n'aurait pu supporter ça, pas même Winnie...

Et cette affirmation nous apaisa beaucoup plus. Des larmes coulaient sur les joues de Cissie, et Muriel avait baissé la tête. Potter fouillait dans les bouteilles sur la table basse pour trouver du whisky, tandis que Stern restait assis, très droit, imperturbable. Quant à moi, je me servis un autre Jack Daniels.

Le chagrin a des limites. Bien sûr, pendant ces dernières années j'avais beaucoup pensé à la mort et à ceux que j'avais perdus, les gens les plus importants pour moi, les simples connaissances aussi, les amis, les vieux copains de lycée, les pilotes avec qui j'avais partagé tant de combats aériens et quelques cuites. Mais après un temps leur souvenir s'était estompé, et avec lui l'émotion, car l'esprit ne peut trop ressasser le malheur. Peu à peu il s'était engourdi, et avec un peu de chance cela peut arriver très vite. En général, toutefois, le phénomène prend des mois, parfois des années, avant que l'on commence – seulement commencer – à s'en sortir et à penser de façon cohérente. Dans mon cas je n'avais que deux personnes à pleurer réellement, parce que mes proches étaient morts avant le début de la guerre, ma mère en 38, d'un cancer, mon père peu après, en 39, d'un malaise cardiaque. Je n'avais ni frère ni sœur, et les autres membres de la famille m'étaient trop peu connus pour que j'en éprouve une peine véritable. Les deux êtres qui me touchaient de près et que la Peste Ecarlate emporta eurent donc droit à tout mon chagrin.

En observant les visages tendus autour de moi, je me rendis compte que mes nouveaux compagnons imposés par le hasard étaient toujours en état de choc. Les filles étaient restées à l'écart des pires excès du fléau pendant une longue période, et le gardien avait suivi sa propre voie mentale pour supporter la situation. A présent Cissie et Muriel s'étaient aventurées hors des murs sécurisants du sanatorium et des villages proches pour découvrir toute l'étendue de l'horreur de l'héritage laissé par les V2, Albert Potter avait fini par entrer en contact avec d'autres survivants. Pour l'Allemand, eh bien, même lui avait certainement eu une famille, des gens dont pleurer la perte, donc il souffrait lui aussi, enfin je le supposais. Peut-être la culpabilité (après tout, c'étaient ses compatriotes qui avaient déclenché l'holocauste final) entrait-elle aussi dans son état émotionnel ; la responsabilité de son pays dans un tel anéantissement aurait pesé lourd sur les épaules de n'importe quel homme. A moins, bien sûr, que la seule personne qu'il pleurât vraiment soit son Führer, s'il jugeait ses actes à la fois appropriés et héroïques...

Je contemplais Stern et tentais de deviner ce qui se passait derrière ce masque ; ses traits demeuraient impossibles à déchiffrer, bien qu'il ait bu autant que nous. Curieux, il n'était jamais saoul, ou larmoyant, quelle que soit la quantité d'alcool qu'il avait absorbée. Mais ce soir-là, j'étais comme lui.

10

En piqué...

Les deux Focke-Wulf 190 m'avaient poursuivi jusqu'à trente-huit mille pieds, et à cette altitude l'oxygène se raréfiait. Je n'avais pas eu le choix, il n'y avait qu'un moyen de leur échapper, car ils me poursuivaient avec la ténacité de frelons furieux, pour se venger. Ils m'avaient vu descendre un des leurs à douze mille pieds, et cela les avait mis en rage, parce que c'était leur petit copain qui aurait dû avoir ma peau, avec son avion plus performant. Il m'avait dans son collimateur, c'est vrai, mais à la dernière seconde j'avais effectué un looping serré et je m'étais retrouvé juste derrière lui. Moi, je ne lui avais laissé aucune chance. Je l'avais touché et j'avais plongé pour suivre sa vrille sans cesser de tirer. Son appareil s'était empanaché d'une fumée blanche. Il n'avait pas sauté en parachute et j'espérais pour lui qu'il était déjà mort quand le Focke-Wulf s'était écrasé au sol.

Fous de rage, ses deux amis avaient foncé sur moi. Normal, ils se sentaient insultés : j'étais seul contre trois et ils avaient cru pouvoir s'amuser un peu avec cet ennemi isolé.

Ils avaient pensé m'avoir à leur merci quand j'avais stabilisé mon vol. Un Spitfire aurait pu fausser compagnie à des Focke-Wulf, mais pas mon Hurricane, qui avec ses huit mitrailleuses Browning dans les ailes était beaucoup trop lourdaud, et j'avais vite compris que je devrais jouer très finement la partie. Il n'y avait qu'une façon de distancer les Allemands, mais ils devraient me suivre. Je grimpai donc dans les airs, jusqu'à l'altitude limite pour mon appareil. Les chasseurs boches m'imitèrent.

A trente-huit mille pieds, alors que le cockpit autour de moi vibrait de tous ses éléments dans un bruit de ferraille inquiétant, je rétablis l'assiette puis me lançai dans un piqué vertigineux. Trente-sept mille pieds, trente-six, cinq, j'avais l'estomac collé contre la colonne vertébrale. Néanmoins je gagnais de la vitesse. Le manche à balai tressaillait entre mes mains...

Je ne peux pas les entendre, mais je sens l'impact des projectiles dans mon aile gauche. Je pique de plus en plus vite. Plus de détonations – les Boches commencent à avoir des problèmes pour contrôler leur appareil.

Trente mille pieds et ma vitesse dépasse les six cent quarante kilomètres/heure, largement plus que le maximum enregistré pour un Hurricane. Je plonge, toujours plus vite, tout se met à trembler autour de moi, le moteur hurle, les verres de mes lunettes protectrices se brouillent, la sueur commence à m'aveugler.

Vingt-cinq mille.

Vingt mille.

Je réussis à tourner la tête pour regarder derrière moi. Je ne vois qu'un de mes poursuivants, et il arrête son piqué. Il abandonne la chasse. Où est son pote ? Je n'aperçois pas l'autre Focke-Wulf. J'en déduis qu'il est toujours à ma poursuite.

Dix-neuf mille, puis dix-huit...

Trop rapide. Bon sang, je descends beaucoup trop vite ! J'arrache mes lunettes d'un geste. Je n'arrive pas à croire les indications données par le tableau de bord. Tout a la tremblote, mais je parviens quand même à lire l'aiguille du compteur de vitesse. C'est impossible. J'approche les neuf cent soixante kilomètres à l'heure. Personne ne croira ça. Si jamais je survis pour le raconter.

Et voilà, ça arrive, ce que je redoutais. Ils appellent ça la compressibilité, quand tout est refroidi et que plus rien ne fonctionne correctement. L'avion échappe à mon contrôle, le manche à balai tressaille continuellement.

Bon Dieu, j'arrive à douze mille pieds.

Je m'arc-boute au manche à balai, je fais tout mon possible pour sortir le Hurricane de son plongeon, mais l'appareil ne répond plus. Je tire comme un forcené, avec l'énergie du désespoir. Le zinc refuse de redresser. Oh, mon Dieu...

Huit mille pieds.

Sept mille.

Six.

Ça y est. C'est la fin. La pression me colle à mon siège, je serai incapable de sortir du cockpit. Mais je n'accepte pas l'inéluctable. J'ai trop de raisons de continuer à vivre. Je tire plus fort encore sur le manche.

Cinq mille pieds.

Je commence à prier.

Et puis j'oublie la prière et je me mets à hurler.

Tout devient blanc, comme le centre d'une explosion...

Je me réveillai en sursaut. Dieu merci, je me réveillai. Et je restai assis là, dans le lit, le corps couvert de transpiration, tremblant de tous mes membres. Je me rendis compte que ce n'était pas la catastrophe imminente dans mon cauchemar qui m'avait réveillé, car on frappa une autre série de coups légers à la porte.

Le clair de lune inondait la pièce d'un linceul diaphane qui recouvrait le lit, les meubles et les murs. Je restai immobile, toujours un peu hébété, tandis que mon esprit terminait le rêve qui était en fait un souvenir : comment j'avais redressé l'avion au dernier moment, juste au-dessus d'une forêt, alors que le

Focke-Wulf qui me poursuivait n'avait pas autant de chance et percutait la cime des arbres avant d'exploser en une énorme boule de feu. Le visage convulsé du pilote, tel que je l'imaginais maintenant, avait les traits de Wilhelm Stern. Heureusement pour moi, ce jour qui remontait à près de sept ans, le reste de mon escadrille ne s'était pas trouvé très loin. Mon lieutenant-colonel avait glissé vers moi avec deux autres Hurricane et chassé l'appareil allemand encore en vol, tout en me passant un sacré savon par radio pour m'être écarté seul du combat principal. Ce n'était pas la première fois que je faisais ce rêve, et ce n'était pas le pire des cauchemars qui peuplaient presque toutes mes nuits, que je sois ivre ou non.

On frappa encore à ma porte, toujours discrètement, mais sur un rythme plus urgent, comme si la personne dans le couloir s'impatientait. On désespérait. Je vis la clenche s'abaisser, mais sans résultat, car je fermais toujours le verrou pour la nuit.

Je repoussai le drap, ramassai mon pantalon de treillis au pied du lit et le passai. Avant d'aller ouvrir, je pris le 45 sur la table de chevet et l'armai. L'index sur le pontet, canon braqué vers le plafond, j'avançai sans bruit jusqu'à la porte.

Comme si on sentait mon approche, une voix féminine étouffée murmura de l'autre côté :

– Hoke, s'il vous plaît, laissez-moi entrer.

Je tirai le verrou et entrebâillai le battant de quelques centimètres. Je ne distinguai qu'une ombre dans le couloir.

– Je vous en prie, insista-t-elle, au bord des larmes.

Je m'écartai, ouvris un peu plus, et Muriel se glissa dans la chambre. Dès que je refermai et que je me retournai, elle se jeta dans mes bras, son corps souple frissonnant malgré la chaleur de la nuit.

Tout d'abord je résistai, et demeurai immobile, le 45 toujours pointé vers le plafond, la paume de mon autre main en suspens dans l'air, à quelques centimètres de son dos. Puis je sentis la douceur de son parfum et je me souvins de ce qu'était le contact d'une femme. Ma main se posa à plat contre ses reins, je la collai à moi et baissai l'arme le long de ma cuisse. Je m'emplis les poumons de l'arôme de ses cheveux fraîchement lavés, puis du parfum dont elle avait arrosé sa peau, son cou, ses seins. J'appréciai même le faible goût de vin sur ses lèvres. Une pression en moi s'était libérée, et l'étau qui écrasait ma poitrine se desserrait. Je restai contre elle un moment et fermai les yeux. Mon esprit était pris de vertige.

Cela faisait longtemps, si longtemps...

Mais l'engourdissement intérieur revint, ce rejet des sentiments véritables qui constituait ma seule défense contre ce monde d'horreur et qui pour moi supplantait toutes les émotions naissantes. Je reculai d'un pas. Dans la lumière argentée de la lune, je vis l'éclat des larmes sur ses joues, la confusion dans ses yeux.

– Serrez-moi dans vos bras, implora-t-elle d'une voix rauque.

Je ne le pouvais pas. Je ne le voulais pas. Je savais que si je le faisais je perdrais quelque chose qui m'avait permis de tenir pendant les trois années écoulées, ce détachement que je revêtais comme une armure. Et je refusais de redevenir vulnérable.

Ses épaules nues tremblaient, et le clair de lune faisait miroiter la combinaison de soie qu'elle portait.

Elle me contempla fixement et ses larmes retinrent la lumière telles des traînées de cristal, puis elle baissa lentement la tête.

– J'ai tellement peur ! balbutia-t-elle d'une pauvre voix.

Et je cédai. C'était si facile...

Ses sanglots humectèrent ma poitrine nue et je sentis de petits spasmes parcourir tout son corps à chaque hoquet.

– Du calme, fis-je d'un ton rassurant, parce que je ne trouvais rien d'autre à dire. Ici, nous n'avons rien à craindre.

Le frottement de sa chevelure sur ma peau éveillait en moi des sensations que je croyais éteintes à jamais.

– Je les ai vus, Hoke, l'entendis-je murmurer. Ils étaient si nombreux...

– Qui ? Qui avez-vous vu ?

Elle releva la tête et me regarda dans les yeux.

– J'ai vu leurs esprits. Ceux des gens qui sont morts dans l'hôtel. J'ai vu leurs esprits qui erraient dans les pièces et les couloirs. Je les ai vus dans les escaliers, des âmes perdues qui dérivaient, sans nulle part où aller. C'était tellement triste, Hoke, tellement pitoyable... et tellement effrayant.

– Je vous avais dit de ne pas quitter votre chambre cette nuit.

Ma colère était feinte, une diversion par rapport à ses propos : je ne voulais pas entendre de telles choses. Les souvenirs étaient déjà assez durs à supporter.

– Il fallait que je sorte. Je devais voir plus de cet hôtel, peut-être pour me remémorer des jours meilleurs. Vous pouvez comprendre ça ?

Je secouai la tête avec mauvaise humeur.

– C'était stupide d'agir ainsi.

Mais elle ne m'écoutait pas.

– Je suis allée jusqu'à l'escalier principal, celui à côté de l'ascenseur. Au début, ce n'étaient que des ombres, un mouvement dans la nuit, et puis ils ont commencé à émerger de l'obscurité, lentement d'abord, comme si c'était ma propre concentration qui les aidait à prendre forme. Et tout d'un coup ils étaient tout autour de moi, qui flottaient dans l'air, sans se soucier les uns des autres. Même ceux qui étaient ensemble, des femmes élégantes dans de longues robes de soirée, au bras d'hommes en smoking... ils semblaient ne pas avoir de contact entre eux. Mais l'angoisse dans leurs yeux, la tristesse sur leurs visages... Est-ce que ce n'était qu'un tour de mon imagination, Hoke ? Ou étaient-ils bien réels ?

– Un rêve, c'est tout, répondis-je en l'étreignant, le bras contre son dos, car mon arme était devenue gênante dans ma main.

– Mais je ne dormais pas, chuchota-t-elle.

– Une illusion, alors. Vous ne comprenez pas ? Le choc de voir tous ces corps, plus tôt dans la journée, ça vous a bouleversée mentalement. Croyez-moi, je sais ce que c'est, Muriel, je suis passé par là moi aussi. Vous, moi, Cissie, ce vieux Albert Potter, et l'Allemand, nous sommes les seuls êtres vivants, les seuls à respirer dans cet hôtel.

– Je n'ai pas dit qu'ils étaient vivants...

– Il n'y a pas de fantômes ! coupai-je. (Elle sursauta en sentant la colère dans ma voix.) Les morts sont morts, tout le reste n'est que foutaises, imagination. Vous comprenez, Muriel ? *Vous comprenez* ?

Ma main libre se referma sur le haut de son bras, et elle tressaillit sous cette pression subite. Elle fit un mouvement pour se dégager.

– D'accord, d'accord, je suis désolé, dis-je d'un ton conciliant, car je m'en voulais d'avoir laissé ses élucubrations me toucher. A présent, détendez-vous et essayez de chasser ces idées de votre esprit. Elles finiront par disparaître, je vous le promets. Elles disparaîtront pour ne plus revenir.

Son corps mollit et elle s'appuya contre moi, les bras ballants, pesant de tout son poids contre ma poitrine. Je la laissai pleurer, lui caressai les cheveux d'une main légère, pour la réconforter. Mais très vite je sentis les mamelons durcis de ses petits seins à travers la fine étoffe, qui titillaient ma peau et éveillaient en moi des sentiments que j'avais depuis longtemps refrénés. Je les combattis, je luttai contre ce que j'avais renié depuis tant d'années, avec la certitude que ce serait une erreur qui se produirait au pire moment, dans les plus mauvaises circonstances. Mais aussi, j'avais peur d'être repoussé.

Elle avait cessé de sangloter et soudain elle se reprit, comme si elle comprenait ce qui se passait en moi. Au lieu de s'écarter, elle se détendit dans mes bras et ce contact prit une nouvelle intensité. Autour de nous l'air semblait chargé, plus dense, et on avait l'impression inexplicable qu'une tempête électrique se préparait dans cette petite pièce. C'était impossible, mais la sensation possédait une telle force que bientôt je ressentis physiquement l'énergie s'amonceler en nous et dans l'atmosphère alentour. Pour moi cela devint une sorte d'agonie, un désir extatique que contraient d'autres émotions, et des souvenirs qui ne voulaient plus être oblitérés, pas simplement à cause de – *l'image s'imposa à mon esprit, atroce et trop vive, son corps gisant là, sur les marches en pierre, le ventre déchiré*... J'essayai de chasser la vision, mais son horreur m'avait bouleversé.

– Hoke ?

Maintenant c'était à mon tour de frissonner, c'était moi qui retenais mes larmes et me détournais.

Muriel me saisit les bras et me secoua doucement.

– Qu'y a-t-il ? Que se passe-t-il ?

– Ça va, mentis-je en réprimant toute manifestation de faiblesse. Ce n'est rien.

– Pendant une seconde, j'ai cru que vous aussi vous aviez vu les fantômes.

– Je vous l'ai dit, il n'y a pas de fantômes.

– De quoi aviez vous peur, il y a juste un instant ?

– Ce n'était pas de la peur.

– Non ?

– Non.

– Alors pourquoi frissonnez-vous ?

Il n'y avait qu'une manière d'arrêter ce flot de questions. Je l'embrassai, brutalement.

Et elle répondit à mon baiser, pressa ses lèvres contre les miennes avec la même fougue, comme s'il existait en elle un désir trop longtemps contenu. Nous nous affrontâmes dans une bataille qui avait pour but la satisfaction, non la conquête, chacun s'accrochant à la chair de l'autre, à l'envie de l'autre. C'était un combat qui réclamait un aboutissement, et nous le savions tous les deux.

Elle renversa la tête en arrière et murmura quelque chose. Je me figeai et la dévisageai sans comprendre.

– Je veux plus, dit-elle, d'une voix à peine audible dans nos halètements. Je veux coucher avec vous.

J'hésitai à peine, parce que toute résistance m'avait quitté, engloutie dans ces premiers moments. Après avoir essuyé du pouce les larmes sur ses joues je la conduisis jusqu'au lit et la déposai sur les draps froissés. Elle garda les bras autour de mon cou tandis que je plaçais le colt sur la table de chevet, et je me perdis dans son odeur, non pas celle du parfum qu'elle avait trouvé dans sa chambre ou celle du savon avec lequel elle s'était lavé les cheveux, mais l'arôme de sa féminité. Le drap sous nos corps était d'un blanc laiteux, sa peau avait la même teinte. La combinaison qu'elle portait, légèrement plus sombre, luisait de reflets argentés. Ce n'est qu'en fermant mon esprit au passé que je pus m'abandonner au présent, et la vue de Muriel étendue là, les bras tendus pour me recevoir, les jambes légèrement écartées, un genou relevé, m'aida à bannir cet autre temps. Nous avions désespérément besoin l'un de l'autre, et toute réserve s'en trouva balayée.

Je me laissai descendre vers elle, en portant la plus grande partie de mon poids sur un coude afin de pouvoir contempler son visage blême et ces yeux qui voulaient plus que de la passion. J'y détectai un besoin presque animal, mais aussi – du moins c'est ce que je pensai alors – le besoin d'une sorte de sécurité, peut-être un engagement.

Mes doigts toujours tremblants passèrent sous la bretelle de sa combinaison pour la faire glisser. Je laissai ma main là, sur l'arrondi de l'épaule, et inclinai la tête jusqu'à ce que nos lèvres s'effleurent. Le mouvement était délibérément délicat, l'opposé du baiser impétueux un moment plus tôt, et il accrut notre excitation mutuelle; nous prenions notre temps pour savourer ces instants et nous nous humectâmes les lèvres à petits coups de langue. Nous résistions à l'envie de nous abandonner au désir, mais bientôt ce petit jeu me devint insupportable, et les années d'abstinence eurent raison de nos dernières entraves.

Quand enfin nous nous pressâmes l'un contre l'autre, nos bouches soudées, je sentis un rugissement envahir ma tête, et un déferlement de passion qui prenait possession de tout mon corps. Ma main quitta son épaule pour trouver son petit sein ferme, et mes doigts se refermèrent sur le téton durci. La douleur subite lui arracha un cri rauque de surprise, qui finit en un geignement de plaisir.

Ses mains pétrissaient ma nuque, parcouraient la ligne dure des vertèbres, puis elle les fit passer entre nous et ses doigts voletèrent sur ma poitrine, caressèrent les muscles, et ce fut à mon tour de haleter quand elle toucha mes blessures. Elle ôta vivement ses mains, de crainte de me faire mal, et posa les paumes à plat sur mon estomac. Un frémissement délicieux me parcourut.

Nos baisers étaient également sauvages, nos souffles courts, et quand sa langue pénétra dans ma bouche et pressa la mienne je sentis mon désir redoubler. Une de mes mains accrocha sa combinaison, la tira vers le bas, découvrant sa poitrine, et je pris le temps d'admirer ces sphères délicates qui semblaient sculptées dans le marbre le plus pur. Puis j'y apposai ma bouche, suçotant chaque mamelon à tour de rôle, lentement, jusqu'à ce qu'ils soient durs et pointent fièrement. Je perçus le froissement discret du drap quand elle ouvrit les jambes, et lorsque je me redressai je vis que le tissu fin de sa combinaison avait glissé jusqu'en bas de ses cuisses et découvrait une ombre tentatrice entre elles. C'était une autre image parfaite, qui chavira mon esprit et mes sens.

La poitrine de Muriel se soulevait et s'abaissait au rythme rapide de sa respiration, sa chevelure formait une corolle autour de son visage sur l'oreiller. Ses mains s'attaquèrent brutalement à la fermeture de mon pantalon, et soudain je fus libéré. Ses doigts me saisirent et m'attirèrent vers elle, et je poussai un grognement bas d'émerveillement. Ses cuisses s'écartèrent un peu plus pendant qu'elle me guidait en elle et son cri couvrit le mien quand je la pénétrai. Ses hanches étroites se soulevèrent pour venir à ma rencontre et je m'enfonçai plus profond en elle. Ses mains, ses bras m'attiraient avec une violence féroce, pour me coller à elle. J'étais planté en elle et nous nous étreignîmes sauvagement. Ses larmes mouillèrent mon torse et mes épaules une fois encore.

Seulement alors nous marquâmes un temps d'arrêt, et mes propres larmes se perdirent dans ses cheveux. Elle sentit leur humidité et me serra un peu plus fort, mais à présent avec une tendresse qui n'avait plus rien de commun avec la passion. Toutefois cela ne pouvait durer, ce moment de douceur et de compassion. Nos exigences physiques étaient trop grandes, nos besoins sexuels trop exacerbés. Nous commençâmes à bouger en rythme, de plus en plus vite, de plus en plus sauvagement, et nos sens tourbillonnèrent jusqu'à ce point où nos fluides et nos énergies se mêleraient. Quand enfin je me libérai en elle, j'enfouis mon visage au creux de son épaule et je restai ainsi jusqu'à ce que le dernier spasme s'éteigne en moi et me laisse exténué.

Peu à peu, mon corps et mon esprit se détendirent. Et pour la première fois en trois ans, je savourai une paix intérieure temporaire.

J'allumai une autre cigarette au mégot de celle que je venais de finir et m'adossai de nouveau aux oreillers empilés à la tête du lit. Dans la pièce les ombres avaient bougé tandis qu'au-dehors la lune dérivait plus haut sur le fleuve, et il m'était difficile de distinguer la silhouette de Muriel allongée à côté de moi, sous le drap, une main posée sur ma cuisse. Le parfum de nos ébats subsistait entre nous, un musc aigre-doux qui était à la fois apaisant et sensuel, et je me souvins que Sally l'appelait la « fragrance de l'amour », en expliquant que c'était une sorte de voile invisible qui enveloppait les amants après l'acte et qui les unissait pour un temps encore. A l'époque, cette réflexion m'avait fait rire et au début cela l'avait grandement irritée, jusqu'à ce qu'elle se joigne à mon hilarité, non sans me donner quelques petits coups de poing à l'épaule. Et pourtant l'idée m'avait plu, malgré mes railleries. Enfin, je l'aimais quand Sally faisait partie du tableau. A présent cette pensée avait pour seul effet d'éveiller un sentiment de culpabilité très désagréable.

– Hoke ? fit Muriel d'une voix basse et enrouée. Ça va ?

Dans la pénombre je ne voyais que la ligne de sa chevelure et son bras, ainsi que l'éclat vague de ses yeux. Je tirai sur la cigarette et l'espace d'une seconde elle fut révélée par un halo orangé.

– Bien sûr, ça va, répondis-je.

– Vous me parliez de vos parents.

Allumer la seconde cigarette avait interrompu mon discours, et cette odeur qui planait toujours m'avait égaré dans d'autres considérations.

– Je disais donc, repris-je, que ma mère était anglaise, avec un peu de sang irlandais. Peggy. « Peg de mon cœur », comme aimait l'appeler mon père. Ils se sont rencontrés alors qu'il s'était rendu à une foire agricole, loin du Wisconsin. Il faisait commerce de matériel pour les fermiers, achetait et revendait tout, des stocks d'engrais aux machines. Il avait une petite affaire prospère, après la Première Guerre mondiale, et il visait à la développer en tablant sur les nouvelles technologies appliquées à l'agriculture.

– C'est de là que vous êtes, du Wisconsin ?

J'acquiesçai dans l'obscurité.

– Oui. Peg était serveuse dans un de vos petits hôtels de la campagne anglaise, où était descendu mon père, et quand j'ai eu l'âge de m'intéresser à ces choses il m'a expliqué qu'il était d'abord tombé amoureux de ses « yeux brillants », et du reste d'elle deux jours après.

– Et votre mère, elle est tombée amoureuse de lui aussi rapidement ?

– Je suppose que oui, parce que quand il est reparti, huit jours plus tard, elle l'a accompagné. Ils sont simplement partis, tous les deux, note réglée, démission donnée, sans autre explication. Et ils sont allés à Winona, dans le Wisconsin. Ils se sont mariés dans la foulée, et un an plus tard j'arrivais au monde.

– Elle n'a pas eu peur ? Un nouveau pays, à des milliers de kilomètres de sa famille ?

– Ma mère n'avait pas de famille. Son père était un immigrant irlandais qui n'avait pas traité Grand-mère très gentiment. Peggy était sa seule fille. Quand sa femme est morte, Grand-père est retourné en Irlande, où il s'est probablement suicidé à l'alcool, d'après ma mère. Oh, avant de partir il avait trouvé un boulot à sa fille, dans un lavoir, donc d'une certaine façon il devait penser qu'il avait rempli son devoir. Et ça convenait très bien à ma mère ; à quatorze ans elle se disait qu'elle vivrait beaucoup mieux sans lui. Quand elle a épousé mon père, elle ne savait même pas si Grand-père était encore de ce monde, et des années plus tard elle m'a avoué qu'elle ne s'en était jamais réellement souciée.

Les doigts de Muriel caressèrent mon bras, du coude au poignet.

– Jamais elle n'en a conçu d'amertume, pourtant. Bon Dieu, non, elle était trop contente de sa nouvelle vie avec Joseph, mon père. Mais vous voyez, bien qu'elle n'ait jamais eu de famille à regretter, elle avait autre chose qui lui manquait. Jamais ma mère ne s'est lassée de me parler du pays, et jamais je ne me suis lassé de l'écouter.

L'expression de mon visage restait invisible à Muriel dans la pénombre, mais je souriais à ce souvenir. Cela me faisait du bien de parler de ma famille après tout ce temps et, pour un moment au moins, cela me permettait de ne pas penser à Sally.

– Elle regrettait d'avoir quitté l'Angleterre ?

– Non, je n'ai pas dit cela. Elle avait trouvé le bonheur dans le Wisconsin, mais cela ne signifie pas qu'elle n'avait pas le mal du pays de temps en temps. Elle me lisait des livres d'auteurs anglais tout le temps, et quand j'ai eu l'âge, elle me les a donnés à lire. Elle m'a intéressé à l'histoire de cette nation, aussi. Peut-être regrettait-elle seulement que je ne profite pas d'une éducation plus classique, et que je ne sois pas élevé à la manière britannique. Elle était très fière des traditions et des coutumes de votre pays, même si elle était issue de la classe ouvrière, et il m'est arrivé de me demander si ces lunettes à monture métallique qu'elle a portées plus tard n'avaient pas des verres légèrement rosés. Son rêve était de m'amener ici pour un séjour, de me montrer toutes ces choses dont elle m'avait tant parlé, mais le cancer l'en a empêchée.

Je m'étais rembruni, et je pris un peu plus que le temps d'inhaler la fumée de ma cigarette avant de continuer. La main de Muriel s'était immobilisée sur mon bras.

– Elle est morte en 38, et mon père huit mois plus tard. Insuffisance cardiaque, a dit le médecin. Moi, j'ai toujours pensé que c'est le chagrin qui l'a emporté, ou en tout cas qui a précipité sa fin. Je crois que sans la « Peg de son cœur » il n'avait plus envie de vivre, tout simplement.

Mon sourire était revenu. Cela me réconfortait, la pensée de mon père rejoignant sa Peg, qu'il soit damné s'il la laissait explorer seul le grand inconnu de l'autre côté ! « Ta mère n'a aucun sens de l'orientation, avait-il coutume de me dire en plaisantant. Elle se perdrait dans le petit salon si elle ne m'avait pas auprès d'elle. » Eh bien, où qu'elle soit allée, j'espérais qu'il l'avait rattrapée. Et d'une certaine façon j'étais heureux qu'ils aient tous deux ignoré l'épouvante qui s'était abattue sur le monde.

– Vous vous êtes retrouvé seul, alors ? dit Muriel, ses doigts se crispant un peu sur mon bras.

– La solitude n'est pas une si mauvaise chose, mentis-je.

La solitude était un enfer, un lent voyage vers la folie, la pire chose qu'un homme, une femme ou un enfant puisse vivre. Mon sourire avait de nouveau disparu, emporté dans les ombres.

– A cette époque je vivais déjà loin de chez moi, déclarai-je avant que je me mette à m'apitoyer sur mon sort. Je me trouvais à Madison, à l'université du Wisconsin, où je suivais des études d'ingénieur. La firme de mon père était en très mauvaise santé financière quand il est mort, et son frère, un puits de science que même mon père n'aimait pas, a proposé de me la reprendre, tout le fourbi, sans m'offrir un dollar. Mais ça m'allait très bien, justement. Qu'allais-je faire d'un tas de dettes et de problèmes alors que j'avais à peine dix-huit ans ? J'ai tout laissé à mon oncle, sans regret. Et puis je ne me débrouillais déjà pas trop mal tout seul, avec les courses de vélo et les rase-granges pendant le week-end.

– Les rase-granges ? Qu'est-ce que c'est ? Je n'ai jamais entendu ce terme auparavant.

– Des acrobaties aériennes, si vous préférez.

– Vous voliez à dix-huit ans ?

– Bien sûr. Quand j'avais dix ans, mon père m'a emmené à un meeting aérien dans un champ, juste en dehors de la ville. Il m'a donné un dollar à dépenser pendant qu'il allait examiner deux zincs qui l'intéressaient pour la pulvérisation des cultures, un procédé qui connaissait une certaine vogue à cette époque. Je suis allé voir de plus près un vieux coucou que j'avais repéré quand nous étions arrivés, un Fairchild cabossé de partout, je m'en souviens, et quand j'ai tendu au pilote le dollar en lui demandant de faire un tour en l'air, il m'a dévisagé, a mordu la pièce pour s'assurer qu'elle était bonne et m'a fait monter. Bien sûr je lui ai affirmé que mon père était d'accord, et ça a suffi au pilote, qu'il m'ait cru ou non. Et une fois que je me suis retrouvé là-haut, dans le ciel si bleu, au-dessus de ce satané monde, tout en dessous m'a semblé se ratatiner dans l'insignifiance, je ne voulais plus redescendre. Ce jour-là, j'ai su que voler était ce que je voulais faire le restant de ma vie... Le problème, c'est que ma mère – surtout ma mère – et mon père n'ont pas du tout apprécié cette vocation. Mais quand ils ont appris que je n'arrêtais pas de sécher les cours pour traîner près du petit aérodrome du coin, nous sommes arrivés à un compromis. Ils me paieraient des leçons de pilotage si je promettais d'étudier sérieusement. Je crois que mon père avait déjà une idée derrière la tête quand ils m'ont fait cette proposition, parce que à seize ans j'effectuais déjà des pulvérisations de cultures, pour ses amis fermiers et ses connaissances, dans notre propre zinc acheté d'occasion...

Je me penchai dans le lit, les poignets sur les genoux, le mégot de la cigarette brûlant entre mes doigts. Je restai immobile, l'oreille tendue, les yeux fixés sur le mur qu'éclairait la lune.

– Que se passe-t-il ? dit Muriel en se redressant auprès de moi.

Dans le mouvement, le drap retomba sur sa taille.

Je lui fis signe de rester silencieuse et je continuai d'écouter. Je sentis son corps se tendre.

– J'avais cru entendre un bruit, dis-je après un moment. J'ai dû me tromper.

Je me laissai retomber contre la tête de lit et cherchai d'une main tâtonnante le paquet de cigarettes sur la table de chevet. Cette fois je pensai à en offrir une à Muriel, qui refusa. Je m'en allumai une et écrasai le mégot de la précédente dans le cendrier déjà plein, près du lit. La fumée dériva lentement dans la pièce, créant des spectres diaphanes qui capturaient le peu de lumière laiteuse entrant par les fenêtres. Muriel posa la tête sur mon épaule et ses cheveux me chatouillèrent la peau.

– Racontez-moi encore, me supplia-t-elle.

Je compris que cette histoire lui permettait d'échapper au présent.

– Il n'y a pas grand-chose à ajouter... (Un deuxième mensonge, mais je n'étais plus en veine de confidences, maintenant.) Quand la guerre a éclaté en Europe, j'ai tout de suite su ce que je voulais faire. Toutes ces histoires que ma mère m'avait racontées, sur son existence en Angleterre, les endroits où elle avait travaillé, les rois et les reines, les ducs et les duchesses, tous ces livres qu'elle m'avait lus, et ceux que j'avais lus plus tard, quand j'étais plus grand. Je connaissais même les règles du cricket, vous imaginez ça ? Mon père plaisantait souvent en affirmant que j'étais plus britannique qu'américain, et je crois que ça ne me déplaisait pas vraiment, parce que je me sentais différent, d'une certaine façon. Je crois que c'est parce que je pensais que ma mère était quelqu'un de merveilleux. Quand j'étais petit, il m'arrivait de copier son accent... Elle n'a jamais perdu cet accent, même après toutes ces années de mariage avec mon père...

J'exhalai au ralenti la fumée dont j'appréciai pleinement le goût et l'odeur. Cela faisait bien longtemps que je ne m'étais pas senti aussi détendu, et je me dis que c'était dû autant à mes confidences qu'à notre rapport sexuel. L'alcool ingurgité pendant le dîner m'avait également aidé à me décontracter et je commençais presque – mais seulement presque – à supporter mes nouveaux compagnons. J'aurais pourtant dû savoir qu'il était dangereux de laisser des gens entrer une fois encore dans ma vie.

– Vous avez arrêté de parler, dit Muriel sans impatience, plutôt avec une note d'amusement dans la voix.

– Je réfléchissais.

– Vous disiez que quand la guerre a éclaté vous saviez exactement ce que vous vouliez faire...

– Je voulais aider les Britanniques à combattre contre les Allemands, de toutes mes forces. Alors je me suis mis à convoyer des avions, des bombardiers surtout, jusqu'à la frontière canadienne. A cause de l'acte de neutralité, l'Amérique ne pouvait pas exporter directement des avions au Royaume-Uni, pas même au Canada ; nous les amenions aussi près que possible de la frontière canadienne et ensuite nous les faisions passer de l'autre côté en les tirant avec des camions. C'était une manière assez dingue de vous fournir des avions, mais elle fonctionnait, et nous n'enfreignions aucun engagement international.

Elle rit, d'un rire flûté qui nous fit du bien à tous deux.

– Mais très vite j'ai eu une autre idée géniale. Je me suis embarqué sur un bombardier qui partait du terrain d'entraînement de la Royal Canadian Air Force de Trenton pour rejoindre le First American Eagle Squadron ici. Ils m'ont enrôlé avec le rang de sous-lieutenant. J'avais le nombre d'heures de vol requis et ils avaient besoin de pilotes ; ça a été très simple. C'est ainsi que j'ai pris part à votre guerre, bien avant que mon pays se décide à vous donner un coup de main.

Je fermai les yeux. Parler m'avait quelque peu soulagé, d'accord, mais je n'en avais plus envie. Tout ce que je pourrais lui révéler maintenant ne ferait que ranimer des souvenirs que j'avais eu du mal à enterrer. Par chance, Muriel ne me poussa pas à continuer. Elle avait dû sentir mon changement d'humeur, comprendre que d'autres questions provoqueraient chez moi des réponses qui me seraient douloureuses et libéreraient l'amertume que je maîtrisais à grand-peine. J'appréciai beaucoup sa retenue. Oui, à cet instant je l'aimai presque, pour son attitude.

Je rouvris les yeux, écrasai ma cigarette dans le cendrier puis me tournai vers elle. Sa main glissa sur ma poitrine, et son toucher était aussi sensuel qu'auparavant, bien que moins impérieux. Nous étions tous deux plus à l'aise. Elle remua légèrement, m'offrit ses lèvres dans l'obscurité, et j'acceptai le cadeau. Le baiser fut hésitant au début, mais très vite il se raffermit et un désir neuf monta en nous. Sa main descendit sur mon estomac, plus bas encore, et enserra mon sexe durci. Je l'attirai à moi, une main sur sa hanche, et elle leva le visage vers le plafond tandis que mes lèvres parcouraient la douceur de sa gorge.

Elle haletait et se plaça sous moi. Elle écarta les jambes à nouveau, en murmurant des paroles que je ne pus saisir. Ses seins se tendirent vers moi tandis que sa respiration s'accélérait. Ses mains me saisirent pour me coller à elle, ses murmures devinrent implorants. La passion la reprenait, aussi exigeante et violente que la première fois. Je sentis l'excitation m'envahir et le sang battre à mes tempes, si fort que je l'entendais distinctement.

Brusquement elle poussa un cri quand je la délaissai et pivotai dans le lit pour regarder les fenêtres. Ce martèlement lourd... Quelque part au loin, dans cette direction. Là-bas, le ciel nocturne s'illuminait par intermittence. Et *il* se rapprochait à chaque seconde.

– Oh, mon Dieu, dit Muriel, d'une voix où perçait un début de panique. Qu'est-ce que c'est, Hoke ?

– Des bombes, répondis-je platement.

– Mais...

– Il ne nous arrivera rien. Ne vous inquiétez pas pour ça.

Je lui tournais toujours le dos. Elle se rapprocha de moi et ses mains se posèrent sur mes épaules. Je grimaçai de douleur car elle venait de toucher l'entaille faite par la balle à mon épaule droite.

– Qui est-ce, Hoke ? insista-t-elle. Qui peut encore bombarder Londres ? Ces gens qui nous ont poursuivis ?

– Ecoutez, dis-je sans quitter les fenêtres du regard.

Le grondement bas des moteurs nous parvint entre les déflagrations.

– Un avion ? chuchota-t-elle, incrédule.

– Exact.

Soudain un éclair aveuglant déchira le ciel et les fenêtres tremblèrent. Une bombe était tombée quelque part, juste de l'autre côté du fleuve.

– Je ne comprends pas. Pourquoi voudrait-on... ?

– Ce sont des Allemands, l'interrompis-je. Sans doute un seul homme, qui continue de mener sa petite guerre personnelle. Il a perdu la boule, vous pigez ?

J'ignorais pourquoi je me montrais aussi agressif envers elle ; peut-être parce que soudain je devais expliquer des choses auxquelles je m'étais habitué depuis longtemps.

Elle tressaillit quand une autre bombe explosa sur la rive opposée de la Tamise. La déflagration secoua les fenêtres de l'hôtel, cette fois plus violemment.

– Il vient faire un raid de temps en temps : d'habitude, quand vous pensez que tout s'est calmé et qu'il a abandonné. Ou qu'il est mort.

– C'est de la folie.

– Comme je l'ai dit.

Une autre explosion, cette fois sur notre rive, assez puissante pour ébranler toute la bâtisse. Muriel me retourna pour pouvoir se blottir dans mes bras, et j'allais suggérer de nous abriter de l'autre côté du lit ou en dessous quand un autre son nous arrêta net, un bruit de crécelle aigrelet et frénétique dans le couloir. Elle se plaqua contre moi et je n'aurais su dire ce qui l'effrayait le plus. La cacophonie augmenta encore, et j'eus l'image d'un bâton qu'on aurait fait glisser le long de barreaux métalliques serrés, mais le bruit était mille fois plus perçant.

Alors nous entendîmes la voix du vieux gardien qui claironnait :

– Alerte aérienne, tout le monde à l'abri, veuillez rejoindre l'abri le plus proche !

La porte s'ouvrit d'un coup et la torche électrique de Potter nous éblouit. Nous protégeâmes nos yeux d'une main et le faisceau lumineux fut baissé. Après quelques secondes je pus voir normalement et, en regardant vers la porte grande ouverte, je distinguai deux silhouettes qui s'y encadraient.

Je fus distrait un instant par une autre déflagration, au-dehors – celle-là plus lointaine, Dieu merci, car le bombardier allemand continuait en ligne droite – et, quand je retournai mon attention vers la porte, seul Albert Potter était encore visible, sa torche électrique dans une main, sa crécelle d'alerte aérienne dans l'autre. La deuxième silhouette, Cissie, avait disparu.

11

Je fis faire le tour au camion, un tournant à gauche sec pour quitter l'Embankment et s'engager dans la pente douce qui séparait le parc et l'entrée arrière du Savoy, et j'eus la surprise d'apercevoir Cissie assise sur le trottoir en face de l'hôtel. Je souris en découvrant qui lui tenait compagnie, et la scène ne manqua pas de m'étonner un peu aussi.

Tous deux levèrent la tête en entendant le ronronnement du moteur diesel et la mine méfiante de la fille s'éclaira d'un sourire retenu quand elle me reconnut derrière le volant. Cagney se mit sur ses pattes avec entrain et lança un aboiement joyeux, puis il pourchassa le camion, que je conduisis jusqu'au bout de la rue étroite, là où il y avait assez de place pour effectuer un demi-tour et positionner le véhicule de façon à pouvoir fuir directement si nécessaire. Une autre route passait entre les maisons à l'extrémité de la rue, mais elle était bloquée par des carcasses de voitures, et il n'y avait pas l'espace pour manœuvrer. A quelques centaines de mètres, l'un des tribunaux de Londres fumait toujours après les dommages infligés par le bombardement de la veille, mais je ne constatai pas d'autres dégâts. Le pilote fou du bombardier était imprévisible, et j'espérais qu'il avait son content d'action pour le moment ; parfois il frappait plusieurs nuits de suite, parfois il disparaissait pendant des mois. Je crois que cela dépendait de ses envies. Je souhaitais ardemment qu'un jour une de ses bombes explose au largage et le pulvérise avec son Dornier. Après avoir garé le camion, je sautai hors de la cabine et m'occupai de Cagney, qui m'attendait devant la portière.

Je lui froissai les oreilles, ce qu'il détestait, et il se mit à gronder d'un ton bas et menaçant. Naturellement cette réaction me poussa à exagérer un peu. Avant qu'il se mette vraiment en rogne, je le serrai contre moi et j'eus droit à de grands coups de langue amicaux sur le visage pour ce geste d'apaisement. Le goût de la poussière ne semblait pas le gêner et il m'aurait léché la trogne des heures durant si je ne m'étais relevé. Il comprit à la seconde bourrade et redescendit tranquillement la rue, au petit trot. A ma grande surprise il alla droit vers Cissie, toujours assise au bord du trottoir, qui nous observait.

Elle détourna la tête et contempla un point au loin avant que je la rejoigne. Je crus déceler une certaine raideur dans sa nuque et ses épaules. Je m'assis auprès d'elle et posai entre nous mon blouson de cuir lesté du colt 45.

– Salut, fis-je.

– Salut, répondit-elle sans enthousiasme excessif.

Cagney s'allongea au milieu de la rue, face à nous. Il bâilla, mit son museau sur ses pattes et nous surveilla.

– Encore une journée bien chaude, dis-je pour engager la conversation.

Cissie acquiesça sans changer de position. Aujourd'hui elle portait une robe marron foncé en accord avec sa chevelure, rembourrée aux épaules, serrée à la taille. Pas de bas et, quand enfin elle se tourna vers moi, pas de maquillage non plus. Elle remarqua la poussière dans mes cheveux, sur mes mains et mon visage, mais elle ne fit aucun commentaire.

– C'est votre chien ?

– Ce n'est le chien de personne.

– Il attendait dehors quand je suis sortie prendre un peu l'air. J'ai pensé que c'était un animal errant.

– Il ne s'est pas sauvé à votre arrivée ?

– Au début, il s'est montré méfiant, alors je me suis simplement assise là, et je lui ai parlé. Après quelques minutes il s'est rapproché et il a fini par se coucher auprès de moi. Mais il n'a pas voulu se laisser caresser. Dès que j'ai essayé, il s'est écarté.

– Cagney n'aime pas trop les gens. On dirait qu'il les accuse de tout ce qui est arrivé.

– Vous avez bien dit Cagney ? C'est comme ça qu'il s'appelle ? (Cette fois un vrai sourire décrispa son visage.) Comme James Cagney ?

– Bah, son vrai nom est sans doute Rex, ou Sultan, mais il n'a rien précisé quand nous avons fait connaissance. J'ai opté pour Cagney, et ça n'a pas eu l'air de le déranger.

– Ça fait longtemps qu'il est avec vous ?

– Deux ans, à peu près.

Le soleil tapait dur et bientôt Cagney ferma les yeux. Je sortis un vieux chiffon d'une poche et essuyai la sueur sur ma nuque et sous mon menton.

– Vous avez une idée de l'heure qu'il peut être ? demanda-t-elle.

Je regardai par-dessus mon épaule vers le soleil.

– Dans les quatre heures, je dirais. J'ai cassé ma montre il y a longtemps, mais je n'en avais plus besoin, de toute façon. Je n'ai pas eu beaucoup de rendez-vous à honorer, ces derniers temps.

– Alors où étiez-vous toute la journée ? s'enquit-elle en me regardant en face, une lueur suspicieuse dans les prunelles. Vous êtes parti avant qu'aucun d'entre nous soit levé. Même avant Muriel, apparemment, ajouta-t-elle d'un ton lourd de sous-entendus.

Du coup je regardai ailleurs, vers les fenêtres condamnées de l'hôtel. L'idée que tant de morts gisaient derrière était déprimante.

– J'avais des trucs à faire, répondis-je après un temps.

Elle dut comprendre que je n'en dirais pas plus car elle n'insista pas. Un bon point pour elle.

– Comment avez-vous survécu, Hoke ? Comment avez-vous réussi à vivre seul pendant trois ans ?

La curiosité et peut-être une pointe d'intérêt adoucissaient la froideur de son phrasé.

– Il est plus facile de s'en sortir quand on n'a à se soucier que de soi. On peut se déplacer plus vite, et se décider instantanément. Tout est beaucoup plus simple.

– Vous semblez amer.

J'eus un ricanement bas.

– Vraiment ? Ah bon...

– Dites, l'avion qui est venu la nuit dernière...

– Un Dornier Do 217. Un bombardier moyen allemand, qu'ils appelaient le Crayon Volant. Celui qui le pilote ne sait pas que la guerre est finie, ou bien il s'en moque. Et nous n'avons aucun moyen d'entrer en communication avec lui. Peut-être qu'une de ces nuits je l'attendrai aux commandes d'un Spitfire ou d'un Hurricane et que j'en terminerai une bonne fois pour toutes avec lui.

– Non. Plus de tueries, Hoke. Il n'y en a pas eu assez comme ça, à votre goût ?

– Essayez donc de lui expliquer ça, dis-je en indiquant le ciel, le pilote fou ou le Créateur en personne, peu importait, à la réflexion.

– Quel besoin de continuer à haïr ? Regardez où tout cela nous a déjà conduits...

Elle baissa la tête et je vis des gouttelettes dans ses cils.

Je supporte assez bien de m'apitoyer sur mon sort, mais pas de voir quelqu'un céder à ce genre de faiblesse. Je ramassai mon blouson élimé et me levai.

– Je vais faire un brin de toilette et manger un bout, annonçai-je.

Elle m'imita, époussetant sa robe, et soudain je fus gagné par la curiosité.

– Comment êtes-vous sortie de l'hôtel ? Vous avez dû louvoyer entre tous ces cadavres. Vous n'avez pas eu peur ?

– De quoi ? D'enveloppes vides ? Vous pensez que moi aussi j'ai peur des fantômes ?

A l'éclat de ses yeux je devinai que Muriel avait dû lui offrir ce genre d'explication, ou d'excuse, pour la nuit précédente.

– Non, reprit-elle, j'ai bien plus peur des maniaques qui continuent de lâcher des bombes ou des cinglés qui en veulent à mon sang.

– Je peux vous rassurer pour l'un des deux cas. Venez, je vais vous montrer l'endroit le plus sûr dans l'hôtel, au cas où le bombardier repasserait.

Je la menai de l'autre côté de la rue, dans la barrière de brique en zigzag qui protégeait les fenêtres de la River Room et l'entrée arrière. Dès qu'il nous vit bouger, Cagney oublia sa sieste et nous suivit. Dans le hall d'entrée envahi par la pénombre, je pris la torche électrique que je laissais toujours dans un recoin, puis je précédai Cissie dans l'escalier menant aux vastes sous-sols de l'hôtel. Nous pénétrâmes dans une grande pièce à gauche de l'entrée et je promenai le faisceau de la torche sur des rangées de lits superposés et tous numérotés, isolés par des rideaux roses.

– Les dortoirs pour les gens riches et célèbres, expliquai-je. Au premier coup de sirène prévenant d'un raid aérien, on descendait les clients du Savoy ici, pour leur propre sécurité.

Je dirigeai le pinceau de la lampe sur des alcôves discrètes, isolées du reste de la pièce par de lourdes tentures qui les transformaient en véritables petites chambres.

– Pour ces altesses : les pontes, les princes et les princesses. Si elles devaient s'abriter des bombes, elles tenaient à ce que ce soit avec un semblant de confort.

J'éclairai un buste posé sur un piédestal, à l'extrémité de la pièce.

– Abraham Lincoln. Cette salle lui est dédiée. Les Yankees qui descendaient ici voyaient dans cet endroit une parcelle d'un Etat supplémentaire de l'Union, coincé entre le Strand et la Tamise. Une bonne part des décisions et des directives intéressant les Etats-Unis ont été prises ici, de même que beaucoup d'accords entre votre pays et le mien.

J'illuminai le plafond et le haut des piliers massifs.

– La structure est renforcée par des milliers de mètres de tiges d'acier et de poutrelles, le tout coulé dans le béton. Ce dortoir souterrain est à l'épreuve des bombes, Cissie. Alors si la frousse vous prend la prochaine fois que ce dingue de pilote nous bombardera, venez attendre la fin de l'alerte ici. C'est sans doute le lieu le plus sûr de toute la ville... dans ces circonstances.

Je la vis frissonner.

– Merci pour la visite, dit-elle, mais pourrions-nous remonter, maintenant ? Il y a quelque chose d'horrible ici...

Je braquai la torche électrique sur elle et vis ses yeux écarquillés qui scrutaient sans cesse la salle, comme si elle s'attendait à ce que quelque chose surgisse des ténèbres et lui saute dessus à tout moment.

– Je croyais que vous n'aviez pas peur des fantômes ?

Elle reculait déjà vers la sortie.

– Je n'en ai pas peur, mais on se croirait dans une station de métro ou... un mausolée. Hoke, avez-vous regardé derrière ces rideaux ?

Elle n'avait pas tort. C'était une chose d'être entouré de morts, mais une autre d'être enfermé avec eux, en particulier dans l'obscurité. Je commençais à me sentir mal à l'aise, moi aussi.

Je la suivis hors de l'Abraham Lincoln Room et nous remontâmes au rez-de-chaussée. Dans la lumière du jour qui baignait le seuil de l'entrée, elle se calma un peu, mais je la sentais toujours nerveuse. Avais-je commis une erreur en lui faisant visiter le soul-sol ? Cet aperçu soulignait une fois de plus que nous étions tous coincés dans une immense tombe et, que Cissie crût aux esprits ou non, cette idée avait de quoi mettre ses nerfs à vif. J'avais quelque peu oublié à quel point je m'étais accoutumé à vivre au milieu de tous ces cadavres. A part Potter, ces gens n'étaient pas coutumiers des charmes nouveaux de la ville.

– Combien de temps devrons-nous rester ici ? questionna Cissie.

Je m'étais efforcé d'arranger les choses mais je crois bien que le ton qu'elle employa m'irrita un peu.

– Vous pouvez partir à votre guise : à n'importe quel moment.

– Mais... bredouilla-t-elle, déconcertée, mais sûrement...

Je restai de marbre.

– Sûrement nous allons rester ensemble, reprit-elle en tendant les mains vers moi, en un geste qui tenait autant de l'imploration que de l'exaspération. Nous avons besoin les uns des autres, Hoke, vous ne le comprenez pas ? Pourriez-vous continuer à vivre seul, avec seulement... enfin, seulement un chien pour compagnie ?

Resté au soleil dans l'entrée, Cagney pencha la tête de côté. Son regard allait de Cissie à moi, comme s'il attendait ma réponse.

– Cagney m'a suffi jusqu'ici, rétorquai-je. Il ne rouspète pas et il n'a jamais exprimé le besoin d'être materné. Ouais, je resterai avec le cabot.

Elle me planta là et gravit l'escalier vers les étages d'un pas lourd et pressé. Sa tête et ses épaules semblaient raidies par la colère, ou peut-être la rancœur, je n'aurais su le dire, et je dus résister à l'envie de la rappeler. Le chien poussa un gémissement venu du fond de sa gorge, sans cesser de m'observer.

– Laisse tomber, lui lançai-je avant de ressortir au soleil.

Quand enfin je retournai à la suite, Muriel m'y attendait. Elle se tenait près de la fenêtre et d'une main écartait le rideau pour observer les minces volutes de fumée qui s'élevaient là-bas, sur l'autre rive : sans doute un bâtiment touché par les bombes de la nuit dernière. Elle laissa tomber le rideau et vint vers moi dès que j'eus refermé la porte.

– J'étais tellement inquiète, dit-elle en s'arrêtant à quelques pas quand elle vit la poussière dans mes cheveux et sur mes vêtements. Mon Dieu, qu'avez-vous fait ? Vous semblez tellement... sale !

J'avais laissé Cagney dans le couloir, pour qu'il monte la garde, tâche dont il s'acquittait fort bien maintenant ; je n'eus donc pas à le réprimander pour son grognement soupçonneux quand il entendit la voix de cette étrangère chez moi. Une fois de plus je m'interrogeai sur sa confiance envers Cissie, d'autant que je n'avais pas été là pour les présenter l'un à l'autre. Et puis je me rappelai que j'en voulais toujours à cette fille. Après tout, je n'avais pas à lui accorder beaucoup de crédit. Je jetai mon blouson sur le lit et, sans répondre à la question de Muriel, me dirigeai vers la salle de bains. Elle m'y suivit.

Elle régla la douche pour moi tandis que je me débarrassais de mon tricot de corps, et je l'entendis pousser une exclamation effarée quand elle découvrit les larges ecchymoses sur ma poitrine et l'entaille aux bords rougis, laissée par le passage de la balle, sous le pansement. Elle vit les autres coupures, les bleus sur mes bras et le reste de mon corps, et secoua la tête avec un air de compassion.

– Ça vous fait mal ? (C'était une question stupide, et elle s'en rendit compte.) Vous n'avez pas de sédatifs quelque part ? Je vais vous les chercher, si vous voulez, ajouta-t-elle pour se rattraper.

– Non, dis-je en la saisissant par le coude. Et je vais prendre ma douche seul.

– Laissez-moi vous aider. Vous devez souffrir de partout.

Pour souffrir, ça oui, je souffrais. En partie à cause de la journée de travail que je venais de fournir, mais pas au point d'avoir besoin de quelqu'un pour me savonner.

– J'aimerais un peu d'intimité, Muriel.

La déception, l'humiliation, ces deux sentiments passèrent brièvement dans ses yeux gris-bleu.

– Je ne peux pas rester, juste pour bavarder ? La nuit dernière...

– La nuit dernière, c'était la nuit dernière. Vous aviez besoin de moi et j'avais envie de vous. Aujourd'hui est un autre jour, petite.

Bogart n'aurait pas fait mieux.

Et voilà qu'elle semblait abasourdie par ma réaction.

– Je ne comprends pas, fut tout ce qu'elle parvint à bredouiller.

– Ecoutez, hier soir vous êtes venue ici pour quelque chose, et vous l'avez obtenu, on est bien d'accord ?

Jamais encore je n'avais parlé de cette façon à une femme, et je fus presque aussi choqué que Muriel par mes propos, même si ma colère prit aussitôt le dessus. Il n'y avait pas que le monde qui avait changé : moi aussi. Néanmoins je ne fis pas marche arrière, et la délicate Anglaise se flétrit sous cette charge brutale.

– Vous croyez m'avoir bluffé avec toutes ces histoires de fantômes que vous auriez vus ? Bon Dieu, j'ai su ce que vous vouliez dès que j'ai ouvert la porte. Vous et votre amie, vous cherchez simplement un homme pour vous accompagner, veiller sur vous, vous protéger et vous procurer à manger. Eh bien vous avez choisi le mauvais numéro, vous m'entendez ? Peut-être que vous devriez commencer à chouchouter votre ami *Vilhelm*... A coup sûr, lui prendra soin de vous. Vous ne savez pas qu'il fait partie de la race supérieure ?

– Pourquoi une telle colère ? Que vous ai-je fait ?

Pourquoi ? Pour être tout à fait franc, je ne le savais pas moi-même. Avais-je peur de m'impliquer avec d'autres personnes après avoir passé tant de temps à ne compter que sur moi ? Ou leur en voulais-je pour leur intrusion dans mon existence, pour la responsabilité soudaine que leur présence faisait peser sur moi ? A moins que ce ne soit tout simplement par honte d'avoir attiré cette femme dans le lit où Sally et moi avions fait l'amour pour la première fois ? Je me sentis rougir et ce n'était pas de colère. Ouais, c'était bien ça, ou en bonne partie à cause de ça. C'était peut-être idiot, mais j'avais l'impression d'avoir trahi le grand amour de ma vie, quelqu'un à qui j'avais juré une fidélité éternelle quelles que soient les circonstances. Des stupidités de gamin ? Non, pas vraiment. En dépit de la guerre et du fait que chacun de nous savait qu'il pouvait mourir le lendemain, ou même l'instant suivant, nous nous étions fait des promesses que nous voulions tenir à tout prix. Non seulement j'avais enfreint mon serment, mais je l'avais fait dans la chambre où Sally et moi avions passé notre lune de miel. Bien que j'aie éprouvé quelques scrupules sur le moment – aisément noyés par l'intensité de l'acte –, la véritable portée de ce que j'avais fait m'avait frappé en plein quand j'avais ouvert la porte de la suite 318-319 et trouvé Muriel. Bien sûr j'étais en colère, et même hors de moi, mais pas contre Muriel, ou Cissie, ou aucun d'eux (à l'exception de Stern, mais c'était différent). J'étais en colère contre moi. Et j'avais honte. La combinaison des deux n'avait rien de très plaisant.

Mais je ne pouvais rien confier de cela à Muriel. Au lieu de parler, je tournai les talons et frappai du plat de la main le miroir au-dessus du lavabo. La glace se fêla en étoile sous le choc, fragmentant mon reflet. J'entendis Muriel étouffer un cri et je lui jetai un regard brûlant par-dessus mon bras levé. Puis je contemplai le sang qui coulait de mon poignet jusque dans le lavabo. Elle paraissait sur le point de s'enfuir à toutes jambes. Je me sentais un peu stupide, mais je devais surtout paraître fou à lier.

J'allais dire quelque chose – ç'aurait pu être une phrase d'excuse, ou une injure – quand Cagney se mit à aboyer rageusement dans le couloir. Nous entendîmes des cris, d'autres aboiements, plus frénétiques encore. Quelque chose percuta la porte de la chambre avec un bruit sourd.

Je repoussai Muriel et fonçai dans la chambre. Au passage je saisis le colt dans mon blouson, et j'ouvris la porte à la volée. Je stoppai net, l'arme braquée devant moi.

Cagney était fou furieux. Ramassé sur lui-même au ras du sol, les babines retroussées sur ses crocs jaunâtres, le corps tremblant de tension, le chien était prêt à bondir sur quelque chose ou quelqu'un qui se tenait derrière la porte que je venais d'ouvrir.

– Il est enragé !

Je fis un pas dans le couloir avant de voir la scène dans son entier. L'Allemand était collé dos au mur, et une peur réelle habitait ses yeux décolorés. Comme moi, il avait un bras tendu, au bout duquel il pointait un petit automatique. Droit sur Cagney.

Ma réaction fut presque instinctive, la pensée et le mouvement instantanés. J'abattis la crosse du 45 sur le poignet de Stern. Sous la douleur, un peu de salive jaillit de sa bouche ouverte et il lâcha son arme, qui tomba sur le sol avec un claquement sec. Il se pencha en avant, en serrant de sa main valide son bras touché, et je relevai brusquement le colt en un uppercut magistral qui le toucha au front. Le coup le redressa sèchement et il se cogna le crâne contre le mur. Lentement il glissa à terre et j'accompagnai son mouvement. Je l'agrippai par le revers de la veste et collai le canon de mon arme contre son cou.

– Arrêtez, s'il vous plaît... réussit-il à marmonner. Le chien... Il allait... Il allait m'attaquer... quand j'ai voulu entrer dans votre chambre...

Je pense que c'est ce qu'il me dit, parce qu'il éprouvait de grandes difficultés à s'exprimer. Mais peu m'importait. Personnellement, j'étais prêt à lui faire exploser la cervelle. Désireux, même.

– Hoke !

Une voix de femme, mais je n'y prêtai pas assez attention pour savoir à qui elle appartenait. Il était temps de régler son compte à l'Allemand, et j'étais justement assez en rage pour le faire ici et maintenant. Le sang qui coulait de ma paume entaillée poissait la crosse du colt, n'importe, je gardais une assez bonne prise pour ne pas rater mon coup. Il y eut alors un cri, et je jetai un coup d'œil autour de moi. Je vis Muriel sur le seuil de la chambre, mais ce fut Cissie qui m'attaqua.

Son genou heurta le côté de mon crâne avec assez de force pour me renverser. Aussitôt ses doigts se crispèrent dans mes cheveux et elle me tira en arrière. Je tombai à la renverse et me retrouvai étendu sur le dos.

Elle m'écrasa la poitrine d'un genou et chercha à m'arracher le colt de la main. Pendant ce temps Cagney bondissait autour de nous, surexcité mais incapable de décider quel humain il devait défendre ou attaquer. D'un revers de ma main libre, j'envoyai valser Cissie sur le sol et je parvins à relever mes épaules. Le colt retrouva instantanément sa cible.

– Ne le tuez pas !

A présent c'était Muriel qui intervenait. Elle vint se placer entre moi et l'Allemand toujours à moitié assommé.

– Arrêtez ! me hurla-t-elle. Arrêtez ça tout de suite ! On ne peut pas continuer à s'entretuer, vous ne comprenez pas ?

Pour compléter le tableau, Albert Potter arrivait d'un pas traînant dans le couloir. Pour une raison inconnue de tous, y compris de lui peut-être, il avait toujours en main la crécelle d'alerte dont il s'était servi la nuit précédente, et pendant une seconde vraiment affligeante je crus qu'il allait encore nous casser les oreilles avec. Au lieu de quoi il se mit à crier :

– Qu'est-ce que c'est que ce foutoir ? On peut pas dormir tranquille ici ?

Dieu merci, il rangea la crécelle dans une des vastes poches de son bleu de travail.

Revenant à la charge, Cissie me serra le poignet dans ses deux mains et réussit à dévier le colt.

– Je vous en prie, Hoke, arrêtez, cria-t-elle, son dernier mot se terminant sur un début de sanglot.

Je lui jetai un coup d'œil, vis les larmes qui coulaient sur ses joues, et je pense que c'est ce qui eut raison de ma hargne. Je brûlais toujours de rage, mais une partie de mon énergie m'avait déserté. Je laissai ma tête reposer sur le tapis et restai étendu là, à regarder le plafond. Peu à peu je décrispai mes doigts. Mon bras se fit mou, sans force ; pourtant Cissie continuait de me serrer le poignet. Je dirais qu'elle ne me faisait pas confiance, et c'est un euphémisme.

– D'accord, c'est fini, lui assurai-je. Débrouillez-vous pour qu'il soit hors de ma vue pendant un bout de temps, c'est tout.

Bien évidemment, ils comprirent que je parlais de Stern et non du chien, qui, maintenant que le combat avait cessé, cherchait à me lécher le visage.

J'entendis quelqu'un qui aidait l'Allemand à se remettre debout, et un instant plus tard il se penchait vers moi et me contemplait fixement. Je ne lus aucune méfiance dans ses yeux, aucune peur, seulement une colère difficilement maîtrisée.

– Vous êtes fou, siffla-t-il. Ce que vous avez fait est insensé. Je ne suis pas votre ennemi.

Je l'ignorai, mais soudain je me souvins du pistolet qu'il avait braqué sur Cagney, et je m'assis vivement. Aussitôt Cissie referma sa prise sur mon poignet. Avec un soulagement certain, je vis que Potter avait ramassé l'arme de l'Allemand.

– Qu'est-ce que c'est ? fit le vieux gardien comme s'il n'avait jamais vu un pistolet de sa vie.

– Un colt 380 réglementaire, de l'armée américaine, l'informai-je tandis qu'il acquiesçait comme s'il le savait depuis le début. Ne le rendez pas à Stern.

– Vous pensez vraiment que je vous aurais tiré dessus ? dit l'Allemand, d'un ton frisant le regret. Après tout ce qui s'est passé... (D'un ample geste des bras, il parut désigner le monde à l'extérieur.) J'ai trouvé cette arme dans ma chambre et je l'ai conservée pour assurer ma propre protection. Je pense toujours que c'était une bonne décision. Mais, honnêtement, croyez-vous que j'aie le désir de tuer à nouveau ? Si tel est le cas, alors vous êtes vraiment dingue, Hoke. La Peste Ecarlate a eu au moins cet effet sur vous.

Sur ces mots il s'éloigna dans le couloir, une main sur son front blessé. Il disparut dans sa chambre, dont la porte se referma doucement derrière lui.

Ce soir-là, l'ambiance qui présida au dîner ne fut pas des plus enjouées. Personne n'avait envie de parler, et Stern ne se joignit même pas à nous. Qu'il boude, pensai-je, je m'en fous. Potter s'escrima louablement à égayer un peu le repas en débitant des souvenirs, des anecdotes liées au Blitz. Certaines amusantes, d'autres nettement moins. Il nous raconta comment une nuit, alors qu'il était de ronde, il avait trouvé Ed Murrow, le célèbre correspondant de guerre américain, étendu dans le caniveau à l'extérieur du Savoy, non pas ivre mort comme Potter l'avait pensé tout d'abord, mais occupé à enregistrer le son des sirènes et des explosions des bombes ennemies avec son microphone, afin que ces authentiques bruits de la guerre puissent être diffusés de l'autre côté de l'Atlantique. Il nous parla de l'idée géniale des autorités de déguiser les masques à gaz en faces de Mickey, pour que les enfants n'aient pas peur de les mettre, nous raconta comment il avait pourchassé deux pillards jusque dans Covent Garden et les avait vus se faire déchiqueter par une mine, et comment une des jambes des fuyards était retombée sur son épaule ; il nous narra sa rencontre, lors d'une aube glaciale, avec une dame aux cheveux blancs, assise dans son lit, complètement abasourdie de se retrouver en plein air et non au premier étage de sa maison, que venait de toucher une bombe. Il nous parla de ce pompier qu'il avait vu enfoncer la porte d'un entrepôt, de l'autre côté de la rue, et du brasier à l'intérieur qui avait aspiré le pauvre homme et l'avait réduit en cendres en un instant ; et il disserta sur le sifflet d'alerte qu'il portait toujours sur lui mais qui s'était trouvé coincé dans sa gorge quand une déflagration toute proche l'avait fait aspirer au lieu de souffler, et comment, grâce à une bonne claque dans le dos, appliquée par un membre des escouades de secours se demandant pourquoi Potter virait au bleu, il avait eu la vie sauve et avait pu récupérer son sifflet. Avec force mimiques, il nous décrivit aussi l'effigie d'Adolf Hitler, vêtue de culottes bouffantes grises et pendue par le cou à un panneau d'arrêt de bus dans Whitehall.

Potter parlait et parlait, amusé ou attristé par ses propres histoires, pendant que de l'autre côté de la pièce Muriel me décochait de temps à autre un long regard éloquent, que j'ignorais, et que Cissie, qui s'était chargée de la cuisine, me lançait parfois des coups d'œil irrités, que j'ignorais tout autant. Nous mangeâmes en silence, quand Potter eut enfin terminé son stock d'anecdotes, et les deux filles quittèrent la suite dès que la vaisselle fut faite. Le « bonsoir » de Muriel était des plus formels, et Cissie s'éclipsa sans un mot. Le gardien et moi nous retrouvâmes ensemble devant une bouteille de Jack Daniels à laquelle nous fîmes un sort.

J'étais un peu gris quand j'allai me coucher, et il me dit alors quelque chose de bizarre. Il vacillait sur le seuil de la pièce et il me salua en effleurant de l'index l'aile de son gros nez rougi, avec un clin d'œil pour faire bonne mesure.

– Je sais ce que vous faites, fiston. Et moi, ça me va. Chacun doit faire ce qu'il pense être le mieux, même si c'est sans espoir. J'en parlerai pas, je vois bien que vous préférez garder ça secret.

Il secoua la tête lentement. Son regard était embué par l'alcool.

– Mais ça sera jamais terminé, fiston. Impossible, il y a trop...

Il secoua à nouveau la tête, avec une moue pathétique, et s'éloigna dans le couloir.

– Ils sont trop nombreux... l'entendis-je encore marmonner. *Foutrement trop nombreux.*

12

J'avais nettoyé la rue. C'était le dernier cadavre. Tous les autres étaient hors de vue, à l'intérieur des bâtisses. Comme on dit : loin des yeux, loin du cœur. Mais c'était faux. Je les voyais encore en pensée, avachis dans leurs fauteuils, écroulés sur les tables, recroquevillés sur le sol. Desséchés, des coquilles vides aussi légères qu'une plume, des silhouettes de poussière. Pour moi ils peuplaient toujours les magasins, les restaurants, les bureaux, les usines, les habitations, les stations de métro, les véhicules... La liste n'avait pas de fin. Et je ne pouvais les apercevoir tous. Comme l'avait remarqué Potter : « Foutrement trop nombreux... »

Je soulevai le sac d'os et le jetai à l'arrière du camion, sans me soucier de ses yeux racornis, pareils à deux raisins noirs au-dessus du trou sans chair de sa bouche, et il glissa vers moi depuis la pile, comme s'il rechignait à être évacué. Ses doigts décharnés griffèrent mon T-shirt et je le repoussai d'un geste las. J'en avais trop vu pour ressentir la moindre répulsion. Une fois le cadavre coincé dans l'enchevêtrement de ses semblables, je ramassai mon blouson sur le trottoir près du fusil appuyé contre la roue arrière, puis grimpai dans la cabine.

Naguère cet endroit avait été une rue banale, avec ses maisons épargnées par les bombardements, son pub toujours ouvert. A présent les herbes folles jaillissaient entre les fissures de la chaussée, et les véhicules rouillaient sur place. Mais c'est surtout le silence qui m'impressionnait. Après trois longues années de solitude, je ne m'étais toujours pas accoutumé à ce calme surnaturel dans ces rues non touchées par le Blitz, où tout paraissait presque normal. On aurait dit que les lieux étaient... hantés. Je repensai aux fantômes que Muriel disait avoir vus au Savoy, et je m'en voulus de me laisser aller.

Je claquai la portière, jetai mon blouson côté passager et plaçai le fusil contre le bas du siège, le canon appuyé contre la vitre gauche baissée, pointé loin de moi mais facile à saisir. La fille s'était trompée, elle était hantée par les souvenirs, pas par des spectres.

Moi aussi, il m'était arrivé d'entendre l'écho lointain de voix, de rires, et même de la musique, qui me parvenait alors que je gisais éveillé la nuit, dans ce grand mausolée en décomposition. Une ou deux fois je m'étais même levé et j'avais marché sur la pointe des pieds jusqu'à la porte, l'oreille tendue. Quand je l'ouvrais, certain qu'il y avait réellement une présence au rez-de-chaussée, les bruits s'évanouissaient. Des illusions nocturnes, rien de plus. Des rêves, quand je ne m'étais même pas rendu compte que je m'assoupissais. Muriel comprendrait vite que l'imagination avait une façon bien particulière de jouer des tours quand on n'était pas dans son assiette. Pourtant ce n'étaient pas de simples chimères dues au hasard, plutôt à un souhait inconscient, parce que l'on aurait aimé que ces rêves deviennent réalité, que l'existence retourne à ce qu'elle avait été *avant*. L'aube ramenait tout à ses justes proportions, et l'on retrouvait les choses telles qu'elles seraient à jamais.

Je mis le contact, balayai une dernière fois du regard la rue déserte, puis démarrai. Bien qu'épuisé par mes efforts et les restes de la cuite de la veille, je demeurais alerte, constamment sur le qui-vive. Une fois, voilà un peu plus d'un an, un dingue avait surgi devant le camion que j'utilisais, un cinq tonnes Austin choisi pour ses côtés rabattables, ce qui facilitait le chargement. Il brandissait un hachoir de boucher au-dessus de sa tête et me hurlait des propos incohérents. Peut-être aurais-je dû m'arrêter, mais l'hiver battait son plein et le type était complètement nu. De plus, sous une barbe crasseuse il portait autour du cou un collier où étaient enfilées des mains momifiées et noircies. Quand il comprit que je n'allais pas faire halte, il me lança le hachoir. Par chance il visait mal et l'outil fracassa le pare-brise du côté passager. Je continuai à rouler, droit sur lui, certain qu'il n'était pas d'humeur à m'expliquer ses griefs. Il n'essaya même pas de m'éviter. Il fonçait vers le camion en hurlant, en agitant les poings. A dire vrai, de mon côté je ne fis rien pour l'épargner. Je lui passai dessus sans remords, et quand je stoppai le camion, une cinquantaine de mètres plus loin, je l'aperçus au milieu de la chaussée, qui tressaillait encore. Je descendis de l'Austin et revins à pied jusqu'à lui. Les deux jambes brisées, et sans doute touché à la colonne vertébrale, il s'efforçait de ramper vers le caniveau. Ce n'est pas par pitié ou par malveillance que je lui logeai une balle dans la tête ; non, j'agissais comme à mon habitude, je nettoyais.

Quand enfin son corps se figea dans la mort, je l'ajoutai au reste de mon chargement, à l'arrière du camion.

Il existait d'autres créatures dont je devais me méfier, surtout les chats et les chiens redevenus sauvages et qui traversaient les rues sans prévenir, mais pour l'essentiel je guettais la présence éventuelle des Chemises Noires. Ils avaient la désagréable habitude d'apparaître au moment où je m'y attendais le moins. La ville était certes très étendue, mais il était inévitable que nos chemins se croisent de temps à autre. En règle générale nos accrochages étaient brefs et violents, et jusqu'alors j'avais toujours tiré avantage de leur maladie, qui les ralentissait considérablement.

Aujourd'hui était une belle journée, et l'été effaçait un peu les rigueurs extrêmes de l'hiver précédent, quand il y avait plus de deux mètres de neige dans certaines rues. Le ciel était clair et une brise venue de l'est rafraîchissait agréablement l'atmosphère. Mon chargement complet, je roulais en évitant les cratères, les décombres et autres épaves qui ponctuaient les artères. J'avais pris la direction du nord, selon un itinéraire qui m'était maintenant familier, et en moins de vingt minutes j'avais atteint ma destination.

J'empruntai la rampe d'accès au stade, dont les gradins avaient jadis accueilli plus de cent mille spectateurs, puis le tunnel, et émergeai à l'intérieur de la vaste arène. Je passai devant des tas de bidons d'essence et des caisses d'explosifs empilées, et roulai dans l'allée centrale, bordée d'amoncellements de corps putréfiés. A peu près à mi-distance je bifurquai dans une allée latérale. A présent, je remarquais à peine l'odeur. De temps en temps je repérais un mouvement dans ces tas macabres, ceux de la vermine que mon arrivée ennuyait mais n'intimidait nullement. Par le passé j'avais parfois fait quelques cartons sur ces charognards, les chiens aussi, mais aujourd'hui je ne m'en souciais plus ; quand viendrait l'heure, ils brûleraient avec ces choses corrompues dont ils se nourrissaient.

Assez vite j'atteignis un espace dégagé, une sorte de clairière où l'herbe drue et haute avait un aspect malsain, et j'arrêtai le camion à plateau. Je restai debout sur le marchepied un moment, à scruter les alentours. En contemplant ces monceaux de cadavres, je me demandai ce que je pourrais encore faire de plus. Depuis près de trois années j'emplissais ce stade avec les morts, et toujours j'avais été conscient que cet acte ne constituait de ma part qu'un geste symbolique. Dans les premiers temps de la guerre, on avait creusé des fosses à chaux et fabriqué des centaines de cercueils en carton, au cas où ils seraient utiles, mais personne n'avait prévu la Peste Ecarlate. La plus grande partie de la population pourrissait toujours à l'endroit où elle était tombée. A part ces gens-là. Eux, au moins, auraient droit à un genre de funérailles communes.

Il ne me fallut pas très longtemps pour décharcher le camion. Mon dernier voyage de la journée. Et aussitôt je repartis dans Londres, laissant derrière moi les murs sales du stade de Wembley, là où des foules surexcitées avaient rugi de joie, là où à présent ne régnait plus que le silence d'un gigantesque cimetière à ciel ouvert.

Un jour, quand je m'estimerais satisfait de mes efforts, je le transformerais en crématorium.

13

Je m'étais lavé et j'étais étendu à moitié nu sur le lit, un verre de scotch dans une main, sur ma poitrine douloureuse, une cigarette dans l'autre, quand on frappa à la porte.

– Hoke ? C'est moi, Muriel. Je peux entrer ?

J'inhalai la fumée, la soufflai lentement, relevai la tête et bus une autre gorgée d'alcool.

– Hoke ?

Elle paraissait impatiente. La poignée de la porte descendit et remonta plusieurs fois.

Avec un grognement, je roulai hors du lit, posai le verre sur la table de chevet et passai mon pantalon. La cigarette calée dans un coin de ma bouche, j'allai déverrouiller la porte. La fumée sortit en volutes paresseuses dans le couloir.

Muriel était vêtue différemment, d'un ample chemisier crème et d'un pantalon marron, et elle avait ramené tous ses cheveux d'un côté de son visage, avec une barrette. Elle était très attirante – même crasseuse, elle l'aurait été – mais je ne me laissai pas affecter par cette considération.

– Vous avez été absent la majeure partie de la journée, encore une fois, dit-elle. (Il ne me parut pas utile de répondre à une telle évidence.) Je peux entrer une minute ?

Je laissai la porte à peine ouverte pour qu'elle décide elle-même, pris une chemise sur un fauteuil et l'enfilai. Je ne me donnai pas la peine de la boutonner, car j'espérais que sa visite serait brève. Je m'assis au bord du lit, près du scotch. Muriel referma la porte et se campa face à moi.

– Inutile de vous demander où vous êtes allé, je suppose ? dit-elle, les sourcils haussés.

– Des trucs à faire.

– Pourquoi êtes-vous aussi bourru, Hoke ? L'autre nuit...

Elle laissa la phrase en suspens et balaya l'air de la main, dans un geste d'exaspération.

Que pouvais-je lui dire ? Que la culpabilité me rongeait la cervelle, que j'en arrivais à sentir la présence de Sally partout dans cette pièce ? C'était stupide; je le savais alors, et je le sais maintenant. Au bout de trois ans je portais toujours son deuil, et celui de la vie commune que nous avait refusée le sort. Ce foutu bordel de monde avait été frappé par la damnation, et moi j'étais toujours obnubilé par ma petite tragédie personnelle. Et à présent non seulement je souffrais de la culpabilité d'avoir survécu, mais aussi de celle de ma trahison. C'était morbide et irrationnel ; mais quand je fermais les yeux je revoyais ma jeune épouse dans cette pièce, avec moi, je sentais son parfum, j'entendais ses murmures.

Et j'avais fermé les yeux.

Je les rouvris aussitôt.

– Nous... j'ai... commis une erreur.

Ce fut tout ce que je trouvais à dire et, à la vérité, je n'étais pas sûr de m'adresser à Muriel ou à quelqu'un de disparu depuis longtemps.

– Une erreur ? Mon Dieu, Hoke, vous ne vous rendez donc pas compte que nous vivons dans un monde complètement nouveau, avec une moralité différente ? Je ne vous demandais pas de l'amour, seulement un peu de réconfort, de compréhension. J'avais peur, vous comprenez ça ?

Ou bien elle avait tenté d'établir son droit sur moi ? me demandai-je, pour immédiatement me détester de ce cynisme automatique. Je tirai sur ma cigarette. J'étais déboussolé, pas très fier de moi. Et une colère diffuse me consumait.

– Très bien, dit-elle d'un ton résigné, un peu sec. Je voulais simplement vous faire savoir que Cissie et moi avons préparé un dîner pour nous tous en bas, dans la Pinafore Room.

Je la dévisageai comme si c'était elle la farfelue du groupe.

– Hoke, nous devons laisser le passé derrière nous. Il n'est pas raisonnable de continuer à mépriser Wilhelm Stern simplement parce qu'il est allemand. Bonté divine, non seulement il n'a pas personnellement déclenché la guerre contre nous, mais en plus il y a joué un rôle très minime ! Il a été descendu et capturé en 1940. Nous devons pardonner, oublier, vous ne voyez pas ? Comment pourrons-nous construire une nouvelle vie, sinon ? Il faut qu'un ordre naisse de ces ruines et ce ne sera possible que si nous rejetons nos anciens préjugés.

Elle approcha du secrétaire, se retourna et s'y adossa. Les bras croisés, elle fixait sur moi un regard décidé.

– Il est temps pour les rescapés que nous sommes de reprendre nos esprits, de mettre un peu d'ordre dans nos existences. Quel autre choix avons-nous ? L'anarchie ? Le chaos ?

Un peu calmé, je balançai mes jambes sur le lit et m'adossai contre les oreillers empilés afin de pouvoir mieux l'observer. Elle était sérieuse, pas de doute. La planète avait été ravagée, et elle parlait de loi et d'ordre.

– Vous n'avez pas encore saisi que tout ça est fini, balayé, terminé ? dis-je, sincèrement surpris. Notre monde soi-disant civilisé s'est fait la malle, Muriel, et il ne reste plus rien, pour aucun d'entre nous.

– Mais nous sommes vivants, voyons ! Et il y en a beaucoup d'autres dans notre cas, qui attendent de prendre un nouveau départ, qui attendent que les survivants se regroupent, peut-être même qui espèrent un nouveau chef. Tout peut être mieux qu'avant, nous sommes capables d'éviter les erreurs des siècles passés !

Il n'était pas impossible qu'elle ait raison, bien sûr. C'est ce que je me disais tout en fumant ma cigarette, sans la quitter des yeux. Quelqu'un devrait bien remettre la machine en marche un jour et probablement cela se passait déjà dans d'autres parties du globe. Alors pourquoi pas ici, dans ce qui avait été l'une des plus grandes cités du monde ? J'étudiai Muriel sous un angle qui jusqu'alors m'avait échappé. C'était une fille mince, presque fragile, pourtant je sentais une grande détermination en elle, qui devait lui venir de ses ancêtres. Dieu sait que pendant toute mon enfance j'avais eu la tête farcie de descriptions plus que flatteuses des couches supérieures de la société anglaise. Les aristocrates étaient dotés d'un caractère bien trempé, d'une volonté à toute épreuve (bien que ma mère eût précisé que ce n'était pas toujours le cas), et je commençais à déceler ces qualités chez Muriel. J'avais été témoin d'une attitude entêtée, typiquement britannique, chez pas mal de mes compagnons de vol dans la RAF, et je n'aurais pas dû m'étonner de retrouver le même trait de caractère chez la fille d'un lord. D'accord, c'était une vision très romantique de l'Angleterre – du moins de sa petite noblesse – mais j'en avais eu assez d'exemples depuis que j'avais abordé ici, et en regardant Muriel, en voyant cette intensité dans son regard, la ligne délicate et dure de sa mâchoire, je pensai qu'elle pouvait bien avoir suffisamment de ressort pour voir clair dans l'avenir. Un détail vint tempérer ce jugement plutôt positif : le genre de cynisme que j'affectais n'aurait aucune place à jouer dans sa vision d'un avenir radieux.

– Vous serez des nôtres ce soir, Hoke ? dit-elle d'un ton radouci, en décroisant les bras. Stern et Potter ont nettoyé certaines salles en bas et ils ont même fait un raid dans les réserves de l'hôtel. Nous avons installé une cuisine de fortune dans la salle à manger privée, voisine de la Pinafore Room, et Wilhelm est sorti et a déniché deux réchauds à pétrole portables, plus gros et un peu plus sophistiqués que ceux que vous utilisez.

– Il est sorti du Savoy ?

La nouvelle ne me plut pas du tout.

– Nous sommes tous sortis, aujourd'hui. Qu'attendiez-vous de nous ? Que nous restions prostrés ici toute la journée, dans l'attente de votre retour ? Pour ma part, je suis allée jusqu'à l'appartement de mon père, dans Kensington.

– Seule ? Et pour quel motif ?

– Etes-vous donc aussi obtus que vous voulez le laisser paraître, Hoke ? Je désirais revoir notre ancienne demeure, est-ce vraiment déraisonnable ? Après tout, c'est la raison pour laquelle nous sommes revenus à Londres. Il y a là-bas certaines choses d'une grande valeur sentimentale pour moi, des photos, des journaux intimes et, oui, même des bijoux. Des choses que je veux garder pour me souvenir d'une époque à jamais révolue. Et des vêtements, mes propres vêtements. Oui, je sais que je pourrais me servir dans n'importe quelle boutique de mode de Knightsbridge, mais je voulais récupérer certaines tenues qui me sont chères. C'est si difficile à comprendre ? Cissie aurait fait exactement la même chose si elle avait encore un foyer où aller. Au lieu de quoi elle est restée ici et s'est mise à tout préparer.

– Mais... commençai-je, avant de décider de laisser tomber. D'accord. Comment vous êtes-vous rendue là-bas ?

Pour la première fois depuis son entrée dans la suite, elle sourit.

– J'avais l'intention d'utiliser n'importe quelle voiture encore en état de marche, mais j'ai trouvé une bicyclette qui n'était pas complètement rouillée, dans une boutique, et je m'en suis servie. Elle couinait beaucoup, et il faudrait gonfler les pneus, mais elle m'a permis de me faufiler entre toutes les épaves qui encombrent les rues.

– Avez-vous une idée de l'endroit où Stern est allé ?

– Je vous l'ai dit, il nous a trouvé des réchauds de meilleure qualité, il est donc évident qu'il a visité un grand magasin spécilisé dans le matériel de camping. Potter est parti de son côté, certainement pour patrouiller dans les rues à la recherche de pillards et d'incendiaires. Il est un peu toqué, vous savez... Pourquoi cet air pensif, Hoke ? Qu'est-ce qui vous trouble encore ?

– Cette ville est dangereuse, dis-je en écrasant ma cigarette dans le cendrier.

– Vous faites allusion aux Chemises Noires ? Je n'en ai pas aperçu. Mais n'oubliez pas que Londres est aussi très vaste. D'ailleurs je suis persuadée qu'ils pensent nous avoir tués en mettant le feu à la station de métro.

Je me le demandais. Hubble et son armée de tarés nous croyaient-ils morts, maintenant ? L'idée d'avoir perdu quatre donneurs de sang sains avait dû le mettre dans une rage folle, et je plaignais le fou qui lui avait annoncé leur bombardement incendiaire de la station. Si seulement Hubble nous croyait morts... Lors de mes propres déplacements du jour, je n'avais vu aucun milicien, mais cela n'avait rien d'inhabituel : comme l'avait dit Muriel, Londres était vaste, et de plus j'empruntais toujours des itinéraires détournés, préférant les petites rues aux grands axes. Mais la pensée était agréable, surtout par une journée pareille. Muriel tira avantage de l'ombre de sourire qui passa sur mon visage.

– Vous viendrez, alors ?

Je clignai des yeux, sans saisir.

– Notre petit dîner de fête, insista-t-elle. Vous nous rejoindrez en bas ?

– Que fêtez-vous ?

– Le simple fait d'être en vie. Cela n'est pas suffisant ?

Il m'arrivait de penser que c'était trop, mais je m'abstins de le préciser.

– D'accord, je viendrai. Mais n'allez pas croire que je vais me faire de nouveaux amis.

– Tout ce que je vous demande, c'est de vous montrer poli avec Wilhelm, dit-elle en sortant.

Ils avaient trouvé des centaines de bougies et les avaient placées un peu partout dans la pièce ; la Pinafore Room ressemblait à un sanctuaire. L'éclairage était complété par trois lampes à pétrole disposées stratégiquement, et il fallait un temps pour s'habituer à la chaleur et à l'odeur de cire. Derrière les épaisses tentures le jour baissait et, malgré l'éclat des bougies, il demeurait des zones sombres dans la pièce, surtout dans les coins. Les halos de lumière dorée se reflétaient dans les hauts miroirs et les couverts placés sur la longue table, sur les lambris de cèdre, sur les murs et le pilier carré central, et le tout dispensait une ambiance de douceur et de confort qui renvoyait à une époque plus agréable.

Je m'arrêtai sur le seuil. A mon côté, Cagney renifla l'air et les odeurs du repas.

Muriel bavardait avec Wilhelm devant un trumeau surmontant une cheminée vide, à l'autre bout de la salle, et ils formaient un couple qui ne manquait pas d'élégance, elle dans une robe longue en lamé, au décolleté profond et aux longues manches étroites, ses cheveux encore coiffés sur le côté, mais cette fois retenus par un peigne orné d'incrustations, tandis que lui portait un smoking noir, un mouchoir blanc, probablement en soie, en manière de pochette, et une cravate gris sombre sur sa chemise blanche. Ils avaient fait un effort visible pour jouer à reproduire l'atmosphère d'une véritable soirée, et je fus soulagé de voir Potter, qui apparut soudain par une double porte béante sur ma gauche, toujours vêtu de son bleu de travail, même s'il l'avait quelque peu épousseté et avait abandonné son casque pour l'occasion.

Il me repéra et me lança, avec un geste du pouce par-dessus son épaule vers la pièce qu'il venait de quitter :

– La bouffe est bientôt prête, fiston. Mais on a le temps de s'en jeter un derrière le col, je pense. Qu'est-ce que je peux vous servir, à vous tous ?

Muriel se tourna vers moi et me lança un sourire que je jugeai quelque peu crispé.

Je longeai la table vers eux, avec Cagney qui trottait devant moi. Le chien disparut derrière Potter et j'entendis l'exclamation de Cissie qui l'accueillit. Ce cabot reprenait bien trop vite l'habitude de fréquenter des humains, et cela m'inquiétait : je ne tenais pas à ce qu'il perde sa méfiance naturelle, dans l'éventualité où la situation se révélerait dangereuse pour nous deux.

– Nous avons installé la cuisine dans la Princess Ida Room, m'informa Muriel. (Je me souvins alors que les noms de toutes les salles à manger privées à ce niveau avaient un rapport avec les opéras de Gilbert et Sullivan.) Cissie est en train de jouer au chef et il faut que je retourne l'aider avant qu'elle se mette en colère... (Du regard elle me détailla de la tête aux pieds, en buvant une gorgée.) Merci d'avoir au moins mis une chemise propre.

Je cherchai le sarcasme dans ses yeux, mais elle se détourna vivement. C'est vrai, mon pantalon était un peu froissé, mes bottes pas trop propres, et je portais mon blouson en cuir déchiré (avec le colt à l'intérieur) sur un bras. Mais la chemise était propre, elle, neuve même. Elle faisait partie d'un lot choisi dans la vitrine éventrée d'un magasin d'habillement, dans Regent Street, et je n'en avais encore mis aucune. Sans doute aurait-elle fait plus d'effet avec une cravate, mais je n'avais jamais été adepte de ce genre d'accessoire vestimentaire, même en temps de paix. S'écartant de l'Allemand, Muriel se rapprocha de moi.

– Que désirez-vous boire ? demanda-t-elle. (Mais de nouveau elle évita mon regard quand je le braquai sur elle.) Gin-tonic, Martini, sherry ? Nous sommes très bien approvisionnés, comme vous pouvez le constater.

– Un scotch fera l'affaire.

– Bon choix, approuva Potter. Je crois que je vais t'imiter, fiston.

Il mit le cap sur une petite desserte roulante surchargée de bouteilles. Tout en frottant l'une contre l'autre ses mains potelées, il scruta du regard tous ces trésors liquides. Il repéra le scotch, sa marque favorite, Famous Grouse.

– Magnifique, l'entendis-je marmonner.

– Hoke...

C'était l'Allemand, et il y avait dans son approche une méfiance perceptible. Je déposai mon blouson sur le dos d'une chaise, à la tête de la longue table, plié de manière que le holster soit aisé à atteindre, avant de me tourner vers lui.

– Il me semble parfaitement ridicule de continuer à nous comporter en ennemis l'un envers l'autre, dit-il d'un ton détendu, bien que son regard restât vigilant. Durant la guerre je n'étais rien de plus qu'un navigateur et je faisais mon boulot, comme vous le vôtre en tant que pilote de chasse. Je ne vous veux aucun mal à présent, et j'aimerais qu'il en soit de même pour vous à mon égard. Nous étions des aviateurs, loyaux à nos pays respectifs, mais tout cela appartient au passé. Nous ne pouvons plus vivre ainsi. Nous devrions tout faire pour nous entendre et, comme les Britanniques eux-mêmes le disent, passer l'éponge.

Son petit discours achevé, il me tendit la main.

Malheureusement, je n'acceptais pas l'idée de serrer la main à quelqu'un que je finirais par tuer un jour ou l'autre, aussi ne répondis-je pas à son geste. Son regard pâle se durcit une seconde, puis il sourit et laissa retomber son bras le long de son corps.

– Comme vous voudrez, dit-il d'un ton sec. J'ai fait un effort pour me montrer civil, ou plutôt civilisé, et je continuerai dans cette voie. Vous déciderez de votre attitude envers moi, mais je dois vous mettre en garde : toujours je me défends si je suis agressé.

– Wilhelm, je vous en prie, intervint Muriel en nous dévisageant à tour de rôle. Ce n'est pas nécessaire...

– N'est-ce pas ce que je viens justement de chercher à expliquer ? dit-il sans me quitter des yeux. Je me comporterai correctement, mais c'est à M. Hoke de décider de sa conduite. Je lui ai offert la main de l'amitié, et il l'a rejetée, cependant je promets de ne pas être celui qui créera des problèmes.

Potter arriva entre nous avec deux verres de scotch dans les mains. Il m'en tendit un.

– A la vôtre, fit-il comme s'il n'avait rien remarqué de l'échange entre l'Allemand et moi.

– Ouais, à la mienne, répondis-je, en acceptant l'alcool et en portant le verre à mes lèvres, le regard toujours braqué sur Stern.

Nous nous retournâmes tous quand une voix retentit à l'autre bout de la pièce.

– Le repas ne s'annonce pas trop mal, déclara Cissie du seuil de la Princess Ida Room, en s'essuyant les mains avec un torchon. Donc, je vais m'octroyer une petite pause et vous rejoindre. Je pense que je mérite amplement un gin-tonic. Bien tassé.

Elle posa le torchon sur un meuble et se dirigea vers nous.

– Tu l'as bien gagné, dit Muriel en s'affairant à lui préparer sa boisson. (A mon avis, elle était heureuse de tourner le dos à la tension qu'elle sentait entre Stern et moi.) Je vais m'en faire un autre pour moi, aussi.

Les légères fumerolles des réchauds à pétrole flottaient depuis la pièce voisine et venaient se mêler à l'odeur de la cire fondue, mais cela ne gâcha nullement notre petit festin. Nous commençâmes par de la bouillie d'avoine et des boulettes de pâte, suivies de « poitrine de bœuf », selon la définition de Cissie, avec petits pois et haricots en conserve : l'ensemble fut très acceptable. Avec les carottes et les pommes de terre (fraîches, car venues de mon propre potager), ce fut l'un des meilleurs repas – non, *le* meilleur repas – que j'avais eus en trois ans, et quand nous eûmes terminé notre part de pudding, nous étions repus.

J'étais installé en bout de table, pour la seule raison que c'était sur le dossier de la chaise qui s'y trouvait que j'avais posé mon blouson en arrivant. A ma droite était assise Cissie, qui portait une robe couleur café descendant sous le genou et à mon avis un peu trop étroite pour elle. Muriel était à ma gauche, et notre conversation pendant tout le dîner se réduisit au minimum. Elle était toujours nerveuse, et probablement redoutait-elle qu'à tout moment n'éclate une altercation entre Stern et moi. L'Allemand avait pris place à côté de Muriel, face à Potter. Cagney s'était allongé sous la table, à mes pieds, et après avoir fait bombance il somnolait, ravi de se retrouver de nouveau parmi des humains amicaux, même s'il avait émis un grognement bas chaque fois que l'Allemand l'avait approché de trop près. A l'autre bout de la table se tenait une créature étrange, presque exotique. Silencieuse et immobile, elle était totalement noire, avec une serviette rose autour de son cou. Muriel me l'avait présentée quand nous nous étions attablés.

– Voici Kaspar, avait-elle dit. C'est notre invité d'honneur ce soir, parce que la Pinafore Room était souvent utilisée par les membres de ce qu'on appelait L'Autre Club, un groupe de personnalités, au nombre desquelles Winston Churchill en personne. Les politiciens dînaient ici quand le Parlement était en session, et des industriels ou d'autres citoyens importants les accompagnaient souvent. Vous remarquerez qu'il y a quatorze chaises autour de cette table, mais s'il arrivait qu'il reste un siège inoccupé et que donc les convives soient treize, on amenait Kaspar le chat. On nouait une serviette à son cou et on lui servait de tous les plats.

Il y avait quelque chose que je n'aimais pas chez cet animal sombre, d'un mètre vingt de haut. Peut-être sa tête baissée et ses oreilles trop pointues, ou bien sa queue qui formait un arc de cercle derrière lui, à moins que ce ne fût son épine dorsale arquée. J'ignorais pourquoi, mais plus la soirée avançait et plus je jugeais sinistre la présence de cette créature sombre, et moins je me sentais à l'aise. J'y voyais comme un mauvais présage, un signe de malheur plutôt qu'un porte-bonheur. Alors que nous avions bu le café et que nous sirotions un cognac en fumant quelques excellents cigares dénichés je ne sais où par Potter, la conversation revint sur Kaspar.

– Nous l'avons découvert sur une étagère, au fond de la pièce, expliquait Cissie. Nous avons pensé qu'il ajouterait un peu de dignité au déroulement du repas. (Elle pouffa en regardant Muriel, une main sur la bouche comme une collégienne, et je me souvins qu'elle aussi avait voulu goûter le cognac.) Vous pensez qu'il nous portera chance ?

Je réservai mon jugement sur ce point, et ce fut Stern qui prit la parole :

– Je n'ai jamais compris si le chat noir est un bon ou un mauvais signe pour les Anglais.

– Paraît que si un chat noir croise votre chemin, vous allez être dans la panade, dit Potter d'un ton incertain.

– Non, non, c'est faux, rétorqua Cissie. Mon grand-père m'a affirmé qu'un chat noir était un bon signe.

– Ce n'était pas valable seulement pour le jour du mariage ? fit Muriel.

– Non ! s'exclamèrent Cissie et Potter à l'unisson.

– Nous ne sommes que cinq autour de cette table, de toute façon, remarquai-je en pointant mon cigare dans l'air, dont la fumée bleue monta vers le plafond.

– Bien vu.

Pour toute réponse au sarcasme de Cissie, je me contentai d'un haussement d'épaules.

– C'est vrai, nous ne sommes pas très nombreux, approuva Muriel en jetant un regard inquiet à son amie. Quel genre de discussions pensez-vous qu'ils avaient dans cette pièce ? Avec tous ces gens importants – les ambassadeurs, les dignitaires divers, les patrons de presse, et bien sûr les politiques – certaines décisions vraiment capitales ont dû être prises ici. A propos, aucun homme d'Eglise n'était accepté dans cette salle. Mais le Premier ministre en personne...

– Aucune importance, en fait.

Ce n'était pas dans le caractère de Potter d'interrompre Muriel, surtout aussi vertement. Depuis le début de la soirée il était visible qu'il considérait son appartenance à la bonne société avec respect, sinon révérence. Mais il semblait qu'un abus de whisky, de vin et de cognac avait embrouillé sa notion de la hiérarchie sociale. Pour ma part, je n'étais pas mécontent qu'il en soit ainsi.

– Aucune importance, quels pouvoirs ils avaient, ils ont tous canné de cette saloperie de Peste Ecarlate, comme n'importe qui d'autre. Sauf nous. Nous, on est pas morts. Eh oui ! L'argent pouvait pas les sauver, ni la gloire ou les titres. De Neville Chamberlain à Jessie Matthews, d'Ivor Novello à Herbert Morrison, de ce foutu Martin Borman – désolé, mesdames – à Groucho Marx, ils sont tous cannés. A moins... (Sa main papillonna devant lui pour nous désigner.) A moins qu'ils aient été comme nous, qu'ils aient eu notre foutu sang. Nous sommes spéciaux, vous pigez ? Tous les autres... bah, les autres... Ils y sont passés. Effacés.

– Alors pourquoi patrouillez-vous toujours dans les rues, monsieur Potter ? s'enquit l'Allemand, qui s'était penché sur la table, un cigare coincé entre l'index et le majeur. Si presque tous les gens sont morts, pourquoi continuez-vous ces rondes ?

Cette logique déplut grandement au vieux gardien.

– Je devrais abandonner mon devoir juste parce que les choses ont changé ? Sans avoir été déconsigné ? Alors que la Luftwaffe continue de pilonner Londres ? Vous autres Allemands, vous nous avez jamais compris, nous les Anglais, hein ?

– Et vous autres Anglais n'avez jamais compris que nous ne voulions pas faire la guerre à votre pays. Le Führer avait de grandes... *affinités* avec maints de vos compatriotes.

– Oh non, pas avec beaucoup d'entre nous, siffla Cissie, qui semblait prête à jeter le contenu de son verre au visage de Stern. Ce que vous voulez dire, c'est qu'il avait *certaines* affinités avec un *certain* type d'Anglais. Quelques-uns parmi nos soi-disant dirigeants pensaient qu'Adolf Hitler n'était pas un type si infréquentable que ça.

– Ce n'est pas tout à fait exact, objecta Stern avec une onctuosité dans le ton qui n'était pas sans me rappeler Conrad Veidt. Bon nombre de gens du peuple en Angleterre comprenaient le problème juif, par exemple. Et je pense que toutes les classes sociales acceptaient notre droit de jouer un rôle majeur dans la direction de l'Europe.

– Seuls les autres fascistes pensaient cela.

– S'il vous plaît, ne nous disputons pas, dit Muriel, qui à l'évidence n'aimait pas le tour que prenait la conversation.

L'Allemand fut prompt à saisir l'occasion :

– Je ne voulais en aucun cas créer des dissensions parmi nous, mais vous devez comprendre que moi aussi j'aimais mon pays, et que j'ai souffert autant que n'importe qui d'autre dans cette pièce.

Je plaçai posément mon verre de cognac vide sur la table et y laissai tomber le mégot de mon cigare. Mes mains restaient posées sur la nappe, à une trentaine de centimètres l'une de l'autre, les poings fermés.

– Oh oui, nous comprenons, Wilhelm. Après tout, vous étiez un bon Allemand, n'est-ce pas ? Un bon combattant nazi.

Il me toisa d'un regard méfiant.

– Tous les Allemands ne sont pas... n'étaient pas des nazis.

– Hoke... prévint Muriel.

– Bien sûr, fis-je, goguenard. Et vous, personnellement, vous n'avez jamais eu l'occasion de nous combattre, n'est-ce pas ? Votre avion a été abattu au tout début de la guerre, alors nous ne pouvons pas vraiment vous en vouloir, pas vrai ? Vous n'avez pas eu le temps de causer beaucoup de dégâts à l'Angleterre, et puis n'oublions pas que vous n'étiez que navigateur, donc que vous n'avez pas pressé la détente ou appuyé sur les boutons vous-même.

– En effet. Je vous ai déjà dit...

– Ouais, vous nous avez dit que vous aviez été capturé et interné en avril 1940, c'est bien ça ? Alors pourquoi vous en voudrions-nous ? Seigneur, quand on y réfléchit, vous n'avez pratiquement pas pris part à la guerre...

Je sentis que Cagney s'étirait sous la table, et son poids bougea contre mon pied. Il avait détecté la tension qui montait dans la pièce.

– Hélas vous mentiez, hein, Wilhelm ? Vous ne vouliez surtout pas qu'on ait une mauvaise opinion de vous, pas tant que vous pouviez vous servir de nous. Du moins, tant que vous pouviez vous servir des filles qui sont ici.

– Qu'est-ce que vous voulez dire, Hoke ?

Stern avait posé son verre devant lui, mais il gardait le cigare coincé entre ses doigts. Y avait-il l'ombre d'un rictus sur ses lèvres minces et sans humour, était-ce bien une haine contenue que je décelais dans ses prunelles glacées ?

Sans bouger mes mains de la table, je me renversai contre le dossier de ma chaise. Mon sourire était dur, sans aucune joie.

– Absolument rien. J'affirme simplement que vous êtes un salopard de menteur, lui répondis-je d'un ton calme.

– Arrêtez ça tout de suite ! s'exclama Muriel en bondissant sur ses pieds. Il serait temps que vous deveniez adulte, Hoke. Cette amertume envers Wilhelm, et contre nous aussi, est totalement sans fondement. Bien que nous vous ayons sauvé la vie, vous nous méprisez toujours, vous nous considérez toujours comme une sorte de fardeau, de gêne dont vous pourriez très bien vous passer. Croyez-vous honnêtement que...

– Laisse-le dire ce qu'il a à dire, Muriel, coupa Cissie.

Elle avait maîtrisé sa colère, et portait toute son attention sur moi. Sous la table monta un grondement sourd.

Le sourire qu'arborait Stern était pareil au mien : dépourvu de toute chaleur.

– Pourquoi me harcelez-vous de la sorte, Hoke ? Est-ce parce que vous êtes un homme plutôt stupide et intolérant, qui n'accepte pas l'idée que l'Allemagne n'ait pas perdu la guerre, en fin de compte ? Parce que dans les griffes de la défaite le Reich allemand a arraché la victoire avec une arme si terriblement destructrice qu'elle a irrévocablement altéré la destinée de l'humanité ? Parce que les Américains, avec tout leur arsenal sophistiqué et leur puissance financière et industrielle, et les Britanniques, qui n'étaient qu'un peuple épuisé pendu aux basques de son maître l'Oncle Sam, ont soudain perdu face à une armée qu'ils croyaient vaincue ? Est-ce pour cette raison que vous me haïssez à ce point et que vous m'accusez d'être un menteur ? Et n'est-ce pas exactement ce que vous espériez que je dirais, Hoke ? N'est-ce pas le genre de discours fasciste que vous voulez entendre de ma bouche ? N'est-ce pas tout bêtement votre idée de la façon dont un Allemand pense et parle ?

Muriel et Cissie regardaient fixement Wilhelm Stern. Elles étaient visiblement choquées par ce qu'il venait de dire. Le regard vague et la lippe molle, Potter ouvrit la bouche pour parler, mais ne prononça pas un mot.

Mon sourire s'était figé.

– Non, Stern, dis-je après un court silence. Ce n'est pas pour cela que je vous traite de menteur. Voyez-vous, vous avez fait une boulette pendant que nous nous trouvions dans le tunnel du métro. Vous nous avez raconté avoir vu de vos propres yeux des chiens affamés qui erraient dans les ruines de Berlin détruit par les bombardements...

Son expression changea quand il comprit son erreur – une erreur réellement stupide.

– Or il se trouve, Wilhelm, poursuivis-je sur le même ton froid tout en savourant son embarras, que la

RAF n'a pas commencé ses raids sur Berlin avant août 1940, soit quatre mois *après* votre capture et votre internement ici, selon vos dires.

Je me penchai de nouveau sur la table, possédé par une fureur intérieure aussi froide que celle qui habitait ses yeux d'un bleu délavé.

– Qu'avez-vous fait pendant la guerre, Wilhelm ? Je parierais que c'était quelque chose d'assez sale, puisque vous voulez toujours nous le cacher trois ans après la catastrophe. Ouais, il y en avait plein comme vous qui ont échoué en Angleterre, et qui se prétendaient polonais, tchèques, hollandais, belges. Toutes sortes de réfugiés et de demandeurs d'asile, en réalité des espions et des saboteurs. Dans quelle catégorie étiez-vous, Wilhelm ? Avez-vous fait sauter quelques dépôts de munitions ? Peut-être que ces cicatrices sur votre nuque viennent de là, parce que vous ne vous êtes pas sauvé assez vite après avoir allumé les explosifs. Qu'en dites-vous, Wilhelm ? Saboteur ou espion ?

Je ne sais d'où il le tira, mais le pistolet fut dans son poing en un éclair, et il était braqué sur moi. Je me rendis compte qu'il avait délibérément laissé la main qui tenait le cigare bien en évidence sur la table durant tout mon petit exposé. Pendant ce temps l'autre cherchait dans sa poche l'arme qu'il avait dû trouver sur le cadavre d'un soldat ou dans un poste de police pendant sa sortie de la journée. On s'agita à mes pieds, sous la table, et je sentis que Cagney se levait. Nous entendîmes tous son grondement d'avertissement.

– Le pistolet est surtout là pour me protéger, déclara Stern. Je n'ai aucune envie de me battre contre vous, Hoke, mais je ne tiens pas à me laisser tuer par vous.

Le chien se frayait un chemin entre les jambes et les pieds de chaise, sans douceur, et soudain il apparut à peu près entre nous, les babines retroussées sur ses crocs. Il gronda encore, plus férocement. Mais il n'était pas tourné vers l'Allemand. Il faisait face à la porte, à l'autre bout de la pièce.

Profitant de l'instant de distraction de Stern, je glissai de ma chaise, me contorsionnai dans le mouvement pour me retrouver derrière le dossier et plongeai la main dans le holster. Mes doigts se refermaient sur la crosse du colt quand la porte que surveillait Cagney s'ouvrit brutalement.

14

Ma première pensée fut de descendre l'Allemand; la deuxième – qui arriva une fraction de seconde après –, de me mettre à l'abri de la fusillade.

Par chance les Chemises Noires ne tiraient pas pour tuer, seulement pour nous forcer à l'immobilité, mais cela ne marcha pas avec moi. Je plongeai alors que derrière moi le miroir éclatait. Les détonations et les cris des filles emplirent la pièce. Je roulai jusqu'à l'épais pilier central. Des bougies furent hachées menu, dans un coin une lampe explosa et des échardes de boiseries crépitèrent sur la table. Je me redressai sur un genou à temps pour apercevoir Cagney qui filait dans la pièce voisine par la porte ouverte. Excellente initiative, pensai-je tout en risquant un coup d'œil de derrière le pilier, dans l'espoir de localiser l'ennemi qui causait la majorité de ces dommages. Mais il attendait que je me découvre et il arrosa le pilier et l'espace alentour d'une longue rafale qui me força à m'abriter de nouveau. Les tentures des fenêtres étaient déchirées, les vitres brisées. Je restai à couvert. Pas de précipitation inutile. La fusillade cessa brusquement – plus de munitions, supposai-je –, de même que les cris. J'agis aussitôt. Je contournai l'angle du pilier carré, le 45 pointé, à la recherche de ma cible.

De minces volutes de fumée dérivaient dans l'air où flottaient l'odeur âcre de la cordite et celle, plus douce, de la cire. Et d'autre chose, aussi. La puanteur reconnaissable des agresseurs eux-mêmes, une pestilence curieuse évoquant celle de rongeurs, qu'ils transportaient avec eux comme une auréole de saleté.

Cissie s'était blottie sous la table, Potter agenouillé auprès d'elle, tandis que Muriel, livide et tétanisée, s'était plaquée contre le mur. Stern levait haut les mains, en signe de reddition. Son pistolet était posé sur la table. Les Chemises Noires bloquaient l'entrée de la pièce. Leurs tenues sombres en lambeaux et le canon de leurs armes qui balayaient l'étendue de la pièce ne constituaient pas un spectacle très réjouissant. La seule personne toujours en mouvement était le tireur à la mitraillette, qui essayait maladroitement d'insérer un chargeur plein dans sa Sterling. Il ne nous restait qu'une chance, et elle était mince. J'agis sans hésiter. Avant qu'ils aient le temps de bouger, je bondis sur la table, dispersant verres et tasses, et retombai sur mes pieds derrière Stern. Je l'étranglai d'un bras et pointai mon 45 sur sa tempe.

– Plus un geste ! leur lançai-je en m'efforçant de ne trembler ni de la voix ni de la main.

Je plaquai l'Allemand contre moi, en m'en servant comme d'un bouclier.

Cinq ou six miliciens avaient réussi à se glisser dans la pièce et toutes leurs armes étaient braquées sur moi. Le charognard à la Sterling réussit enfin à recharger et leva sa mitraillette à hauteur de poitrine. Il semblait aussi peu sûr de lui que moi.

– L'Allemand est mort si un seul d'entre vous bat d'un cil, prévins-je.

Stern pouvait à peine respirer, encore moins parler, mais évidemment il voulut le faire.

– Ta gueule, le Boche ! grinçai-je à son oreille. Je parie que ça ne t'a pas pris longtemps pour retrouver tes petits copains fascistes aujourd'hui, quand tu as quitté l'hôtel.

Il tenta de se dégager, mais je le tenais fermement et j'appuyai un peu plus le canon du colt contre son crâne, juste pour accroître son inconfort. L'envie de l'abattre faillit me submerger, mais j'avais besoin de lui – nous avions besoin de lui – comme otage.

– Reculez ! ordonnai-je.

D'autres Chemises Noires approchaient, et ce fut moi qui battis en retraite, entraînant ma protection vivante. Je n'aimais pas du tout la folie que je lisais dans leurs yeux sombres, mais peut-être n'appréciaient-ils pas plus celle qu'ils voyaient dans les miens, car ils s'immobilisèrent. Nous eûmes une sorte de temps d'arrêt, qu'on aurait pu considérer comme une légère amélioration de la situation.

– Un seul mouvement suspect, menaçai-je, et la cervelle de votre pote boche finira collée au plafond.

J'avais décidé de descendre celui avec la Sterling en premier, puis de m'occuper de ses deux voisins immédiats, qui avaient chacun deux pistolets. Quand les autres chercheraient à se mettre à couvert, je liquiderais Stern. Ensuite, ce serait à la grâce de Dieu, mais j'avais une certitude : jamais je ne les laisserais me prendre vivant. Je me préparai à changer de cible et l'Allemand se raidit un peu plus, à croire qu'il avait deviné mes intentions.

– Mais bien sûr, monsieur Hoke, abattez donc notre ami boche présumé, si cela peut vous faire plaisir.

La voix provenait du couloir à l'extérieur de la Pinafore Room et je sus immédiatement à qui elle appartenait, bien que je ne l'eusse jamais entendue qu'à la BBC auparavant, et au tout début de la guerre. J'ignorais qu'il connaissait mon nom, puis je compris qu'il l'avait appris le jour même, et que celui qui le lui avait révélé me servait de bouclier.

A la porte, les miliciens s'écartèrent légèrement pour permettre à leur chef de passer. Sir Max Hubble apparut, soutenu par McGruder d'un côté et s'appuyant sur son épaisse canne de l'autre main. Ce qui restait de la lumière des bougies n'adoucissait en rien cette apparition et j'entendis une des filles – Cissie, je crois – pousser une exclamation horrifiée. Hubble s'arrêta en vacillant, à l'intérieur de la pièce.

– Eh bien, monsieur Hoke, vous n'allez pas tuer cet homme ?

Sa voix chuintante était teintée de moquerie, comme s'il appréciait fort la situation, ou le bluff.

Mais je n'avais plus rien à perdre, et j'étais prêt à jouer la partie jusqu'au bout.

– A moins que vous ne bougiez tous de façon à nous permettre de sortir, oui, je vais le descendre.

Stern essaya de desserrer l'étau de mon bras et marmonna quelque chose dans ma manche, que je ne saisis pas. J'accentuai ma prise, l'étouffant à demi.

– Voilà ce que nous allons faire, dit Hubble. (Et sous la fine moustache ses lèvres bleuâtres esquissèrent un sourire.) Nous allons le tuer pour vous.

Il adressa un regard autoritaire à l'un de ses hommes, qui leva son pistolet et le pointa vers la tête de Stern.

Ouais, bien sûr, vas-y, pensai-je, puis je vis le doigt de la Chemise Noire qui se crispait sur la détente.

– Bordel, soufflai-je.

– Non !

C'était Muriel qui venait de crier. Elle se précipita entre nous et les Chemises Noires et se campa face à Hubble.

– Vous avez dit que personne ne serait blessé. Vous avez promis.

Je n'en croyais ni mes yeux ni mes oreilles. Le 45 tremblait un peu dans ma main tandis que je contemplais son dos. Je distinguai un mouvement sur le côté : Cissie se relevait de sous la table et regardait son amie, bouche bée.

– A l'Américain de décider, entendis-je Hubble railler. Il a le choix entre poser son arme et se rendre ou nous obliger à tirer sur cette personne devant lui, puis sur lui. Nous disposons d'autre sang, à présent.

Le poing de Cissie s'abattit sur la table, et elle faillit déclencher quelques tirs.

– C'est toi qui les as amenés ici ! cria-t-elle à Muriel. Tu nous as trahis. Mon Dieu, comment as-tu pu faire une chose pareille ?

Malgré l'éclairage vacillant des bougies, je vis une pâleur soudaine envahir le visage de Muriel quand elle se tourna vers son accusatrice.

– Le père de miss Drake et moi étions de grands amis, dit Hubble qui comme Muriel se tourna vers Cissie, mais en pivotant du torse entier, car son cou avait perdu toute flexibilité. Nos principes, nos idéaux étaient semblables. En ce sens, qu'y a-t-il donc de surprenant à ce que la fille de lord Drake partage ces mêmes valeurs ?

Je dois admettre que je n'ai jamais été très doué pour les papotages, et après trois années sans discuter avec quiconque, hormis ces deux derniers jours, je ne fus pas surpris de constater que ce genre d'occupation ne m'intéressait toujours pas. D'ailleurs, pourquoi tergiverser ? Je savais tout ce que je voulais savoir.

Repoussant Stern de côté, je logeai une balle dans la gorge de l'homme au pistolet qui visait l'Allemand. J'aurais bien abattu Hubble ensuite, mais Muriel était entre nous et autant j'en étais subitement venu à la mépriser, autant ce bon vieux code de l'honneur m'interdisait de lui tirer dans le dos. Je visai donc celui avec la Sterling, qui allait entrer en action de nouveau. Je ne le touchai qu'au bras, mais l'impact suffit à le faire hurler et à le propulser en arrière. Il percuta trois autres Chemises Noires, ce qui créa assez de désordre pour me laisser le temps de me jeter sur la table et de rejoindre Cissie. Je la repoussai d'un coup de coude pour avoir l'espace de tirer.

Elle poussa un cri d'alarme quand d'autres salopards pénétrèrent par les doubles portes communiquant avec la Princess Ida Room, et je compris alors que nous n'avions aucune chance. Mes seuls atouts étaient mon 45 et ma rapidité, mais je ne pouvais pas les abattre tous, et je n'avais nulle part où m'abriter.

Quelque chose – Dieu seul sait quoi – me heurta rudement en plein front et je m'écroulai, assommé. L'instant suivant, des bottes et des crosses de fusil me frappaient aux bras et dans les côtes. On m'arracha le colt de la main. Des éclairs aveuglants éclatèrent dans mon crâne, et quelque part très loin de moi quelqu'un se mit à hurler.

Tout ce que je pouvais faire – et je n'avais pas d'autre choix – était de me réfugier dans mon sanctuaire intérieur. Les lumières s'estompèrent très vite, pour céder devant des ténèbres totales. J'aimais ces ténèbres, oh oui, je les aimais beaucoup...

15

Une douleur sourde mais subite m'éveilla à demi ; la brûlure de la deuxième claque – il pouvait tout aussi bien s'agir de la troisième, ou de la quatrième – me fit ouvrir les yeux. Je les refermai aussitôt et une gifle supplémentaire, cette fois appliquée sur l'autre joue, me convainquit de les garder ouverts. Je dus toutefois cligner des paupières à plusieurs reprises, en partie parce que la luminosité du lieu m'éblouissait, mais surtout parce que je n'arrivais pas à croire ce que je voyais.

La lumière était partout, les lustres massifs pendus au plafond et les lampes basses disposées tout autour du grand salon la déversaient à gogo. Pourtant une clarté plus vive encore entrait par les portes vitrées et les fenêtres du restaurant donnant sur la rivière, à l'extrémité du salon, autant que du hall et de l'entrée principale. Pendant un moment je me dis que je rêvais, que j'imaginais le grand hôtel revenu à sa gloire défunte. Puis je remarquai les cadavres décomposés, dont beaucoup étaient avachis dans les fauteuils confortables mais poussiéreux, tandis que d'autres gisaient sur la moquette du plancher. Ceux-là, on les avait poussés de côté avec les meubles afin de dégager un espace au centre de la grande pièce. Des Chemises Noires s'affairaient toujours à l'agrandir. Ils déplaçaient les tables basses et les fauteuils, sans se soucier de la vaisselle qu'ils renversaient ou faisaient tomber, ils jetaient des corps en tas contre les murs tapissés de miroirs, changeaient de place ceux qui étaient étendus sur le sol, et tant pis si un crâne tombait en poussière ou si une main squelettique se désagrégeait en une collection d'osselets.

Je levai les yeux sur l'homme qui m'avait frappé et lâchai un grognement de dégoût en découvrant ses yeux morts, le sang séché autour des paupières noircies, les ulcérations et la décoloration due à la cyanose sur les joues et les mâchoires. Il me sourit, ce qui révéla des gencives sanguinolentes. Instinctivement je voulus lui faire ravaler cette expression par un bon coup de poing, et je me rendis compte que mes poignets étaient ligotés aux accoudoirs rembourrés d'un fauteuil à haut dossier, le genre de siège confortable mais assez strict dans lequel les clients du Savoy avaient naguère savouré leur thé de l'après-midi ou leur apéritif d'avant le dîner.

Je reprenais peu à peu tous mes sens, et quand je vis que ma chemise avait été déchirée pour mettre à nu mon bras et mon épaule gauche, je commençai à soupçonner ce qui se préparait. La panique me saisit et je gigotai pour me libérer, en pure perte évidemment, tandis que le malade auprès de moi se penchait pour se régaler de mes efforts inutiles. Je cessai en découvrant Stern, Cissie et Potter agenouillés non loin de moi, et entourés par un groupe de miliciens qui les menaçaient avec des armes diverses – couteaux, gourdins aussi bien que pistolets. C'est alors qu'arriva Hubble, aidé pour descendre l'escalier menant au hall d'entrée par McGruder et un autre homme, son corps décrépit prêt à le trahir. Son sourire en m'apercevant ne fut rien de plus qu'une grimace pénible.

– Cet éclairage n'est-il pas merveilleux ? chuinta-t-il en approchant, ses yeux marbrés de rouge levés vers les lustres. Il y a si longtemps que nous n'avons été témoins d'une telle splendeur, si longtemps...

Il fit une courte halte pour contempler les prisonniers agenouillés, hocha la tête comme s'il les comptait, avant de reprendre sa difficile progression vers moi. Derrière lui, Muriel descendait l'escalier à son tour. Il y avait dans son attitude une fierté de façade que je ne jugeai pas totalement convaincante, et j'eus l'impression qu'elle faisait effort pour garder la tête haute et éviter le regard accusateur de son amie

Cissie. Elle passa devant les prisonniers sans baisser les yeux sur eux, malgré Cissie qui l'appelait à mi-voix.

Hubble s'arrêta devant moi. Ses deux mains étaient posées sur sa canne, ses doigts griffus pareils à des serres noircies crispées sur le pommeau, tandis que ses deux aides se tenaient tout près de lui, au cas où il vacillerait. Il était atteint d'un tremblement de vieillard – et il dégageait la puanteur d'un vieux cadavre.

Et il continuait de regarder autour de lui, son torse tordu pivotant en même temps que sa tête, pour admirer les lustres puis le vaste salon tout entier, ses yeux mi-clos comme s'il cherchait à écarter les visions les plus désagréables de ce spectacle.

– Si l'on omet quelques petits détails, on pourrait croire que le Savoy est revenu à l'époque de sa grandeur, soliloqua-t-il.

Il parlait d'une voix aux intonations voilées et sifflantes, aussi fine et fragile que ses os, et, planté là dans son uniforme trop grand, voûté sur sa canne, les replis de sa peau pendant de son cou de poulet, ses sbires autour de lui, il me fit penser à un très vieux vautour. Il reprit son discours, plus pour lui-même qu'à mon adresse :

– Le générateur à essence de l'hôtel a été si facile à remettre en marche... Il n'a fallu à mes hommes, ceux qui connaissent ces choses, que vingt minutes à peine, même après toutes ces années. Je suis surpris que vous n'ayez pas tenté de le faire fonctionner vous-même, monsieur Hoke ; mais je suppose que la dernière chose que vous souhaitiez était d'attirer l'attention sur votre lieu de résidence, n'est-ce pas ?

Certaines de ses paroles étaient difficiles à comprendre ; elles semblaient presque prononcées d'une autre pièce. Mais il méritait une réponse, et je n'allais pas le mécontenter :

– Espèce de salopard de détraqué...

Il leva une main tremblante pour m'intimer le silence et, je dois l'admettre, je lui obéis. De toute façon, que pouvais-je lui dire qu'au fond de sa carcasse pourrie et de son cerveau malade il ne sût déjà ?

Il se tourna vers moi, pencha la tête. L'odeur me donnait la nausée.

– C'est étrange, n'est-ce pas ? marmonna-t-il entre ses dents. Tout ce temps passé à vous donner la chasse, et nous n'avons jamais eu un moment pour converser.

– Je ne pensais pas que nous avions grand-chose à nous dire, rétorquai-je en essayant d'éviter le souffle abominable qu'il exhalait.

Muriel nous rejoignit.

– Vous êtes contente, Muriel ? m'enquis-je en regardant derrière Hubble. Trahir vos amis pour ces nazis de troisième ordre vous a enchantée, je suppose ? Tel père telle fille, n'est-ce pas ?

– Mon père aurait sacrifié avec joie sa vie pour son pays, répliqua-t-elle avec une colère qu'elle ne cherchait pas à maîtriser. Mais il a reconnu le poison qui affaiblissait insidieusement notre nation.

– Ah. Le poison juif, c'est ça ?

Mes idées commençaient à s'éclaircir, mais je n'en étais que plus conscient de la douleur lancinante qui me brûlait dans diverses parties de mon corps, résultat du passage à tabac dont on m'avait gratifié. Merde, et dire que je n'étais pas encore remis des plaies et des bosses héritées de ma dernière entrevue avec ces barjots...

Hubble n'avait pas apprécié mon ton sarcastique.

– Même le roi d'Angleterre qui avait abdiqué était conscient du péril juif, comme beaucoup d'autres personnes influentes de son entourage. Si votre gouvernement n'avait pas été à la botte des créanciers et des usuriers sémites, s'il n'avait pas eu aussi peur de son prolétariat qui se plaignait continuellement et demandait toujours plus, ces éternels mécontents qui méprisaient l'ordre social naturel, alors peut-être que le monde aurait pu profiter d'un avenir très différent, d'un avenir glorieux...

– Oh, bordel... grommelai-je, écœuré.

– Les Juifs ont assassiné le Christ, monsieur Hoke.

Un peu de vie était revenue dans ces yeux morts. La résurrection par le fanatisme.

– Le duc de Windsor et d'autres représentants de la noblesse se seraient volontiers alignés sur la vision merveilleuse qu'Adolf Hitler leur proposait pour l'humanité, continua-t-il, son sermon semblant réchauffer ses forces et même améliorer un peu sa diction. Et ils n'auraient pas été les seuls. Beaucoup de meneurs d'opinion, beaucoup de personnalités – des académiciens, des industriels, des militaires aussi – auraient rejoint la croisade destinée à purger notre civilisation de cette corruption rampante et de ces races dégénérées, et, oui, des négociations discrètes entre nous-mêmes et des émissaires de Hitler qui auraient bénéficié à la fois à l'Allemagne et au Royaume-Uni étaient en bonne voie, avant que ce fou de Chamberlain ne soit poussé à déclarer la guerre à une nation qui aurait dû devenir notre meilleur allié...

Pendant qu'il délirait, quelque chose m'était apparu et une fois de plus je regardai Muriel derrière lui.

– Vous ne nous avez pas affirmé que vos propres frères combattaient le fascisme, l'un dans la Navy, l'autre dans la RAF ? lui lançai-je.

– Il était de leur devoir de défendre leur pays, répondit-elle, la colère ramenant un peu de couleur sur son visage. Cela ne signifie pas qu'ils aient été d'accord avec l'hostilité que notre gouvernement abusé affichait contre l'Allemagne.

Il existait probablement une logique tordue dans son raisonnement, mais je n'étais pas d'humeur à chercher à la comprendre.

– Dites-moi une chose : pourquoi nous avoir livrés à cette horde de cinglés ? Je pensais qu'eux au moins (du menton, je désignai le trio toujours agenouillé) étaient vos amis...

– Ce n'est pas évident ? répliqua-t-elle d'un ton froid, en se contrôlant de nouveau. Il fallait sauver sir Max. L'ironie de la chose, c'est que je l'ai reconnu sur les marches de la National Gallery quand nous sommes venus à votre secours, il y a trois jours. Mais je ne pouvais rien faire à ce moment, tout s'est passé trop vite.

Du coin de l'œil je vis un homme émacié qui approchait. Une autre Chemise Noire l'aidait à retirer le haut de son uniforme. Ses yeux étaient énormes et paraissaient hantés, comme si les paupières assombries s'étaient racornies autour des globes.

– Le monde, ou ce qu'il en reste, doit trouver un nouveau système, continuait à pérorer Muriel. Et nous n'instaurerons le bon système qu'à travers des leaders tels que lui, vous ne le comprenez donc pas ? Nos vies ne sont pas aussi importantes que la sienne.

– Alors offrez-lui votre sang, suggérai-je, narquois.

– Inutile, quand je peux choisir le vôtre, intervint Hubble.

Il s'écarta d'un pas traînant pour laisser l'homme trop maigre s'approcher de moi, et je grimaçai en voyant les hématomes qui couvraient les bras et le torse nus. Ses compagnons placèrent une petite sacoche noire semblable à celle d'un médecin sur le tapis à mes pieds, et l'ouvrirent. Pendant qu'un autre milicien étalait une nappe mitée sur le sol près du siège où j'étais ligoté, celui à la sacoche en tira une longueur de tube en plastique terminée aux deux extrémités par des aiguilles, et quelques pinces métalliques.

– Vous ne pigez pas ? fis-je à l'intention de Hubble. C'est idiot. Ça ne marchera pas. Il faut que vous soyez du même groupe sanguin pour qu'une transfusion vous aide. Vous allez seulement nous tuer tous les deux en faisant ça.

Hubble se tourna vers moi, et dans ses yeux dansait toujours cette lueur folle.

– Mais je n'ai rien à perdre, monsieur Hoke. Si l'expérience échoue, cela ne signifie qu'une mort différente. (Peut-être eut-il un bref rire de gorge alors, à moins qu'un caillot de sang ne l'ait fait tousser bouche fermée.) Et puis nous allons d'abord tester la procédure sur ce noble volontaire...

L'homme à moitié nu, qui s'installait sur la nappe, leva vers Hubble les yeux d'un adepte vénérant son dieu vivant.

– Il mourra, promis-je.

– Il est préparé à cette éventualité. Monsieur Hoke, savez-vous qu'il y a de cela des siècles les Incas de l'Amérique du Sud ont régulièrement opéré des transfusions sanguines, avec des instruments beaucoup plus primitifs que les nôtres, et que, selon les sources historiques à notre disposition, beaucoup de ces opérations ont été couronnées de succès ? Il suffit de pratiquer deux petites incisions dans les veines appropriées et de laisser la gravitation faire le reste...

Wilhelm Stern était assez proche pour être clairement entendu de Hubble comme de moi :

– Mais cette pratique a également été interdite au dix-septième siècle, à cause des nombreuses morts que ces transfusions entraînaient.

J'étais heureux de son intervention, mais je me demandai s'il l'avait faite pour mon bénéfice ou simplement parce qu'il n'aimait pas l'idée d'être le prochain cobaye sur la liste.

– Personne ne savait rien sur les groupes sanguins alors. Pour ces gens, du sang était du sang, et il n'y avait aucune différence, appuya-t-il. Les transfusions réussies étaient celles entre personnes qui par chance appartenaient à des groupes sanguins compatibles. *Mein Gott*, ils ont même utilisé du sang de cochon et de mouton, à cette époque ! Muriel – miss Drake –, faites comprendre à cet homme, expliquez-lui que ce qu'il va tenter est voué à l'échec...

– Je ne suis pas médecin, rétorqua-t-elle d'un ton sec. Comment pourrais-je lui affirmer quelque chose dont j'ignore tout ?

Les yeux de Cissie s'étaient écarquillés, et elle intervint d'un ton implorant :

– Tu as vu toi-même ce qui s'est passé au sanatorium, tu sais comment leurs expériences ont échoué à chaque fois...

– Nous ne savions rien du tout ! Ils ne voulaient même pas nous parler de notre propre cas, ils nous gardaient dans l'ignorance de tout ce qu'ils faisaient !

– Si des types sanguins différents pouvaient être mélangés, les médecins se seraient sauvés en premier ! argumenta Cissie.

Irrité par cet échange, Hubble frappa le flanc de mon siège avec sa canne.

– Il y a une chose qu'ils n'ont pas essayée, j'en suis sûr, fit-il de sa voix chuintante. Ils n'ont pas pris l'intégralité du sang du donneur pour le transfuser dans le système sanguin totalement vidé du receveur.

C'était complètement aberrant, et à présent j'avais la preuve qu'il était fou. Son état mental avait-il toujours été aussi fragile, ou le mal qui le rongeait avait-il aussi fait pourrir sa cervelle ?

– C'est ridicule, espèce de connard de taré !

Je ne pus m'en empêcher, il fallait que je lui fasse part de mon opinion.

Cette fois sa canne heurta le côté de mon crâne. Le coup était trop faible pour me blesser vraiment, et j'eus la satisfaction de le voir vaciller. Seul McGruder à son côté lui évita la chute. Un siège fut promptement apporté et, quand ils l'eurent installé, à environ deux mètres face à moi, je remarquai qu'il tremblait de la tête aux pieds. Sa poitrine se soulevait par à-coups tandis qu'il s'efforçait de reprendre son souffle.

– Non, ce n'est pas ridicule, insista-t-il entre deux halètements, comme si c'était moi le fou. Le sang du receveur sera lentement pompé pendant que le sang du donneur sera injecté dans ses veines au même rythme.

J'éclatai de rire. Peut-être étais-je un peu hystérique, mais honnêtement je commençais à apprécier l'humour involontaire de ce raisonnement tarabiscoté. C'était outrageusement, magnifiquement simpliste.

– Vous tuerez deux personnes.

Stern parlait autant pour lui que pour moi. Ils me tueraient de toute façon, qu'ils pratiquent ou non la transfusion sur moi, mais j'aurais préféré la mort rapide offerte par une balle bien placée, plutôt qu'une lente agonie pendant qu'on me saignait.

– Votre homme mourra d'une perte de sang trop importante avant que son corps n'accepte le sang nouveau, reprit Stern, qui avait adopté le ton précis et autoritaire d'un professeur expliquant un problème difficile à un enfant peu éveillé. L'incompatibilité entre les groupes sanguins n'en sera même pas la cause : vous tuerez ce pauvre type aussi sûrement que si vous lui aviez tranché la gorge avec un couteau.

– Son sang sera remplacé aussi vite qu'il sera perdu !

L'exclamation fit tousser encore une fois Hubble, et McGruder le regarda d'un air inquiet. Le chef des Chemises Noires porta un mouchoir à ses lèvres, son corps se plia sur le siège et ses épaules tressautèrent tandis que des spasmes le parcouraient. Quand il se redressa et qu'il écarta le mouchoir de sa bouche, je vis que le carré de tissu était maculé de sang. Il prit une longue inspiration et je perçus un chuintement distinct qui montait de sa poitrine. Ses yeux étaient voilés par les larmes, et l'éclat de folie en avait disparu.

– Nous perdons du temps, dit-il d'une voix faible. Commençons.

Quelqu'un derrière moi me plaqua les épaules contre le dossier de ses deux mains, et le dégénéré à la sacoche noire brandit son tube, un sourire stupide sur le visage.

– Attendez, attendez une minute ! lançai-je, gagné par le désespoir. Ecoutez. Il n'y a que quatre d'entre nous à avoir le type sanguin qui résiste à la Peste Ecarlate, cinq si l'on compte la moucharde ici. (J'indiquai Muriel du menton, mais elle ne me regarda même pas.) Vous ne pigez pas ? Même si les transfusions marchaient, vous ne pourriez sauver qu'une poignée d'entre vous. Le reste mourra.

– Ah, donc vous admettez que les transfusions pourraient « marcher », contre-attaqua Hubble, que cette notion semblait emplir d'aise.

Je secouai la tête avec rage.

– Il n'y a pas une chance. J'applique simplement le bon sens.

Il me sourit, ce qui découvrit ses dents jaunâtres.

– Cette première transfusion sera notre test, et ce sera une réussite. A notre deuxième ou troisième essai, la procédure sera parfaitement au point.

Je comprenais maintenant pourquoi Hubble était disposé à attendre : s'il y avait une erreur, qu'elle tue le premier cobaye, le deuxième même, de façon que tout risque soit écarté quand son tour viendrait. Après tout, il n'était peut-être pas si fou que ça.

– Ensuite, nous sortirons des limites de la ville pour explorer les banlieues et la campagne environnante, où nous trouverons d'autres survivants tels que vous. Finalement chacun d'entre nous sera sauvé... (Il se tourna vers ses subordonnés et aboya l'ordre avec une vigueur surprenante :) Attachez-lui le tube ! Miss Drake, si vous voulez être assez aimable pour aider à l'opération... Je suis sûr que vous avez appris quelques petites choses sur les transfusions pendant votre long séjour au sanatorium...

Je n'étais pas certain de l'expression que je saisis sur son visage quand elle se pencha sur moi. Etait-ce de la peur, ou un bon vieux remords ? Commençait-elle à regretter d'avoir trahi ses amis ?

– Ecoutez-moi, lui murmurai-je alors qu'elle orientait l'intérieur de mon poignet sous le lien pour exposer les veines de mon avant-bras. Dites-leur que ça ne marchera pas. Pensez à nous, Muriel, pensez à Cissie. Vous voulez qu'elle soit tuée ?

Elle répondit sur le même ton :

– Elle est juive, non ?

Je relevai vivement la tête et me cognai l'occiput contre le dossier du fauteuil. Je ne sais pas pourquoi, j'aurais pourtant dû m'en douter, mais j'étais choqué. Sous le masque doucereux de la vieille noblesse anglaise battait le cœur d'une vipère. Et pendant les trois jours où je l'avais fréquentée, où je lui avais parlé de ma famille, des raisons qui m'avaient poussé à rejoindre cette foutue guerre bien avant que mon pays soit forcé de sauter le pas, où je lui avais fait l'amour et avais dormi avec elle, pas un instant je n'avais soupçonné la haine qu'elle nourrissait pour son prochain, ni les préjugés qui avaient contaminé son esprit au point qu'elle croyait que son allégeance devait aller à un fanatique fasciste prêt à trahir son propre pays. Non, je me trompais : en fait, elle n'avait jamais rien caché. La vérité, c'est qu'aucune de nos conversations ne nous avait permis d'approcher le côté extrémiste de sa nature. Je ne l'avais pas questionnée – et sans doute pas plus Cissie depuis qu'elle la connaissait – sur son opinion concernant les Juifs, les Noirs, les Tsiganes, je n'avais pas discuté avec elle d'Adolf Hitler et de son idéologie fondée sur la race supérieure, du fascisme, du nazisme. Je n'avais même pas mentionné ces sujets. Et personne ne lui avait demandé si elle était prête à livrer ses amis aux gens qui désiraient voler leur sang. Non, elle n'avait pas menti. Simplement, elle n'avait pas été honnête.

Et je m'interrogeai une fois encore sur ce que j'avais cru déceler dans son regard. C'était de la peur, pas du remords, j'en étais certain à présent. Pourquoi avait-elle peur ? La réponse me vint subitement.

– Vous vous rendez compte que ce sera votre tour, tôt ou tard, n'est-ce pas ?

J'eus le plaisir de la sentir hésiter une fraction de seconde. Je la vis repousser l'insupportable vérité, avec à peine une légère altération dans son expression, et je sus qu'il n'y avait plus rien à faire. Une rage impuissante monta en moi quand elle tendit la peau de mon avant-bras gauche, repoussant les muscles afin de localiser une veine en particulier.

D'autres miliciens apportèrent des seaux métalliques qu'ils posèrent près de l'homme étendu à côté de mon fauteuil. L'homme à la sacoche en tira un scalpel.

– Encore une question, Muriel, dis-je pour retarder l'inévitable. Comment avez-vous trouvé ces gens ?

Comment saviez-vous où les chercher ? Malgré toutes ces années passées à jouer au chat et à la souris avec eux, moi je n'ai jamais réussi à connaître l'emplacement de leur repaire. Si j'avais pu localiser leur quartier général, c'est sans doute moi qui serais allé les débusquer...

Hubble répondit pour elle et, malgré son état chancelant, il le fit avec un plaisir manifeste :

– Un homme contre une forteresse ? J'ai du mal à l'imaginer, mon cher et prétentieux ami américain. Voyez-vous, vous aviez votre palais, et moi j'ai mon château... (Il essuya un peu de salive avec son mouchoir taché de sang.) Mais miss Drake a simplement utilisé son bon sens, et elle est retournée vers l'endroit où elle nous avait vus la première fois. La National Gallery est un de nos centres de surveillance, du moins dans nos efforts pour vous capturer. Il ne vous est pas venu à l'idée que certains de mes hommes se sont contentés de suivre votre chien bâtard jusqu'au palais ? Comment croyez-vous que nous ayons fini par vous localiser ? Parfaitement conscients de vos dons pour nous échapper, nous avions disposé des véhicules à autant de carrefours principaux que possible, tous contrôlés depuis la grande galerie, à Trafalgar Square. C'est là que miss Drake est tombée sur plusieurs de mes soldats toujours en poste, à dix minutes de marche à peine de cet hôtel. Ensuite, il suffisait d'attendre le bon moment, quand vous seriez tous détendus, après un bon repas, et peut-être même un peu plus, sous l'effet de l'alcool. Ce plan a très bien fonctionné, vous ne trouvez pas ?

J'éprouvai une vive douleur quand Muriel enfonça l'aiguille creuse dans une veine. Elle plaça une pince métallique sur le tube en plastique alors que le sang commençait à couler. L'homme allongé sur le sol se mit soudain à crier quand celui à la sacoche incisa son poignet et le maintint au-dessus d'un des seaux. Muriel ôta la pince et le sang emplit rapidement toute la longueur du tube pour s'échapper en un filet sombre par l'autre aiguille. Assurée qu'elle n'injecterait pas de bulle d'air dans les veines du récepteur, elle planta l'aiguille dans son bras.

– Vous êtes en train de m'assassiner, dis-je paisiblement.

Elle se détourna.

– Tu ne peux pas lui faire ça ! hurla Cissie.

Elle avait réussi à se redresser, mais un des gardes la saisit par les cheveux et la fit retomber. Révolté par ce geste, le vieil Albert Potter se mit debout pour la défendre et repoussa la Chemise Noire d'une bourrade. Wilhelm Stern décida lui aussi qu'il était temps de réagir. Il agrippa le fusil du garde le plus proche, et s'en servit pour se mettre sur pied. Un autre intervint aussitôt en lui assenant un coup violent à la nuque. L'Allemand mit un genou à terre et leva les bras pour arrêter le coup suivant. Cissie pivota sur ses talons, en dépit de la main qui lui tenait toujours la chevelure, et lança son genou dans l'entrejambe de son agresseur. Celui-ci poussa un couinement de douleur et lâcha prise.

Mais tout fut terminé en quelques secondes. D'autres Chemises Noires les submergèrent. Ils les frappèrent avec des matraques, les jetèrent au sol en les bourrant de coups de pied alors qu'ils gisaient impuissants. Et je ne pouvais rien faire pour les aider.

Malgré tous mes efforts, je ne parvenais pas à libérer mes bras. Mais je pouvais utiliser mes pieds.

Muriel s'écarta d'un bond juste avant que je lui décoche un coup de pied, et l'homme derrière moi qui pesait sur mes épaules accentua son action. D'autres miliciens, dont McGruder, se ruaient vers moi. Je plantai les talons dans le tapis, ma main droite se referma sur l'extrémité de l'accoudoir et je me redressai en détendant les jambes. Derrière moi, le garde essayait désespérément de me bloquer. Le siège partit sur le côté et sciemment j'accentuai le mouvement.

Le garde fit de son mieux pour le maintenir droit, mais je poussai de toutes mes forces sur mes jambes. La première Chemise Noire me percuta, et son poids ajouté au mien fit complètement basculer le fauteuil, qui tomba en arrière et sur le côté. Nous heurtâmes le sol pêle-mêle. Le siège écrasa l'homme allongé à terre, et je sentis quelque chose se détacher d'une saccade.

Nous gisions là, désorientés un instant, et l'homme derrière moi tenta faiblement de repousser le poids du fauteuil. Pendant quelques secondes il y eut un silence étrange, et on eût dit que tout le monde restait muet de surprise. Ma tête reposait sur de la chair nue et mes poignets étaient toujours ligotés aux accoudoirs du siège. Je vis le tube, à quelques centimètres de moi. L'aiguille métallique manquait, et du sang s'écoulait de la section ouverte. Le milicien qui m'avait bousculé essayait de se relever, et son odeur ajoutée à celle de son compagnon renversé par le siège me saisit à la gorge.

J'étais prêt à abandonner. Aussi malades que soient ces clowns lugubres, ils étaient en trop grand nombre.

Mon corps s'affaissa, vaincu par la douleur et le désespoir. Cette fois, c'était réellement le bout du voyage.

C'est alors que je perçus un son familier. Une sorte de grondement, au loin.

16

Il ne fallut pas longtemps au pilote du bombardier allemand pour repérer sa cible dans la nuit : il avait dû voir l'hôtel à vingt kilomètres de distance. Je levai la tête et me rendis compte que tout le monde avait les yeux rivés au plafond, comme si le bruit provenait de l'étage. Les lustres se mirent à cliqueter.

Il y eut une déflagration titanesque et toutes les vitres des fenêtres du restaurant mitoyen furent soufflées. Une mitraille d'éclats de verre et de pierre fut projetée par l'ouverture de la porte dans la pièce où nous nous trouvions. Tout le bâtiment parut ébranlé sur ses fondations. Les lustres oscillaient dans les tourbillons d'air créés par l'explosion, les murs et les piliers autour de nous vibraient, et des nuages de poussière en tombaient. Les grands miroirs se craquelèrent et les meubles furent poussés en avant, comme par un raz de marée invisible. Les cadavres fragiles se désintégrèrent et leurs débris s'envolèrent, tandis qu'étaient projetés vers nous tasses, soucoupes, assiettes et verres.

Certaines Chemises Noires se jetèrent au sol et se couvrirent la tête des deux mains, d'autres cherchèrent à se protéger du danger là où ils étaient. Ceux-là eurent moins de chance. La force de la déflagration les déséquilibra, et ils s'écroulèrent contre les meubles ou les piliers. Le rugissement de l'explosion engloutit leurs faibles cris. J'eus de la chance : le dossier du fauteuil formait bouclier, ainsi que le milicien affalé sur moi.

Même ainsi, le siège, le garde et moi glissâmes sur le sol tandis que des rafales de verre et de débris divers déchiraient l'obstacle trop tendre des vêtements et des chairs. La Chemise Noire hurla et roula loin de moi. Il se tordit un instant en essayant d'ôter de son cou le couteau de verre d'un éclat de vitre qui y était fiché.

Les liens se desserraient à l'un de mes poignets, et il ne me fallut pas longtemps pour me dégager. Je me tortillais sur moi-même pour m'attaquer à l'autre de ma main libre quand une explosion monstrueuse bouleversa de nouveau l'univers. La deuxième bombe avait dû toucher le toit du Savoy de plein fouet, car les bruits de craquements et les grondements s'amplifièrent tandis qu'elle transperçait les étages supérieurs. L'explosion finale faillit bien démolir toute la bâtisse. Des torrents de poussière se déversèrent du plafond et ouatèrent l'éclat des lumières dans un brouillard étouffant.

Bien que secoué, et malgré le carillonnement incessant dans mes oreilles, je m'acharnai sur mes liens. Fébrilement je plaçai un pied contre l'accoudoir et m'arc-boutai comme un galérien qui voudrait rompre ses chaînes. L'accoudoir se détacha du siège, d'un coup, à l'instant où la troisième bombe atteignait une autre partie de l'hôtel, plus près du salon principal. L'ange de la vengeance nocturne profitait de son aubaine et je savais qu'il était déjà en train de virer sur l'aile pour revenir sur sa cible. Je libérai enfin mon poignet de l'accoudoir. Une partie du plafond à moulures se craquela, juste au-dessus de moi. Un lustre s'écrasa sur le sol, suivi d'un autre, et celui-là pulvérisa le tableau macabre de cadavres pétrifiés devant un thé éternel dans un coin de la pièce depuis trois ans. Tout près de leur table deux piliers de marbre oscillèrent puis s'abattirent lourdement, entraînant avec eux une portion du plafond, et des flammes venues de l'étage supérieur cascadèrent avec une pluie de débris. Tout autour de moi s'élevaient des cris et des plaintes, tandis que les miliciens essayaient de fuir. J'en vis deux disparaître sous un torrent de gravats quand une autre portion du plafond céda. Agenouillée, une femme à l'uniforme noir en lambeaux, sa chevelure blanchie par la poussière de plâtre, essayait de retirer de sa poitrine le morceau de verre en forme de cimeterre qui lui traversait le corps de part en part. Quand enfin elle y parvint, un flot de sang s'échappa de l'énorme plaie, et elle tomba d'une pièce à la renverse.

Une sorte de crépitement bas et puissant m'avertit de nouveaux ennuis sur ma droite. Une énorme vague de feu roulait vers nous en provenance du grand hall d'entrée. Elle dévorait tout sur son passage, calcinait instantanément tapis, lambris et meubles. Je me jetai au sol et me recroquevillai en position fœtale, bras repliés sur le crâne. J'eus peur que cette marée incandescente ne s'arrête qu'à l'autre bout de la bâtisse. Je sentis un souffle brûlant me gifler et battre aussitôt en retraite. Quand je relevai la tête, je vis que les flammes étaient aspirées vers le hall. Sans doute l'une des bombes était-elle du type incendiaire. Le feu dévorait toujours le haut de l'espace où se trouvait la volée de marches menant à l'entrée principale, et il avait laissé des flammèches un peu partout. Des silhouettes s'agitaient devant l'éclairage du brasier, paniquées, sans savoir par où se sauver. Des nuages d'une épaisse fumée noire débordaient maintenant les foyers d'incendie. Les lumières se mirent à décliner.

A quelques pas de moi seulement, Hubble gisait sur le flanc, son fauteuil sur lui, et pendant un instant, dans toute cette confusion, nos regards se croisèrent. A présent de petites aiguilles de feu dansaient dans ses yeux sombres, et j'eus l'impression d'avoir un aperçu de la haine incandescente qui vivait dans son âme. Il ouvrit la bouche et lança quelque chose que je ne pus comprendre dans la tempête de cris, de craquements, de grondements, et le crépitement de l'incendie.

Je me remis sur pied et restai là un moment, indécis, à demi accroupi. Mes articulations étaient raides et j'avais le vertige. La poussière et la fumée m'étouffaient, et la cacophonie ambiante m'assourdissait. Alors que je levais les mains vers mon visage pour m'essuyer les yeux, je me rendis compte que l'aiguille était toujours plantée dans mon bras. Je l'arrachai et la jetai au loin. Pas le temps d'arrêter le saignement : il fallait que je sorte d'ici avant que les Chemises Noires se reprennent ou que tout le plafond nous tombe dessus. Pourtant je déchirai ce qui restait de ma chemise et tamponnai rapidement la plaie avant de jeter le tissu imbibé sur le sol. McGruder et un autre des charognards s'étaient relevés et se penchaient sur leur chef. Ils écartaient le siège qui l'écrasait. Muriel se trouvait plus près de moi. Sa robe argentée était déchirée, et une de ses épaules dénudée. Je scrutai les alentours immédiats, à la recherche d'une arme, avec pour objectif très simple de les tuer tous les quatre avant de m'esquiver, mais soudain un bras se referma sur mon cou par-derrière.

Je décochai un coup de mon coude droit en arrière, avec autant de rapidité et de force que j'en étais capable. De la salive mouilla ma joue quand mon assaillant expectora en se pliant en deux. Je fis volte-face et relevai brutalement un genou dans son visage offert. Il s'effondra sur le côté comme un sac de briques. Sans plus m'occuper de lui ni de Hubble et de ses sbires – mais en faisant un effort pour ne pas briser le cou de Muriel quand je la dépassai, je rejoignis Cissie et Stern qui se battaient contre leurs gardes. L'Allemand était ceinturé par un milicien tandis qu'un autre le rouait de coups de poing. Cissie luttait contre une femme toute de noir vêtue, aux cheveux ras, qui la tenait par les poignets et cherchait à la faire chuter. Je frappai vicieusement aux reins le salopard en face de Stern. L'autre baissa les mains en se retournant, et je le cueillis au menton. Sa tête fut rejetée en arrière et ses genoux se dérobèrent sous lui. Sans m'assurer qu'il avait son compte, j'arrachai l'autre qui tenait Stern, lui enfonçai mon poing dans l'estomac et doublai la mise d'un direct en plein nez. Il se mit à loucher sous la douleur et l'Allemand m'aida en le poussant en arrière du plat de la main sous le menton. L'homme tomba à la renverse d'une pièce. J'en finis avec le premier, qui se redressait, d'un coup de coude qui lui brisa l'arête du nez. Peut-être hurla-t-il en titubant – il ouvrit la bouche en grimaçant – mais une explosion dans une pièce proche submergea les autres sons. Le sol parut se soulever, des fêlures supplémentaires naquirent dans les miroirs et les murs se lézardèrent un peu plus. Des piliers vacillèrent dangereusement, d'autres débris dégringolèrent des étages supérieurs. On se serait cru en plein tremblement de terre.

Déséquilibrées, Cissie et son adversaire s'écroulèrent sur le sol. La Chemise Noire avait l'avantage et agrippait toujours les poignets de la jeune femme. En deux pas je les avais rejointes. Je saisis la tarée par les épaules et la propulsai de côté. Elle roula sur elle-même et resta étendue sur le tapis, en crachant et en s'agitant, mais elle ne chercha pas à reprendre le combat.

Alors que je me retournais pour aider Cissie à se mettre debout, je vis Stern qui se baissait pour ramasser une mitraillette et la braquer vers une silhouette qui émergeait de la fumée et fonçait sur lui. Au moment où le milicien l'atteignait, l'Allemand lui enfonça le canon de l'arme dans le ventre et pressa la détente. L'autre exécuta une sorte de gigue désarticulée, ses bras s'agitèrent et ses pieds martelèrent le sol au rythme des projectiles qui lui lacéraient le corps.

Une vague de chaleur me submergea une fois de plus. L'incendie faisait rage dans le grand escalier et l'entrée, où il était alimenté par l'air du dehors. Le vénérable établissement vivait ses derniers instants.

Blessé mais toujours debout, il avait tenu bon au plus fort des raids aériens sur Londres, mais à présent il n'y avait personne pour éteindre ces flammes et réparer les dommages. D'autres foyers d'incendie dans d'autres parties de l'hôtel se fondraient bientôt en une seule conflagration qui ne s'arrêterait que lorsqu'il n'y aurait plus rien à brûler. Il n'y avait plus de temps à perdre. Nous devions partir, et nous devions partir maintenant.

– Hoke, attention !

Cissie m'avait presque hurlé au visage. Une Chemise Noire venait de surgir derrière moi, et j'eus tout juste le temps de pivoter sur mes talons. Le type levait déjà son fusil pour écraser mon crâne avec la crosse. Je me baissai pour esquiver, conscient malgré tout que je ne pourrais éviter complètement le coup, mais le staccato d'une rafale de mitraillette me parvint et le bout de la crosse oscilla à quelques centimètres de ma tête. Puis l'arme disparut avec celui qui la tenait. Stern nous rejoignit.

Il se pencha et me cria à l'oreille :

– Il faut sortir d'ici !

– Par ici !

Je désignai le passage au bout de la pièce qui donnait sur les vestiaires puis le couloir desservant tous les salons privés, dont la Pinafore Room. J'avais compris que Hubble nous avait fait venir ici par ce chemin.

Nous nous élançâmes dans cette direction comme un seul homme. Cissie s'accrochait à mon bras nu, comme si elle avait eu peur de me perdre, Stern avançait de l'autre côté, la mitraillette à la hanche. Une fois de plus, l'instinct de survie me propulsait en avant, malgré des idées encore vagues et les douleurs du passage à tabac. Nous évitâmes des silhouettes qui couraient sans direction dans les volutes de fumée, terrorisées à l'idée que toute la bâtisse allait s'écrouler sur elles. Mais si nous avions eu l'espoir que les Chemises Noires de Hubble nous avaient oubliés, nous fûmes vite détrompés : un groupe d'entre eux se dressa soudain entre nous et notre itinéraire de fuite, fusils et pistolets braqués, tandis que les quelques femmes brandissaient des haches et des gourdins. Ils ne chercheraient pas à nous tuer, je le savais – morts, nous leur étions inutiles – mais ils pouvaient aisément nous clouer sur place. De plus, ils avaient une autre raison de vouloir négocier : ils possédaient l'otage.

Dans tout ce chaos, j'avais oublié Albert Potter. Il se tenait sur ses mains et ses genoux, tandis qu'un des miliciens, à cheval sur lui, avait posé sur sa gorge grasse la lame d'un couteau.

Notre trio s'arrêta. Cissie cria le nom du vieux gardien, je sentis ses doigts se crisper sur mon bras. Stern leva la mitraillette à hauteur de poitrine et mit le groupe en joue. Quant à moi, je ne pus que cracher un peu de poussière.

Il y eut un moment d'immobilité de tous les protagonistes. Les flammes qui dévoraient l'escalier et d'autres parties de la pièce nous éclairaient de teintes orange trépidantes, et la fumée tourbillonnait autour de nous. Les lumières électriques s'allumèrent une fraction de seconde, puis baissèrent avant de reprendre une intensité presque normale. Soit le bombardement avait causé des problèmes, soit trois années sans utilisation avaient endommagé le générateur. Ce dont je me fichais complètement. Je priai pour que tout tombe en panne. Bien sûr l'incendie nous éviterait les ténèbres, mais l'éclairage serait instable.

Hubble se trouvait parmi le groupe, et McGruder le soutenait. Le chef fit un pas hésitant en avant, son âme damnée l'accompagna dans le mouvement pour que le grand homme ne s'écroule pas.

– Ne bougez plus ! cria Hubble de sa voix faible et haut perchée. Au moindre geste, cet homme sera immédiatement exécuté !

Il pointa un doigt tremblant et marqué de taches noires sur Potter. La lame du poignard pressa un peu le cou, pas assez pour entailler la peau, mais suffisamment pour laisser une marque.

– De toute façon, le sien est un sang vieux, et nous préférerions en avoir un plus neuf, plus sain, dit Hubble d'un ton qui aurait pu laisser supposer qu'il attendait que nous appréciions son raisonnement. Un sang tel que le vôtre, monsieur Hoke, et celui de vos compagnons.

Combien de temps faudrait-il au pilote fou pour effectuer son demi-tour et revenir sur sa cible ? Il ne laisserait pas passer pareille occasion sans lâcher toutes les bombes qu'il avait embarquées. Non, il pilonnerait ces lumières, puis il cracherait sur les ruines avant de prendre la route de la mère patrie. *Allez, le Frisé, balance la sauce et rase cette bicoque, donne-moi une chance...*

Je fis passer Cissie derrière moi et examinai discrètement le sol autour de nous, à la recherche d'une éventuelle arme abandonnée. Bon, les Chemises

Noires ne nous infligeraient pas de blessures mortelles, et c'était un avantage. N'importe quel tireur un tant soit peu expérimenté pouvait y parvenir sans difficulté. Et ils devraient opter pour celles qui saignaient le moins. Mon raisonnement n'allait pas plus loin, donc il n'y avait plus qu'une solution : plonger vers l'arme la plus proche avant qu'ils nous mitraillent les jambes. J'étais déjà tendu, mais je me tendis encore un peu plus en m'apprêtant à agir.

– Tuez d'abord Hubble, dis-je à Stern.

– Non ! s'exclama Cissie en m'agrippant un peu plus fort. Vous ne pouvez pas faire ça, Hoke, ils tueraient Albert !

– Ils nous tueront, de toute façon, répliquai-je sans cesser de scruter le sol. Allez, Stern, maintenant !

L'Allemand tourna la tête vers moi, puis reporta son attention sur Hubble. Quelque chose s'effondra dans l'entrée, derrière le mur de flammes, dans un fracas de fin du monde.

– Hoke, je ne peux pas...

– Je m'en fous ! rétorquai-je en repérant enfin ce que je désirais tant, un pistolet qui se trouvait près d'un siège renversé. Abattez-le maintenant et finissons-en.

– Vous êtes dingue, dit Cissie à mon oreille.

Je sentis un rictus mauvais tordre ma bouche, pendant que je jaugeais la distance entre l'arme et moi.

– Ouais, répondis-je.

Stern braqua la mitraillette vers le chef des miliciens, qui soudain parut beaucoup moins sûr de lui. Mais l'Allemand baissa lentement la Sten, puis la laissa tomber sur le tapis.

– C'est absurde, murmura-t-il comme s'il se parlait à lui-même (il n'avait plus l'énergie ni l'envie de poursuivre la lutte). Il y a eu trop de tueries. Nous devons raisonner ces...

Plusieurs choses se produisirent avant qu'il eût terminé sa phrase : Hubble adressa un signe de tête au garde armé du couteau, qui trancha net la gorge de Potter ; je plongeai de côté, roulai sur moi-même et me relevai avec la mitraillette lâchée par Stern, le doigt sur la détente.

17

J'avais tiré trop vite, sans vraiment viser, car McGruder put coucher Hubble sur le sol avant que je rectifie la trajectoire. Les balles touchèrent deux Chemises Noires trop lentes tandis que les autres s'égaillaient, les unes se plaquant au sol, les autres cherchant les premiers abris disponibles. Sur le mur du fond un miroir explosa et une colonne de marbre s'écailla. Les lumières reprirent de l'intensité quand le générateur au sous-sol eut un sursaut d'efficacité, et j'aperçus Hubble. Il était accroupi, son loyal garde du corps penché sur lui pour le protéger de son épaule, et il me fixait d'un regard de lapin paralysé par un crotale. Son heure sonnait plus tôt qu'il ne l'avait prévu, et c'était moi qui jouais le rôle de la Faucheuse, deux constatations qui devaient lui déplaire souverainement.

J'écrasai la détente. Rien ne se produisit.

Je recommençai, sans plus de succès. L'arme était enrayée ou vide, le diable seul le savait, mais le résultat restait le même. Je la lançai au loin et rampai vers le pistolet repéré un instant plus tôt.

Au moment où j'atteignais le fauteuil renversé, il fut violemment jeté contre moi, et je roulai en sens inverse sous le choc. La déflagration, plus puissante que toutes celles entendues jusqu'alors, couvrit tout autre bruit et la bâtisse entière trembla, si violemment que je crus qu'elle allait s'effondrer à la manière d'un château de cartes. Le roi du bombardement était de retour. J'imaginai qu'il avait largué toutes ses bombes dans son désir d'effacer de la carte la cible choisie. Une bourrasque subite venue de l'entrée balaya la pièce, charriant avec elle une grêle horizontale et mortelle de débris. Je me collai au tapis, m'écrasai contre sa surface douce, et je sentis toute la structure du Savoy qui frémissait. Des gravats et des éclats de bois cascadèrent sur moi. Je me protégeai la tête des deux mains, pourtant j'entendis d'autres craquements titanesques, puis des hurlements, des cris de terreur, tandis que le plancher sous moi continuait d'onduler. Bien qu'il n'y eût plus d'explosion aussi proche, il me sembla qu'il était grand temps de mettre les voiles.

Le large escalier menant au hall et l'entrée elle-même étaient la proie des flammes, et je devinai que tout ce qui se trouvait au-delà – l'aire de réception, le salon de lecture et l'escalier menant au Harry's Bar – était complètement détruit. De la poussière de verre et de bois flottait dans l'air, mêlée à une épaisse fumée. D'autres lustres se détachèrent de ce qui restait du plafond, des miroirs tombèrent des murs et plusieurs autres piliers se fissurèrent en vacillant. Mais je m'étais remis sur pied et je cherchais du regard Cissie et l'Allemand, à travers le brouillard de la fumée.

Je les trouvai après quelques secondes seulement. Stern ôtait des scories incandescentes de la chevelure de la jeune femme, et son visage était couvert de sang. Le nez de Cissie saignait et je vis ses lèvres remuer. Elle me criait quelque chose en pointant l'index vers moi, mais je n'entendais rien. Les déflagrations m'avaient momentanément rendu sourd, comme eux sans doute. Alors que Stern débarrassait ses cheveux des derniers tisons, Cissie toucha mon visage, puis recula ses doigts et me les montra. Ils étaient maculés de sang. Je me passai les mains sur la face et ne sentis aucune plaie, nul éclat de bois ou de verre fiché dans ma peau. Je ne souffrais donc que de saignement de nez, à cause de la déflagration, ce qui semblait également le cas de Cissie. Stern, en revanche, avait une entaille profonde au front et le sang coulait dans ses yeux. Il ne cessait de l'essuyer du revers de sa manche, mais le flot ne s'arrêtait pas et l'aveuglait toujours. Ses vêtements étaient déchirés et je me demandai s'il avait fait un rempart de son corps pour protéger Cissie des explosions, car la robe de la jeune femme était en bien meilleur état.

Les saisissant tous deux par le bras, car je savais qu'ils n'entendraient pas un mot si je leur parlais, je les tirai vers l'issue que nous avions choisie. D'un coup de pied dans la tête, je pris le temps d'assommer un milicien qui se relevait. Il s'écroula aussitôt, mais d'autres formes menaçantes apparurent dans la fumée. Quelque chose effleura ma joue, comme une flèche d'air très rapide. Je n'avais pas perçu la détonation, mais je compris que quelqu'un nous avait pris pour cible. Je poussai la fille et Stern en avant, me retournai, soulevai une table et la jetai sur les silhouettes sombres qui approchaient. Puis je me mis à courir et rattrapai les deux autres. C'était une impression étrange que celle de foncer silencieusement dans ce chaos apocalyptique, tandis que des ombres se mouvaient autour de nous, le tout baigné dans la fumée teintée d'orange par les flammes. Soudain mon ouïe revint et l'horreur de la situation me frappa de plein fouet. On tirait, on hurlait, et un grondement terrifiant émanait du bâtiment lui-même.

Je ne voyais Hubble nulle part, mais pour l'instant j'avais d'autres priorités, une seule à vrai dire : franchir l'arche qui donnait sur le couloir avant qu'un des projectiles nous atteigne. Une rafale de balles balaya une table et des fauteuils sur notre gauche, déchiquetant les corps qui y étaient encore assis et envoyant des gerbes d'échardes dans l'air. Je me courbai en deux, bifurquai, agrippai Cissie et nous jetai tous deux au sol. J'entendis Stern pousser un cri et le vis qui titubait. L'Allemand me sembla se redresser brusquement, et l'instant suivant il disparaissait par l'arche. J'avais déjà relevé Cissie et nous nous précipitâmes à sa suite.

Nous franchîmes le large passage. Au-delà la fumée était moins dense, l'air plus respirable, et nous continuâmes jusqu'à Stern, qui courait en se tenant l'épaule. Nous étions tous trois sur le point de passer le coude du couloir desservant les salons privés où deux heures plus tôt nous dégustions un repas de fête arrosé de vins excellents et d'un cognac millésimé ; nous y étions presque, mais pas tout à fait, quand des balles ricochèrent dans l'arche derrière nous. Stern trébucha de nouveau et heurta la porte fermée de la Gondoliers Room juste en face de nous, et je l'empoignai alors qu'il allait s'effondrer. Je le traînai de l'autre côté, hors de vue des Chemises Noires. Les projectiles pointillèrent le panneau de bois. Stern s'affaissa dans mes bras. En le soutenant j'avançai, et malgré ses cris de souffrance j'entendis les pas qui martelaient le sol derrière nous.

– Hoke, il y a un escalier ! s'exclama Cissie.

Les lumières clignotèrent une fois de plus, et baissèrent jusqu'à s'éteindre, puis remontèrent, mais plus atténuées. Je priai pour que le générateur nous aide un peu en rendant l'âme pour de bon.

– Aidez-moi à le porter, dis-je à Cissie en passant un bras de Stern par-dessus mes épaules.

Elle m'imita, et nous descendîmes les marches aussi vite que nous le pouvions, en prenant garde à ne pas buter contre un cadavre desséché. Nous entendîmes des appels et d'autres bruits de course au-dessus de nous. Nous faisions le minimum de bruit, et Cissie implora Stern de ne pas gémir. A mesure que nous descendions, la pénombre s'accentuait. Pas parce que le générateur faiblissait, mais en raison du nombre décroissant de lampes.

Cela me convenait très bien : plus les ombres nous dissimuleraient, mieux ce serait. Il y avait des formes recroquevillées dans l'escalier, toutes vêtues de l'uniforme du Savoy, et c'est sur un de ces infortunés cadavres que je m'affalai, emportant Cissie et Stern dans ma chute. L'Allemand poussa un cri de douleur. Je plaquai ma main sur sa bouche. D'autres cris retentirent, puis je perçus un bruit de pas dans l'escalier. Je me relevai et soulevai Stern sur une épaule. Il pesait une tonne, mais je serrai les dents et continuai la descente, en murmurant à Cissie de me devancer pour dégager la route d'éventuels obstacles. Nous descendîmes en décrivant un lent arc de cercle. Derrière nous le bruit de nos poursuivants croissait. Au bas des marches nous découvrîmes un étroit couloir que nous parcourûmes au plus vite.

Ici l'éclairage était quasi inexistant. Mon fardeau devenait de plus en plus pénible à porter et mon boitillement décida de se manifester après une journée de répit. Un autre couloir, plus large, donnait sur diverses pièces : la machinerie, les réserves, la salle des chaudières. D'épais tuyaux couraient au plafond, ainsi que d'autres nettement plus petits, la plupart nimbés de centaines de toiles d'araignée. Les murs étaient carrelés de blanc et couverts de crasse et de poussière. Nos propres pas nous semblaient plus sonores, toutefois nous pouvions toujours entendre les Chemises Noires qui se rapprochaient. Nous arrivâmes devant une lourde porte que Cissie poussa. Nous pénétrâmes dans un troisième couloir, avec en face de nous un escalier ascendant et de chaque côté des portes. Je reconnus les lieux : l'escalier menait à l'entrée côté fleuve, et derrière ces portes s'étendaient les dortoirs et les réfectoires d'urgence pour les clients.

Aussi tentant que ce fût de foncer vers les marches, je savais que nous n'y arriverions jamais à temps avec un homme blessé. D'après les bruits de pas, nos poursuivants arrivaient à la porte que nous venions de franchir, et ils allaient surgir derrière nous d'un instant à l'autre. Je saisis Cissie par le poignet et la poussai par la porte ouverte sur notre droite.

Elle comprit où nous nous trouvions au moment où nous passâmes le seuil de la salle, et dans la semi-obscurité je la sentis se raidir. Elle voulut reculer, mais je la retins.

– Il faut que nous nous cachions, lui soufflai-je. Le temps de nous débarrasser d'eux.

– Pas ici, murmura-t-elle en réponse.

Mais il était déjà trop tard pour changer d'avis. La porte de l'entrée s'ouvrit.

– Vite.

Je la guidai vers un des lits superposés qu'isolait un rideau. Je tirai celui-ci et déposai l'Allemand à demi inconscient sur le matelas étroit, puis j'ordonnai à Cissie de grimper sur la couche avec lui.

Tout d'abord je crus qu'elle allait résister, mais les voix qui s'élevèrent à l'extérieur de la salle la décidèrent. Elle se blottit auprès de Stern et je me glissai à sa suite avant de refermer le rideau derrière nous. Quelque chose de doux s'effrita sous le poids de nos corps, et dans les ténèbres une poussière sentant la moisissure s'éleva autour de nous. Stern poussa un geignement faible et je tâtonnai jusqu'à son visage, pour le bâillonner de mes deux mains. Il essaya de se dégager mais il était trop faible. Je le maintins ainsi, et très vite son corps s'amollit. De peur qu'il ne suffoque j'ôtai aussitôt mes mains, mais en les gardant juste au-dessus de son visage, prêt à recommencer au moindre murmure. A côté de moi, Cissie s'efforçait de contrôler sa respiration. Ses doigts étaient crispés sur mon épaule nue.

L'odeur aigre de la décomposition se fit presque insupportable, ce qui nous donna un autre motif pour limiter notre respiration. Il était difficile de chasser de notre esprit l'idée que la puanteur autour de nous allait nous empoisonner. Cette odeur et d'autres crissements soyeux confirmèrent ce que je soupçonnais déjà : nous étions assis sur le cadavre de quelqu'un qui s'était allongé ici des années plus tôt dans l'espoir d'échapper à la mort invisible qui hantait l'atmosphère. Cissie devait être parvenue à la même déduction car elle pesa brusquement sur mes épaules et ce n'est qu'en pivotant sur moi-même et en la plaquant contre le mur que je l'empêchai d'ouvrir le rideau pour sortir de notre cachette.

Sa poitrine se soulevait contre moi à un rythme peu naturel, et pendant quelques secondes je craignis qu'elle ne vomisse sur moi. Pourtant elle réussit à se maîtriser, et sa respiration se calma. Des larmes mouillèrent mon épaule. Sous moi, Stern gémit doucement. Je bougeai pour ne pas l'écraser et collai une main sur sa bouche. En dépit de la souffrance qu'il éprouvait, je pense qu'il comprenait notre situation – ou du moins que nous étions en danger – car il se calma et resta immobile. Dans l'obscurité nous attendîmes, et je m'interrogeai sur le nombre de corps décomposés qui gisaient autour de nous. Cissie avait senti leur présence quand je l'avais amenée ici la première fois, et j'admirais sa force de volonté maintenant. Moi, j'étais habitué à ces restes macabres – je les ramassais depuis des mois – mais elle en était encore à apprendre à accepter.

Nous perçûmes des voix dans le dortoir, qui nous tétanisèrent :

– Ils ne sont pas ici...

– Comment le sais-tu ? Il fait trop sombre pour voir quoi que ce soit.

– Ils sont partis par l'escalier. Il y a une sortie, en haut.

– Non, ils n'en ont pas eu le temps, et puis nous les aurions vus. Ils se sont planqués ici, je te dis, ou dans une des pièces de l'autre côté du couloir.

Une troisième voix se joignit aux autres, sur le même mode bas, comme si les Chemises Noires craignaient de déranger les morts.

– Qu'est-ce qu'il y a derrière tous ces rideaux ?

– On dirait un genre de bunker. C'est sûrement l'abri de l'hôtel.

Un glissement de pas circonspects, tandis qu'ils avançaient dans la salle.

– Putain, ça me fout la chair de poule.

Eux aussi ressentaient l'atmosphère étrange du lieu. Assez désagréablement pour qu'ils renoncent à leur fouille ? Quelque part il y eut une explosion étouffée.

– Tout cette foutue baraque va s'écrouler...

– Saloperies d'Allemands !

– Alors tirons-nous d'ici avant d'être enterrés vifs.

– Non, il faut vérifier. Si Hubble découvre que nous ne l'avons pas fait, il nous les coupera.

– Merde, je préférais encore quand j'étais dans l'armée.

– Il nous a réunis, non ? Il nous a donné une chance, à tous. Sans sir Max ce serait chacun pour soi.

– D'accord, d'accord, alors dépêchons-nous.

Je jurai en pensée. Ils s'aventuraient plus avant dans la salle. Stern laissa échapper un geignement à peine audible.

– Tu as entendu ça ?

– Quoi ?

– Il y a eu un bruit, on aurait dit quelqu'un qui gémit.

– Rien entendu, moi.

– Ça venait de par là...

J'écartai le rideau en son centre, juste assez pour jeter un coup d'œil. Trois hommes, comme l'avaient indiqué leurs voix, trois silhouettes sombres dans l'éclairage chiche venant de l'entrée. J'étais un peu surpris car je pensais qu'ils auraient été plus nombreux à nous donner la chasse. Puis je compris que le groupe principal avait sans doute passé l'escalier afin de fouiller les salles de réunion au niveau supérieur, tandis que ces trois-là descendaient vérifier au sous-sol. Je refermai le rideau et reculai quand nos ennemis approchèrent.

– Ça venait de derrière un de ceux-là.

A travers le tissu des rideaux je vis que les lumières électriques vacillaient de nouveau.

– Eh, je n'ai pas envie de me retrouver coincé dans ce foutu trou à rats si tout s'éteint encore...

– D'accord, faisons vite.

Le froissement des rideaux qu'on ouvrait nous parvint. Ils avaient commencé au début de la rangée des lits superposés dans laquelle nous nous cachions, et ils avançaient vers nous.

– Pourquoi ne pas simplement balancer quelques rafales dans tous ces rideaux ? fit une des voix.

– Quoi, et tuer ceux que nous recherchons ? Nous en avons besoin pour survivre, abruti !

– C'est ce que dit Hubble, ouais...

– Et il a raison. Tu as vu l'Américain et ses amis, ils ont l'air en pleine forme, aucun d'eux n'est atteint par le mal. Ils ont du sang propre, et il nous le faut. Pas besoin d'être un génie pour le comprendre.

Un autre rideau fut tiré, celui des lits voisins des nôtres. Cissie étouffa un petit cri.

Le tissu devant moi s'agita, puis une lumière fade accompagnée d'un poignard à longue lame (celle qui avait tranché la gorge d'Albert Potter ?) s'introduisit entre les deux pans du rideau. Il me sembla alors qu'il était inutile *d'attendre* d'être découverts.

J'ouvris le rideau si vite que l'homme de l'autre côté poussa une exclamation de surprise. Mon autre main agrippa le poing serré sur le couteau et le repoussa en arrière et vers le haut. La pointe d'acier s'enfonça dans la gorge du milicien éberlué. Son cri se transforma en un gargouillis et du sang jaillit de la plaie et de sa bouche. J'en sentis la chaleur quand il m'aspergea le visage et l'épaule. Je bondis hors du lit, repoussai l'homme d'une bourrade vers son camarade derrière lui. Le pistolet de celui-ci partit alors qu'il titubait à reculons, et je me baissai instinctivement. La balle se perdit vers le plafond et l'homme s'écroula sur le sol à la renverse, avec son ami blessé sur lui.

Le fait est, je le répète, que ces pauvres loques n'étaient plus que l'ombre des hommes qu'ils avaient été. La Peste Ecarlate Lente avait affaibli leurs muscles et ralenti leurs réflexes, sans quoi ils m'auraient coincé et capturé depuis longtemps. Je n'étais pas un surhomme, pas un *Übermensch*, comme Hitler avait aimé appeler les pantins de son élite, mais je demeurais en bonne forme physique, grâce à mon travail régulier de jardinier et au transport de cadavres que j'effectuais presque quotidiennement. De plus, vivre en état de danger constant avait contribué à me conserver ma rapidité de réaction, de sorte que je possédais un gros avantage sur mes adversaires. Et le fait de savoir que mort je ne leur étais d'aucune utilité m'avait toujours encouragé à prendre des risques, raison pour laquelle j'avais décidé de les attaquer.

Le troisième homme était toujours cloué sur place par la surprise quand je bondis sur lui. Ses mains étaient crispées sur son arme, une mitraillette Thompson au magasin rond qui lui donnait des airs de gangster dans ces films tellement à la mode avant la guerre. Il n'avait rien d'autre en commun avec Jimmy Cagney ou Edward G. Robinson, car je le plaquais déjà aux jambes quand il pensa à presser la détente.

J'étais sous le canon de la Thompson et la rafale ne fit que miauler sur le sol alors que je percutais ses genoux de l'épaule. Déséquilibré, il s'effondra sur moi. Je continuai de rouler et me retrouvai derrière lui. Passant les mains par-dessus ses épaules, je saisis sa Thompson par le canon brûlant et la crosse, et la relevai brusquement. Le magasin le heurta rudement à la mâchoire. A demi assommé, il ne lâcha pourtant pas la mitraillette, mais il avait faibli. Je tirai l'arme en arrière pour lui écraser la gorge, avec une telle force que j'entendis quelque chose céder avec un petit craquement écœurant. Son corps se détendit aussitôt. Il était mort.

Je perçus un bruit indéfini et un regard alentour me permit de repérer la silhouette sombre de Cissie aux prises avec la deuxième Chemise Noire, dont le pistolet était braqué dans ma direction. Ils luttaient sur le sol, et l'homme se débarrassa de la jeune femme d'un revers de la main avant de me viser de nouveau. Mais cette fois ce fut Stern qui intervint.

L'Allemand donna un coup de pied dans l'arme, qu'il manqua, et toucha le poignet de son adversaire. Heureusement dévié, le coup de feu claqua sans dommage. Je me ruais déjà sur lui à quatre pattes, et avant qu'il ait une seconde chance de presser la détente je lui écrasai le nez de mon poing. L'arrière de sa tête cogna contre le sol avec un bruit sec, mais pour être sûr qu'il ne nous ennuierait plus je lui arrachai le pistolet et le frappai avec la crosse en plein front. Sa tête dodelina lentement et s'immobilisa d'un côté au moment où Stern tombait à genoux auprès de lui. Les détonations avaient certainement attiré l'attention des autres miliciens, et je me relevai en hâte.

– Stern, ça va ? Vous pourrez tenir debout ?

Il oscillait sur ses genoux, tête baissée, paupières à demi closes.

– Si vous m'aidez, réussit-il à murmurer.

Une tache qui ne pouvait être que du sang assombrissait le col de sa chemise et quand je touchai son épaule je sentis une humidité poisseuse à travers la veste. Le pistolet dans une main, je passai l'autre bras sous ses aisselles et le redressai, puis je le soutins tout en surveillant l'entrée de la salle. Cissie s'était remise sur pied. Elle contourna l'homme agonisant qui serrait des deux mains le manche du poignard planté dans sa gorge, et dont le corps tressautait pendant que son sang pourri s'échappait de lui. Elle nous rejoignit et prit Stern par un bras pour m'aider.

– Il est salement touché, il faut faire quelque chose pour ses blessures, dit-elle d'une voix tendue.

– Pas le temps, répondis-je en ouvrant le col de sa chemise et en posant le mouchoir de soie qui lui avait servi de pochette sur la plaie. Bon, gardez-le en place, ça limitera la perte de sang.

Elle pressa le carré de soie déjà trempé sur la blessure de Stern, mais elle comme moi savions qu'il lui faudrait très vite un véritable pansement et que nous ne devions pas le faire bouger.

Stern releva la tête et essaya de me distinguer dans la pénombre.

– Hoke, laissez-moi l'autre arme, la Thompson. Je peux les retenir pour vous, ou au moins les retarder un peu...

Ne croyez pas que sa proposition ne me tenta pas. Mais je ne pouvais pas accepter.

– Nous sortons tous les trois, Wilhelm.

Pas de *V* à la place du *W*, juste *Wilhelm*, prononcé normalement. Malgré la douleur il réussit à crisper une main sur mon épaule. Dans la faible clarté émanant de la porte ouverte je crus même discerner un sourire sur son visage.

– J'étais espion, vous savez, murmura-t-il.

– Ouais, je sais, grommelai-je. Mais ça n'a plus aucune importance, maintenant. Ce qui compte, c'est de nous tailler d'ici avant que d'autres nous tombent dessus.

Je coinçai le pistolet dans la ceinture de mon pantalon, puis je guidai Stern vers la lumière. Au passage je me baissai pour ramasser la Thompson. Arrivé à la porte, je laissai Cissie soutenir seule Stern et je risquai un œil dans l'entrée.

– Rien en vue, leur dis-je. La sortie côté Tamise est en haut de ces marches. C'est le chemin le plus rapide et le plus aisé pour sortir de l'hôtel.

Cissie avait étendu un bras sur la poitrine de Stern pour maintenir son pansement sur la plaie, et de son autre main elle lui tenait le bras.

– Nous allons vraiment y arriver, Hoke ? s'enquit-elle, ses grands yeux fixés sur moi pour y chercher la vérité. Ils ne vont pas se douter que nous allons essayer de filer par là ?

– Ça dépend. J'espère que ces bombes ont créé assez de pagaille pour que Hubble et ses sbires ne réfléchissent pas trop. Nous avons d'autres possibilités, il y a tout un dédale de salles et de passages dans ces sous-sols, mais je ne crois pas que notre ami tiendrait le coup. Plus vite nous sortirons d'ici, plus vite nous pourrons le soigner correctement.

Si j'avais été seul, ou simplement avec la fille, ç'aurait été du gâteau. Au cours de mes séjours au Savoy, je m'étais obligé à mémoriser toutes les issues utilisées par la clientèle et le personnel, dont celles rapidement accessibles à partir du sous-sol, ainsi que l'itinéraire le plus court pour y parvenir. Mais à présent j'avais une obligation. Stern m'avait sauvé la vie – et par deux fois – et je n'allais pas le laisser tomber. Bien sûr, plus tôt dans la soirée il m'avait agacé avec son arrogance, mais après tout il ne faisait que me rendre la monnaie de ma pièce quand je me moquais de sa nationalité. Et c'était Muriel qui avait averti les Chemises Noires, pas Stern. Lui m'avait aidé à les combattre.

Nous étions au milieu de l'escalier menant à la sortie côté fleuve quand nous entendîmes un martèlement de pas au-dessus de nos têtes. Stern fournissait un effort louable pour gravir les marches sans se reposer uniquement sur moi et la fille, mais nous progressions lentement et je me demandais combien de temps encore ses forces tiendraient. Concentré sur chaque mouvement, il paraissait ne pas remarquer le bruit à l'étage supérieur, mais Cissie me jeta un regard inquiet. Elle n'était pas loin de la panique.

– Continuez de le soutenir, dis-je en lâchant Stern.

Je montai les dernières marches deux par deux et j'atteignais le rez-de-chaussée quand j'aperçus les premières Chemises Noires en haut de l'escalier du hall d'entrée. Ils me virent et je braquai la Thompson sur eux. Ils battirent aussitôt en retraite en poussant des cris d'alerte. Je lâchai une rafale. La Thompson n'a jamais été une arme très précise, mais elle était impressionnante, assez pour tenir ces salopards en respect jusqu'à ce que Cissie et Stern me rejoignent. En quelques secondes ils me dépassèrent et bientôt ils atteignaient la porte en verre à côté de celle à tambour. Une autre rafale pour donner aux Chemises Noires à réfléchir, puis je fonçai derrière eux.

Les vitres explosèrent sous le feu de nos poursuivants qui répliquaient. Des éclats crépitèrent sur ma peau nue, et je me retournai pour les retenir une dernière fois. La Thompson cracha rageusement. Une des Chemises Noires les plus téméraires descendait déjà l'escalier du hall d'entrée, et la rafale la toucha en pleine poitrine. Le milicien bascula en arrière en lâchant son arme et glissa mollement sur les dernières marches. Mais je n'étais plus là pour le voir. J'avais franchi la porte et je courais le long de l'allée créée par les barrières en zigzag. Je rattrapai très vite Cissie et Stern, écartai d'un coup de pied la planche fermant l'entrée de l'allée et nous nous aventurâmes dans la nuit.

Nous nous arrêtâmes net après quelques pas, ahuris par le spectacle qui s'offrait à nous.

Des lumières brillaient encore à quelques-unes des fenêtres brisées du Savoy, et les flammes en teintaient d'autres d'une vive lueur orangée. Leur reflet éclairait la rue étroite et le parc qui se trouvait de l'autre côté. Le clair de lune y ajoutait sa pâle clarté. L'ensemble révélait des gens assemblés devant l'hôtel, certains en petits groupes, d'autres seuls, à l'écart.

Ils contemplaient la bâtisse en feu, leurs visages levés illuminés par le brasier, et leurs yeux étaient habités d'une étrange vacuité. Sans compter, je pense qu'ils étaient environ deux douzaines, peut-être un peu plus. Certains d'entre eux, à l'évidence atteints par la Peste Ecarlate Lente, s'appuyaient sur ceux en meilleure santé. La plupart étaient bien vêtus, quelques-uns seulement – surtout les solitaires – en guenilles. Parmi eux il y avait des enfants : une fillette de cinq ou six ans s'accrochait à une femme que je supposai être sa mère (ou sa mère adoptive) ; deux garçons qui pouvaient avoir sept ans, des jumeaux d'après leur ressemblance, se tenaient par la main, tout près d'un homme et d'une femme ; dans les bras d'un homme barbu, un bambin de deux ans tout au plus étreignait une poupée. Au contraire des adultes, ces enfants contemplaient l'incendie avec une sorte d'émerveillement. Puis quelques-uns nous remarquèrent, et alertèrent les autres. Tous se tournèrent alors vers nous.

Plusieurs reculèrent, comme par crainte, jusqu'aux grilles du parc. D'autres nous observaient avec une curiosité mêlée, de surprise, et peut-être d'espoir.

– Hoke, souffla Cissie, qui sont ces gens ?

– Ça me dépasse, fut tout ce que je trouvai à lui répondre.

Stern, qui s'appuyait lourdement sur la jeune fille, nous considéra tous deux.

– Comme des mouches attirées par une flamme, dit-il d'une voix rauque. Dans ce cas, l'incendie, vous comprenez ? Hoke, il faut les prévenir...

Un bruit derrière nous, le frottement de semelles de cuir sur le béton, avant que je puisse répondre. Nous fîmes volte-face. Les Chemises Noires avançaient dans l'allée, plus lentement maintenant qu'ils constataient que nous ne courions plus. Je les arrosai de plomb en tenant la mitraillette à la hanche, et j'abattis les deux premiers. Les autres se mirent à couvert. Mais cette rafale avait consommé les dernières munitions de la Thompson, devenue inutile. Je la jetai de côté avec un juron ; il aurait dû y avoir cinquante projectiles dans le magasin. La majeure partie avait donc été tirée avant que je prenne la mitraillette au milicien. Je saisis le pistolet glissé dans ma ceinture.

– Hoke !

Je me retournai au cri de Cissie et vis d'autres silhouettes sombres qui apparaissaient au coin d'une rue latérale, un peu plus loin. Des Chemises Noires qui avaient trouvé d'autres issues dans la bâtisse en feu. Ils s'arrêtèrent brusquement en découvrant les étrangers silencieux qui se tenaient sur la chaussée et sur l'autre trottoir. Un cri s'éleva quand ils nous repérèrent.

– Oh, mon Dieu, nous sommes pris au piège !

D'après son ton, Cissie estimait que je n'appréciais pas à sa juste mesure la gravité de notre situation.

– Non, nous allons leur échapper par le parc, dis-je en pointant mon arme dans l'autre direction, là où un portail étroit s'ouvrait dans la grille de fer.

– Mais ces gens... Nous devons les aider...

Je lui enlevai Stern, passai un bras de l'Allemand sur mes épaules une fois de plus, en gardant libre ma main avec le pistolet.

– Nous ne pouvons rien pour eux, ils devront se débrouiller seuls !

Ralenti par le blessé, je me mis en mouvement, en conservant la barricade de briques entre nous et les miliciens qui sortaient de l'issue donnant sur le fleuve.

– Venez avec nous ! lançai-je à Cissie, qui hésitait.

– Courez ! cria-t-elle aux gens immobiles. Ne restez pas ici ! Ne les laissez pas vous capturer !

Quand je regardai par-dessus mon épaule, ils se tenaient toujours là, indécis, probablement effrayés, sans comprendre ce qui se passait. Je lâchai deux coups de feu au-dessus de leurs têtes pour les inciter au mouvement, mais seuls deux ou trois détalèrent. Les autres se plaquèrent au sol.

– Cissie, allons !

A contrecœur elle se mit à nous suivre, et quand les vautours au coin de la rue ouvrirent le feu, elle accéléra et nous rattrapa très vite. Il y avait d'autres inconnus plantés sur cette partie de la route. Nous les hélâmes, tentâmes de les convaincre qu'il était dans leur intérêt de décamper, mais comme les autres ils semblaient trop abasourdis pour bouger. Peut-être nous prenaient-ils pour les méchants, et nos poursuivants en uniforme pour la seule expression de la loi qui demeurât dans Londres ; ou bien ils pensaient qu'ils seraient abattus s'ils essayaient de fuir. Je n'en savais rien, et pour l'heure je ne pouvais rien pour eux : j'étais trop occupé à sauver ma peau et celle de Stern, et je pense que Cissie partageait maintenant cet état d'esprit. Elle nous avait rejoints et m'aidait à soutenir l'Allemand. Nous lançâmes encore des avertissements tout en progressant vers le parc. Mais ce fut en pure perte, les badauds se contentèrent de s'accroupir ou de s'allonger sur le sol pour ne pas être touchés. En réalité, c'étaient ces inconnus qui nous aidaient, car les Chemises Noires craignaient de blesser un seul membre de ce troupeau inespéré de porteurs de sang sain ; notre valeur s'en trouvait du coup grandement relativisée.

Nous passâmes entre deux véhicules garés le long du trottoir et atteignîmes l'entrée du parc. Je me retournai une dernière fois. Les miliciens encerclaient déjà les spectateurs, et seuls trois charognards couraient vers nous. Je visai posément et en abattis deux. Le premier tomba à genoux en crispant les mains sur sa poitrine, le second virevolta et s'étala sur le capot d'une voiture avant de glisser au sol. Cela suffit à décourager le dernier. Il s'arrêta si brutalement que les fers de ses bottes arrachèrent des étincelles à la chaussée, et nous hurla quelque chose d'incompréhensible. Il resta là, sans faire mine de reculer ou d'avancer, se contentant de brandir le poing et de jurer. Je m'apprêtais à le faire taire, mais Stern posa une main tremblante sur mon bras.

– Il vaut mieux filer, dit-il, la gorge serrée.

Je crachai sur le trottoir. Il avait raison, je le savais. Nous ne pouvions rien faire pour ces gens. A regret nous passâmes la porte. Un instant plus tard nous nous enfoncions dans la végétation sauvage du parc abandonné.

18

Je les guidai jusqu'à l'Embankment, là où le vieux fleuve roulait ses eaux pures sous la lune nue. Bois flottants et barques à la dérive étaient désormais les seules souillures d'origine humaine. Une volée de marches de pierre descendant de la jetée nous mena à un petit ponton en bois où je gardais un petit canot automobile, réservoir plein et moteur régulièrement vérifié, comme tous mes véhicules de secours.

Très bientôt nous suivions le courant. Le ronronnement paisible du moteur et celui, lointain et décroissant, du Dornier piloté par un Boche satisfait étaient les seuls bruits. Sur le chemin jusqu'au canot nous avions entendu d'autres détonations derrière nous, mais à présent la fusillade avait cessé, ce qui nous laissait perplexes sur le sort de ces malheureux qui avaient attendu devant le Savoy. Combien avaient été abattus ou frappés pour avoir résisté aux Chemises Noires ? Combien souffrant de la Peste Ecarlate Lente avaient été tués là où ils se tenaient, éliminés parce que leur sang n'était d'aucune utilité pour Hubble et ses miliciens ? Et combien d'autres encore étaient arrivés devant l'entrée de l'hôtel, attirés par l'incendie qui illuminait le ciel nocturne ? Avaient-ils été capturés, eux aussi ?

Pendant que Cissie berçait Stern dans ses bras et faisait de son mieux pour étancher ses saignements, je dirigeai le canot près de la rive. Je restais sous le couvert des murs et des bâtisses, et vérifiais par de fréquents coups d'œil que nous n'étions pas suivis. Le grand hôtel était la proie des flammes, et son éclairage, fanal pour les survivants et cible rêvée pour le pilote du Dornier, s'éteignit enfin, mais l'incendie le remplaçait avantageusement. Ce genre de vandalisme sans objet n'avait rien de bien neuf pour moi, mais c'était toujours un spectacle déplorable et je me sentais le cœur un peu lourd. Le Savoy avait constitué un des symboles de la ténacité londonienne pendant le Blitz ; demain il ne serait plus que ruines fumantes. Il avait survécu à la guerre presque intact et trois ans plus tard il avait suffi d'un homme pour le détruire.

Cissie pleurait sans bruit, mais je ne pouvais pas grand-chose pour la réconforter ou pour aider l'Allemand. Je devais concentrer tous mes efforts pour nous tirer de là. Des ballons de barrage à demi dégonflés oscillaient au-dessus de la ville, tels de petits nuages gris, témoignages de l'inventivité et de l'absurdité des hommes, et le fleuve s'étendait devant nous, pareil à une large autoroute métallique qui nous porterait jusqu'à une zone plus calme du cimetière général.

Nous continuâmes à avancer dans l'ombre protectrice des méandres de la Tamise.

19

Le 26, Tyne Street se trouvait au bout d'une ruelle longue et étroite qui ressemblait fort à un cul-de-sac, mais n'était pas le territoire de Jack l'Eventreur, bien que tout près de Whitechapel High Street, et nous l'approchâmes par une allée couverte, terminée à une extrémité par une borne singulière – le canon d'un fusil fiché dans le béton, un projectile enfoncé dans sa gueule – et à l'autre par un grand lampadaire à gaz. Moins de vingt minutes plus tôt nous avions laissé le canot automobile amarré près d'une volée de marches moussues qui montaient à un quai. Nous portâmes l'Allemand jusqu'à la première rue où assez vite je trouvai une Austin Tourer décapotable en état de marche et avec assez d'essence pour la phase suivante de notre voyage.

Nous nous entassâmes à l'intérieur. Stern était à moitié inconscient et gémissait en sourdine, surveillé par Cissie, qui avait arrêté de pleurer mais semblait sombre et lointaine. Je me mis au volant et nous passâmes devant le vieux marché aux poissons de Billingsgate. Le plus gros de son odeur pestilentielle avait disparu avec le temps, mais il en demeurait des relents assez forts pour faire froncer le nez. Ensuite nous traversâmes les rues encaissées de la City. Dans ce qui naguère avait constitué le centre financier de Londres, les artères, les trottoirs et les porches étaient jonchés de formes sombres indéfinies, qui dans un autre temps étaient les abeilles de cette ruche d'un peu plus d'un kilomètre carré. Un coup d'œil à Cissie m'informa qu'elle n'appréciait guère le spectacle, à la façon dont son regard ne cessait de bouger, sa tête de tourner de-ci de-là comme si elle avait cru apercevoir quelque chose de menaçant devant nous ou sous un des porches. Cette attitude me remémora sa nervosité quand je lui avais fait connaître l'Abraham Lincoln Room au Savoy. Elle était sensible aux ambiances lugubres, et les événements de la soirée ne l'avaient pas aidée à se calmer. Diable, moi-même il fallait que j'agrippe le volant de toutes mes forces pour empêcher mes mains de trembler, et je fus soulagé quand nous sortîmes du quartier. Quelques minutes de plus et nous avions atteint notre destination.

Je garai la voiture devant le lavoir dans Old Castle Road, parallèle à Tyne Street, puis transportai Stern dans la petite ruelle qui reliait les deux rues. Le numéro 26 se trouvait à trois portes de là, dans un renfoncement. Haute de trois étages en comptant les combles, la maison était étroite, et située à un endroit stratégique, raison première pour laquelle j'en avais fait un de mes refuges, car personne ne pouvait venir de la rue principale sans être repéré d'une des cinq fenêtres de la façade. Au bout de Tyne Street il y avait des cratères de bombes, mais à mi-chemin elle s'évasait sur une place avant de continuer vers le numéro

26, flanquée d'un côté de maisons à deux étages et de l'autre de demeures plus imposantes, à trois étages, toutes collées les unes aux autres, avec des réverbères à gaz, à intervalles réguliers. Les London Docks n'étaient pas très éloignés et la Luftwaffe avait peut-être rendu service aux habitants de Tyne Street en démolissant le reste des habitations durant un raid raté sur les quais, parce que ce quartier était un nid de déshérités depuis longtemps.

Derrière le numéro 26 et ses voisins s'étendaient des cours cimentées où s'amoncelaient divers rebuts, des bicyclettes rouillées, de vieilles baignoires, des tas de charbon, sans parler des toilettes extérieures, les cours elles-mêmes jouxtant des terrains vagues où certains des traficoteurs du marché noir de Pettycoat Lane avaient remisé leurs étals et leurs charrettes. Sally m'avait amené là un dimanche matin, sans honte de me montrer une partie plus rude de sa ville, et j'avais gardé gravée dans ma mémoire la position particulière du 26, Tyne Street après ma première escapade dans le coin, quand les Chemises Noires me poursuivaient. Certes, je connaissais une centaine de planques comme celle-là dans toute la ville, mais tous mes choix avaient un rapport avec Sally, quand j'y réfléchissais.

Curieusement, à l'arrière la maison ne possédait que deux fenêtres qui ouvraient au bout de l'escalier coudé qui menait du rez-de-chaussée aux chambres du premier. Elles offraient une vue intéressante sur les arrière-cours, et la plus basse une issue pratique si l'ennemi se présentait à la porte d'entrée.

La plus grande part du mobilier familial était rassemblée dans la pièce principale du rez-de-chaussée, la transformant en salle à manger-salon-cuisine et, comme elle possédait le seul évier de la maison, également en salle de bains. Elle mesurait environ quatre mètres cinquante de côté, et son unique fenêtre ouvrait sur la rue. Dans un coin, près de l'évier en émail surmonté d'étagères où s'empilaient de la vaisselle et des poêles, était posée une gazinière. En face, dans ce qui avait été l'âtre de la cheminée, on avait aménagé des fours sur les côtés et un foyer au milieu ; une bouilloire énorme, des casseroles, ainsi qu'un petit réchaud que j'avais apporté s'entassaient dans l'espace réduit. Juste à côté se trouvait un vieux fauteuil au rembourrage fatigué ; un canapé tendu d'un tissu à motif floral où j'avais laissé une partie de mes affaires occupait presque tout le mur de ce côté. Sur un garde-manger en bois plaqué, sous la fenêtre, on apercevait un poste de TSF Bush et un vase de grès débordant de fleurs fanées que je ne m'étais jamais donné la peine de jeter. Juste derrière la porte du couloir, un buffet de cuisine, son plan de travail fermé, et, coincé entre ce meuble et la cuisinière à gaz, un grand lampadaire à l'abat-jour garni de glands. Cette disposition était imposée par le manque de place plutôt que par un souci d'esthétisme.

Le mur ici n'était rien d'autre qu'une cloison de bois allant du sol au plafond qui séparait cette pièce du couloir, peinte en marron et crème comme la porte, la fenêtre et le dessus de la cheminée (actuellement encombré de cartouches de cigarettes). Un lino d'un marron plus sombre couvrait le sol, élimé par endroits, et au centre de la pièce, avec à peine la place de tourner autour, trônait un abri Morrison en guise de table, les chaises de bois poussées contre ses côtés de filets métalliques. En entrant pour la première fois ici, tout ce que j'avais vu dessus s'était résumé à un broc à demi plein de lait caillé couvert de moisissure, un paquet entamé de biscuits Weston, une boîte de poudre Keating contre les punaises, mouches et moustiques, et un exemplaire jauni du *Daily Sketch* daté du 24 mars 1945, le jour où les V2 avaient apporté la Peste Ecarlate en Angleterre.

Par chance, la maison était exempte de cadavres et je n'avais pas mis longtemps à ramasser ceux qui gisaient sur les pavés à l'extérieur pour les transporter au stade. Puisque Tyne Street allait devenir l'une de mes résidences occasionnelles, j'avais estimé que c'était là le moins que je pouvais faire pour ses défunts habitants. Ensuite j'avais apporté quelques affaires adaptées à la situation. La chambre à l'étage regorgeait de conserves, d'armes, ainsi que de grenades dénichées dans un dépôt militaire à quelques kilomètres plus au sud, au bord de la Tamise. Peu m'importait que cette maison n'offrît pas le confort de mes autres refuges ; de fait, son aspect délabré la rendrait moins suspecte aux miliciens de Hubble – jamais ils ne penseraient que je me terrais dans un trou pareil – et je m'y étais toujours senti en sécurité.

Je plaçais toujours la clé de la porte d'entrée sur le bord intérieur de la fenêtre du rez-de-chaussée, celle-ci légèrement entrouverte. La jeune femme avait adossé Stern au mur. Elle ne dit rien pendant que je déverrouillais la porte, mais je savais qu'elle se rongeait d'inquiétude pour l'Allemand.

Je poussai la lourde porte, pris Stern sur mon épaule et le transportai au bout du petit couloir. Les marches de bois craquèrent sous nos poids conjugués, et ces sons parurent amplifiés dans l'espace confiné de la maison. La chambre était ouverte et le clair de lune déversait sa lumière laiteuse par la fenêtre, ce qui m'aida à trouver mon chemin entre les caisses et les tas de conserves jusqu'au lit. J'y déposai l'Allemand avec précaution. Avant que j'aie eu le temps de fermer les rideaux et d'allumer la lampe à pétrole sur la cheminée, Cissie avait ôté la veste de Stern et déboutonnait sa chemise.

– Je vais faire bouillir de l'eau, dis-je à la jeune femme. Essayez d'arrêter l'écoulement du sang.

Elle parla alors que j'étais déjà sur le seuil de la pièce.

– Hoke, la balle...

J'aurais préféré ne pas y penser.

– Ouais, il faudra l'extraire. C'est pourquoi nous avons besoin de beaucoup d'eau chaude.

– Vous le ferez ?

C'était justement ce à quoi je n'avais pas envie de penser.

– A moins que vous ne soyez volontaire ?

Elle ne répondit pas et je soupirai. Evidemment, pas moyen d'y échapper.

– Je ferai ce que je pourrai.

Je me hâtai de redescendre pour allumer le réchaud de camping. Jamais je ne me serais risqué à faire un feu ici ou ailleurs, sinon en plein air, car une fumée de cheminée risquait fort d'attirer une attention indésirable ; en conséquence, pas question d'enfreindre cette règle ce soir. Après avoir réglé l'intensité du petit cercle de flammes, je contournai l'abri Morrison et fermai bien les rideaux, puis j'allumai la lanterne sur la table. La pièce s'illumina, ce qui eut pour effet d'accroître la densité des ombres. Je posai mon pistolet près de la lampe.

Les tuyaux émirent des sons de protestation avant que l'eau jaillisse par saccades du robinet de l'évier, et je dus attendre un écoulement régulier pour emplir la casserole ; la pression était moindre que lors de ma dernière visite et le récipient ne fut plein qu'au bout de deux minutes. Une fois la casserole sur le réchaud, je me lavai les mains avec un morceau de savon phéniqué dans l'évier, répétai l'opération une seconde fois puis secouai les mains plutôt que de les sécher avec le torchon poussiéreux pendu à un crochet au mur. J'avais le plus grand besoin d'une cigarette, mais je fumerais plus tard.

L'appel de Cissie venu du premier fut suivi d'un bruit sourd au plafond.

Maintenant mes mains près de ma poitrine pour ne pas les salir, je remontai à l'étage, non sans jeter un coup d'œil par la fenêtre du petit palier. On ne voyait pas grand-chose à travers la vitre crasseuse, en dehors d'ombres immobiles, mais j'étais à peu près certain que personne ne nous avait suivis. Alors que je me détournais, je butai sur la dernière marche de l'escalier et mon épaule heurta durement le mur opposé ; comme la cloison au rez-de-chaussée, il était en bois et émit un craquement sec, pareil à une détonation. Par la porte ouverte je vis Cissie sursauter et je marmonnai une excuse en approchant du lit.

– Aidez-moi, je vous en prie, implora-t-elle.

A la lumière de la lampe, les larmes luisaient doucement sur ses joues.

Stern était de l'autre côté du lit et il se traînait comme pour échapper à la jeune femme. Elle s'était agenouillée sur le matelas et s'efforçait de le remettre sur le dos, mais elle agissait avec trop de prudence et de douceur. L'Allemand cria quelque chose dans sa langue natale, et sa main jaillit soudain pour frapper Cissie à l'épaule. Je la rejoignis et, oubliant que je ne voulais pas salir mes mains, je saisis Stern par le bras et le retournai. Je grimaçai en voyant les draps trempés de sang.

– Du calme, lui dis-je inutilement, en le plaquant sur le lit avec juste la force nécessaire.

Recommandation nulle. Il se débattit de nouveau et pour la première fois je vis clairement le sang qui bouillonnait de la blessure à sa nuque. Elle s'ouvrait sur l'enchevêtrement de cicatrices et de peau brûlée qui descendait de la racine de ses cheveux jusqu'à ses omoplates. Toutefois c'étaient de vieilles blessures, et mon attention se reporta sur la plaie récente – je crus voir quelque chose qui y était logé, une légère saillie noirâtre sous la pellicule poisseuse du sang. Je l'effleurai du bout des doigts pour confirmer ce que je pensais, et je sentis une protubérance solide qui n'était pas osseuse, je le savais.

– La balle est presque à fleur de peau, dis-je, plus pour moi-même que pour la fille. Voilà qui simplifiera un peu la tâche.

J'examinai la blessure à son bras, près de l'épaule, et grognai de satisfaction en constatant la présence de deux plaies, une devant et l'autre derrière. Le projectile avait traversé et était ressorti sans toucher l'os. Je me redressai et remarquai l'étoffe imbibée de sang que Cissie tenait à la main.

– Sa chemise, dit-elle.

– Bon Dieu... D'accord, je vais lui trouver autre chose.

Je me rappelai les draps et les serviettes tachés de moisissure empilés dans un placard de l'autre côté de la pièce. Ce n'était pas l'idéal, mais il faudrait bien s'en contenter.

– Gardez-le couché sur le flanc, comme il est en ce moment. Nous allons nous occuper de sa blessure à l'épaule en premier, essayer d'arrêter le saignement, ensuite j'extrairai la balle de son cou...

– La douleur semble insupportable. Vous n'avez rien à lui donner ?

– Des cachets ne feraient rien, en admettant qu'il puisse les avaler. Demain je me rendrai dans un hôpital, pour chercher un peu de morphine.

C'était quelque chose que j'aurais dû faire depuis longtemps, en cas d'accident, pour moi-même, mais je crois que j'avais eu un peu peur de disposer de substances opiacées aussi puissantes ; il faut dire que ma petite personne avait déjà un problème sérieux avec l'alcool. Mais il existait une autre raison : je détestais ce genre d'endroits – hôpitaux et églises parce que ce n'étaient rien d'autre que de grands garages à sépultures, encombrés des cadavres de tous ceux qui s'y étaient réfugiés dans l'espoir d'échapper à la Peste Ecarlate, soit par la grâce divine, soit par les soins du personnel médical. Non, je préférais rester loin de ces charniers clos.

– Je prendrai des pansements et des bandages en même temps, mais pour ce soir nous devrons nous débrouiller avec ce que nous avons sous la main.

– Il faut quelque chose pour éponger le sang maintenant, et un autre linge qui servira de compresse...

– Laissez-moi une minute. Tenez-le en position, d'accord ?

J'allai jusqu'au placard et quand j'en ouvris les portes l'odeur de moisi m'emplit les narines. Je sortis tout le linge et les serviettes que je trouvai – ce qui ne faisait pas beaucoup – puis je pris une pile de draps sur l'étagère supérieure. Je rapportai le tout jusqu'au lit.

– Utilisez ça au mieux pendant que je vais chercher l'eau, dis-je en sortant.

Elle frémissait à peine, et je pris le temps de fouiller dans le vaisselier de la cuisine, à la recherche d'un instrument qui pourrait faire l'affaire pour de la chirurgie de fortune. Le mieux que je découvris fut un long couteau à découper, à la lame effilée, un peu trop épaisse pour l'usage auquel je la destinais, mais c'était le seul ustensile pourvu d'une pointe assez forte pour s'enfoncer dans les chairs. J'ôtai la casserole du réchaud et plaçai la lame sur les petites flammes bleutées pour stériliser le tranchant, en la tournant et la retournant afin d'éviter qu'elle noircisse. L'opération dura environ deux minutes, puis je replaçai la casserole sur le réchaud, et l'eau se remit très vite à bouillonner.

J'emplis une autre casserole, la substituai à la première, que j'emportai au premier, en laissant le couteau dans l'eau bouillante.

Stern tint bon quelque temps avant de se mettre à crier. Je dus sonder plus profond que je ne l'avais pensé pour passer la pointe du couteau sous la balle. D'une main Cissie brandissait la lampe à pétrole aussi près que possible de la plaie, de l'autre elle s'efforçait de maintenir l'Allemand. Une fois il échappa à sa prise et roula sur le dos. Par chance j'ôtai la lame du couteau avant son mouvement. Quand nous l'eûmes repositionné sur le flanc, je me remis au travail avec plus de vigueur. J'ignorai ses cris et enfonçai la lame dans la plaie sanguinolente pendant que Cissie pesait de tout son poids sur le blessé pour l'immobiliser. Je tournai la lame et la relevai vivement, et je sentis la balle bouger. Les cris de Stern emplissaient la pièce et sans doute résonnaient-ils aussi dans la rue, mais le cône de plomb tomba enfin sur les draps rougis. Je restai immobile, certain de l'avoir tué, jusqu'à ce que je voie sa poitrine se soulever et s'abaisser au rythme de sa respiration. Une mousse de sang maculait ses lèvres.

Cissie termina le travail, nettoya et pansa. Je redescendis chercher encore de l'eau. Je remontai avec la deuxième casserole et aidai la fille à changer les draps pour en mettre d'autres non tachés, après avoir roulé l'Allemand inconscient d'un côté et étalé une double épaisseur de serviettes sur le matelas trempé de sang. Je la laissai veiller sur lui et retournai au rez-de-chaussée une nouvelle fois. J'étais tellement épuisé et sur les nerfs que ma main trembla trop pour allumer la cigarette que je venais de prendre dans un des paquets sur la cheminée ; je finis par utiliser la flamme du réchaud. Je m'écroulai dans le fauteuil et ses ressorts rouillés protestèrent sous mon poids. Tête renversée en arrière, yeux clos, j'emplis avec délice mes poumons de fumée.

Il y avait du whisky dans un placard, mais j'étais trop las pour me lever et aller prendre la bouteille.

Il faisait encore nuit quand des gémissements au premier m'éveillèrent. Je restai assis et écoutai l'agonie de Stern avec un mélange de pitié, de colère et d'impuissance. La pitié allait à Stern, sentiment que je n'avais jamais éprouvé pour un Allemand ; la colère était dirigée contre les salopards qui lui avaient fait ça ; et l'impuissance découlait de la constatation que Cissie et moi ne pouvions rien de plus.

Des pas résonnèrent dans l'escalier – toute la maison trahissait le moindre mouvement entre ses murs par un concert de craquements, de couinements et même de soupirs – et l'appréhension me noua l'estomac quand la silhouette sombre de Cissie apparut sur le seuil de la cuisine. Je savais déjà ce qu'elle allait me demander.

– Hoke, il a besoin de quelque chose pour supprimer la douleur, maintenant. Et aussi de l'antiseptique, des compresses stériles et des bandages propres. Sinon il ne passera pas la nuit.

Oh merde, pensai-je. *Foutu bordel de merde.* Et je me levai avec raideur du fauteuil.

L'énorme masse gothique et sinistre de l'hôpital se trouvait à un kilomètre et demi environ, le long de Whitechapel. Sous la lune, c'était une vision des plus déprimantes. Je m'étais juste accordé le temps de me laver un peu du sang qui m'avait éclaboussé et rougi les mains, et j'avais enfilé un T-shirt gris pour me protéger de la fraîcheur qui accompagnait les heures précédant l'aube. Sur la table j'avais pris le pistolet, en remarquant pour la première fois qu'il s'agissait d'un Browning de calibre 22 ; je l'avais glissé à ma ceinture puis j'avais quitté la maison. Courbé en deux, une main courant le long des briques du mur pour me repérer dans les ténèbres de la ruelle, j'étais retourné à l'Austin qui nous avait amenés ici. Le trajet n'avait pas pris longtemps, mais une fois arrivé à destination j'étais resté un temps dans la voiture, en bas de la rampe d'accès desservant l'entrée principale de l'hôpital. Je me mettais en condition pour entrer dans la bâtisse. Seule la pensée que Wilhelm Stern m'avait sauvé la vie à deux reprises, et que plus je traînais plus il souffrait, me poussa à ouvrir la portière et à gravir l'escalier jusqu'aux portes vitrées restées ouvertes depuis plus de trois ans.

La lampe à pétrole levée à hauteur d'épaule, je pénétrai dans le grand hall.

Je continuais à détester la seule évocation de ces services et de ces couloirs où s'entassaient des débris humains, certains des cadavres empilés les uns sur les autres, à croire que dans leurs derniers moments ils s'étaient battus et qu'ils étaient tombés dans une étreinte éternelle. Il y avait des formes plus menues ici et là, les corps détériorés d'enfants, mais j'évitais de regarder leurs petits visages fripés et je progressais entre eux avec prudence, les yeux fixés droit devant moi. Il y en avait partout, de ces choses putréfiées qui avaient naguère été des êtres humains, des gens qui avaient respiré, souri et pleuré, partout, dans chaque recoin, comme je m'en étais douté, et je tressaillais chaque fois que mon pied touchait quelque chose de fragile et de friable. L'odeur était omniprésente, et je mis une main devant ma bouche et mon nez pour l'atténuer.

Il me fallut presque une heure pour trouver la pièce que je cherchais, pourtant je ne m'étais toujours pas habitué au carnage qui m'entourait : j'étais tout bonnement terrifié, et une nausée sournoise menaçait. Même quand je brisai les armoires vitrées et que j'examinai les fioles et les bocaux, pendant que je fouillais les placards à la recherche de gaze et de pansements chirurgicaux, puis les tiroirs pour les pilules et les seringues, je ne cessai de regarder par-dessus mon épaule, en m'attendant à découvrir ce que je ne voulais pas voir. Je rassemblai tout ce qui me parut de quelque utilité, y compris des sédatifs, et me forçai à conserver mon calme, à prendre le temps de ramasser les choses essentielles, et certaines qui l'étaient sans doute moins. Je me chargeai de ciseaux divers, d'épingles de sûreté, de crèmes antiseptiques et de boîtes d'Elastoplast, de tout ou presque tout ce qui me tombait sous la main, et je mis le tout dans un sac de toile servant à la blanchisserie, que j'avais découvert dans un réduit. Quand enfin j'estimai avoir ramassé tout ce que je pouvais, je m'enfuis de cet endroit maudit.

Le jour se levait derrière les toits au loin quand l'Austin remonta Whitechapel High Street. La lassitude alourdissait mes paupières et mes mains étaient comme engoncées dans des gants de plomb sur le volant. Je trouvai rapidement mon chemin jusqu'à Old Castle Street, et un instant plus tard je me hâtais dans la ruelle, jambes flageolantes.

Cissie était assise sur les dernières marches, au bout du petit couloir. La clarté pâle de l'aube qui filtrait par la fenêtre teintait de grisâtre sa chevelure et ses épaules. A ses sanglots étouffés, je compris qu'il était trop tard. Stern était déjà mort.

20

Nous étions allongés côte à côte sur le lit, dans la chambre du deuxième étage, tous deux habillés. Une main posée sur l'espace entre nous, Cissie m'observait. J'étais sur le dos, le regard fixé sur la fenêtre et le ciel qui s'éclaircissait, une cigarette entre les lèvres.

Je l'avais conduite dans cette pièce et j'avais attendu qu'elle finisse de pleurer. J'étais conscient que ses larmes n'étaient pas uniquement dues à la mort de Wilhelm Stern, dont le corps recouvert d'un simple drap gisait dans la chambre en dessous de nous, mais aussi à la trahison de son amie et à tout ce qui en avait résulté : la tentative aberrante de transfusion, l'exécution du pauvre Albert Potter, le bombardement du Savoy, notre fuite sur le fleuve pour échapper aux Chemises Noires, l'abandon de ces autres survivants hébétés, attirés hors de leurs tanières par les lumières de l'hôtel, que nous avions laissés aux mains d'un dément à l'agonie. L'incrédulité de Cissie devant la trahison de Muriel n'avait fait qu'accroître sa détresse, car avec le temps les deux jeunes femmes étaient devenues amies – c'est du moins ce qu'avait cru Cissie – durant une période où le monde entier était dépouillé de notions de civilisation. Malgré leurs origines sociales différentes, elles avaient formé une alliance, s'étaient soutenues dans les moments de désespoir, et chacune avait par sa présence aidé l'autre à ne pas céder à la folie. Jusqu'à ce que Muriel découvre un des siens en la personne de sir Max Hubble.

Le déguisement qu'elle avait adopté pour survivre était tombé comme une cape et cette déloyauté – le choix qu'avait fait Muriel – était une chose que Cissie ne parvenait pas à comprendre. A la vérité, et c'est ce dont j'essayais de la persuader, Muriel avait été loyale, mais à sa propre classe sociale, aux gens de mêmes convictions. Cissie était pourtant présente quand Hubble avait révélé qu'Edouard VIII, le précédent roi d'Angleterre, rétrogradé au rang de duc, s'était aligné sur l'idéologie nazie, avec certains membres de l'aristocratie britannique.

Avant la guerre ils ne faisaient pas mystère de leurs opinions, selon d'autres pilotes avec qui j'avais discuté, et seule l'ouverture formelle des hostilités les avait forcés à plus de modération dans leurs positions. Les bonnes manières plutôt que les principes, telle était leur philosophie pervertie. Leurs propres idéaux étaient pour eux plus importants que leurs compatriotes. C'était un système décadent et égoïste, qui s'était épanoui pendant toute l'histoire de l'Angleterre, et une situation que ma mère avait été heureuse de laisser derrière elle quand elle s'était installée aux Etats-Unis, même si elle conservait l'amour de son pays natal, et si ces « égarés », comme elle les appelait, ne représentaient qu'une petite minorité. Muriel, affirmai-je à Cissie en repoussant les boucles de sa chevelure de son visage gonflé, était simplement restée loyale au conditionnement qu'elle avait reçu. Son revirement n'était en somme qu'une alliance naturelle.

Rien de tout cela ne parut beaucoup aider Cissie, mais peut-être qu'une partie de mon discours porta, car après quelque temps elle cessa de pleurer, essuya ses joues et son nez du revers de la main, et se mit à parler...

– Wilhelm voulait que vous sachiez qu'il était désolé.

Sa voix sonnait curieusement creux dans cette pièce presque vide, meublée seulement du lit et d'un fauteuil aux accoudoirs en bois nu, sur lequel était posée une pile de vêtements de garçons – des tailles différentes, ce qui me laissait à penser qu'ils appartenaient à plusieurs enfants. Je tournai mon regard vers son visage maculé de crasse, qui avait lui aussi quelque chose de juvénile dans la lumière douce de l'aube. Les cernes sous ses yeux trahissaient les tourments qu'elle vivait.

– Il a réussi à parler ?

– Vers la fin. Je pense que sa souffrance a baissé parce qu'il se savait en train de mourir.

– Pourquoi s'est-il dit désolé ?

– Oh, pas pour ce qu'il avait fait. Il a dit qu'il avait combattu pour son pays durant la guerre, qu'il avait accompli son devoir, tout comme nous.

– Ouais, son devoir...

Je tirai sur la cigarette, l'ôtai de ma bouche et la laissai pendre au bout de mes doigts, dans le vide au bord du lit.

– Il était désolé pour la monstruosité perpétrée par l'Allemagne en dernier lieu, pas pour son rôle en tant que soldat.

– C'était un espion.

– Soldat, espion, pour lui c'était pareil. Mais il avait profondément honte de ce que Hitler avait infligé à son propre pays et au reste du monde. Il a dit que la défaite inévitable de l'Allemagne aurait dû être acceptée dans l'honneur. Il ne voulait pas que vous, que nous jugions son peuple d'après les enragés qui le dirigeaient. Seul le haut commandement était au courant, pour les fusées et l'horreur qu'elles étaient capables de déchaîner.

– Quelle importance ? Rien ne peut plus changer ce qui s'est passé.

Je fermai les yeux. Pourtant, en dépit de la fatigue, mon esprit refusait de se mettre au repos. Il continuait de retourner en tous sens les événements qui s'étaient produits depuis la veille.

– Il voulait seulement que vous le sachiez, Hoke, c'est tout.

– Je l'ai percé à jour, mais je me suis trompé sur son compte. Je ne lui faisais pas confiance, et pourtant il m'a sauvé la vie...

– Wilhelm comprenait cela. Il ne vous en voulait pas pour vos soupçons, Hoke.

– A-t-il eu le temps de vous dire quelle était sa mission ici pendant la guerre ?

– Vers la fin, il éprouvait de grandes difficultés à parler. Il s'étouffait avec son propre sang. Mais il a essayé... Oh, il a vraiment essayé...

Quand elle baissa les yeux je craignis qu'elle ne cède aux larmes mais elle se ressaisit, et la ligne de sa bouche se durcit.

– Il voulait mettre les choses au clair entre vous et lui, quelque chose qui avait à voir avec sa notion de l'honneur entre ennemis. Je pense qu'il désirait mourir avec votre respect, pas votre haine.

– Il avait déjà gagné mon respect, dis-je en tirant une bouffée de cigarette. Alors, quelle était sa mission ?

– Il m'a confié que son avion avait bien été abattu, mais ce n'était pas au-dessus de la côte est, ce n'était pas un Heinkel, et ce n'était pas en 1940. C'est arrivé en 44, quelques semaines avant le Débarquement, et l'avion était un... comment a-t-il dit, déjà ? Ah oui : un Junkers. Un Ju 188. Il a été touché par la DCA au-dessus de la Solent, et les sept autres hommes à bord ont tous péri. Lui seul a réussi à sauter en parachute avant que l'avion en feu s'écrase.

Ses yeux glissèrent de moi vers la fenêtre, et le jour naissant se refléta dans ses iris noisette.

– Ses vêtements avaient pris feu quand il a sauté, et – de façon absurde, a-t-il dit – il s'est plus inquiété du fait que ces flammes risquaient de le faire repérer en plein ciel que de mourir brûlé vif. Mais le déplacement d'air les a éteintes.

Je pensai aux cicatrices sur le dos et la nuque de l'Allemand, et je dus bien m'avouer épaté par son courage. Un saut au-dessus d'un territoire ennemi, en pleine nuit, pour ensuite se cacher pendant que les équipes de recherche sillonnaient les environs, et ce alors qu'il était gravement brûlé et seul, voilà qui requérait un cran certain. Une autre pensée me vint.

– Il vous a dit qu'il y avait sept autres hommes avec lui dans le Junkers ? Mais ce type de bombardier n'embarquait qu'un équipage de quatre personnes...

– Ce n'était pas un équipage normal. Tous avaient des papiers officiels avec des identités slaves, pas allemandes. S'ils étaient capturés, leur couverture consistait à raconter qu'ils étaient des résistants polonais ou tchèques qui avaient volé un avion pour rejoindre l'Angleterre afin de poursuivre le combat avec les forces alliées.

Je claquai des doigts.

– Exbury Point !

– Quoi ?

– Je me souviens d'avoir entendu quelque chose à propos d'un mystérieux bombardier allemand qui se serait écrasé à Exbury Point, près de la Beaulieu, là où les barges de débarquement étaient préparées pour l'invasion de l'Europe. A l'époque, pas mal de rumeurs circulaient à propos d'activités secrètes dans ces parages.

– Oui, c'était son avion. Il a dit que les services de renseignements allemands avaient appris que des avions-fusées sans pilote étaient testés le long de la baie de la Solent. Il avait pour mission de découvrir où en étaient les expérimentations des scientifiques britanniques. Seuls trois hommes dans le Junkers devaient sauter sur cette zone, les autres formaient l'équipage normal, mais on les avait également dotés de faux papiers, au cas où le pire arriverait.

– Et le pire est arrivé... Comment diable Stern s'est-il débrouillé après avoir sauté ?

– Il est resté caché deux jours entiers, ensuite il a pu joindre son contact dans la New Forest, quand les recherches se sont calmées.

– Mais ses brûlures...

– Il était un peu spécial, n'est-ce pas ?

Un peu, oui, me dis-je, et je ressentis un regain de culpabilité pour la manière dont j'avais traité cet as de la guerre.

– Et ensuite ? m'enquis-je.

– Eh bien, il est resté dans la région et a fourni des renseignements à ses supérieurs jusqu'à ce que le Débarquement ait lieu. Il tenait à ce que vous le sachiez, il a affirmé avoir causé très peu de tort aux efforts des forces alliées là-bas, parce qu'une fois la reconquête de l'Europe commencée, c'est-à-dire très peu de temps après son arrivée, ses rapports n'avaient plus grande valeur. Tout ce qu'il pouvait faire, c'était de se débrouiller de son mieux pour survivre.

Je soufflai la fumée vers le plafond et écrasai le mégot contre le plancher nu. Dans le geste, mes doigts effleurèrent le pistolet que j'avais posé à côté du lit. Quand je me retournai vers elle, Cissie s'était dressée sur un coude et me contemplait d'un air songeur. Ses lourdes boucles cascadaient de nouveau sur son visage.

– Hoke ?

Je restai silencieux et la fixai dans les yeux.

– Nous avons imaginé que c'étaient tous des démons, n'est-ce pas ? L'ennemi, tout le peuple allemand, je veux dire. Nous avons cru qu'ils étaient tous pareils.

– Ce sont eux qui ont déclenché toute cette folie.

– Hitler l'a déclenchée.

– Et le peuple allemand avec lui. Des gens comme Stern.

– Nous avons bombardé leurs villes les premiers.

– Votre pays n'a fait que riposter à leur raid aérien sur Londres.

– Une erreur. Le bombardier allemand s'était égaré. Ils n'avaient pas pour objectif de tuer des civils. Et notre propre gouvernement le savait très bien quand il a donné l'ordre de bombarder Berlin. La réponse de Hitler a été le Blitz sur Londres.

– C'est Stern qui vous a dit ça ?

– Il était mourant, il n'aurait pas menti. De toute façon je n'ai jamais accordé foi à toute cette propagande diffusée par notre gouvernement, comme la plupart des Anglais, je suppose.

Mes paupières commençaient à retomber. Je n'avais plus assez d'énergie pour approuver ou désapprouver les propos de Cissie. Une réponse aurait provoqué d'autres arguments de sa part, et j'étais trop épuisé pour bavarder, encore plus pour polémiquer.

– Hoke ? fit-elle, croyant que je m'étais assoupi.

Je murmurai quelque chose, ou peut-être me contentai-je d'un grognement.

– La dernière chose que Wilhelm voulait que vous sachiez, c'est qu'il ne pensait pas tout ce qu'il a dit pendant le repas. Simplement il était las de vos piques, et il a voulu vous contrer, mais ensuite il l'a regretté. Lui aussi méprisait les Chemises Noires. Il a dit qu'ils étaient comparables aux pires de ses compatriotes, aux fanatiques nazis. C'est pourquoi il ne les a pas rejoints la nuit dernière. En fait, il m'a avoué que s'il avait pu survivre il vous aurait aidé dans votre combat contre eux.

– Je ne combats pas les Chemises Noires, Cissie. J'ai toujours fait de mon mieux pour les fuir.

– Alors pourquoi restez-vous ici, Hoke ? Pourquoi n'avez-vous pas quitté cette ville depuis des années ?

Mon esprit dérivait et je trouvais cette sensation très agréable.

– Trop de trucs à faire, marmonnai-je.

Le matelas était certes moisi et peut-être plein de bosses et de creux, mais j'avais l'impression de m'enfoncer dans une douceur irrésistible. Quelque chose secouait mon épaule et je m'en détournai. Mais la voix insista :

– Quoi, Hoke ? Qu'est-ce que vous avez à faire ? Dites-le-moi...

J'étais déjà ailleurs, et bientôt la voix s'estompa. Par bonheur, j'eus un sommeil sans rêve.

Je pense que ce furent la chaleur sur mon visage et la lumière intense qui frappait mes paupières qui me réveillèrent. J'ouvris les yeux et tournai la tête pour éviter l'éclat de soleil, ce qui dérangea Cissie, dont un bras était passé autour de ma taille. Nos deux visages étaient très proches. Elle me regarda en clignant des yeux plusieurs secondes et ne recula pas.

Tout me revint d'un coup et, la seconde suivante, j'étais en alerte. Je me dressai sur un coude et je lorgnai vers la porte ouverte de la chambre, puis je me tournai vers la fenêtre et plissai les paupières.

– Qu'y a-t-il ?

Ma réaction l'avait effrayée, mais je tendis l'oreille une bonne minute avant de lui répondre :

– Tout va bien. Rien à craindre.

En réalité je ne pouvais l'affirmer avant d'avoir regardé à l'extérieur, devant et derrière la maison, mais je ne sentais aucun danger immédiat, et mon instinct avait toujours été fiable. Je me rallongeai et me rendis alors compte que j'avais mal en cent endroits différents de mon corps.

Il y avait du sang séché sur mon bras, là où ils avaient essayé de me saigner la nuit précédente, et l'incision était encore douloureuse. Mon épaule était ankylosée, et le pansement qui avait recouvert l'entaille faite par la balle avait disparu. Diverses coupures et autres bleus me remémoraient l'enfer que j'avais traversé ces derniers jours. Le seul fait de respirer un peu trop profondément provoquait une brûlure diffuse dans mon torse, mais je savais que mes côtes n'étaient pas cassées, seulement fêlées, sinon la souffrance aurait été beaucoup plus aiguë. Ma cheville s'était presque remise, bien qu'encore un peu gonflée, et elle tournait correctement. Le reste n'avait pas à m'inquiéter.

Le dos de la main de Cissie me caressa la joue.

– Quel est le diagnostic, Hoke ? Vous survivrez ?

– C'est dans mes projets.

Je levai ma tête de l'oreiller et inspectai la chambre du regard, pour vérifier que tout était tel que lors de ma dernière visite, quelques mois plus tôt. Je n'avais pas eu l'occasion de me livrer à ce petit contrôle avant que nous nous écroulions sur le lit, terrassés par la fatigue, et de toute façon à ce moment la pièce était dans la pénombre. A présent je constatais qu'elle était dans son état habituel, avec les affaires d'enfants sur le fauteuil, les cendres qui emplissaient l'âtre, la porte de la penderie légèrement entrouverte laissant voir des jouets et des bandes dessinées.

– Et vous, comment vous sentez-vous? dis-je quand je fus certain que rien n'avait été dérangé.

– Mes jambes sont aussi raides que si j'avais couru deux marathons d'affilée, et mon bras est encore douloureux là où une de ces Chemises Noires m'a agrippée, mais en dehors de ça et d'une collection de bleus et de bosses, ça va. Je crois.

Alors qu'elle m'imitait et examinait la pièce, j'observai son profil. La ligne de sa mâchoire était nette et ferme, son nez d'une taille parfaite, ni trop petit ni trop grand, et la petite cicatrice sur son arête ressortait en blanc sur la crasse qui maculait son visage. Il y avait de la poussière et des éclats de verre dans sa chevelure et sa robe de soirée était fripée, déchirée par endroits, mais comme moi elle n'avait pas de blessure grave.

– Qui vivait ici, avant? demanda-t-elle sans se rendre compte de mon examen. Y avait-il des corps...

Je secouai la tête.

– Non, la maison était vide quand je m'y suis installé. Je pense qu'une femme y habitait, avec ses trois jeunes fils.

– Pas de mari ?

– Il y a des boules de naphtaline dans des costumes d'homme, dans une armoire en bas. Et pas de blaireau ou de rasoir dans la salle de bains.

– Peut-être qu'il portait la barbe.

– Aucun sous-vêtement masculin, pas de chaussettes. Soit le mari était dans l'armée, soit cette femme était veuve. A mon avis, quand les dernières fusées ont commencé à tomber sur la ville, elle a emmené ses trois gamins à la station de métro la plus proche. C'est probablement là qu'ils sont morts.

Cissie ne put réprimer un petit frisson. Même après tout ce temps et une telle tragédie, le décès d'une pauvre femme et de ses enfants la peinait. Et pourtant, c'était terriblement plus difficile quand la victime était quelqu'un que vous connaissiez et que vous aimiez. Oh oui, cela pouvait vous mener jusqu'à l'autodestruction...

– Ecoutez, fis-je en m'asseyant sur le lit, je vais préparer du café, ou du thé si vous préférez. Vous, reposez-vous encore un peu, je vous le monterai. Ensuite nous réfléchirons à... (Je jetai un coup d'œil vers la fenêtre pour juger de la position du soleil.) Nous réfléchirons à déjeuner.

Elle s'assit à son tour.

– Non, je m'en occupe. Vous devez encore être épuisé.

Du plat de la main et en douceur, je la forçai à se rallonger sur le matelas.

– Pas question. D'ailleurs je sais où tout se trouve, pas vous. Et mieux vaut que je me dégourdisse un peu les muscles. Alors, thé ou café ?

– Thé.

Je balançai mes jambes hors du lit, mais elle me saisit la main avant que je me lève.

– Hoke, ces gens devant l'hôtel, hier soir... Qui étaient-ils, d'où venaient-ils ? D'après vous, ils appartenaient à la milice de Hubble ?

– Vous avez remarqué leur expression de surprise, et la réaction des Chemises Noires quand ils les ont vus ?

– Alors, qui... ?

– Des survivants. Comme nous. Des rescapés de la Peste Ecarlate. Du moins la majorité d'entre eux l'étaient, car ils semblaient prendre soin de ceux qui ne paraissaient pas aller très bien. Je pense qu'ils étaient un peu déboussolés après toutes ces années passées à se cacher, et le Savoy illuminé comme un arbre de Noël, en pleine nuit, ça a dû les attirer. Alors ils ont quitté leurs refuges un peu partout dans la ville. Les lumières leur ont sans doute donné quelque espoir, peut-être se sont-ils dit qu'une partie de leur ancienne existence était en train de renaître, il a fallu qu'ils le voient par eux-mêmes. Malheureusement, ils ont commis une grosse erreur. Une putain d'erreur...

– Qu'est-ce que Hubble va faire d'eux ?

– Vous le savez.

Elle baissa la tête et je vis une unique larme tomber de sa joue sur sa cuisse. Je lui effleurai l'épaule, dans un geste maladroit de réconfort.

– Cela enlève un peu de pression sur nous, Cissie.

Elle me considéra fixement, alors que la signification de mes paroles lui venait progressivement. Peut-être s'agissait-il d'une remarque égoïste, mais elle contenait une bonne part de vérité : à présent Hubble disposait de tout le sang non vicié nécessaire pour sauver sa milice, croyait-il, donc il n'était plus obligé de nous traquer. D'accord, je ne pensais qu'à nos propres peaux, mais aussi égoïste que fût cette notion elle me procura une consolation passagère. Hélas, je sous-estimais la haine de Hubble à mon égard, ou plutôt son obsession vis-à-vis de moi, même après tout ce temps. Oui, je la sous-estimais grandement.

21

Sur le petit palier à l'extérieur de la chambre du deuxième étage, je pris le temps d'étendre une jambe en travers de l'escalier en colimaçon et de poser le pied sur le rebord de la fenêtre en face. Le mouvement ne posait pas de problème, car la distance n'excédait pas un mètre vingt, et en me penchant j'étais en mesure d'ouvrir la fenêtre, qui pivotait vers l'intérieur, et d'apprécier une jolie vue des toits de l'est de Londres, avec la flèche blanche de l'église de Spitalfields qui s'élançait dans le ciel clair au loin, son horloge arrêtée pour l'éternité à quatre heures moins dix.

Je me demandai quel jour, quel mois de quelle année son mécanisme avait rendu l'âme, et je songeai qu'à cette seconde précise personne n'avait été là pour voir le temps se figer. Je ne sais pourquoi, j'avais l'impression que nous étions un dimanche. Peut-être parce que Sally m'avait toujours emmené au marché le dimanche matin à cet endroit. A en juger par la position du soleil, il ne devait pas être loin de midi. On était en juillet ou en août, je n'étais pas très sûr du mois, en 48. Oui, disons un dimanche de l'été 1948. Cela n'avait aucune signification, et je n'avais pas idée de la raison pour laquelle ces réflexions me venaient, à moins qu'une vague notion d'ordre ne resurgisse subrepticement dans mon existencc. Etait-ce la présence de Cissie, cette conscience qu'elle allait dépendre de moi ? Une autre vie à assumer pouvait-elle conférer une certaine direction à la mienne ?

Je chassai ces pensées et scrutai l'espace en dessous, pour m'assurer que personne ne se faufilait par là. Neuf mètres plus bas environ s'étendait l'arrière-cour du 26, dont la moitié était recouverte de plaques de tôle rouillée posées sur un bâti en bois pour protéger de la pluie le tas de charbon et l'essoreuse à rouleaux ; dans la partie découverte je voyais un robinet fixé au mur de la maison et la porte des toilettes extérieures. Tout était calme en bas, comme je m'y étais attendu, et je me redressai en agrippant le montant de la balustrade.

Comme d'habitude les marches craquèrent quand je descendis au premier, et je fis halte devant la porte de la chambre où gisait le corps froid de Wilhelm Stern. Je décidai de ne pas regarder à l'intérieur. Qu'y avait-il à voir ? Un linceul recouvrant le cadavre d'un homme très courageux. Non merci, pas aujourd'hui. J'allai au rez-de-chaussée, et quand j'emplis la bouilloire je remarquai que l'eau était brunâtre, détail que j'avais été incapable de discerner la nuit précédente. Tant pis. Je plaçai la bouilloire sur le réchaud. En faisant bouillir l'eau, j'éliminerais tous les germes, et il ne nous resterait plus qu'à nous accommoder du goût. Alors que je prenais les allumettes, je perçus le bruit.

Un grattement, qui venait du couloir.

Une souris ? Un rat ? De petits animaux qui étaient des survivants, comme nous ? Des créatures indéterminées qui se faufilaient derrière les murs et sous les planchers ? Je craquai l'allumette et le bruit reprit. Cette fois, je le situai : il venait de la porte d'entrée.

Je soufflai la flamme et allai silencieusement jusqu'à la fenêtre. En me penchant entre les fleurs fanées et le poste de TSF, je pus jeter un coup d'œil entre les rideaux. La rue était déserte.

Le jappement discret que j'entendis la seconde suivante me fit sortir dans le couloir et déverrouiller la porte, que j'ouvris sans réfléchir. Cagney était là, la patte levée pour gratter le panneau de bois. Il jappa de nouveau en me voyant, mais c'était un son atténué par l'épuisement, et il essaya de se mettre sur ses quatre pattes tandis que sa queue battait faiblement. L'effort faillit le renverser et je vis que son train arrière était couvert de sang. Le trottoir sous lui était également rougi. Il y avait des traînées écarlates sur son échine et ses flancs, comme si quelqu'un s'était acharné sur lui avec un fouet ou une badine.

– Oh, mon garçon...

Je mis un genou à terre.

– Qu'est-ce que ces fumiers t'ont fait...

Je lui tendis les bras et me penchai en avant. Il avança maladroitement vers moi, assoiffé de réconfort. Le filet de bave qui coulait de sa gueule entrouverte était teinté de rouge. De très mauvaises pensées déferlèrent dans mon esprit, et je sentis monter en moi une rage meurtrière qui ne fut contenue que par la pitié que j'éprouvais pour l'animal à demi mort devant moi, qui était mon ami et mon compagnon.

– Cagney... commençai-je.

Le chambranle de la porte derrière moi explosa en une pluie d'échardes.

Je me jetai en arrière, dans le couloir. La seconde rafale toucha Cagney en plein corps, lui déchira le dos et le souleva du sol. Son hurlement perçant d'agonie supplanta un instant le staccato des détonations.

Cette fois je criai son nom, mais je savais qu'il était mort avant que le dernier projectile lui arrache une partie du crâne. Son corps agité de spasmes s'écroula sur le seuil, et malgré tout l'amour que j'avais pour ce chien je n'eus d'autre choix que de le repousser du pied pour claquer la porte.

Des balles percèrent l'épais panneau de bois, m'arrosant d'échardes, et de fins rais de lumière filtrèrent par les trous. J'entendis des pas sur les pavés de la rue et quelque chose percuta la porte avec une telle violence que je craignis qu'elle ne tombe à l'intérieur. Je courus le risque de tourner la clé dans la serrure, puis je reculai à croupetons et ne me redressai que quand quelqu'un souleva le petit volet de la boîte aux lettres. De la pièce derrière la cloison parvint un bruit de verre brisé.

Je montai les marches quatre à quatre en me mau dissant pour ma stupidité et pour avoir laissé le pistolet sur le plancher près du lit, au deuxième. J'atteignis le palier du premier au moment où des meubles étaient renversés dans la pièce en dessous. D'autres balles mordirent le bois épais de la porte, sans doute autour de la serrure. Quelque chose céda dans un grand bruit et je sus qu'ils étaient entrés.

Sur le palier je faillis percuter Cissie. Elle était pieds nus, mais elle tenait dans la main le pistolet que j'avais oublié.

– En haut ! lui criai-je simplement, manquant de temps pour des explications.

Des pas précipités et des cris résonnèrent dans le couloir en bas.

Je pris le pistolet et poussai Cissie vers l'escalier qu'elle venait de descendre, en lui laissant à peine le temps de se retourner. Elle trébucha mais retrouva aussitôt son équilibre en posant les mains sur les marches suivantes, et elle monta dans le mouvement.

– Nous allons être pris au piège ! me cria-t-elle tandis que je la poussais de plus belle.

Je ne m'arrêtai que pour m'adosser au pilier central et tirer sur l'ombre plus bas. L'autre hésita. Il n'avait pas envie de prendre la balle suivante, et cela nous laissa le temps d'arriver au deuxième étage.

– Comment nous ont-ils retrouvés ? s'exclama Cissie en m'agrippant le bras. Je croyais qu'ils ne connaissaient pas cet endroit...

– Ils ont pisté Cagney.

Ce fut tout ce que je pus lui dire. De lourdes bottes martelaient les marches. Les Chemises Noires avaient dû repérer le chien à l'hôtel et l'avaient sans doute enfermé dans une pièce, juste au cas où il pourrait leur être utile. Ils avaient sauvagement frappé le pauvre animal au train arrière, de façon qu'il ne puisse aller trop vite, puis ils l'avaient relâché et suivi, dans l'espoir qu'il irait droit à l'une de mes planques. Et Cagney connaissait le rituel, même si je n'en étais pas moi-même conscient. Je venais toujours ici après un séjour au Savoy, c'était une routine qu'insensiblement j'avais adoptée au cours des ans. Le palais, l'hôtel, Tyne Street, puis un appartement proche de Holland Park, et ensuite je retournais au palais pour répéter la série. Ce pouvait être par pur instinct que Cagney était venu ici, mais j'aurais parié plus sur l'habitude. Et, bien sûr, il était passé par la ruelle pour atteindre la maison, comme nous le faisions toujours, chemin que j'avais cru invisible à l'ennemi, mais que les miliciens avaient pourtant emprunté à la suite du chien. Hubble avait joué finement, et il avait ramassé la mise. Ce que je ne parvenais pas à comprendre, c'est pourquoi il s'était donné tant de mal alors qu'il disposait maintenant d'une réserve de sang non contaminé, amplement suffisante.

Une rafale de mitraillette ricocha sur le mur près de la fenêtre du palier, en face de nous, et Cissie hurla en reculant dans la petite chambre. Je la saisis par le bras et la fis revenir de force sur le palier, tout en tirant quatre fois par-dessus la balustrade pour occuper un peu les miliciens. En réponse, la mitraillette aboya de nouveau. Les projectiles touchèrent le plafond, déclenchant une pluie de poussière de plâtre et de fragments de bois.

Soudain je compris. Ces salopards n'étaient pas là pour me capturer. Oh non, ils n'avaient plus besoin de mon sang. Cette fois, ils étaient venus pour me tuer. Appelez cela de la vengeance, ou de la haine parce que j'avais descendu quelques-uns de leurs petits copains tout au long de ces années, ou simplement de la jalousie parce que j'avais quelque chose qui leur manquait – un sang propre, sain. Toujours est-il qu'aujourd'hui ces gars-là voulaient me régler mon compte définitivement. Et leur projet s'appliquerait à quiconque m'accompagnait.

– Cissie, dis-je avec un calme de façade que j'étais loin d'éprouver, nous allons sauter.

Elle me regarda avec incrédulité. Puis ses yeux se tournèrent vers la fenêtre ouverte et la panique la saisit. Elle tenta de dégager son bras de mon emprise.

– Il y a un toit en tôle juste en dessous, expliquai-je rapidement sans la lâcher. Tout ira bien. Faites-moi confiance.

Des balles écaillèrent encore le plâtre du plafond et arrachèrent un peu de bois au bord du palier. La fumée produite par les armes s'élevait lentement dans la cage d'escalier et se mélangeait à la poussière blanche en suspension. D'autres cris rageurs, des bruits de pas pressés, plusieurs coups de feu encore. Ils arrivaient.

– Maintenant, Cissie. *Maintenant !*

Cette fois elle vint avec moi sans la moindre hésitation. Nous sautâmes sur l'appui de la fenêtre, et nos silhouettes bloquèrent la lumière pendant une fraction de seconde, pas plus. Des balles sifflèrent et s'enfoncèrent contre le bois du montant et dans le mur juste à côté de nous. Mais nous avions déjà bondi dans le vide, et nous tombions comme des pierres. Notre chute parut durer une éternité, une ou deux secondes en réalité, certainement, tandis que le toit de tôle ondulée semblait se précipiter vers nous.

Nous hurlâmes tous deux quand les vieilles plaques métalliques rongées par la rouille cédèrent sous notre poids. Une section se brisa et bascula, aussi nettement qu'une trappe qu'on ouvre. Notre chute se poursuivit, mais presque aussitôt nous atterrissions sur un tas de charbon. Comme le toit en tôle, le charbon nous évita de nous briser les jambes, et sans doute le dos. Nous roulâmes au bas du monticule dans une avalanche noire, et nous affalâmes sur le ciment de l'arrière-cour.

J'emplis mes poumons d'air, trop engourdi encore pour ressentir la douleur, ma vision trouble. Je ne voyais qu'un grand espace bleu au-dessus de moi. Le poids qui m'écrasait était celui de Cissie et je laissai sa tête reposer sur ma poitrine le temps que mon étourdissement se dissipe. Le bord du toit que nous avions traversé apparut, puis la façade arrière de la maison, qui s'élevait à une hauteur impossible dans le ciel – ou du moins était-ce l'impression que j'en avais, allongé sur le dos là, alors que des morceaux de charbon continuaient de pleuvoir sur moi. La petite fenêtre par laquelle nous avions sauté semblait distante d'un bon kilomètre.

Mes sens tendus par le danger me revinrent très vite. A tout moment des armes pointeraient par cette ouverture et se braqueraient sur nous. Je m'assis en redressant également Cissie, que je tenais par les épaules. Elle clignait des yeux et dodelinait de la tête, dans ses efforts pour reprendre l'équilibre. J'en profitai pour examiner son visage. Mais ce fut elle qui posa la qucstion cn premier :

– Vous allez bien ? balbutia-t-elle.

Au lieu de répondre je repliai une jambe, passai un genou sous moi et nous relevai tous deux. Mon arme avait disparu, perdue sans doute quand nous avions traversé le toit, et je balayai l'arrière-cour du regard. Une pompe à main portative occupait un coin dans l'ombre et une baignoire en zinc était placée contre un mur. Un tas de vêtements moisis débordait d'un panier en osier près de la baignoire. Les morceaux de charbon s'étaient répandus partout, ce qui rendait ma recherche plus difficile. Mais je finis par trouver le Browning dans la rigole sous le robinet.

Je pris l'arme et vérifiai qu'elle n'était pas endommagée. Puis je propulsai Cissie vers le mur de façade car d'autres bruits arrivaient de l'intérieur de la maison : des exclamations et le son de pas lourds qui descendaient l'escalier. Il fallait que nous ayons passé le mur avant qu'ils ouvrent le verrou de la porte arrière et tournent la clé, avant que des armes apparaissent à la fenêtre du deuxième.

Sans un mot je coinçai le pistolet dans ma ceinture, me courbai et saisis dans mes bras le bas des jambes de Cissie. Je la soulevai le plus haut possible et elle agrippa le sommet du mur, à quelque deux mètres du sol. Je l'aidai à s'y hisser d'une dernière poussée, avant de sauter et de la rejoindre à la force des bras. Le tout n'avait pris qu'un instant, et quand j'effectuai un rétablissement Cissie avait déjà sauté de l'autre côté. Avant de l'imiter je jetai un rapide regard vers la fenêtre du deuxième.

J'aperçus le canon d'une arme, suivi d'un visage tendu. Je compris alors que la Chemise Noire était soutenue par ses camarades campés sur les marches en contrebas, parce qu'ils n'avaient pas trouvé d'autre moyen pour atteindre la fenêtre. Cela nous donnait un avantage et la possibilité de filer par le long terrain où naguère s'étalait un petit marché à l'arrière des maisons. Quelque chose heurta violemment la porte donnant sur l'arrière-cour.

Je savais qu'il faisait très sombre dans le couloir du 26, même pendant la journée. Quelques marches descendaient vers la porte de la cour, et de là un autre escalier menait à la cave. A cause du manque de lumière les miliciens tâtonnaient pour ouvrir les verrous et tourner la clé. Exaspérés par ce retard, ils frappaient le battant du poing et du pied, ce qui nous laissait quelques secondes de plus. Je décidai de les utiliser au mieux.

Ma main gauche en coupe sous la droite qui tenait le pistolet, je visai avec soin le visage crispé à la fenêtre, et j'appuyai doucement sur la détente. Mais la Chemise Noire vit mon geste et se rejeta en arrière. Sa tête disparut – un coup je suis là, un coup je n'y suis plus – au moment où le coup partait.

J'entendis des cris assourdis quand il tomba à la renverse sur les hommes qui le soutenaient, et j'espérai qu'ils dévalaient maintenant l'escalier. Sans perdre plus de temps je sautai de l'autre côté du mur, pris Cissie par la taille et l'entraînai au pas de charge à travers les débris des étals délabrés. Nous zigzaguâmes entre les amoncellements de cageots, les caisses de bois pourries et les voitures des quatre-saisons, en direction des grandes grilles au bout du terrain.

Nous y étions presque quand Cissie trébucha sur un fil de fer qui pendait d'une caisse. Elle s'écroula sur une autre caisse et je la suivis dans sa chute. C'est probablement ce qui nous sauva la vie, car à cet instant une giclée de balles siffla au-dessus de nos têtes, ou plutôt à la hauteur qu'elles occupaient une seconde plus tôt. Je roulai sur moi-même et braquai le pistolet en arrière.

Il y avait à présent deux visages qui s'encadraient dans l'espace restreint de la fenêtre. Leurs épaules collées, les Chemises Noires se maintenaient en place, en posant les coudes sur le rebord. L'un pointait un fusil, l'autre une mitraillette, et c'était cette dernière qui crachait des projectiles. Sous eux, des bras et des mains apparaissaient sur le mur de la cour que nous avions franchi. Les miliciens avaient réussi à ouvrir la porte arrière. Je tirai sur la fenêtre d'abord, trois ou quatre fois à la suite, en priant pour ne pas tomber à court de munitions.

Même à cette distance je distinguai nettement les deux trous qui apparurent dans le front d'un des tireurs, et ce fut son compagnon qui hurla et disparut à l'intérieur. Ma victime glissa lentement sur le côté et devint elle aussi invisible. Je m'occupai alors de nos poursuivants immédiats. J'arrosai le sommet du mur de plusieurs balles bien ajustées, qui firent sauter des éclats de briques. Par chance cela suffit à dissuader l'ennemi de prendre trop de risques, car le percuteur claqua sans détonation quand je pressai la détente une fois de plus. Le pistolet n'était pas enrayé, mais vide. Je le jetai au sol.

Cissie et moi nous relevâmes, et nous comprîmes aussitôt que jamais nous ne parviendrions au bout du terrain. Une fois que les Chemises Noires se seraient repris, ils nous abattraient comme des pipes dans un stand de foire. Il ne nous restait qu'un espoir, et plus le temps de parler. Je poussai Cissie vers un étal voisin, adossé à un mur sur notre gauche. Je sautai sur le plateau et hissai Cissie à côté de moi. Les Chemises Noires recommençaient à escalader l'autre mur. Nous franchîmes celui qui se trouvait devant nous et retombâmes dans une autre cour fermée. Je faillis lâcher une exclamation de joie en voyant que la porte arrière de la maison était grande ouverte. Nous fonçâmes à l'intérieur, et je refermai la porte derrière nous en espérant que les miliciens n'avaient pas été témoins de notre changement de direction.

Cissie était tombée à genoux dans le petit couloir où nous venions de pénétrer, mais je ne la laissai pas là. Une petite traction et elle se retrouva dans mes bras. Appuyée contre moi, la poitrine écrasée contre mon torse, elle ahanait.

– Nous ne pouvons pas traîner ici, lui dis-je, haletant. Il faut que nous trouvions un endroit où nous cacher avant qu'ils commencent à fouiller toutes les maisons des environs.

Elle recula de quelques centimètres et approuva d'un hochement de tête. Son visage était ensanglanté, une entaille au front probablement héritée de notre plongeon à travers le toit de tôle ondulée ou lors de notre chute sur le marché. Elle ouvrit la bouche pour poser une question mais je pressai mes doigts sur ses lèvres. Pendant un long moment nos regards restèrent aimantés, le sien effrayé, les yeux écarquillés, dont le blanc semblait gris dans la pénombre, le mien identique sans doute, même si j'étais plus habitué qu'elle à jouer le gibier dans ce genre de chasse. J'espérais qu'elle ne pouvait voir combien j'avais peur.

Sans un mot de plus, je la conduisis dans le couloir jusqu'à la porte d'entrée. Retenant ma respiration comme si des oreilles ennemies pouvaient la percevoir, je soulevai le loquet et jetai un œil dans la rue. A gauche, un peu plus bas, se trouvait le réverbère qui marquait l'entrée de la ruelle menant à Tyne Street ; juste derrière, garée de l'autre côté de la rue devant la laverie, l'Austin Tourer. Essayer de l'atteindre étant trop risqué – il faudrait passer devant la ruelle –, j'optai pour l'autre direction. Mais nous devrions faire vite, très vite. D'un signe, j'intimai à Cissie de me suivre et me glissai à l'extérieur.

Nous perçûmes d'autres cris et quelques coups de feu – ces tarés tiraient sur des ombres ou exprimaient leur frustration – par-delà les maisons à terrasses pendant que nous longions les façades. Cissie boitait nettement plus que moi. Au carrefour, nous fîmes halte.

La rue perpendiculaire pouvait être traversée en quatre enjambées tant elle était étroite, mais elle menait directement aux grilles des arrière-cours, une cinquantaine de mètres plus loin, et c'était un passage dangereux. Même si je savais que ces grilles étaient toutes fermées à clé, je n'ignorais pas non plus qu'un bon coup de pied les ouvrirait aisément. D'autres voix retentirent, beaucoup trop proches. De l'autre côté des grilles, me sembla-t-il. Des voix pour le moins irritées.

Je n'avais aucune idée du nombre de miliciens lancés à nos trousses, mais le bruit qu'ils faisaient m'indiqua qu'ils étaient plus qu'une poignée. Très bientôt ils surgiraient dans cette petite rue latérale.

– Il vous reste assez de ressort pour piquer un sprint ? murmurai-je à Cissie.

Elle serra les dents et acquiesça.

– Je suis une vraie gazelle.

– D'accord. Pas de bruit.

Nous baissâmes tous deux les yeux sur ses pieds nus et ensanglantés, et je haussai les épaules.

Et nous nous élançâmes.

Nous nous étions perdus dans le labyrinthe des petites rues commerçantes jadis connu sous le nom de Pettycoat Lane, et nous ne nous arrêtâmes pour reprendre notre souffle que lorsque nous eûmes la certitude de ne pas être suivis. Nous n'entendions plus de voix ni de détonations, et nous repartîmes dès que nous en fûmes capables. Il nous fallait un refuge sûr. Il n'en manquait pas, mais c'est seulement après avoir passé sous une arche et être entrés dans une cour surplombée par des balcons à balustrade en fer forgé que nous choisîmes un appartement au deuxième étage. La porte était ouverte. Une fois à l'intérieur, nous la verrouillâmes, et aussitôt nous nous écroulâmes dans le vestibule, pour récupérer.

Après une minute ou deux Cissie se remit debout et, sans un mot, vint se blottir dans mes bras. Dos au mur, les jambes allongées sur le parquet et les pieds touchant l'autre mur, je la serrai contre moi. Mon menton était enfoui dans ses boucles épaisses. Et cela me fit du bien de l'étreindre ainsi, comme j'appréciai quand sa main remonta vers ma nuque pour la caresser.

Mais à chaque minute qui s'écoulait mes forces revenaient, et avec elles ma fureur.

22

Cissie m'avait imploré jusque tard dans la nuit, en affirmant que j'étais dingue. Mais je ne l'avais pas écoutée. Je savais très bien ce que j'allais faire.

– Vous êtes tout seul, avait-elle argumenté.

– Ouais, mais eux sont en train de mourir. Rien ne vous diminue autant que ce qui vous bouffe de l'intérieur.

– Hoke, s'il vous plaît... Partons simplement d'ici, de la ville, vous et moi...

– J'ai assez fui. Il est temps de régler l'addition une bonne fois pour toutes.

J'avais gratté une allumette et allumé la Woodbine prise dans un paquet sur la table de la cuisine.

– Et puis, maintenant il y en a d'autres qui sont concernés. Peut-être que je peux les sauver, s'il n'est pas trop tard.

– Mais où allez-vous les trouver ? Ils peuvent être n'importe où dans Londres...

– Il nous l'a révélé, vous ne vous rappelez pas ?

Elle m'avait regardé d'un air curieux, avant de secouer lentement la tête.

– Quand ils nous avaient au Savoy, et que j'étais ligoté sur le fauteuil comme un saucisson, prêt à être saigné à blanc, Hubble a dit que pendant que j'avais mon palais, lui avait son château.

J'avais exhalé la fumée avec lenteur, créant un nuage entre nous.

– D'après ce que je sais, avais-je continué, il n'existe qu'un château à Londres, pas vrai ?

Je l'avais considérée avec calme.

– Pas vrai ? avais-je répété.

23

Je tirai une dernière fois sur la Woodbine et laissai tomber le mégot sur le sol. Pour une obscure raison, peut-être la force de vieilles habitudes, je l'écrasai sous le talon de ma botte. La matinée avait été longue. Et ça ne faisait que commencer.

D'où je me tenais, près du sommet de la colline, je pouvais voir tout le côté nord-ouest de l'ancien fort et Tower Bridge qui se dressait derrière. Des ballons de barrage à demi dégonflés, certains plus bas que d'autres, planaient au-dessus du quartier des docks, le long de la Tamise, tandis que les silhouettes aiguës de grandes grues montaient vers le ciel telles les flèches brisées d'églises inconnues. Le pont était relevé, chaque tablier à la verticale; ils effleuraient presque les deux hautes passerelles reliant les tours jumelles : le gros navire pour lequel on l'avait ouvert (sans doute de belle taille, pour que les bascules soient remontées à ce point) avait depuis longtemps dérivé pour s'échouer quelque part en aval, son équipage et ses passagers décimés, son chargement devenu inutile, laissant le gardien de cette portion du fleuve figé derrière son passage, les mains qui avaient actionné la machinerie du pont à présent réduites à l'état de serres squelettiques. Une mouette solitaire vola entre les tours, puis vira en un arc de cercle gracieux, comme si elle sentait que cette nécropole n'était pas un lieu pour elle; l'oiseau descendit vers la mer, et son plumage blanc brilla dans le soleil matinal.

Plissant les yeux, j'étudiai le château, à l'affût d'un quelconque signe de vie. Rien.

Son donjon central, baptisé la tour Blanche, s'élevait au-dessus des remparts, et un drapeau délavé pendait au mât planté sur son toit. Ses murs et ses tours d'angle avaient viré au gris après des siècles de pollution citadine et d'intempéries, et il en était de même pour les bastions de son enceinte extérieure. Même ainsi des taches blanches apparaissaient ici et là, pareilles à des affleurements de craie sur le flanc d'une falaise, comme pour donner un aperçu de la gloire passée de cette façade maintenant lugubre. Et les contreforts, qui soulageaient les arches et le sommet des remparts, ressemblaient à des os blanchis. On aurait pu croire que quelqu'un les avait nettoyés.

En réalité cet effet n'était dû qu'à la nature de la pierre employée et n'avait aucun rapport avec un quelconque entretien. Une partie du bastion nord avait été détruite par une attaque de la Luftwaffe, et les murs proches étaient ébréchés et criblés d'éclats. En dehors de cela, la Tour de Londres se dressait fièrement, comme pendant les siècles d'histoire anglaise. Pourtant, par ce jour d'été de l'année 1948, elle n'avait qu'un seul envahisseur pour la menacer, quelqu'un qui n'était pas attendu. Et ce détail pouvait faire toute la différence.

Je m'accroupis et vérifiai le contenu du sac de toile à mes pieds, puis je passai la courroie sur mon épaule en me relevant. Je sortis de l'étui de hanche le Browning P-35 automatique, une arme très puissante, et insérai une balle dans la chambre. Le double déclic de l'aller-retour du glissoir était un son très plaisant à mon oreille. J'avais choisi le P-35 parce que c'était un des meilleurs 9 mm automatiques disponibles, sinon le meilleur. Il était précis et possédait un chargeur de treize balles. J'en avais un de rechange dans ma poche gauche et un autre dans le sac. Quand les Boches avaient occupé la Belgique, ils avaient réquisitionné l'usine qui fabriquait cette arme, pour la transformer à leur intention ; mais très vite ils avaient découvert que tant d'exemplaires étaient sabotés à la production que ces pistolets pouvaient tout aussi bien arracher la main du tireur qu'arrêter un ennemi. Par chance celui-ci venait du Canada, ce qui me rassurait pleinement sur sa fiabilité. Je le remis dans l'étui. Trois autres armes étaient appuyées contre le petit muret devant moi. J'avais attendu jusqu'à maintenant pour décider laquelle servirait aujourd'hui.

Mon choix premier s'était porté sur la Ben, une des meilleures mitraillettes de tous les temps : précise, solide, stable durant le tir, et avec un débit relativement lent qui permettait une meilleure correction de la visée sans trop gaspiller de munitions. Elle avait trois possibilités d'enraiement (mais certaines armes similaires en avaient vingt-trois !) et je savais comment y remédier en un tournemain. Toutefois je la mis de côté, car, même avec son bipied replié, c'était une arme difficile à manier si on avait l'intention de se déplacer rapidement. Or j'avais l'intention de me déplacer *très* rapidement.

Aussi, je me tournai vers la Thompson, la pris et la soupesai. Elle était bien équilibrée et pouvait passer au coup par coup si nécessaire ; celle-ci, la version militaire, était équipée d'un chargeur circulaire de vingt balles qui en mode automatique ne prenait que deux secondes pour se vider. Elle possédait également un effet d'« arrosage », excellent pour la guerre de tranchée, mais pas aussi emballant quand les gentils étaient mêlés aux méchants. Il me fallait plus de contrôle de mon tir.

Je reposai la Thompson et pris donc la Sten. Ce serait celle-là. Ses atouts principaux résidaient dans sa légèreté, en particulier avec la bretelle, et sa simplicité de conception qui limitait les problèmes possibles. Autre avantage, le chargeur s'enclenchait sur le côté gauche de l'arme, de sorte qu'on pouvait l'appuyer sur l'avant-bras et gagner en stabilité, et qu'il n'était pas une gêne si on devait plonger au sol. Un chargeur de trente, avec les deux autres de réserve dans le sac, devait largement suffire pour ma petite expédition. J'avais emporté ce modèle particulier après avoir fait un autre choix. Pendant la guerre, les unités spéciales avaient préféré les armes discrètes ; une version de la Sten munie d'un silencieux avait été créée. J'en avais un exemplaire et j'aurais pu le prendre, mais après quelques secondes d'hésitation j'avais opté pour le MIKY sans silencieux, un modèle de qualité datant de 1944, avec crosse en bois, poignée de pistolet et lunette d'approche, car aujourd'hui il faudrait que je fasse beaucoup de bruit.

J'ôtai le chargeur, l'agitai près de mon oreille pour entendre le raclement rassurant des balles à l'intérieur, puis le remis en place.

Satisfait de mon armement, je passai la main dans mon dos, sous le T-shirt, et saisis le poignard glissé dans sa gaine. C'était le modèle utilisé par les commandos : double tranchant, manche fin recouvert de cuir, lame pointue trempée dans une peinture noire mate, pour éviter les reflets. Il semblait particulièrement vicieux et j'espérais ne pas devoir m'en servir : je n'avais aucune envie de me trouver aussi près de l'ennemi. Je le rangeai dans son étui, mais je coinçai le T-shirt derrière le manche, pour qu'il soit plus accessible.

Par chance ce matin je n'avais pas été obligé à de longs déplacements afin de me procurer le reste de mon équipement. Quand la Luftwaffe avait tourné ses efforts vers l'Union soviétique, en 41, les bombardements sur l'East End de Londres s'étaient raréfiés, et on avait mis à profit ce répit pour transformer quantité d'usines et d'ateliers civils en unités de production militaire. On y fabriquait de tout, des charges d'explosifs aux détonateurs, et de l'autre côté du fleuve, à Woolwich, se trouvait l'un des plus importants arsenaux du pays. Pour les armes de poing, j'avais fait une petite visite à un dépôt profondément enterré que je connaissais, à trois kilomètres environ de l'endroit où je me tenais maintenant, un endroit où les troupes qui attendaient d'embarquer pour le continent passaient prendre leur équipement et leur armement. Malheureusement pour lui, le dernier contingent n'était allé nulle part – la Peste Ecarlate y avait veillé –, et le dépôt était demeuré très bien approvisionné. Chercher dans ces entrepôts souterrains n'avait rien d'agréable, et seule la rage qui me tenaillait m'y avait poussé.

Curieusement, je ne tremblais plus. La nuit avait été mauvaise, et j'avais à peine dormi, obsédé que j'étais par ce que je devais faire. Allongé dans le noir, mes mains s'étaient mises à trembler et ma gorge s'était serrée au point que j'éprouvais des difficultés à respirer normalement. Ma bouche s'était desséchée, et ce fut presque un soulagement de quitter ma couche avant l'aube et de m'activer. Une détermination féroce me possédait, une sorte de froideur sombre née de ma fureur, qui dépassait toute autre émotion. Bien sûr, j'avais peur, mais pour la première fois depuis trois ans c'était moi qui menais le jeu.

Après une dernière inspection du vieux château et de ses remparts, je me mis en mouvement.

24

Alors que je descendais la colline vers les grilles principales du château, je me remémorai ma première visite de la Tour de Londres. C'était en 43, et, comme cette attraction touristique était interdite aux civils jusqu'à la fin de la guerre, je m'y étais rendu sans Sally. A l'époque, le gouvernement britannique encourageait vivement les Américains et les autres Alliés à visiter les sites et les monuments historiques du pays – grande opération de relations publiques – et je n'étais qu'un de ces milliers de soldats américains à venir voir la Tour. Je me trouvais au sein d'un petit groupe de pilotes, une demi-douzaine, dont deux anglais, et nous avions un guide – un de ces hallebardiers vêtus de rouge qu'on appelle les Beefeaters – pour nous seuls. Il se montrait très disert, visiblement féru de l'histoire et des traditions de sa patrie. Depuis, j'avais oublié la majeure partie de ce qu'il nous avait dit, bien que j'aie conservé une notion assez précise de la disposition des lieux, et une idée plus nébuleuse de ses gloires et de ses infamies historiques. La nuit précédente, je m'étais demandé pourquoi Hubble et sa bande de sinistres voleurs de sang auraient choisi le château pour quartier général au lieu des grands hôtels ou des demeures luxueuses de Londres – du moins ceux qui n'avaient pas été endommagés par les bombardements, les incendies et les explosions de gaz –, mais j'en étais arrivé à la conclusion que la Tour de Londres, avec sa grandeur historique et les personnages célèbres qui y étaient passés, convenait parfaitement à la vision que Hubble avait de lui-même et de son destin. Dans son esprit malade, il se voyait en nouveau seigneur de la civilisation, le maître de la Race Ressuscitée, le commandant de l'Ordre Nouveau. Pourquoi, sinon, ces uniformes et cette armée bottée ? En conséquence, quel meilleur centre de commande pouvait-il choisir que la forteresse du plus célèbre des conquérants d'Angleterre, Guillaume Ier ? Hubble montrait un sens aiguisé du symbole, pas de doute. Par ailleurs c'étaient des quartiers confortables, et j'étais prêt à parier que ce vieux sir Max s'était adjugé les plus agréables. C'était précisément là que j'espérais le trouver ce matin.

Les épaves de quelques véhicules abandonnés, certains militaires, encombraient la chaussée et les larges trottoirs de Tower Hill, et à mi-descente je passai devant les restes d'un cheval de trait encore attelé aux brancards de sa charrette, le corps presque entièrement nettoyé de ses chairs, les os jaunis par le soleil. Le chariot chargé de caisses avait l'arrière contre l'un de ces petits canons français pris à l'ennemi pendant les guerres napoléoniennes, fichés dans le ciment et peints en noir. Je me souvins que mon guide lors de ma visite nous avait expliqué comment les charretiers du marché au poisson de Billingsgate (en bas de la route, pas très loin de l'endroit où j'avais amarré le canot à moteur deux nuits plus tôt) calaient l'arrière de leur charrette contre ces poteaux quand leur cheval était trop fatigué pour hisser son chargement jusqu'en haut de la colline. Du conducteur, aucun signe ; avait-il fait partie des veinards, ou était-ce une victime de la Peste Ecarlate ? Mais, d'après les marques et les éraflures sur le bois, à l'évidence le contenu des caisses de poisson avait été pillé. Tout en continuant de marcher, je compris soudain la scène qui s'était déroulée ici : incapables de parvenir au poisson enfermé dans les caisses, les oiseaux – à en juger d'après les marques sur le bois, c'étaient des volatiles – avaient dévoré le cheval. Quelle sorte d'oiseau pouvait ainsi dépouiller de toutes ses chairs un animal de cette taille ? Je repensai à la mouette solitaire qui avait volé près du pont quelques minutes auparavant et je m'interrogeai, mais cette idée s'évanouit tandis que j'approchais des hautes grilles, au bas de la colline.

J'attendis quelques secondes avant de les franchir. Je regardai aux alentours et tendis l'oreille pour détecter le moindre signe de vie. Devant moi se dressait le corps de garde avec ses deux tours jumelles et l'emblème royal gravé dans la pierre au-dessus de l'arche. C'était l'entrée de la Tour elle-même et je n'aurais pas été autrement étonné de rencontrer une sentinelle en faction. Je ne vis ni n'entendis personne. Mais de quel envahisseur Hubble aurait-il pu se méfier ?

Je pris la Sten pendue à mon épaule et la pointai devant moi. J'avançai sous la voûte avec la sensation désagréable d'être très exposé. Et si quelqu'un me visait à travers l'une de ces meurtrières qui perçaient les murs ?

Ici l'air était plus frais, mais il ne chassa pas la transpiration sur mon front pendant que j'étudiais la chaussée de pierre en surplomb des douves. Les solides portes de bois du corps de garde intérieur, plus imposant, de l'autre côté du fossé, étaient grandes ouvertes, mais elles n'avaient rien de très attirant. Je regardai par-dessus le muret le fond des douves et ce que je découvris ne me plut guère. Pendant la guerre, ce large fossé de défense envahi par l'herbe avait servi de potager au personnel de la Tour et aux soldats en poste ici, ce qui leur permettait d'améliorer l'ordinaire avec des légumes frais. Or ces parcelles naguère cultivées étaient maintenant recouvertes par une végétation sauvage à demi desséchée par le soleil. Si les Chemises Noires s'étaient effectivement installées dans le château, pourquoi n'avaient-elles pas entretenu ces potagers ? Les miliciens pouvaient bien être malades, ils n'en avaient pas moins besoin de se nourrir. Soudain je doutai. M'étais-je trompé ? Quand Hubble avait fait référence à son « château », avait-il utilisé le terme dans une sorte de métaphore, pas vraiment étonnante si l'on considérait sa mégalomanie ? Jusqu'ici je n'avais détecté aucun signe de vie, et aucun son n'était venu troubler le silence pesant qui régnait sur cette ville fantôme. Avais-je commis une grossière erreur d'appréciation ?

Puis je repérai quelque chose en contrebas qui me donna à réfléchir, une tache rouge dans les verts et les bruns de la végétation. Une autre à côté, et encore une autre, là-bas. Je distinguais d'autres couleurs à présent, certaines aisément camouflées par les herbes et les buissons. La plupart des teintes s'étaient délavées avec le temps, mais le rouge demeurait aisément reconnaissable : celui de l'uniforme des Beefeaters. Je compris aussitôt ce qui était arrivé.

L'intérieur de la Tour avait été débarrassé de tous les cadavres par ses nouveaux occupants, les Chemises Noires elles-mêmes, et les corps jetés hors de vue, dans les douves proches. Les formes les moins visibles étaient celles vêtues de kaki, les soldats. Quant aux autres, habillés en civil, je supposai qu'il s'agissait des visiteurs venus là par ce jour maudit. Les miliciens se souciaient comme d'une guigne des potagers et des légumes frais, aussi avaient-ils laissé la végétation reprendre ses droits et recouvrir cette fosse commune.

Donc la partie pouvait continuer.

Je quittai l'abri du corps de garde et traversai en courant la chaussée. A présent je me trouvais dans la forteresse.

Une fois sous la seconde voûte, je redoublai de prudence car j'avais la certitude de me rapprocher du danger. A ma gauche partait une petite rue étroite baptisée Mint Street, où dans les temps anciens la Tour faisait son propre commerce ; il y avait de petites habitations aux façades étriquées, où logeaient les Beefeaters et leurs familles, si je me souvenais bien. Une partie de la rue était en ruine, une autre bombe ennemie sans doute. En face de moi, Water Lane, avec son revêtement inégal de pavés qui rendait toute course malaisée, voire dangereuse ; mentalement je notai qu'il faudrait prendre garde à mes pas quand la situation s'échaufferait, plus tard.

A l'intersection de ces deux rues s'élevait une autre tour, celle-ci surmontée d'un clocher, et les fenêtres qui perçaient ses murs épais me mirent de nouveau mal à l'aise. Il était trop facile d'imaginer des tireurs embusqués m'observant de là en attendant le bon moment pour faire un carton sans risque. Je traversai l'intersection en courant plié en deux, et ne m'arrêtai que lorsque j'eus contourné la tour et me fus plaqué contre le mur de l'autre côté. De là je remontai Water Lane en longeant le mur, à l'affût du moindre bruit, du moindre mouvement, jusqu'à une autre arche faisant face à une volée de marches qui descendaient vers un court canal, connu sous le nom de « porte des Traîtres », par lequel les criminels, les personnalités politiques et les dignitaires en disgrâce étaient jadis amenés à la Tour par bateau.

Le soleil brillait à travers les barreaux épais de la grille et striait l'eau en dessous. Ce trou lugubre était partiellement recouvert par une grande arche supportant une construction en bois dont les fenêtres surplombaient ma position. Une fois de plus j'étais trop vulnérable et je ne m'attardai pas.

Je progressai dans l'ombre du passage sous la tour du Sang, dont le nom paraissait fort judicieux dans les circonstances actuelles, et à son extrémité je mis un genou à terre pour scruter le vaste espace dégagé qui s'étendait devant moi. Avant d'aller plus loin, je devais me familiariser avec la disposition des lieux.

Une large allée avec deux séries de marches se trouvait juste en face de moi, avec de chaque côté une rangée d'arbres dont les branches non taillées créaient des ombres bienvenues. A une trentaine de mètres à droite du dernier escalier se dressait la tour Blanche, la tour de légende, et à son sommet, au bout de son mât, pendait tristement le drapeau que j'avais aperçu de la colline. Sur ma gauche un grand mur gris, avec une ouverture étroite donnant sur des marches qui menaient au niveau suivant. Je savais qu'au-delà du mur se trouvaient deux rangées voisines de maisons et de cottages de style Tudor, tout en bois et plâtre blanc, parmi lesquels la maison de la Reine, résidence officielle de l'administrateur de la Tour. C'était là, selon moi, que je trouverais Hubble.

J'allais me diriger par là quand je saisis du coin de l'œil un mouvement. Je demeurai immobile et cherchai du regard la source de ce trouble. Règle numéro un : ne jamais essayer de se mettre à couvert car tout déplacement de votre part peut vous faire repérer. Et je les vis, sinistres silhouettes sombres qui se déplaçaient dans l'herbe haute devant la tour Blanche. A cet instant, j'eus l'impression qu'elles rampaient tels de noirs assassins vers leur proie. Je soufflai quand une des créatures battit des ailes. C'était celle qui avait attiré mon attention quelques secondes plus tôt, et elle s'envola pour se percher sur un piquet, au sommet de l'escalier de bois menant à l'entrée de la tour. Le gros oiseau resta juché là, à piqueter l'air autour de lui de son long bec. Un autre apparut sur le muret longeant l'escalier devant moi, puis un troisième sautilla à découvert au loin, et ce fut seulement alors que je me rendis compte que j'observais les légendaires corbeaux de la Tour de Londres. Pendant des siècles, on en avait gardé au moins six en leur rognant les ailes pour qu'ils ne puissent s'envoler, car selon la superstition un moins grand nombre de ces animaux aurait auguré de la chute imminente de la monarchie. J'en déduisis que ces oiseaux avaient continué à vivre sans soins depuis la Peste Ecarlate et, bien qu'il fût commun chez les autres corbeaux de dévorer les œufs, ou même que certains mâles tuent leurs petits par simple jalousie, quelques-uns ici avaient réussi à survivre. Je devinai que cette nouvelle génération, sans personne pour lui rogner les ailes, ne restait ici ou n'y revenait que par habitude, ou parce qu'une sorte d'instinct naturel s'était transmis au long des siècles.

A présent je comprenais ce qui était arrivé au cheval de trait sur Tower Hill, et je me félicitai de n'avoir examiné aucun des cadavres qui gisaient aux alentours. Avec cette pensée en vint une autre, qui me frappa si fortement que mon corps s'affaissa et que je baissai la tête, au point que mon menton toucha presque ma poitrine. Cette pensée était un cauchemar constant, qui me tourmentait à l'état de veille autant que pendant mon sommeil, une image que j'avais vainement essayé de gommer de mon esprit, mais que jamais je ne pourrais oublier. Elle s'imposa à moi, aussi nette et horrifiante que dans la réalité, une vision terrible de Sally, ma femme, devant le petit appartement en sous-sol que nous louions, étendue dans l'escalier, inerte, morte, ses yeux arrachés, son..

Le chagrin éclata si violemment en moi que soudain je ne voyais plus clairement. Tout devant moi était devenu trouble, noyé... Mes épaules se voûtèrent et je me penchai en avant, agenouillé, jusqu'à ce que mon front ne soit plus qu'à quelques centimètres du sol. Mais je luttai, de toutes mes forces, et je m'obligeai à me redresser. Les doigts de ma main libre essuyèrent mes yeux et lentement, délibérément, je me forçai à penser à ce qui m'attendait ce matin. Après tout, c'était pour Sally autant que pour Stern et Cagney, et toutes ces autres victimes, et aussi pour moi, particulièrement pour moi... Bizarrement, ce fut l'évocation du chien qui me ramena au moment présent. Non à cause de ce que les Chemises Noires lui avaient infligé, mais à cause de ces sinistres volatiles noirs qui erraient autour du château. De ce qu'ils avaient essayé de lui faire.

C'est à moins de trois kilomètres d'ici que Cagney et moi nous étions rencontrés pour la première fois, ce jour où je jardinais, quand j'avais levé les yeux et l'avais découvert qui me surveillait de loin. Ce même jour où il avait été attaqué par des corbeaux que nous avions combattus ensemble. Ces oiseaux étaient venus d'ici, je le savais aussi sûrement que je savais que Hubble et ses maniaques avaient établi leur quartier général dans cet endroit. Mes mains se crispèrent sur la Sten. J'avais envie de pulvériser ces saloperies de prédateurs, de les transformer en un nuage de plumes et de chairs déchiquetées, parce que je les associais à toute la vermine humaine ou animale qui hantait encore ce monde. Je revis Cagney sur le seuil de la maison, ses pattes arrière ensanglantées, paralysées, et je pensai à chaque victime de la Peste Ecarlate, détruite non par une maladie mais par la volonté vicieuse d'une poignée de détraqués mentaux avec lesquels nous avions naguère partagé la planète.

Et je voyais ces saloperies ailées toujours en vie et qui continuaient de tuer et de massacrer, de prendre ce qui ne leur appartenait pas... Oh oui, à cet instant je désirais intensément tuer ces corbeaux et ce qu'ils représentaient, et je mis même en joue celui sur le muret. Mais un calme glacé m'envahit avant que je presse la détente. Ces créatures n'étaient pas le véritable mal ; pour moi, à ce moment, elles le symbolisaient parfaitement, mais rien de plus. Je baissai mon arme.

Je me remis debout et pénétrai sans bruit dans l'étroit passage qui perçait le mur sur ma gauche. Je montai rapidement les marches moussues, mais avant d'atteindre le sommet je me courbai et lançai un regard prudent derrière le muret, qui dominait une autre pelouse non entretenue et deux rangées de maisons et de cottages de style Tudor collés les uns aux autres. Aucun signe de vie n'était décelable dans les habitations, mais je remarquai deux camions-citernes garés au hasard devant elles, et leur présence me confirma tout ce que je voulais savoir. L'antique plomberie du vieux château et de ses dépendances n'avait pas résisté à la sévérité des deux derniers hivers, et plus que probablement les tuyaux avaient explosé sous l'effet du gel. Les actuels résidents avaient donc dû apporter leurs propres réserves d'eau. J'attendis quelques minutes avant de bouger à nouveau, et quand je le fis je faillis bien commettre une erreur fatale.

La silhouette toute de noir vêtue émergea d'un escalier caché à ma vue et situé au bout des maisons les plus petites, en face de moi, juste au moment où je quittais l'abri du muret. L'homme venait d'une tour de rempart dont l'entrée se trouvait à un niveau inférieur à celui des habitations ; ce fut d'abord sa tête qui apparut, puis les épaules. Je m'étais déjà accroupi derrière le muret, désobéissant ainsi à ma propre règle de demeurer toujours immobile dans ces circonstances, parce que je me croyais repéré de toute façon. C'était une chance que je devais courir, et il semblait que j'avais raison, car il n'y eut pas de cri d'alerte, rien que le pas lointain de bottes sur le ciment. L'homme marchait au pas. Il traversa la cour, dépassa l'endroit où se trouvait le tristement célèbre billot de la Tour et se dirigea vers la tour Blanche. Je restai hors de vue et ne risquai un coup d'œil que quand j'estimai la chose sans grand risque. Mais l'autre n'était plus là et je dus me lever complètement pour l'apercevoir avant qu'il disparaisse au coin de la tour Blanche.

Courbé en deux, je me mis à courir sur la pointe des pieds, presque sans faire de bruit. Dans un espace dégagé de la grande cour était disposée une mitraillette isolée sur son trépied, une Vickers Mk 1, et je fus soulagé de constater que sa bande de cartouches était vide. L'arme avait certainement été abandonnée là par les soldats de la garnison, et les Chemises Noires s'étaient amusées à tirer sur des cibles faciles, ce que prouvait la guérite d'une sentinelle criblée d'impacts. Peut-être Hubble prenait-il ses prétentions militaires tellement au sérieux qu'il insistait pour que ses partisans suivent un entraînement régulier, au tir entre autres. Je me demandai s'il les obligeait également à défiler en ordre serré.

Abandonnant mon abri, je traversai l'espace découvert jusqu'au coin de la tour Blanche et m'arrêtai pour scruter les environs. Au bout de la cour, à ma gauche, se trouvaient une petite chapelle et, en face d'elle, une casemate énorme aux nombreuses fenêtres, avec des créneaux et des gargouilles, dont l'entrée était encadrée par deux tourelles octogonales. Il me sembla entendre du bruit venu de quelque part dans cette direction, mais j'eus beau tendre l'oreille je ne perçus rien d'autre. Un regard rapide au-delà du coin où je me trouvais, et j'eus la vision fugitive d'un uniforme noir qui pénétrait, par une seconde entrée surélevée, dans la tour Blanche.

Alors, c'était là que les miliciens et leurs otages étaient rassemblés ? Le reste des bâtisses paraissait désert et il aurait été logique que Hubble garde ses captifs dans un seul endroit. En ce cas, quel meilleur choix que la tour Blanche ? Elle offrait un grand nombre de salles, avec pour décor toute une collection d'antiquités, du canon à l'armure, mais il y avait tout l'espace nécessaire pour y loger des prisonniers, et aussi pour... Pourvu qu'ils n'aient pas déjà commencé les transfusions.

Je ne pouvais plus perdre de temps. Je tournai le coin et fonçai vers l'escalier de pierre menant à la porte du donjon. A tout moment une Chemise Noire pouvait en sortir, mais heureusement cela ne se produisit pas. Sans ralentir je m'aidai de la rambarde en fer et montai les marches deux par deux, la Sten tenue par la poignée. J'atteignis le petit palier sans encombre.

Les deux battants de la porte étaient ouverts, mais je ne saisis aucun son à l'intérieur. J'osai un regard rapide pour savoir ce qui m'attendait, avant de reculer aussitôt.

La pièce était au-dessous du niveau de la porte : une vaste salle en sous-sol avec des arches et un sol dallé, décorée sur ses murs de casques, de plastrons de cuirasse. Des canons de diverses tailles étaient disposés dans des alcôves. Les lustres de fer pendaient du haut plafond poussiéreux, mais l'éclairage était surtout fourni par les lanternes tout autour de la salle, le reste de la lumière entrant par la porte ; et il révélait une scène si horrible que je n'avais pas envie de la revoir.

Je m'adossai au mur extérieur, les yeux fermés, et luttai contre la nausée qui menaçait de m'anéantir. Mais ce n'était pas seulement la vue de ces corps à demi nus de femmes et d'hommes baignant dans leur propre sang, les tubes de plastique encore attachés à leurs bras, une odeur d'excréments mêlée à celle du sang, qui avait causé cette réaction en moi ; non, c'était aussi et peut-être surtout la terrible sensation d'échec qui m'assaillait. Je les avais laissés tomber, j'avais trop tardé à agir. Les Chemises Noires avaient déjà mis à exécution leur plan aussi stupide que désespéré : purger leur système circulatoire et le remplir avec un sang neuf. Les premiers volontaires parmi eux avaient payé de leur vie cette folie, avec leurs victimes, car tous gisaient morts dans des mares écarlates. Je priai Dieu que Hubble se trouvât avec eux.

Je m'obligeai à regarder de nouveau cette scène d'épouvante, en cherchant un ou plusieurs rescapés que je pourrais secourir avant qu'ils soient totalement exsangues. J'étais avide de savoir si Hubble avait succombé à sa propre folie et si Muriel comptait également au nombre des morts.

Certaines des Chemises Noires étaient encore affaissées dans des fauteuils de bois, leurs « donneurs » allongés auprès d'eux ; d'autres miliciens étaient recroquevillés sur les dalles rougies, les mains crispées pareilles à des serres, la bouche ouverte sur un cri silencieux, comme si l'injection d'un sang étranger les avait précipités dans des paroxysmes de souffrance. J'avais envie de hurler contre leur stupide témérité, contre la barbarie insensée de tout cela. Pourquoi n'avaient-ils pas attendu, ou tenté les transfusions une à une, pour arrêter si les premières échouaient ? Je crois que j'avais sous-estimé leur désespoir – qu'avaient-ils à perdre, de toute façon ? – ainsi que les dommages déjà infligés à leur cerveau par le mal et leur dévotion sans faille à leur leader. Mais la seule pitié que je pouvais ressentir s'adressait à leurs victimes. Pour les parasites, je n'éprouvais rien de tel.

Alors que j'entrais dans cette succursale de l'enfer, je me rendis compte qu'il n'y avait pas assez de corps, comparé au nombre de Chemises Noires encore en vie et à celui des gens qui s'étaient massés devant le Savoy. Où étaient les autres ? Et les enfants ? D'après ce que je voyais, il n'y avait aucune femme parmi les cadavres, aucun enfant, alors que j'en avais dénombré plusieurs deux nuits plus tôt. Une vingtaine de corps gisaient dans la salle, or la petite armée de Hubble devait compter au moins le triple d'hommes, malgré leurs pertes lors de l'attaque de l'hôtel. J'atteignis le bas de l'escalier, faisant de mon mieux pour éviter les flaques de sang. Je regardai au-delà des canons alignés dans les alcôves, au cas où il y aurait eu d'autres corps, peut-être des survivants.

Je devais être sacrément concentré sur mes recherches car il fut presque sur moi avant que je remarque le premier bruit.

Je n'avais pas oublié l'homme que j'avais suivi jusqu'ici, mais mon esprit avait été accaparé par ce spectacle dantesque, voilà tout. Ce fut le clapotement de ses bottes dans le sang qui me fit pivoter sur mes talons. Il avait dû guetter dans une des alcôves, à l'autre bout de la salle, m'épier pendant tout ce temps, et à présent il se ruait sur moi, une lance médiévale braquée vers ma poitrine. A cet instant je remarquai qu'il ne portait pas l'uniforme des Chemises Noires mais la tunique bleu marine d'un hallebardier de la garde royale. Son long manteau était sale, déchiré par endroits, ses parements rouges effilochés. Ses cheveux crasseux pendaient en mèches raides sur ses yeux de fou, et des filaments de bave luisaient dans sa longue barbe emmêlée. A cette distance, je notai deux détails : ses yeux étaient injectés de sang et ils exprimaient une haine intense pour ma seule personne. Sous le choc, je faillis perdre mes moyens. Mais heureusement mes réflexes revinrent.

Au lieu de reculer, j'avançai vers lui, mais en me tournant de profil pour offrir une cible plus réduite. Je n'avais pas le temps de l'abattre et je ne tenais pas à alerter les autres qui pouvaient se trouver à proximité. Aussi je fis passer la bretelle de la Sten autour de la pointe métallique de sa lance quand elle fendit l'air à quelques centimètres de mon torse. La lanière fut arrêtée par le pompon rouge et or entre la pointe et le manche en bois, et je tirai l'arme vers moi avec vigueur. La vivacité de mon geste lui arracha la lance et je me servis du manche comme d'un levier pour le déséquilibrer. Il tomba à genoux pendant que je continuais ma rotation et lâcha un glapissement suraigu quand je le frappai du poing gauche à la nuque. Il s'écroula lourdement en avant, son visage heurta le sol ensanglanté. La manœuvre avait été inattendue et rapide, mais elle avait réussi surtout à cause de la lenteur de réaction de mon adversaire. Il avait le mal en lui, comme les miliciens.

Je bondis sur lui, enfonçai un genou dans son dos, le saisis par sa chevelure crasseuse et lui frappai rudement le crâne contre le dallage. Il poussa un petit cri gargouillant, puis resta immobile. Pourtant il n'était pas inconscient, car un gémissement lui échappa. J'allais l'assommer pour le compte – je savais que ce n'était pas sa faute, qu'il avait le cerveau aussi malade que le sang, mais j'avais passé trop longtemps à combattre ses semblables et je n'éprouvais plus aucune compassion pour eux – quand je pensai aux victimes autour de nous, ces innocents qui avaient été assassinés parce qu'ils étaient différents et qu'ils détenaient quelque chose que ces fumiers voulaient s'approprier. Et je me souvins qu'il y en avait certainement d'autres, encore en vie peut-être, mais qui attendaient de mourir. Je lui relevai la tête sans douceur.

– Où sont-ils ? sifflai-je à son oreille.

Il n'était pas assez fou pour ne pas comprendre que je n'hésiterais pas à lui écraser de nouveau le visage contre le sol si je n'obtenais pas de réponse. A travers ses lèvres tuméfiées et ses dents brisées, il réussit à marmonner :

– Ils... ils les ont emmenés.

– Ils les ont emmenés *où* ?

Délibérément, je laissai la colère monter en moi afin qu'elle submerge la répulsion que j'avais à agir ainsi. Resserrant ma prise dans ses cheveux, je lui relevai la tête de quelques centimètres. Il saisit le message et balbutia quelque chose si vite que je ne pus comprendre.

Je tirai sa tête encore un peu plus en arrière, pour être en mesure de le regarder dans les yeux. Je retins une grimace en voyant le sang qui sourdait de veinules éclatées sur ses joues. Les doigts de ses mains étendues devant lui étaient gonflés et noircis, ils sentaient la gangrène. Je refoulai une soudaine nausée.

– Où ? crachai-je sans desserrer les dents.

Je crois qu'il n'aima pas du tout la folie meurtrière qu'il voyait danser dans mes prunelles, car sa diction s'améliora brusquement :

– Ils... ils avaient besoin... de l'aide de Dieu... (Je le dévisageai sans comprendre.) Sir Max... sir Max a dit que Dieu...

Sa phrase se termina sur un gémissement animal, la salive qui coulait de ses lèvres gercées se teinta de rose, puis de rouge. Son corps se convulsa sous moi, légèrement au début, parcouru d'un frémissement qui devint très vite un tremblement, puis une série de spasmes violents. Il se mit à crier, à hurler, et je n'eus d'autre choix que de le réduire au silence.

Cette fois je mis toute ma force pour lui cogner le visage contre le dallage, et le bruit écœurant que cela fit était cent fois pire que le geignement doux qu'il laissa échapper. Son corps se détendit d'un coup, et sa tête roula de côté, découvrant son visage ensanglanté sur lequel s'était figée une expression proche de la satisfaction, comme s'il était content de se trouver ailleurs. C'est du moins ce que je me dis pour soulager ma conscience. J'ignorais s'il était mort, mais je crois le lui avoir souhaité. C'était mieux pour lui.

Je démêlai la lanière de la Sten et me remis debout. Ce fut alors seulement que je perçus les accords qui venaient de la porte ouverte au-dessus de moi. De l'orgue.

Je me rappelai la chapelle dans la grande cour.

25

C'était un son étrange, tourmenté, qui planait dans l'air matinal sur le vaste espace découvert, entre le donjon et les autres bâtiments, la mélodie assourdie et lugubre d'orgues qui avaient plus à voir avec Lon Chaney qu'avec l'adoration religieuse. Il provenait de la petite chapelle érigée dans un coin de la cour, derrière une pelouse retournée à l'état sauvage, elle-même précédée d'une rangée d'arbres. Un clocher dominait ses murs de pierre et son toit pentu. Le bourdon à l'intérieur de son sommet ouvert était visible d'où je me tenais, en haut de l'escalier de la tour Blanche. J'inspirai profondément, avant de descendre les marches et de traverser la cour rapidement. Le sang rendait collantes les semelles de mes bottes. Je fonçai vers l'abri le plus proche, un grand bâtiment néogothique en face de la chapelle.

A tout moment je redoutais d'être repéré, mais rien ne se produisit. Dès que j'eus atteint le mur opposé, je m'accroupis et balayai du canon de la Sten l'espace devant moi, prêt à réagir à toute agression ennemie. Mais à l'exception des notes lointaines égrenées par les orgues, tout était calme.

Je prolongeai cette pause le temps de reprendre mon souffle, puis je me remis en marche, toujours en longeant le mur et en utilisant tout ce qui pouvait me dissimuler en chemin. Je traversai le passage entre la tour de la casemate et la chapelle. En me hissant sur la pointe des pieds, je pus regarder par la première des hautes fenêtres de la façade. Mais le verre était trop épais et trop sale pour que je voie quoi que ce soit. Je ne discernai que de vagues mouvements à l'intérieur. Toutefois je distinguais à présent d'autres bruits que la mélodie, des voix qui criaient, d'autres qui imploraient.

De crainte qu'on n'aperçoive mon ombre, je me baissai de nouveau et progressai le long de l'alignement de fenêtres. Je contournai deux grandes tombes couvertes de lichen. Je découvris l'entrée de la chapelle après le coin de la bâtisse, entre le mur ouest et le clocher. Près d'elle se trouvait une brouette qui, pensai-je, avait sans doute servi à transporter des sacs ou des caisses. Par la porte entrouverte s'échappait une musique assez horripilante pour donner envie de se boucher les oreilles. En m'approchant je crus entendre les vagissements d'un enfant.

Le dos contre le battant de bois, je l'ouvris plus largement de mon coude, la Sten prête, contre ma poitrine. J'en baissai lentement le canon quand la porte pivota vers l'intérieur et l'accompagnai de tout mon corps, pour me retrouver dans l'édifice.

L'allée devant moi, large d'un peu plus d'un mètre, menait droit à un petit autel, avec un crucifix doré en son centre, surmonté par un vitrail. La lumière filtrant par les hautes fenêtres était atténuée par la poussière accumulée sur les vitres, et les poutres de bois sombres au plafond projetaient une pénombre oppressante. A ma gauche s'alignaient des arches assez hautes, et sous la première je vis un gisant funéraire en albâtre représentant un chevalier et sa dame ; plus loin, j'aperçus des orgues aux boiseries ciselées et aux tuyaux ternis par le temps ; au-delà, au bout du mur, une autre porte.

La poussière flottait dans les rais de lumière qui tombaient sur la tête et les épaules de l'assistance, et partout on remuait. Des enfants effrayés agitaient les bras en l'air, des Chemises Noires patrouillaient dans l'allée centrale, l'arme prête. Certaines personnes gémissaient, d'autres restaient silencieuses et semblaient écrasées par la terreur, mais toutes regardaient la silhouette minuscule qui se tenait devant l'autel.

Hubble leur tournait le dos, et le milicien taillé en hercule, McGruder, l'aidait à ôter sa chemise, ce qui révéla un bras mince et couvert d'hématomes et une main noircie jusqu'au poignet. Son épaule nue était voûtée et marquée de vilaines taches. Sous la peau, le sang commençait, à s'épaissir. C'était une vision répugnante, qui réveilla la nausée en moi.

Il commença à se retourner dans ma direction et je me glissai derrière la porte.

Avec quelque effort, Hubble se redressa. Son menton saillit en avant tandis qu'il se campait face à l'assemblée, une main sur sa canne, dans une pose qu'il imaginait probablement lui donner l'air martial, fort, invincible, d'un vrai chef. Mais ses joues creusées et les cernes sombres sous ses yeux, ses lèvres bleuâtres trop minces, la pâleur maladive de sa peau, presque translucide maintenant, ses cheveux trop fins – naguère impeccablement coiffés, à présent ternes et rares, qui retombaient sur son front cireux – et ses épaules irrémédiablement voûtées, sans parler du tremblement de ses membres, tout cela tournait en ridicule la vieille image, et le réduisait à une parodie hideuse de l'homme qui avait galvanisé des milliers de fanatiques par ses discours fascistes avant qu'éclate la dernière guerre mondiale, un homme qui avait marché à la tête d'une armée de néonazis et qui n'obéissait qu'à sir Oswald Mosley. Pourtant, dans ces yeux injectés de sang, brûlait toujours la flamme du serviteur dévoué à sa cause, et je compris qu'il était plus dangereux que jamais : Hubble n'avait plus longtemps à sévir dans ce monde dévasté, mais sa démence lui donnait l'énergie d'infliger d'autres tortures aux survivants.

Je restai caché dans l'ombre de la porte entrouverte, en réfléchissant à ce que j'allais faire.

La mélodie informe s'éteignit en un decrescendo asthmatique quand le chef des Chemises Noires leva une main tremblante vers le musicien, une femme obèse à lunettes et aux cheveux ras, vêtue du même uniforme que les soldats de Hubble. Elle gigota pour tourner la masse de son corps vers l'autel, un exploit pour elle, si bien qu'à l'autre bout de la chapelle j'aperçus nettement les marques de la mort sur sa peau flasque. Deux gardes aboyèrent aux otages de se taire, un autre frappa l'un des rescapés d'un coup de crosse. Une fois le silence revenu, Hubble se mit à parler :

– Seigneur Tout-Puissant, pardonne notre aveuglement pour ne pas avoir recherché Ta bénédiction et pour ne pas avoir suivi Ton chemin...

Sa voix était frêle, presque chevrotante, cependant elle emplissait la petite église et elle calma l'assemblée plus aisément que toutes les menaces des miliciens.

– ... Daigne considérer avec compassion nos pauvres enveloppes charnelles et nos âmes immortelles. Nous Te remercions pour notre délivrance et demandons que Tu bénisses ceux qui sont ici parmi nous...

Ses épaules tressautèrent et se voûtèrent un peu plus tandis qu'il était secoué par une quinte de toux. D'une main fébrile il sortit en hâte un mouchoir de sa poche et le pressa contre sa bouche jusqu'à ce que la crise soit passée. Le carré de tissu était déjà maculé de sang, d'autres taches rouges s'y ajoutèrent. Sa voix conservait une distance particulière, et pourtant elle demeurait étrangement claire. Quel avait été le pouvoir de cet homme à son zénith, quand il était en bonne santé ?

– Ceux qui sont ici parmi nous... reprit-il comme si de rien n'était, pour leur sacrifice altruiste à une cause plus grande. Que leur sang pur se déverse dans nos veines et revitalise nos corps malades...

Des cris de protestation s'élevèrent chez les prisonniers massés sur les bancs, et les Chemises Noires qui les encadraient frappèrent au hasard. Les objections cessèrent très vite.

– C'est ce que nous Te demandons, Seigneur vénéré...

Les yeux fous de Hubble s'étaient levés vers le ciel, tels ceux d'un martyr souffrant pour son Dieu. Mon doigt impatient caressa la détente de la Sten.

– ... car nous savons que nous sommes Tes élus...

C'était donc ça. A l'instar de son héros Adolf Hitler, ce dément croyait sincèrement que le Seigneur marchait à son côté, et que lui et ses partisans étaient les héritiers naturels de la Terre, selon la volonté divine. Le fait que le sang de Hubble fût d'un groupe sensible à la Peste Ecarlate, et donc destiné à périr, n'entamait guère sa logique tordue ; c'était seulement l'une des épreuves que les Justes devaient endurer et surmonter, une partie du grand test. Hubble s'était quelque peu trompé auparavant, mais à présent il voyait quelle voie suivre, et il cherchait donc l'aide du Sauveur – ce qu'il avait omis de faire avant – afin que les transfusions réussissent et permettent au règne des Chemises Noires de continuer. Il était bien trop fou pour comprendre qu'il ne sollicitait pas la simple bonne volonté de Dieu, mais un miracle ! J'étais trop écœuré pour seulement en sourire.

Apparemment il avait terminé ses dévotions, ou ses suppliques, et il fit un signe de la main. Un milicien assis au premier rang se leva en tirant quelqu'un par le bras. McGruder, qui se tenait près de son chef comme toujours, hocha la tête et son subordonné approcha de l'autel avec la personne qu'il avait agrippée. Muriel.

Ils avancèrent au bout de l'allée et je la distinguai nettement. Elle ne portait plus la longue robe en lamé dans laquelle je l'avais vue la dernière fois. Elle avait trouvé ou on lui avait donné une chemise noire de deux tailles trop grande pour elle, et un pantalon gris. Elle ne semblait pas vouloir accompagner le garde, car elle ne cessait d'essayer de dégager son bras, et très bientôt je compris pourquoi.

Il y avait un fauteuil près de l'autel, dans lequel McGruder aida Hubble à s'asseoir pendant que l'autre milicien traînait Muriel vers eux. La manière qu'avait le colosse de prendre soin de son chef était étrange, et je me demandais ce que Hubble avait pu faire pour lui dans le passé pour obtenir une loyauté si proche de la servilité. Hubble décocha un sourire grimaçant à la jeune femme en s'installant dans le siège, comme si elle se sacrifiait volontairement et qu'il appréciait ce geste. Je remarquai qu'elle s'était raidie.

Et je notai autre chose : sous la croix était disposé un ensemble de tubes en plastique enchevêtrés, et le soleil faisait scintiller les pinces et les aiguilles métalliques.

Muriel allait donc être la première. Après tout, dans le raisonnement délirant de Hubble, elle possédait le sang le plus pur. Elle était en bonne santé, jolie, et dotée d'une intelligence orientée comme la sienne, ce qui constituait une sorte de plus. Surtout, elle avait la naissance. Une fille de lord, pas moins, membre de l'aristocratie, de la classe dirigeante. Oh oui, son sang conviendrait fort bien. A n'en pas douter, Hubble était conscient de ne plus disposer de beaucoup de temps. Même à cette distance, je distinguai à quel point sa condition physique s'était détériorée depuis deux jours. Les transfusions dans la tour Blanche avaient certes échoué, mais maintenant ils en avaient appelé à l'aide de Dieu, en implorant Son pardon, et naturellement Hubble avait choisi le meilleur pour lui-même. Alléluia !

D'un geste brusque, McGruder ouvrit la chemise de Muriel, puis il dénuda une épaule et saisit son bras.

– Non, pas ça ! entendis-je la jeune femme supplier. Vous ne pouvez pas me faire ça, Max ! Je vous ai aidé. Nous croyons aux mêmes choses...

Il ne se départit pas de son sourire de vieil oncle bienveillant. Un oncle complètement fou et dépravé, à l'esprit possédé par la lubricité. Il ne prononça pas un mot, ne hocha même pas la tête. McGruder connaissait son rôle et il s'affairait déjà. A la différence de la plupart de ses compagnons, et en particulier de son chef, les effets de la Peste Ecarlate Lente paraissaient encore bénins chez lui ; bien sûr ses mouvements étaient un peu ralentis, mais il semblait posséder toujours une grande force. Tout en maintenant Muriel d'une main, il fouilla de l'autre sur l'autel pour prendre une longueur de tube en plastique. D'autres tombèrent sur le sol tandis qu'il en démêlait un et il y eut un cri du côté de la chapelle. L'organiste obèse se dirigeait en titubant vers l'autel, et un gémissement angoissé montait de ses lèvres bleuies. En chemin elle se précipita sur quelqu'un assis au premier rang et, quand elle se redressa, elle tenait dans ses deux mains une petite fille. Une preuve de la démence de ces gens. Quelle quantité de sang la grosse femme espérait-elle tirer de cette gamine ? Assez pour irriguer un de ses bras ? Elle essaya de transporter la fillette vers l'autel, mais quelqu'un hurla de rage et une femme bondit sur ses pieds – la mère de l'enfant, ou sa gardienne, je suppose – et chercha à la lui reprendre. Le tumulte éclata quand d'autres otages se levèrent et commencèrent à combattre les miliciens les plus proches. Les femmes criaient, les enfants braillaient, et les quelques hommes parmi les prisonniers se mirent à frapper des poings et des pieds. Tous étaient conscients de ce qui les attendait, même s'ils n'avaient pas été témoins de la mort des autres dans la tour Blanche. McGruder lâcha Muriel et s'élança vers l'organiste qui se battait avec la femme hystérique, l'enfant entre elles. Mais à présent d'autres Chemises Noires étaient saisies de la même idée que la grosse musicienne. Il ne restait plus qu'un nombre restreint de « donneurs », très inférieur à celui des miliciens présents, et aucun de ces détraqués ne voulait être lésé. D'autres gardes se mirent à traîner des otages vers l'autel.

J'en vis un, un type maigre qui donnait l'impression d'avoir tout juste la force de porter sa mitraillette, saisir une femme par les cheveux pour la mettre debout. Sa victime résista et le repoussa d'une bourrade qui l'envoya s'écrouler dans la rangée de bancs opposés. Elle se tourna et se mit à courir vers la porte.

Elle avait parcouru la moitié de l'allée centrale quand elle me vit sur le seuil de la chapelle. J'avais complètement ouvert le battant et ma Sten était pointée vers elle.

Derrière la femme j'apercevais Hubble, qui s'était remis debout. Son visage flétri était déformé par la rage, ses lèvres bougeaient, comme s'il s'efforçait de remettre un peu d'ordre dans la situation. McGruder martelait la grosse organiste de ses deux poings, la mère avait récupéré son enfant, qu'elle serrait dans ses bras, d'autres miliciens traînaient des otages dans les allées, en les frappant à coups de poing ou de crosse. Ils étaient tout juste assez conscients de ce qui se passait pour ne pas leur tirer dessus. Et peut-être que cette attitude avait fini par décider les derniers otages : morts, ils n'étaient bons à rien pour les Chemises Noires. Ils se jetèrent dans la mêlée.

La chapelle était le théâtre d'une bagarre générale, et les cris y résonnaient dans un chaos hallucinant. Soudain, Hubble me repéra. Sa colère se transforma en une surprise énorme, puis son visage livide se déforma pour laisser place à une expression venimeuse. Néanmoins il y avait plus dans cette expression : du mépris, bien sûr, mais aussi une sorte de répulsion, comme si le diable en personne venait de surgir devant lui. J'étais le phénomène, l'anormal. Tout comme les AB négatifs qui combattaient ses hommes. Le fléau avait fait de nous les monstres de la société, et j'étais son monstre numéro un. Le problème était qu'aussi détestable que je fusse pour lui, j'avais ce dont il manquait. Et cela me rendait encore plus haïssable.

Oui, eh bien, je pouvais très bien vivre avec. Je levai la Sten à l'épaule et pressai la détente.

J'avais visé haut, de crainte de toucher des prisonniers, et le vitrail surmontant l'autel vola en éclats. Les détonations et le bruit du verre brisé suspendirent toute action pendant une seconde. Les têtes se tournèrent vers moi, on me considéra avec ahurissement, puis la bagarre reprit de plus belle. Alors je lâchai une autre rafale. Des gens plongèrent au sol quand les balles mordirent le granit, s'enfoncèrent dans le bois ou fracassèrent les vitres. Je cessai le tir pour qu'ils m'entendent hurler :

– Sortez d'ici ! Courez et partez ! Partez !

Muriel fut une des premières à comprendre, même si mes paroles ne lui étaient pas destinées. Nos regards se croisèrent et je vis de l'incertitude dans le sien. Elle ignorait si mes prochaines balles ne seraient pas pour elle. Mais elle dut décider qu'il valait mieux tenter sa chance avec moi qu'avec Hubble, parce que l'instant suivant elle émergeait de la mêlée et courait vers moi. McGruder s'élança vers elle, mais je lâchai une autre rafale en l'air (j'aurais aimé lui exploser la tête s'il n'y avait eu le risque de toucher des innocents) et il se plaqua au sol derrière un mur de corps qui luttaient. Je n'avais pas relâché la pression sur la détente et le tir continu releva le canon de la Sten. Presque par plaisir, je ne redressai pas et tournai l'arme vers les vitraux sur ma droite. Ils éclatèrent un à un et créèrent la panique que je souhaitais.

La femme qui avait couru la première vers la sortie tomba à genoux et continua à avancer dans l'allée à quatre pattes, rapidement, la tête baissée comme si elle craignait de me regarder de nouveau. Muriel n'était pas très loin derrière, mais d'autres otages sortirent des bancs et se massèrent dans l'allée, lui bloquant le passage. Elle avait rajusté sa chemise noire et en serrait les pans d'une main devant elle.

– Dépêchez ! criai-je encore. C'est le moment ! Vite !

Je ne m'adressais qu'aux prisonniers, mais certaines Chemises Noires se mirent à courir vers la porte, à l'autre extrémité de la chapelle. Hubble en avait visiblement assez. Immobile sur la marche devant l'autel, il pointait un index noirci vers moi, et malgré le tumulte je perçus le timbre aigrelet de sa voix qui lançait des ordres. La tête et les épaules de McGruder surgirent au-dessus de la foule et il saisit deux Chemises Noires qu'il plaça auprès du chef, pour former un écran contre tout tir que je pourrais tenter contre Hubble. Je le visai quand même, mais à cet instant je me rendis compte que Hubble ne me désignait pas. Il montrait Muriel qui se démenait pour avancer vers moi. McGruder et un des gardes du corps se ruèrent à sa poursuite, repoussant rudement les gens sur leur passage.

Du coup je révisai mon plan. Hubble voulait la jeune femme autant qu'il avait désiré me capturer quand il pensait que j'étais le seul humain porteur d'un sang non vicié. Soyons franc, son lignage était de quelques degrés supérieur au mien, pour qui croyait à ce genre de choses, et il était clair que Hubble y croyait, comme son modèle, Hitler. Mon idée de départ avait été d'enlever Hubble. A présent je pensais que Muriel ferait une prise encore meilleure, parce qu'elle viendrait volontairement.

La première femme passa près de moi et sortit de la chapelle, vers un destin meilleur, je l'espérais. Elle était suivie d'une autre, au visage ridé et aux cheveux grisonnants, qui enjambait les bancs vers moi, aidée par un garçon d'une quinzaine d'années. Puis venaient les jumeaux que j'avais remarqués à l'extérieur du Savoy, poussés en avant par une femme décidée. Une jeune fille sauta d'un banc et fonça vers moi. Elle me frôla et jaillit dehors sans ralentir. Tous avaient saisi le message. Mais je ne pouvais partir avec eux tant que Muriel ne m'aurait pas rejoint. Et pas tant que Hubble aurait du temps pour organiser la chasse.

Des balles miaulèrent contre le mur a côté de la porte, et je m'accroupis avant de riposter. D'autres cris, d'autres vociférations. D'autres détonations. Mais la foule devant moi se raréfiait, car les gens s'égaillaient pour chercher à s'abriter. Emporté par son élan, un fuyard tomba sur moi et me plaqua contre le battant de la porte. Quand il s'affaissa sur le sol en griffant mes vêtements pour se retenir, je vis le sang qui jaillissait des blessures dans son dos. Un groupe de prisonniers se précipita vers moi et je sus qu'armé ou pas, si je ne m'écartais pas, je serais renversé et piétiné. Muriel approchait de la sortie, mais quelqu'un trébucha devant elle et avec plusieurs autres elle s'écroula dans un enchevêtrement de membres.

Une autre rafale juste pour rester dans l'ambiance et j'avançai. Je saisis Muriel par un poignet et la redressai d'une saccade. Elle accompagna le mouvement et me heurta en pleine poitrine. Ses mains s'agrippèrent à mes épaules. Je pense que je l'entendis prononcer mon nom, mais il y avait trop de bruit, trop de cris et de gémissements, pour en être sûr. Sans la lâcher je reculai vers la porte tout en surveillant les Chemises Noires qui convergeaient vers nous.

Un de ces charognards était beaucoup trop proche à mon goût, et je n'avais d'autre solution que de le stopper. Mais rien ne se produisit quand j'appuyai sur la détente. Sans même réfléchir je fis passer la Sten dans ma main gauche et de l'autre dégainai le P-35. Je tirai presque de la hanche et avec un cri le milicien se prit le ventre à deux mains et tomba à genoux avant de s'écrouler face contre terre. D'autres butèrent contre son corps et s'étalèrent sur lui. Derrière, les Chemises Noires marquèrent un temps d'hésitation.

Je m'écartai de la sortie et la désignai de mon pistolet.

– Allez, dehors ! criai-je. Je suis avec vous !

Les plus téméraires des prisonniers me crurent et foncèrent à l'extérieur.

A présent les sbires de Hubble étaient hors d'eux, et ceux qui étaient armés tiraient vers le plafond pour exprimer leur frustration de ne pas m'avoir dans leur ligne de mire. Des fumerolles bleuâtres montaient dans l'air et le vacarme était assourdissant. J'estimai qu'il était temps de m'éclipser. A tout moment un des miliciens aurait l'idée de grimper sur un banc pour me voir clairement. Je rengainai le P-35 et poussai Muriel vers la porte. Dès que nous l'eûmes franchie, je l'entraînai au pas de course en la tenant par le poignet. Ceux qui s'étaient déjà échappés de la chapelle se dispersaient dans la cour. Qu'ils ne cessent de courir qu'une fois de l'autre côté de Londres, et ils s'en tireraient. Muriel et moi coupâmes par la pelouse, en diagonale, vers les larges escaliers de pierre et l'allée qui aboutissait au passage sous la tour de Sang. Au-delà, une allée menait à un pont de bois qui enjambait les douves et donnait sur la route du quai. Si les Chemises Noires ne nous abattaient pas avant que nous l'ayons atteint, nous conservions une chance. C'était un coup de poker, mais cela n'avait rien d'inhabituel pour moi.

Nous dépassâmes la mitrailleuse Vickers vide sans encombre et continuâmes. Si nous pouvions arriver à l'allée sous les marches, nous serions hors de vue pendant un temps, peut-être suffisamment pour nous engouffrer dans l'abri constitué par le passage avant qu'ils ouvrent le feu sur nous. C'est ce moment que choisit Muriel pour trébucher. Je voulus la retenir mais sa chaussure dérapa et elle s'étala de tout son long. Elle roula dans l'herbe en gémissant.

Au lieu de m'occuper d'elle, je fis volte-face, désenclenchai le chargeur vide de la Sten et en insérai un plein, tiré de mon sac. Ce qui restait de la petite armée de Hubble apparut à l'angle de la chapelle. Quelques otages se trouvaient parmi eux, mais ils ne s'en souciaient pas. A l'évidence les ordres étaient de nous avoir, Muriel et moi, et c'était exactement le résultat que j'avais escompté. Je lâchai une courte rafale pour me rappeler à leur bon souvenir. Je découvris alors une scène qui en toute autre occasion m'aurait fait éclater de rire : la brouette que j'avais remarquée à l'entrée de la chapelle, poussée par McGruder, avec Hubble accroupi dedans, pareil à un grand enfant emmené en promenade. Je croyais rêver. Mais non, les balles qui ricochèrent sur le ciment à quelques mètres devant moi me prouvèrent le contraire.

J'envoyai une nouvelle rafale et eus la satisfaction de voir la brouette verser tandis que des Chemises Noires se jetaient au sol. J'entendis un grognement de Muriel et lui lançai un coup d'œil. Assise, elle examinait son coude ensanglanté qui apparaissait par un trou de la manche déchirée.

– Vous êtes touchée ?

Elle secoua la tête négativement et posa sur moi un regard hanté par ce qui ressemblait fort à de la peur.

Oui, elle était terrifiée, et pas seulement par les Chemises Noires. Je pense qu'elle redoutait que je ne tourne mon arme contre elle.

– Bon, debout. Maintenant vous savez ce que vos nouveaux copains veulent de vous, alors remettez-vous à courir. Je vais vous couvrir.

– Nous n'y arriverons jamais, haleta-t-elle en désignant nos poursuivants. Ils sont trop nombreux, nous ne pourrons pas les distancer tous.

Ouais, me dis-je. Trop nombreux pour qu'on puisse tous les descendre avec des balles. Et moi je voulais qu'ils soient tous abattus, jusqu'au dernier. Je me penchai vers elle, la relevai et la poussai vers l'escalier.

– Allez-y, lui ordonnai-je sèchement.

Au début elle marcha avec difficulté, en reboutonnant sa chemise, puis elle se mit à courir. A cette vue, les Chemises Noires se relancèrent à l'assaut.

Je la suivis, mais en restant à demi tourné, l'arme braquée sur les miliciens, pour les garder à distance. Le timing était crucial. Il fallait que je fasse un sans-faute. Heureusement, ils étaient assez malins pour ralentir et conserver la même distance entre nous. Ils étaient une quarantaine, et j'en fus étonné. Même s'il y en avait encore à l'intérieur de la chapelle, la Peste Ecarlate Lente en avait fauché un bon nombre depuis que j'avais eu la malchance de faire leur connaissance. Bah, cela ne me chagrinait nullement. Moins j'en aurais sur le dos et plus j'aurais de chances de m'en sortir en un seul morceau.

En entendant le claquement des chaussures de Muriel sur les marches, je me tournai complètement dans cette direction et fonçai de toute la vitesse dont j'étais capable. Derrière moi monta un rugissement rageur alors que je disparaissais à leur vue. Nous ne disposions que de quelques secondes pour nous engouffrer dans le passage. Je rattrapai Muriel, la pris de nouveau par le bras pour l'aider à descendre plus vite encore la seconde volée de marches et elle poussa un cri de protestation. Sans doute craignait-elle que nous ne chutions et ne nous brisions tous deux le cou. Les corbeaux sur la pelouse devant la tour Blanche s'envolèrent avec lourdeur, et leurs croassements irrités sonnèrent comme une malédiction à mes oreilles. Si j'avais eu le temps, j'en aurais bien abattu un ou deux en réponse. Mais je continuai de me concentrer sur notre fuite. Nous arrivâmes à l'allée, avec devant nous le court tunnel sombre.

D'autres cris, d'autres détonations. Les projectiles ricochèrent sur les vieilles pierres de la tour Blanche. Un tir d'avertissement pour nous sommer de cesser de courir, sinon... Nous plongeâmes dans l'ombre fraîche de l'arche alors que d'autres balles sifflaient vers nous. Je plaquai Muriel contre la paroi et plusieurs projectiles nous frôlèrent en éveillant des miaulements décuplés par l'espace confiné. Je la serrai là, en attendant que le tir s'arrête, mon visage pressé contre sa chevelure. Je perçus vaguement son parfum, sentis la douceur de son corps et, aussi stupide que cela soit dans de telles circonstances, je la revis étendue nue sous moi, ses bras enserrant ma taille pour m'attirer en elle. Je me rappelai combien elle avait été effrayée et désemparée cette nuit-là, dans l'hôtel. Et je me remémorai aussi de quelle manière elle avait trahi ses amis.

Je m'écartai d'elle, et d'un mouvement presque méprisant du bras je la propulsai vers l'autre extrémité du tunnel. Alors que les Chemises Noires dévalaient les escaliers, je revins à l'entrée de l'arche pour être vu. A nouveau nos poursuivants hésitèrent. Certains s'accroupirent sur les marches, d'autres tentèrent de les gravir au plus vite alors que je braquais ma Sten vers eux. Je visai posément et feignis de presser la détente.

Quand rien ne se produisit ils relevèrent la tête ou firent volte-face. Leur surprise se transforma en une joie mauvaise lorsque je laissai tomber mon arme et disparus dans l'ombre du tunnel. L'un d'eux éclata d'un rire goguenard. Il pensait probablement que la Sten s'était enrayée.

Ils se ruèrent alors sur nous comme des chiens de chasse après un renard blessé, assoiffés de sang. Oui, littéralement.

Une fois ressorti du tunnel, un peu ébloui par l'éclat du soleil, je saisis Muriel par le poignet et nous reprîmes notre course sur les pavés inégaux. Derrière nous la meute hurlante nous donnait tous les encouragements dont nous pouvions rêver. Le pont sur les douves asséchées n'était pas très loin, mais ma poitrine commençait à me brûler et mon souffle à se faire très, très court. Des tirs imprécis fusaient dans l'air et soudain Muriel ralentit. Elle se laissait entraîner par moi, et son pas devenait bizarrement désynchronisé.

– Il faut continuer ! lui criai-je.

– Nous n'y arriverons pas ! lâcha-t-elle en retour.

– Si. Ils sont lents, vous ne vous en rendez pas compte ? Il suffit de conserver notre avance !

Nous atteignîmes le pont, que nous traversâmes au pas de charge. Muriel semblait avoir découvert en elle des réserves d'énergie, car elle reprit de la vitesse et ses mouvements retrouvèrent leur efficacité. Devant nous coulait la Tamise, avec les canons anciens alignés au bord du quai et pointés vers le nord, prêts à repousser une hypothétique invasion. Une casemate de béton construite pendant la guerre s'élevait entre eux, épaisse et solide mais inutile contre la dernière arme de l'ennemi. A notre gauche, le Tower Bridge se dressait dans le ciel, haut et fier, ses bascules figées à jamais, et sous lui le fleuve roulait ses eaux claires dans le soleil.

Moi en tête, nous prîmes cette direction.

26

Elle ne comprit pas pourquoi je l'orientais vers l'escalier.

– Les quais... haleta-t-elle en essayant de se dégager. Nous pouvons facilement les semer sur les quais...

Elle n'avait pas tort, évidemment. La route sous la travée nord du pont conduisait droit au cœur du port, ou de ce qu'il en restait après les bombardements, avec son labyrinthe de ruelles et d'allées entre les entrepôts et les bâtiments divers. C'est vrai, il nous aurait été aisé de semer les Chemises Noires en descendant par là, mais cela ne faisait pas partie de mon plan.

– Nous montons sur le pont, rétorquai-je en m'efforçant de reprendre mon souffle.

La sueur coulait le long de mon dos et ma gorge était aussi sèche que le sable du désert.

– Vous êtes fou ! Le pont est relevé, nous ne pourrons pas traverser !

– Nous emprunterons les passerelles supérieures, entre les tours.

Le regard qu'elle me jeta signifiait qu'elle jugeait ma décision incohérente, mais nous n'avions pas le temps de discuter, et ce fut donc sans un mot de plus que je la poussai vers l'escalier couvert. Les premiers miliciens n'étaient plus qu'à une quarantaine de mètres de nous, et pour l'instant ils avaient cessé de tirer, sans aucun doute parce qu'ils étaient certains de nous capturer. Derrière venait Hubble, toujours transporté par McGruder dans sa brouette ridicule. Le chef faisait de grands gestes et lançait des ordres tandis qu'il tressautait sur les pavés. Muriel se mit à gravir les marches.

A leur sommet, un court tunnel ramenait sous le tablier du pont, et un autre escalier montait vers la voie d'accès. Nos pas résonnaient contre les murs suintants d'humidité et, avant que nous ayons atteint la deuxième volée de marches, j'entendis le martèlement des bottes et les exclamations excitées derrière nous. A présent nous ne tenions que par l'adrénaline – une vieille camarade – et je ne pouvais que prier qu'elle nous soutienne encore un peu.

Nous progressions en nous aidant de la main courante de fer fixée dans les briques du mur. Enfin nous émergeâmes de nouveau dans la lumière du soleil. La tour nord du pont nous dominait de toute sa hauteur, avec ses câbles de suspension gris qui partaient de chaque côté de la route pour s'élever jusqu'au sommet de la structure. Avec son revêtement de pierre, ses fenêtres en arc, ses moulures et ses créneaux, ses tourelles à chaque coin, la tour évoquait quelque sinistre château gothique tout droit sorti d'un conte de Grimm. Un conte ? Diable, avec son balcon peu profond près du sommet, ses flèches et ses fleurons de faîtage disséminés sur le toit, elle ressemblait plus à la demeure de Bela Lugosi. Avec ces suceurs de sang sur nos talons, et une montagne virtuelle à escalader devant nous, je préférais ne pas penser et me concentrer sur notre fuite.

Par la grande arche à la base de l'édifice, sous laquelle les véhicules passaient jadis pour entrer sur le pont proprement dit, nous aperçumes un énorme mur de béton qui bouchait le passage. Des bus rouillés, des camions et des automobiles étaient toujours arrêtés devant l'obstacle, comme s'ils attendaient que la bascule se rabaisse pour qu'ils puissent poursuivre leur trajet dans le sud de la ville. De l'autre côté du segment de tablier, le vide et loin en dessous le fleuve, puis en face son frère jumeau, lui aussi relevé contre la tour sud.

Sur le côté de l'arche s'amorçait un escalier étroit, terminé par une porte encastrée dans la pierre ; c'était là l'entrée de la tour dans laquelle je voulais me trouver avant que la meute des miliciens soit trop proche. Une fois là, ce qui impliquait une longue ascension jusqu'au quatrième niveau, nous serions devant la passerelle qui reliait le haut des deux tours et permettait de traverser à pied la Tamise. Monter là-haut ne serait pas une partie de plaisir, mais je me consolai en pensant que ce serait encore plus éprouvant pour ces salopards anémiés.

Nous courûmes le long de la voie d'accès du pont, la circulation figée sur notre droite, une balustrade de fer ouvragé sur notre gauche, les Chemises Noires hurlant à nos basques, et la cité morte tout autour de nous. D'une certaine façon, j'avais l'impression de voir ça pour la dernière fois : l'océan de toits, ces ballons à moitié dégonflés dans le ciel, les bâtiments qui avaient été des entrepôts bourdonnant d'activité, à présent vides et déserts, alignés en bordure du fleuve, les grues immobiles, les péniches et les bateaux de divers modèles toujours amarrés aux quais. Pendant trois années j'étais resté dans cet immense mausolée, alors que des survivants doués d'un peu plus de bon sens que moi le quittaient. Trois ans passés à nettoyer les rues, pour n'arriver à rien. *Tu te souviens encore du but de tout ça ?* railla la petite voix dans ma tête. *Et si tu t'en souviens, est-ce que ça a vraiment valu tous ces efforts ?* Constamment traqué par des malades tombés dans un vampirisme très particulier, obligé de me cacher comme un animal, à tuer simplement pour rester en vie, toujours aux aguets, toujours sur la défensive, toujours en guerre alors que les hostilités auraient dû cesser avec le génocide de la Peste Ecarlate. Tout cela avait-il le moindre sens ? Non. Sally n'était plus, elle ignorait tout de ce que j'avais fait après sa mort, alors même qu'elle était la source de mon obsession. Elle et... enfin bref. *Tu es dingue, Hoke, aussi dingue que ces sangsues humaines qui te filent le train en ce moment. Tu l'es depuis que tu as perdu le monde. Et tu le sais. Mais au moins cette folie va arriver à son terme. Ouais, une autre fin, et cette fois il est probable que tu en feras partie. Tu aurais dû écouter Cissie, Hoke. Elle t'a pourtant dit que tu étais dingue, toi aussi...*

Des balles sifflèrent au-dessus de nos têtes, interrompant ces pensées chaotiques et me ramenant brutalement à la réalité. Maintenant je n'avais plus le choix : nous ne pouvions plus faire marche arrière. Les Chemises Noires tiraient toujours pour nous intimider et nous forcer à nous arrêter, mais le seul résultat était de nous encourager à atteindre au plus vite la jetée qui ceignait la base de la tour. Protégée par des plaques de blindage et des amoncellements de sacs de sable, la cabine de contrôle du pont était nichée sous la tour elle-même ; je remarquai que son signal vert était toujours levé pour autoriser le passage de bateaux inexistants. Hors de vue sous la jetée se trouvaient les roues dentées et les réservoirs alimentant la machinerie qui commandait la bascule de ce côté.

– En haut de l'escalier ! ordonnai-je à Muriel en me retournant pour voir où en étaient nos poursuivants.

Bon Dieu, le premier – le spécimen le plus sain que j'aie vu parmi eux depuis deux bonnes années – n'était qu'à une dizaine de mètres. J'aurais pu l'abattre aisément avec le Browning, mais je ne voulais pas décourager les autres de nous poursuivre dans la tour, aussi repartis-je derrière Muriel. Elle avait déjà ouvert la porte au sommet des marches et nous entrâmes presque en même temps.

– Continuez ! lui dis-je en désignant l'escalier intérieur qui s'élevait vers les hauteurs de la tour.

Sans même me regarder, elle obéit.

Ses chaussures claquèrent sur les degrés de fer et elle soufflait maintenant à petits intervalles réguliers. Je me postai dans l'ombre derrière la porte, pour écouter les pas qui approchaient à l'extérieur. Ils se firent plus sonores.

J'attendis le dernier moment et claquai la porte en plein visage du milicien. J'entendis un cri étouffé, puis une série d'exclamations quand il tomba à la renverse et dégringola l'escalier de pierre. J'avais forcé la serrure de la porte en tout début de matinée, si bien que je ne pouvais la verrouiller et me donner ainsi une avance confortable sur les Chemises Noires. Je fonçai derrière Muriel, en montant les marches trois par trois. Je la rattrapai très vite.

Comme je l'ai dit, l'ascension jusqu'en haut n'était pas une mince affaire. Deux cent six marches en tout, je les avais comptées quelques heures plus tôt, puisque les ascenseurs hydrauliques étaient bien entendu hors d'usage. Et en plus je devais aider Muriel. Derrière nous le martèlement des bottes ne faiblissait pas, hélas. De temps à autre ils lâchaient un coup de feu inutile, car nous étions protégés par la structure de l'escalier tant que nous gardions deux volées de marches entre eux et nous. Mais nos cœurs battaient de plus en plus vite, nos jambes s'alourdissaient, l'air brûlait nos poumons. Muriel avait raison, nous ne réussirions jamais, nous n'en aurions pas la force. Et pourtant nous poursuivions notre effort, et chaque coude de l'escalier nous rapprochait de notre but et nous donnait un peu d'énergie pour atteindre le suivant. Bien qu'il y eût beaucoup de fenêtres, toutes avaient les vitres opacifiées par la crasse, et nous éprouvions quelque difficulté à voir notre chemin. A plusieurs reprises nous trébuchâmes. Quand c'était Muriel, je la relevais et la propulsais en avant ; quand c'était moi, je jurais et utilisais la main courante pour me redresser et repartir. Plus nous montions et plus notre fatigue croissait. Et il nous devenait très difficile de respirer. Pour tout arranger, les bruits en contrebas semblaient augmenter de volume, indiquant que la meute se rapprochait. Impossible, me répétais-je, ces types sont dans une condition physique bien pire que la nôtre, nous devrions conserver une belle avance sur eux. Si seulement j'avais pu m'en convaincre...

Mais aux sons je compris que plusieurs Chemises Noires avaient emprunté l'autre escalier, car il y en avait deux dans chaque tour. Ils semblaient progresser plus vite que ceux derrière nous. Nous les entr'aperçûmes alors qu'ils atteignaient un des vastes paliers en dessous de nous, et un rugissement s'éleva quand ils nous repérèrent. Muriel faillit s'effondrer devant moi.

– Ils... Ils nous ont, Hoke, fit-elle en haletant. On n'y arrivera pas...

Autant pour l'honneur de l'aristocratie.

– Nous y sommes presque. Encore une série de marches, c'est tout. Là-haut nous serons tirés d'affaire, je vous le promets.

Je montai à son niveau et la pris par le poignet. Elle tremblait des pieds à la tête et paraissait secouée d'un spasme douloureux chaque fois qu'elle inspirait, mais je rassemblai le peu d'énergie qui me restait et l'entraînai avec moi, en la portant à moitié. Elle se laissa aller contre moi au début, mais quand elle vit l'ouverture de l'escalier qui donnait sur le niveau supérieur, un peu de ses forces et de sa volonté lui revint et elle se remit à grimper seule. La pénombre s'éclaircit également et cela lui redonna espoir, je crois. Elle reprit la tête.

Nous nous traînâmes littéralement sur les dernières marches, à genoux, en nous hissant des mains sur les degrés supérieurs. Et enfin nous parvînmes à une grande salle percée de fenêtres qui surplombaient le fleuve et la ville sur trois côtés. La lumière du soleil traversait la couche de crasse accumulée sur les vitres et éclairait la salle de rayons où scintillait doucement la poussière. Nous n'avions pas le temps pour une pause, et bien que les jambes de Muriel se fussent dérobées sous elle et qu'elle inspirât avec des sons rauques, je l'obligeai à se relever et la dirigeai vers la double porte à demi vitrée en face de nous. Ici il y avait d'autres portes, qui donnaient sur des cagibis ou des bureaux, ainsi que des chaises et des tables, du matériel de nettoyage et un fouillis d'ustensiles divers, mais l'important pour nous était cette large double porte. Nous devions la franchir avant que la meute arrive à ce niveau.

Et nous le fîmes. Ensuite nous titubâmes sur la longue passerelle qui s'étendait au-dessus de la Tamise, parallèle à celle de l'autre bord du pont, pour relier la tour nord à la tour sud. Nous marchions à une quarantaine de mètres au-dessus de l'eau, et une brise fraîche s'insinuait à travers l'enchevêtrement métallique de ses rambardes, ébouriffant nos cheveux et nous revigorant un peu. Nous emplîmes nos poumons surmenés de cet air pur, et une seconde nous profitâmes de ce délice. Mais nous ne pouvions nous attarder.

– On traverse, lui dis-je en montrant l'exemple.

Les sons produits par les Chemises Noires qui arrivaient étaient assourdis par la double porte qui s'était refermée derrière nous, mais ils augmentaient en volume.

– Oui, répondit-elle faiblement.

Elle se mit à trotter à petites foulées inégales. Son visage était crispé par l'épuisement, mais je crus y déceler l'ombre d'un sourire, et une expression de soulagement. Nous avions une chance à présent, pensait-elle, une chance si nous parvenions à atteindre cette autre double porte au bout de la longue passerelle. La plupart de nos poursuivants étaient dans un état physique amoindri, et ils seraient encore plus atteints que nous par cette ascension. Une fois de l'autre côté de ces portes, il nous serait aisé de redescendre et de les distancer. Ensuite nous nous perdrions dans les rues du sud de la ville. Oui, je la voyais penser tout cela et, bien qu'elle fût harassée, elle se mit à accélérer et à zigzaguer entre les débris et les caisses empilées le long de la passerelle : l'équipement protégé de la pluie par des toiles goudronnées. On avait dû l'entreposer là pendant la guerre, après que les passerelles eurent été interdites au public. Les ombres tombaient déjà sur les vitres de la double porte tandis que je suivais la jeune femme, et la pièce que nous venions de quitter était envahie par les miliciens.

La passerelle était assez large pour permettre à cinq piétons de marcher de front sans se gêner, pour profiter du panorama spectaculaire de Londres entre les poutrelles, lesquelles s'incurvaient vers l'intérieur, de sorte que le plafond était plus étroit que le sol ; s'élevant au-dessus de la passerelle jumelle, j'aperçus les flèches et le toit d'ardoise de la tour sud. Là-bas on avait installé une batterie antiaérienne légère, et je me souvins d'avoir souvent songé à venir ici une nuit, pour attendre le pilote allemand du bombardier – comme la Luftwaffe avant lui, il utilisait toujours la Tamise pour se guider dans Londres – et le descendre au passage. Idée séduisante, à ceci près que j'en connaissais autant sur l'utilisation de cette pièce d'artillerie que sur la broderie. Mais cette pensée, inspirée par ma première visite en touriste privilégié ici, m'avait permis de garder ce pont à l'esprit, et la nuit précédente, sachant que Hubble et ses Chemises Noires occupaient le château, une idée quelque peu différente s'était imposée à moi.

Je dépassai un cadavre vêtu de l'uniforme bleu fade d'un gardien ou d'un employé d'entretien, précairement perché sur une chaise à dossier droit, à mi-route de la passerelle, et je dus contourner les caisses recouvertes d'une toile goudronnée qu'il paraissait surveiller. Sa veste pendait sur ses épaules squelettiques et ses yeux racornis étaient baissés vers le sol ; les rares mèches de cheveux blancs collées à son crâne jauni n'étaient même pas dérangées par la brise. Evitant d'autres caisses, je suivis Muriel, qui avait presque atteint l'extrémité de la passerelle.

Nous entendîmes tous deux la double porte derrière nous s'ouvrir violemment, et le vacarme de nos poursuivants qui surgissaient dehors, mais ni Muriel ni moi ne prîmes la peine de nous retourner. Toutefois je ralentis, et posai la main sur l'étui du pistolet.

Muriel avait atteint les portes et les percuta de l'épaule dans son désir de les franchir. Elle se mit à sangloter en appuyant avec frénésie sur les clenches. Je l'entendis pousser un cri de détresse. Elle insista, tirant de toutes ses forces, et fit vibrer le chambranle, mais les portes ne s'ouvrirent pas d'un centimètre.

Elle me jeta un regard paniqué par-dessus son épaule alors que j'approchais.

– Elles sont fermées, Hoke ! cria-t-elle presque. Oh, mon Dieu, elles sont fermées !

Je m'arrêtai et fis volte-face pour affronter le groupe de nos persécuteurs.

– Ouais, dis-je à Muriel sans la regarder, en sortant le P-35 de son étui dans un geste fluide. Je sais.

27

Elle me dévisagea comme si je venais de perdre l'esprit, et j'eus l'impression que mon rictus confirmait ses soupçons.

– Nous sommes piégés ! lâcha-t-elle, incrédule, entre deux halètements.

– Eux aussi.

D'un mouvement de menton je désignai la troupe des Chemises Noires, qui maintenant ralentissait en comprenant que notre situation était désespérée.

La plupart d'entre eux étaient arrivés sur la passerelle, même si quelques-uns devaient encore gravir avec difficulté les dernières marches, mais ils seraient bientôt là, et leurs visages maladifs exprimaient l'épuisement autant que le triomphe. Certains avaient du mal à se tenir debout, d'autres sollicitaient l'aide de leurs compagnons pour ne pas perdre l'équilibre ; un ou deux se tenaient même aux poutrelles métalliques et ahanaient follement. Leur bande miteuse de fanatiques au bout du rouleau, désespérés, avançait lentement. Ils s'arrêtèrent quand ils virent le pistolet que je tenais. Leurs armes étaient toutes braquées sur moi.

Je tournai le Browning vers Muriel et déclarai :

– Elle ne vous servira à rien si elle est morte. Et moi non plus.

Même le plus abruti d'entre eux comprit le message. Ils s'immobilisèrent.

– Ne tirez pas !

Je reconnus la voix faible et haut perchée. Mais je me demandai si Hubble s'adressait à ses sbires ou à moi.

– Nous les tenons, maintenant. Ils ne peuvent nous échapper.

Le groupe se scinda en deux pour le laisser passer en premier, soutenu sous les aisselles par McGruder et une autre Chemise Noire. Cela m'emplit d'aise. Hubble avait réussi à venir pour la fête, et c'était mon objectif principal.

Muriel s'écarta des portes et vint se camper auprès de moi. Hubble la considéra en se renfrognant.

– Ne restez pas avec lui, miss Drake.

Il fixait sur elle son regard halluciné, et les ombres qui soulignaient ses yeux lui donnaient l'air caricatural du méchant dans les vieux films muets. Il s'efforça de se redresser, mais n'y parvint qu'en partie, assez cependant pour assumer le pouvoir qu'il croyait encore être sien.

– Cet homme est un sauvage, mais il ne vous fera aucun mal. N'cst-cc pas, monsieur Hoke ? Vous n'abattriez pas une jeune femme aussi raffinée ?

– Je suppose que non, répondis-je en pointant le Browning sur son front.

Son expression de satisfaction malsaine se dissipa et il perdit soudain de sa superbe ; son corps se ratatina pour reprendre la pose qui était naturellement la sienne.

– Vous ne pouvez pas nous tuer tous, imbécile ! grinça-t-il. Tirez une seule fois et mes hommes vous tailleront en pièces. (Son regard revint sur Muriel.) Ecartez-vous de lui, rejoignez les vôtres, ceux qui sont vos amis, vos véritables égaux. J'étais pris par le désespoir tout à l'heure, sinon je n'aurais jamais... Nous avons celui-là, à présent, nous... je... peux utiliser son sang...

De façon incroyable, Muriel fit un pas vers ce dégénéré. Mais elle se tourna vers moi avant d'avancer encore. Elle était en proie à l'incertitude. Elle était perdue.

– Allez-y, fis-je, parce que j'étais fatigué de ce petit jeu. Si c'est ce que vous voulez faire, je ne vous en empêcherai pas. Il vous saignera à blanc, Muriel, il vous volcra votrc sang et il vous laissera crever.

– Mais que puis-je faire d'autre, Hoke ? Quelle autre possibilité ai-je de survivre ?

Elle paraissait abattue, vidée de tout ressort, et elle parlait toujours de façon hachée, le souffle court.

– Ils nous tueront sans hésiter si nous n'acceptons pas leurs conditions.

– Ma chère Muriel, bien sûr que jamais nous n'agirions ainsi.

Hubble avait laissé tomber le « miss Drake » en faveur d'une expression plus paternaliste, et il y avait quelque chose d'obscène dans le ton enjôleur qu'il avait adopté et qu'il devait juger irrésistible.

– Nous sommes de la même race, continua-t-il, vous et moi, et votre père était un des amis que j'estimais le plus. Quelle que soit votre décision, je vous promets que vous ne serez molestée en aucune façon.

Muriel, si vous croyez ces foutaises, pensai-je, *vous méritez l'enfer que vous réserve ce fumier.*

Mais ce bavardage mondain me convenait à merveille, car il permettait aux retardataires d'arriver sur la passerelle. En levant progressivement la tête, je pus voir au-delà des Chemises Noires qui me faisaient face. J'aperçus deux de leurs compagnons qui franchissaient en titubant les portes à l'autre extrémité de la passerelle. Ce devaient être les derniers, si j'en jugeais par le nombre de mes adversaires présents. Très bien. Le moment du final était venu.

Je me défis du sac en toile que je portais en bandoulière, l'ouvris et en quatre enjambées rapides j'avais atteint les poutrelles du côté intérieur de la passerelle. Je me hissai sur la rambarde. Par-dessus leurs têtes je vis une silhouette sombre derrière les vitres de la double porte, là-bas. Parfait. Cissie avait quitté sa cachette et glissait une barre de fer dans les poignées des portes, les bloquant irrémédiablement. Elle n'aurait pas agi de la sorte s'il y avait encore eu du bruit dans l'escalier, et je lui souhaitai une bonne poussée d'adrénaline pour redescendre jusqu'au sol.

Les Chemises Noires m'observaient avec un malaise certain. Ils se demandaient visiblement ce que je fabriquais, et surtout ils attendaient l'occasion de foncer sur moi. Mais je n'avais pas cessé de braquer mon arme sur Hubble, espérant avec quelque raison que cela freinerait l'ardeur meurtrière de ses sbires.

– Vous avez le choix, Muriel, dis-je sans quitter des yeux la meute de mes ennemis. Vous venez avec moi, ou vous restez avec cette vermine et vous mourez.

Ma proposition cryptée la dérouta un peu plus, mais je n'avais ni le temps ni l'envie d'une explication de texte. McGruder lâcha Hubble et avança de deux pas dans ma direction. Le museau du P-35 abandonna le chef pour se braquer sur le fidèle lieutenant.

– Tu ne pourrais pas me faire plus plaisir, l'informai-je.

Il se transforma illico en statue de sel. Néanmoins il demeurait trop proche de moi pour mon bien-être personnel, et je décidai que c'était maintenant ou jamais. Mais ce fut mon tour d'être surpris quand soudain Hubble se mit à émettre des sons curieusement étranglés. On aurait dit que quelque chose s'était coincé dans sa gorge et qu'il suffoquait.

Il crispa les mains sur son cou, et ses doigts noircis dégrafèrent en tremblotant le col de sa chemise. Son corps fut saisi de convulsions subites. Ses yeux paraissaient sur le point de jaillir de leur orbite, du sang sourdait à leurs coins, comme il en coulait de ses oreilles, puis de sa bouche ouverte. Il se voûta un peu plus alors que McGruder se précipitait vers lui, et se mit à pousser un cri perçant, une horrible plainte arrachée du tréfonds de son être, qui était plus animale qu'humaine. Ses ongles griffèrent sa poitrine, puis son estomac, une épaule, et son corps se contorsionna tandis qu'il essayait de toucher la source de la douleur. Son pantalon blanc était trempé par le liquide qui s'écoulait de ses orifices inférieurs, et je sus immédiatement que c'était du sang, que les artères bloquées en lui avaient éclaté et déversaient leur trop-plein; bientôt des veines plus petites firent de même, et nous vîmes tous la noirceur qui se répandait sous sa peau. Ses muscles se tétanisèrent, les organes majeurs s'arrêtèrent. Le moment qu'il avait tant redouté était arrivé. Pour Hubble, l'heure fatale avait sonné.

Son cri devint un hurlement suraigu qui se termina quand un jet de sang surgit de sa bouche pour éclabousser le sol et les miliciens près de lui. Son agonie était violente, atroce, et nous y assistions tous sans bouger, hypnotisés par le spectacle. Enfin, jusqu'à ce que je décide que nulle personne, aussi malfaisante et démente soit-elle, ne méritait un tel trépas. Je l'abattis d'une balle entre les deux yeux, et il s'écroula sans un autre murmure.

Tout se passa alors très vite, et je me déplaçai aussi rapidement que possible pour conserver l'avantage. Une clameur de haine monta des Chemises Noires et McGruder s'agenouilla auprès du corps ensanglanté de Hubble. D'autres se ruèrent vers moi, et l'éclat dans leurs yeux me persuada qu'ils avaient l'intention de me faire descendre de mon perchoir pour me tailler en pièces à mains nues. D'un coup de pied à la mâchoire j'en rejetai un en arrière, celui qui avait déjà pris la porte en plein visage justement – ce n'était pas son jour –, et il percuta ceux qui le suivaient, ce qui me donna le temps de sortir quelque chose du sac de toile que je portais toujours à l'épaule. Je le tins dans ma main gauche tandis que de la droite je visais avec soin en prenant appui sur une poutrelle. Je tirai trois coups rapprochés dans le corps en uniforme bleu sur la chaise, près des caisses.

Les balles eurent deux effets simultanés et immédiats : leurs détonations surprirent assez les miliciens pour les freiner un instant, et le cadavre chuta de son siège sur le côté, libérant le levier de la grenade à main sur lequel il était assis et dont j'avais ôté l'épingle protectrice le matin. Je disposais de quelques secondes avant l'explosion qui déclencherait celle de la dynamite dans ces caisses.

Encore une petite chose à faire avant de quitter la scène : je lâchai le pistolet, me débarrassai du sac, dégoupillai la grenade dans ma main gauche et la lançai dans la troupe des Chemises Noires, tout près des explosifs dissimulés de l'autre côté de la passerelle. Et j'y allai.

Le vertige me prit dès que je me glissai entre les étrésillons et me retrouvai sur le bord extérieur de la passerelle. Le fleuve et la pile sud parurent se précipiter vers moi, et le vide soudain autour de moi faillit bien me faire perdre l'équilibre. Mais je luttai contre l'étourdissement et me faufilai dans l'espace entre le sol de la passerelle et la rambarde ornementale externe, mon pied trouvant l'extrémité de la bascule relevée juste en dessous. Les quelques secondes nécessaires pour ma fuite s'étaient écoulées. Les grenades allaient-elles exploser ? Impossible de savoir si ces années passées n'avaient pas détérioré leur mécanisme. J'eus encore le temps de voir le visage blême et effrayé de Muriel qui me regardait à travers les poutrelles, puis quelqu'un qui passait devant elle et grimpait sur la structure métallique avant que je me laisse couler sous la passerelle.

Les explosions déchirèrent l'air et le monde autour de moi fut secoué par les deux déflagrations qui s'enchaînèrent. Je m'accrochai à la grande bascule tandis qu'elle frémissait sous moi, et le plancher de la passerelle au-dessus de moi fut violemment secoué, menaçant de tomber et de m'écraser. Une autre détonation monstrueuse retentit, et à lui seul le son manqua me projeter dans le vide et les eaux de la Tamise. Des flammes jaillirent, mais heureusement l'épaisseur de ciment à quelques dizaines de centimètres de ma tête me protégea. D'énormes boules de feu s'élevèrent dans le ciel. Je hurlai pour combattre le bruit et ma propre horreur, conscient que le corps de Muriel avait été projeté par les flammes et avait manqué de peu l'autre passerelle. Un seul bras tendu dans les airs, l'autre arraché, ses vêtements disparus mais sa peau en feu, je ne la vis qu'une fraction de seconde ; pourtant l'image s'imprima dans mon esprit, et je sus immédiatement que jamais elle ne s'en effacerait. Si toutefois je survivais.

Je commençai à glisser, et le tremblement de la structure en fer et en ciment sous moi s'accroissait ; je cherchai du regard une corniche, une saillie, n'importe quoi où m'accrocher. Des débris de toute sorte – morceaux de bois, fragments métalliques, parties de corps humains – fusaient dans l'air et retombaient presque lentement dans le fleuve en contrebas, et de la fumée, des flammes et de la poussière tourbillonnaient partout. Le sommet de la bascule était assez large pour que je m'y allonge, et les corniches métalliques et les trous contenant les boulons qui verrouillaient les deux parties du pont quand celui-ci était abaissé me permirent de me maintenir là alors que toute la structure tressautait en grinçant. J'avais peur que l'ensemble ne tombe, car, lorsque j'avais dissimulé la dynamite sur la passerelle avec l'aide de Cissie, le matin à l'aube, je n'avais aucune idée de la puissance des explosifs. Comme les grenades, ils avaient été stockés longtemps, de sorte que leur efficacité était imprévisible. Eh bien, maintenant j'étais renseigné. Et cela me filait une trouille bleue.

De lourds nuages d'une fumée noire obscurcirent le ciel. Le tablier continuait de vibrer de façon alarmante, à la manière d'un gigantesque diapason. Je commençai à me traîner vers l'autre extrémité de la travée. Bientôt j'atteignis la rampe qui courait le long de l'épaisse balustrade ornementale qui me servirait d'échelle pour descendre jusqu'à la pile en dessous. Et, alors que je me penchais par-dessus le bord en me mordant la lèvre, terrifié à l'idée que je risquais de perdre prise et de tomber, je relevai la tête et aperçus McGruder. Son visage noirci et ensanglanté, sa chevelure complètement brûlée qui dévoilait un crâne couvert de cloques, il rampait vers moi le long de l'arête de la bascule. J'eus tout juste le temps de me remémorer cette silhouette que j'avais vue grimper à travers les poutrelles devant Muriel, et le monde se déroba une fois de plus sous moi.

Nous glissâmes tous les deux. McGruder parvint à passer un bras par-dessus le sommet du mur qu'était devenu le tablier en position verticale, et je crochai un bras à travers l'extrémité décorée de la rambarde. Nous restâmes suspendus au pont alors qu'il entamait une lente descente. Mais il s'immobilisa brusquement, avec un tremblement si bref et violent que je faillis tout lâcher. Mes jambes balançaient dans le vide et je cherchais désespérément à saisir une prise de ma main libre tandis que mon autre bras menaçait d'être arraché de mon épaule. Je réussis à agripper une autre partie de la rampe et mes pieds trouvèrent un appui plus bas. J'étais toujours assourdi par les déflagrations, et le monde autour de moi me semblait étrangement silencieux. Je m'accrochai à la vie, et je préférai rester où j'étais le temps de reprendre le contrôle de moi-même.

Mais il y eut un autre mouvement. Une vibration qui se propagea dans le tablier, et je me rendis alors compte qu'il n'avait nullement stoppé sa descente, laquelle se poursuivait lentement. La machinerie qui commandait ses mouvements avait été endommagée par les explosions, si bien que le poids de la bascule le faisait s'abaisser. Un rapide coup d'œil de l'autre côté du fleuve m'apprit que seule cette partie du pont était affectée, car l'autre bascule ne semblait pas bouger du tout. Le gros moteur qui contrôlait le Tower Bridge se trouvait sur la rive sud de la Tamise, loin de l'endroit des explosions, et j'ignorais comment une telle chose était possible, mais je supposai que les leviers ou le système de freinage à l'intérieur de la cabine dans la pile sud avaient été ébranlés, en même temps que la bascule, et l'équilibre rompu, sans rien pour retenir le tablier. Les roues dentées ne pouvaient que freiner la descente.

Je me plaquai contre la rambarde, prêt à la chevaucher jusqu'en bas, en espérant que le pont ne s'abaisserait pas trop vite. J'aurais presque pu prendre plaisir à ce petit tour de manège en me disant que mon plan avait parfaitement réussi, que j'avais livré bataille et anéanti l'ennemi, si une tête chauve, noir et rouge, avec des yeux injectés, n'était apparue au-dessus de moi. Quand la bascule avait tremblé, McGruder avait tenu bon pour ensuite ramper vers moi. A présent il était tout proche, et il m'épiait avec dans les prunelles l'éclat de la haine et l'envie de meurtre dans cet organe malade qu'il appelait son cœur.

Son poing fermé me toucha au front, et je faillis lâcher prise. Il se pencha au maximum pour me frapper de nouveau, mais cette fois j'esquivai le coup. A sa tentative suivante il parvint à me saisir par les cheveux et me tira vers le haut. La vue troublée par les larmes, je refermai les doigts sur son poignet et écartai sa main, perdant une touffe de cheveux dans le mouvement. Mes pieds glissèrent des trous dans la rampe et je me retrouvai suspendu par une seule main, à me balancer dans le vide pendant qu'il profitait de ma situation pour avancer vers moi en s'aidant des décorations métalliques à la manière d'une échelle, comme moi un moment plus tôt. Il se pencha et essaya de me faire desserrer les doigts. Il frappa mon épaule du pied, et pendant tout ce temps la bascule poursuivait sa lente descente. Mon ouïe se rétablit d'un coup et je pus entendre le grincement du métal contre le métal, le grondement de la machinerie rouillée remise en action après des années d'immobilité. Je percevais aussi les grognements bestiaux de McGruder qui s'efforçait de me faire tomber.

Le tablier était au tiers de son parcours, et le vertige me reprit en voyant le fleuve si loin encore sous moi. De cette hauteur, le contact avec l'eau serait aussi brutal qu'avec du béton.

Une douleur fulgurante irradia dans mon bras passé dans la ferronnerie de la balustrade, et je poussai un cri perçant en relevant la tête pour voir la cause de cette souffrance. De l'autre côté de la rampe, McGruder avait planté ses dents dans ma chair nue.

Je balançai une jambe et réussis à poser le bout d'un pied sur une minuscule corniche au-dessus d'une ligne de rivets. Grâce à ce point d'appui, je pus me redresser et trouver d'autres prises. Oubliant la douleur, je m'assurai d'être bien accroché avant de retirer le bras que mordait McGruder. Du sang, ce précieux AB négatif que ces vampires désiraient tant, coulait de la morsure, et cette constatation réveilla en moi une ancienne fureur. Je crois que j'avais passé tant de temps à protéger mon propre liquide vital que la pensée de cette sangsue qui s'en gorgeait – je sais, il essayait seulement de me faire tomber, mais à cet instant je n'étais pas très rationnel – alors que j'étais occupé à autre chose me mit en rage. Sans vraiment me rendre compte de ce que je faisais, je me hissai soudain le long de la rambarde, et cette fureur ranima en moi le peu d'énergie qui me restait. Je sautai sur le couloir étroit de la passerelle au-dessus de McGruder et le frappai du poing en pleine face.

Mon autre bras crochetant toujours la barre supérieure de la rambarde, mon pied appuyé contre le flanc de la surface, je le frappais de toutes mes forces, encore et encore, sans aucun répit, et surtout sans lui laisser la possibilité de riposter. Son corps glissa sous moi, et seule une de ses mains agrippait encore les décorations métalliques de la balustrade. Il était dos plaqué contre les blocs de pierre du flanc de la passerelle, et pendant un bref instant – un très bref instant – je crus que je l'avais étourdi. Mais il réagit avec toute cette puissance que j'avais soupçonnée en lui, maladie ou non. Défiant presque les lois de la gravité pendant une fraction de seconde, il décolla son dos de la pierre et me repoussa des deux mains. Je pivotai sur moi-même, et ma colonne vertébrale heurta rudement la rampe, si fort que je faillis lâcher. Alors qu'il entreprenait de descendre sur le plan incliné de la bascule, il enserra le bas de mes jambes avec ses bras, à moitié pour maîtriser sa descente, et le poids de son corps affaiblit la prise que j'avais. Je le frappai de mon poing libre à la tête et à la nuque, mais mes coups ne semblaient avoir aucun effet sur lui. Il se mit même à rire et tourna vers moi un rictus de dément. Et c'est alors qu'il fit quelque chose d'encore plus fou : il se tortilla de telle façon qu'il parvint à regarder vers le vide, et à son mouvement je compris qu'il voulait que je l'imite.

Au fond dc cette chute vertigineuse, là où la bascule rejoignait la route d'approche, s'étendait une longue tranchée en travers de la route. A l'intérieur, dans la pile se trouvaient les roues dentelées – les quadrants, je crois qu'on les appelait – qui aidaient à lever et abaisser le pont de ce côté du fleuve. Je n'avais aucune idée de ce que ce trou noir recelait comme autre machinerie, mais je savais que McGruder voulait nous y précipiter, car il préférait une mort rapide au nom de son idéal plutôt qu'une lente agonie débilitante. Je le frappai plus fort encore, mais sans résultat. J'avais l'impression qu'il ne sentait plus les coups. Sans prévenir, une de ses mains jaillit et saisit mon poignet, celui qui tenait la rampe, et il se mit à tirer dessus, pour m'enlever mon point d'accroche. Je sentais mes doigts desserrer leur étau.

Mon autre main trouva sa gorge et je serrai de toutes mes forces. Mon pouce écrasa sa trachée. Mais son rictus de fou s'épanouit quand mes bottes commencèrent à glisser sur l'appui en ciment. Je ne tenais presque plus sur la rampe, mes doigts se crispèrent.

Alors je me souvins du poignard.

Je lui lâchai la gorge, passai la main dans mon dos et dégainai la lame noire. Le couteau sortit en douceur et je le plantai rageusement entre les omoplates de McGruder.

Il écarquilla les yeux sous le choc et la surprise, et un réseau de petites veines saillit sur le blanc de sa peau. Que ce soit à cause de la douleur soudaine ou intentionnellement, son bras se resserra un peu plus autour de mes jambes. Je sursautai, ce qui me fit lâcher le poignard. Mais lui-même perdit sa prise sur mon poignet, et son sourire venimeux disparut tandis que son regard se faisait lointain. La pression sur mes jambes diminua peu à peu, et il se mit à glisser en essayant de se retenir à moi.

Il referma les doigts sur ma cheville et d'une secousse délogea le pied de son appui. Je retombai à plat sur le dos. Par réflexe j'agrippai aussitôt la partie inférieure de la rampe car moi aussi je commençais à déraper, mais j'avais maintenant tout le poids de McGruder à supporter, en plus du mien.

Mon bras tremblant sous l'effort, le dos plaqué à la pierre, je sentis les vibrations qui parcouraient la bascule. Je regardai McGruder. Il était allongé sur le ventre, le poignard toujours planté dans le dos, et c'était maintenant des deux mains qu'il se retenait à ma cheville. Il essayait de remonter le long de ma jambe. Il n'y avait aucune expression sur son visage noirci, mais ses yeux restaient fixés sur les miens.

Il se hissait lentement le long de ma jambe, qu'il utilisait comme une corde, et ses épaules tremblaient sous l'effort. Alors que sa tête arrivait au niveau de mon genou, son rictus de dément réapparut. Oh, ses yeux étaient toujours vagues, vitreux, comme si son esprit errait dans quelque univers lointain, mais ses lèvres gercées et gonflées s'étiraient sur un sourire crispé qui découvrait ses dents rougies de sang. Je relevai l'autre pied et lui écrasai le nez du talon de ma botte.

Du sang – du sang anémié, à demi coagulé, du sang mort – jaillit de ses narines et sa prise sur ma cheville faiblit. Et soudain il glissa loin de moi, vers le trou sombre au bas de la pente, son regard rivé sur moi. Je me retournai et escaladai jusqu'à son sommet le tablier. Là je m'arrêtai, exténué, un bras et une jambe pendant, l'autre moitié de mon corps sur la tranche de la bascule, et je contemplai McGruder. Il griffait la chaussée sans parvenir à stopper sa chute ralentie. Ses jambes disparurent dans le trou qui se rétrécissait insensiblement.

Son torse se redressa et je me rendis compte que la base de la bascule était orientée selon un angle qui devait rejoindre exactement la route quand le pont était abaissé. Et le reste du corps de McGruder était trop épais pour passer par l'interstice.

C'était terrible, mais je ne pouvais détacher mon regard de la scène. McGruder hurla et hurla encore tandis que des centaines de tonnes de ciment, de fer et de plomb écrasaient lentement ses hanches et ses jambes. Il se tut d'un coup quand le sang comprimé jaillit en geysers par tous les orifices de sa tête.

L'espace se referma complètement et la bascule s'immobilisa à l'horizontale avec une secousse brutale qui me décrocha de mon perchoir. Et je chutai dans les eaux fraîches du fleuve, quelque dix mètres plus bas.

28

Cissie hurlait et me malaxait la poitrine en même temps, et je ne sais ce qui, de la douleur ou de ses cris, me tira de ma stupeur. Je vomis un peu d'eau du fleuve et essayai de rouler sur le flanc. Elle m'aida et se mit à me frapper du plat de la main entre les omoplates. Je voulus protester mais recrachai encore de l'eau. Je n'étais capable que de gémir et d'inspirer l'air par à-coups, et ma tête cognait le ciment à chaque spasme.

– Pourquoi ? me cria-t-elle dans les oreilles. Pour quoi ne m'avez-vous pas écoutée ? Pourquoi fallait-il d'autres morts ? Espèce de satané imbécile ! Vous avez failli être réduit en morceaux, tout comme je l'avais prédit !

Elle se mit à sangloter et ses coups faiblirent.

– Vous n'écoutez jamais, et vous ne dites jamais rien ! Je ne sais toujours pas pourquoi vous êtes resté dans cette ville horrible, au milieu de tous ces cadavres, à toujours fuir et tuer pour rester en vie !

Elle continua de tempêter ainsi, mêlant sanglots et jurons, martelant ma poitrine et me poussant à recracher l'eau, m'abreuvant d'imprécations jusqu'à ce que je me mette à rire. Ma poitrine et mes épaules se tétanisèrent comme si j'avais une attaque, mais mon hilarité fit jaillir de moi ce qui restait de l'eau avalée pendant ma traversée à la nage de la Tamise, jusqu'au petit quai sous l'arche nord du pont. Fort heureusement pour moi le choc de ma chute dans le fleuve avait un peu ravivé mon corps exténué, assez pour que je lutte de nouveau et me maintienne à la surface. Le courant m'avait emporté. J'aurais coulé si j'avais fait l'effort de nager, et c'eût été assez idiot après tout ce par quoi j'étais passé, aussi je me laissai dériver et je rejoignis la berge au milieu des débris projetés par l'explosion sur la passerelle. Je m'accrochai au quai un temps, les doigts crispés dans les fissures entre ses vieux blocs de pierre, et je pus recouvrer mon souffle et assez de force pour envisager de rejoindre la rive et l'escalier de pierre menant au débarcadère couvert, sous la première travée. C'est sans doute là qu'à une autre époque ils remontaient les suicidés qui s'étaient jetés du pont. Cela ne semblait pas si loin et, d'ailleurs, j'allais tout faire pour y arriver. Quel autre choix avais-je ? Je me débarrassai de mes bottes, défis le ceinturon du pistolet et pris la direction de la berge.

Je crois être passé sous la surface à une ou deux reprises, mais chaque fois j'eus l'énergie d'émerger aussitôt, et je me remettais à nager avec une vigueur renouvelée avant de reprendre un rythme plus régulier. Alors que je croyais la partie perdue, à quelques mètres seulement de la berge, et que je commençais à couler, mes pieds touchèrent quelque chose de solide, contre quoi je poussai pour revenir à la surface. Deux nouvelles brasses et je fus en mesure de me mettre debout. Je pouvais marcher – enfin, tituber – et remonter le long plan incliné jusqu'aux deux escaliers qui rejoignaient le débarcadère. Je n'avais plus de l'eau que jusqu'à la taille quand Cissie dévala les marches en criant mon nom. Elle sauta dans l'eau et barbota pour me rejoindre. Se glissant sous un de mes bras, elle m'aida à atteindre la terre ferme. Elle parlait tout en sanglotant et me racontait qu'elle m'avait vu tomber du pont et avait pensé que c'était moi, malgré la distance, parce que je n'étais pas vêtu en noir, et comment, alors qu'elle cherchait une embarcation, elle avait découvert le tunnel qui menait au débarcadère couvert sous la route d'accès. Elle dut me traîner en haut des marches glissantes, et c'est ensuite que je m'étais écroulé et qu'elle avait commencé à me marteler la poitrine.

Elle ne comprenait pas que je riais. Non, elle croyait que j'étais en train d'étouffer, et ses claques dans mon dos s'intensifièrent tandis qu'elle me suppliait de tenir bon, et de grâce, Hoke, de grâce, de ne pas mourir. Je levai un bras pour la repousser, mais j'étais trop faible.

– Arrêtez... arrêtez ça, réussis-je à balbutier.

Elle cessa immédiatement.

– Vous allez bien, dit-elle, incrédule.

– Je crois, oui.

Ce fut tout ce que je pus dire. Je n'avais plus assez d'énergie pour rire encore, mais je parvins à sourire.

Elle fondit en larmes et m'étreignit soudain. Assez vite je pleurai moi aussi, de soulagement.

Plus tard, assis côte à côte dans la pénombre humide de cette grotte en brique, un de mes bras passé autour de ses épaules, je la serrai tout contre moi et je lui expliquai pourquoi je n'avais jamais quitté cette ville.

29

Il n'y avait plus rien pour moi ici, plus rien que j'aie à faire.

Je conduisis le camion dans la circulation paralysée tandis qu'une énorme colonne de fumée et de flammes s'élevait au-dessus de la ligne des toits, loin derrière moi. Ce bûcher funéraire n'était qu'un geste, une marque de respect symbolique pour le décès de tant d'innocents, et ces quelques milliers de corps livrés à la purification du feu représentaient les millions qui avaient péri dans cette ville. Je n'avais jamais eu l'occasion de visiter le stade de Wembley pendant la guerre, mais plusieurs fois, alors que je déchargeais tous ces cadavres ramassés dans les rues, j'avais entendu – j'en étais sûr et certain – l'écho fantomatique de ces foules surexcitées, le rugissement des voix qui saluaient l'endurance et l'habileté humaines. Jamais elles ne m'avaient effrayé, ces ovations spectrales ; non, elles n'avaient eu pour effet que d'approfondir ma tristesse et de me rendre plus conscient encore de mon propre isolement, de ma solitude.

Après quelques kilomètres j'avais arrêté le camion et je m'étais penché par la portière pour observer le feu, peut-être seulement pour m'assurer qu'il dévorait bien tout ce qu'il devait dévorer. L'éclat de l'incendie était impressionnant. Des nuages noirs géants, bordés d'or et d'écarlate, montaient en tourbillons vers le ciel, et les flammes qui les soulevaient si violemment me semblaient magnifiques, car elles consumaient ces légions de corps entassés et arrosés d'essence. Je ne pouvais rien de plus pour les défunts citoyens de cette cité jadis imposante, et Cissie avait eu raison quand elle avait dit que les autres finiraient en poussière avec le temps.

Finalement elle avait compris pourquoi je n'avais jamais quitté Londres.

Sous le pont, alors que nous étions serrés l'un contre l'autre et que je reprenais peu à peu des forces, je lui avais parlé de mon amour pour Sally, comment nous nous étions rencontrés au Rainbow Corner, un club pour les militaires américains situé à Piccadilly, elle avec des amies de son bureau, moi avec deux pilotes de ma connaissance appartenant à une autre escadrille, comment un bonsoir, une danse et un baiser avaient scellé un amour immédiat. A peine six mois plus tard nous étions mariés, et nous demeurions tous les deux certains de nos sentiments, en dépit des risques inhérents à la guerre, qui paradoxalement nous poussaient à ne pas perdre de temps.

J'ignorais qu'elle était enceinte quand j'étais revenu la chercher, trois semaines après la chute des V2 porteurs de la Peste Ecarlate. Elle ne m'en avait rien dit, je suppose pour ne pas me charger d'une source supplémentaire d'anxiété, du moins tant qu'elle pourrait me dissimuler son état. Je n'étais pas autorisé à quitter la base aérienne quand les gens de ce pays avaient commencé à tomber comme des mouches, parce que tous les pilotes qui respiraient encore étaient consignés, au cas où l'ennemi aurait lancé une offensive massive maintenant qu'il avait brisé nos défenses. Ah ! tout cela était tellement risible, tellement dément ! Aucun d'entre nous ne savait ce qui s'était vraiment passé, les communications avec le monde extérieur ayant été réservées exclusivement à notre commandant, qui avait obéi aux derniers ordres. Et avant longtemps tous les hommes présents sur la base avaient été fauchés par le fléau invisible. Tous sauf moi. Seul et terrifié, je pris un zinc pour retourner à Londres, et ce fut alors que le véritable cauchemar débuta.

J'étais déjà traumatisé quand je découvris Sally gisant sur les marches menant à notre appartement en sous-sol, et cette vision faillit me faire basculer dans la folie. Ses yeux manquaient, les rats l'avaient éventrée pour lui arracher le fœtus de notre enfant. Ils l'avaient laissé dans l'escalier, près de la main tendue de Sally, à demi dévoré, presque impossible à reconnaître. Mais j'avais su ce que c'était dès le premier coup d'œil, et j'avais cédé à l'hystérie, là, près de ma femme et de notre bébé. Cet état de choc proche de la folie m'avait aidé à survivre dans l'année qui avait suivi. Cette folie ne m'avait peut-être pas encore entièrement quitté, d'ailleurs.

Tout ce que je pouvais faire – tout ce que je pouvais penser faire – était de brûler ce qui restait de leurs pauvres corps. Il n'y avait là rien à honorer, rien de reconnaissable pour quoi prier. Ce n'était pas Sally qui était allongée sur ces marches, et ce n'était pas notre bébé près d'elle. Non, ce n'étaient plus que des morceaux de viande abandonnés. Des charognes. Pas ma famille.

Je les transportai à l'intérieur de la maison et je mis le feu aux rideaux. En moins d'une heure, toute la rangée d'habitations mitoyennes de ce côté de la rue était la proie des flammes.

Et la folie me poussa à ramasser d'autres cadavres exposés, vulnérables, des centaines, des milliers que j'emmenais dans un endroit digne de leur mort, afin qu'ils ne soient pas simplement un garde-manger pour la vermine qui écumait maintenant les rues, un endroit clos où un jour je pourrais conférer quelque dignité à leur trépas. Et, même quand cette obsession se dissipa – l'amertume ne baissa jamais –, je ne pus abandonner ma tâche. Elle donnait un semblant de but à ce qui restait de mon existence, aussi vaine fût-elle.

Comme je l'ai dit, Cissie avait compris cela.

Mais à présent c'était fini, et pour moi tout ce qui restait de cette épreuve avait été carbonisé avec les corps dans le stade. Je crois même que cette pensée me fit sourire.

Elle m'attendait avec les autres devant Westminster Bridge, sous la statue de Boadicée. Je les aperçus dès que je tournai le coin de Whitehall ; il y avait de petites silhouettes parmi eux, des gamins accompagnant les adultes que j'avais libérés du vieux château. Nous n'avions pas rassemblé plus d'une douzaine de femmes et d'enfants quand nous étions revenus à l'intérieur de la Tour de Londres, avec seulement deux hommes, l'un ayant la quarantaine et semblant en assez mauvaise santé, l'autre à peine plus qu'adolescent. Oh oui, et nous avions aperçu deux Chemises Noires qui nous fuyaient et s'efforçaient de se cacher de nous ; mais cela ne m'inquiétait pas. Combien leur restait-il à vivre, de toute façon ?

Un des enfants me vit et se mit à sautiller sur place, en tirant sur la robe d'une femme à côté de lui et en me désignant du doigt. Tous se mirent à me faire des signes de la main, et les jumeaux ainsi que quelques autres avancèrent vers moi. Pourtant Cissie resta là où elle se trouvait. Impossible de ne pas la remarquer dans sa nouvelle tenue bleue, une main levée en signe de salut, l'autre sur la hanche. Du camion, je voyais son sourire.

Je passai devant Westminster, Big Ben, et j'arrêtai le véhicule en douceur, à cause des enfants qui arrivaient en trottant.

– Vous êtes prêts ? lançai-je par la vitre baissée de la portière, en rendant son sourire à Cissie.

– C'est fini ? répondit-elle.

– Ça ne se voit pas ? dis-je en indiquant du pouce l'énorme nuage sombre qui obscurcissait l'horizon derrière moi.

Elle acquiesça.

– J'espère que ça brûlera la ville entière. Nous n'avons plus besoin de Londres.

Aidées par les deux hommes, les femmes faisaient déjà grimper les enfants à l'arrière du camion.

– Tu montes à l'avant ? demandai-je à Cissie.

Elle approcha et ouvrit la portière du côté passager. Le soleil l'éclairait par-derrière, ombrant son visage alors qu'elle se hissait dans la cabine, mais je discernai la blancheur de son sourire, et aussi la fine ligne de la cicatrice qui barrait l'arête de son nez. Elle s'installa avec légèreté à côté de moi.

– Tu avais besoin de poser la question ? répliqua-t-elle.

– Je suppose que non, dis-je. Prête à rouler ?

Du poing, elle tapota la cloison derrière nous.

– Tout le monde est à bord ? lança-t-elle.

Un chœur de « oui » lui répondit, suivi de quelques rires étouffés.

– On est prêts, déclara Cissie.

Son regard se perdit au loin, bien au-delà du pare-brise poussiéreux.

– J'ai toujours aimé les collines du Surrey.

– J'ai toujours aimé le bord de mer.

– C'est important ?

– Pas du tout. Il y en a plein comme nous un peu partout.

Le camion quitta le trottoir où il était sagement garé et nous roulâmes sur le pont. Comme toujours, le fleuve en contrebas déroulait son tapis ondulant d'argent tacheté d'or.

Sans raison particulière, sinon peut-être celle des vieilles habitudes, je jetai un coup d'œil dans le rétroviseur extérieur. Mon pied faillit glisser de la pédale d'accélérateur. Je ne dis rien à Cissie et passai la tête par la vitre de ma portière. Au début je n'étais pas très sûr de ce que je cherchais, c'était tellement inattendu. Et puis je souris. C'était bien ça, vraiment.

Le zèbre – eh oui, quatre pattes et tout un tas de rayures blanches et noires – traversait tranquillement la grande artère à quelque distance derrière le camion, et d'après moi il se dirigeait vers la pelouse redevenue sauvage de la place du Parlement. Je rentrai la tête dans la cabine, à temps pour voir et éviter une Ford arrêtée en plein milieu du pont.

– Pourquoi souris-tu, Hoke ? me demanda Cissie qui elle aussi souriait, pour d'autres raisons plus personnelles.

– Oh, pour rien. Rien du tout.

Et peut-être que ce zèbre n'était rien. Pourtant il me faisait réfléchir. Et espérer, aussi. Même si je n'avais pas la moindre idée de ce que je pouvais espérer.

NOTE DE L'AUTEUR

48 a requis des recherches conséquentes sur la Seconde Guerre mondiale et la situation de Londres à cette époque. Quand cela était possible, je m'en suis tenu aux faits historiques, mais dans certains passages tels que la fuite dans le métro entre Holborn et Aldwych, stations en réalité fermées pendant les années de guerre, je me suis permis quelques facilités. Il demeure également une incertitude entre les experts pour déterminer si les trams étaient autorisés ou non à emprunter le tunnel de Kingsway durant ces années dangereuses, et une fois de plus j'ai opté pour une licence artistique (ou non artistique, comme on voudra). La grande majorité des autres détails devraient être exacts, mais je prie le lecteur de pardonner toute erreur possible et certaines exagérations ou imprécisions nécessaires à la dramatisation du récit.

JAMES HERBERT
Sussex, 1996

Cet ouvrage a été réalisé par la
SOCIÉTÉ NOUVELLE FIRMIN-DIDOT
Mesnil-sur-l'Estrée
pour le compte de France Loisirs
123, boulevard de Grenelle, Paris
en août 2000

Cet ouvrage est imprimé
sur du papier sans bois et sans acide.

Imprimé en France
Dépôt légal : août 2000
N° d'édition : 33818 – N° d'impression : 49959